KB252915

국학현대문학연구총서 6

한국문학의 전통과 반전통

김 춘 식

국학자료원

약력 : 1966년 서울 출생
　　　문학박사. 문학평론가. 계간『시작』,『한국문학평론』, 편집위원.
　　　동국대 국문과 및 동 대학원 박사과정 졸업.
　　　1992년『세계일보』신춘문예에 문학평론이 당선되어 등단.
　　　평론집『불온한 정신』이 있다.

한국문학의 전통과 반전통

한국문학의 전통과 반전통

책머리에

이 책은 1930년대의 비평사적 풍경과 근대성의 문제를 주요 논점으로 다루고 있다. 1부에서는 자연과 전통 등 종래에 반근대적인 것으로 인식되어 온 소재와 대상이 문학적 근대성의 중요한 부분을 구성하고 있는 요소임을 논증하는 데 주력했고, 2부에서는 한국문학의 근대적 좌표와 향방이 급격한 전환기에 접어든 시점인 30년대의 비평사적 풍경을 세 명의 평론가를 중심으로 조망했다.

3부에서는 전통의 문학적인 계승을 보여주는 작가와 시인으로 최인훈과 김수영에 관한 글을 함께 묶었다. 고전의 패러디라는 측면과 현대적 상황에서 '거대한 뿌리'로 비유된 '전통'을 미학적으로 직시한 시인의 내면에 초점을 맞추었다.

2부에서 주목하고 있는 최재서, 김환태, 임화 등 세 명의 평론가는 각각 독자적인 방식으로 30년대의 조선과 근대문학을 통찰한 사람들이다. 이 세 명에 대한 글은 비평사적인 의미 평가와 그들이 구상한 신문학사의 성격에 대한 고찰을 중심으로 구성되어 있다. 따라서 의도적인 것은 아니었지만, 비평사적인 위치와 의의 그리고 이 세 명의 비평가적인 내면에 대한 탐구가 공통적으로 이루어지고 있다.

최재서는 30년대 비평계의 가장 뛰어난 이론가이면서 동시에 가장 모순적인 존재이다. 그가 식민지 비평사와 지성사에서 시금석의 의미를 지니고 있는 이유는, 그의 다양한 변신과 꾸준한 이론적 탐색의 행적이 가히 문제적이라 할 만하기 때문이다. 식민지적 근대가 거쳐온 '파행'의 과정이 학문적으로 거론될 수 있는 '연구대상'이 될 수 있다면, 아마 그 이유는 세계와의 치열한 대결에서 패배한 문학적 군상들이 우리의 근대문학사에 생생하게 기록되어 있기 때문일 것이다.

오직 개인의 힘만으로 시대의 혼란을 헤쳐나가고자 했던 '내적 존재'들의 행로가 새겨져 있는 '문학사의 풍경'은 이 점에서 언제나 존재론적인 고민을 함축하고 있는 것이다. 전통과 자연이 근대인의 내면 속에 자리잡는 과정이 그리 단순치 않았던 것처럼, 문학을 통해서 '개인'이 꿈꾸고 기원하는 가치가 구체적인 형상과 사상, 개념으로 정립되는 과정은 그래서 상당히 흥미롭다.

지금도 문학이 개인의 가장 내밀한 충동과 욕망, 소원을 담아내는 양식인 것처럼, 여전히 문학은 한 개인의 내면을 '정신적인 풍경'으로 우리 앞에 펼쳐 놓음으로써 삶의 의미와 인간적 고뇌의 아름다움을 보여준다. 문학사에서 내가 발견한 것은 문학이 그런 것처럼 '인간다움'으로 인한 고통과 그에 대한 경외감이다.

결국, 문학사에 기록된 시인, 소설가, 비평가의 정신과 대면함으로써 내가 얻은 것은 또 하나의 '풍경'에 비유될 수 있는 나 자신의 '내면'이다. 이 점에서 문학사는 '정신의 역사' 혹은 '내면의 역사'라고 불릴 수 있을 듯하다.

내면의 풍경들로 가득 찬 역사의 숲으로 걸어 들어가서 길을 잃고 헤매다 마침내 길을 찾아 밖으로 나왔다. 그러나, 남은 것은 호젓한 오솔길도, 잘 정리된 지도도 아니다. 단지, 그 숲의 이미지와 새소리만이 가슴에 남아 있을 뿐이다.

언제나 내게 위로와 용기를 주는 아내, 그리고 아들에게 이 책을 바친다.

또, 이 책이 출간되기까지 도움을 아끼지 않았던 많은 분들에게 깊은 감사의 마음을 전한다. 한 권의 책이 나오기 위해서 참으로 많은 분들의 노고와 도움이 있었다. 마음만으로 그 고마움을 다 갚을 수는 없을 듯하다. 하지만, 굳이 수다스러운 말로 그분들에게 고마움을 표하지는 않겠다. 부족하지만 마음 속에 그 고마움을 고이 간직하는 것이 번잡한 말 몇 마디로 '고마운 마음'을 털어버리는 것보다 더 나을 것 같기 때문이다.

2003년 5월 김 춘 식

제1부 : 자연, 전통, 근대의 문학적 발견

1부

자연, 전통, 근대의 문학적 발견

낭만주의적 개인과 자연 · 전통의 발견

— 청록파를 중심으로—

1. 청록파에 대한 논의의 현재성

90년대 이후 한국문학의 근대성을 논의하는 과정에서—특히 시문학의 경우에—자연 · 전통 · 서정이라는 세 가지 문제틀은 언제나 그 논의의 중심권에서 벗어나 본 적이 없다. 90년대 이후 한국문학의 시적 성취를 평가하는 자리에서도 자연서정시의 미학적 문제라든가 혹은 정신주의, 생태 · 환경 등은 한국시의 전통지향성과 자연 친화성의 미학에 대한 새로운 반성의 기회를 제공하고 있다는 중요한 평가를 항상 받아 왔다.

더욱이 동아시아적인 전통의 논의와 더불어 1990년대 이후 '자연'과 '정신주의'의 문제는 한국문학 100년을 검토하는 주요한 화두로서 견고하게 자리를 잡았다. 이런 현재적 상황은 자연, 서정, 정신주의 등의 용어가 전통 혹은 반근대의 측면과 근대성, 근대적 미학의 양편 사이에서 경계적 위치에 놓여 있기 때문에 발생하는 것이다. 생태 · 환경의 측면에서 바라보면, 소재만으로 평가할 때 자연서정시와 정신주의는 반근대적이면서 동시에 탈근대적인 위치를 확보하고 있는 용어이다. 또 탈식민주의 혹은 다문화적 글쓰기라는 다원성의 시각에서 접근하면 자연 · 서정 · 전통 · 정신의 항목은 동아시아적인 전통과 밀접한 글쓰기로 인식됨으로써 역시 근대성을 넘어서는 글쓰기의 한 축으로 평가된다.

크게 바라볼 때 이런 두 가지 측면에서 자연·서정·전통·정신주의가 재평가됨으로써 문학사적인 인식에서도 일정한 변화가 나타난다. 특히, 자연·서정·전통·정신이라는 항목을 시적 미학으로 형상화했던 기원에 해당하는 청록파 3인에 대한 평가는 새로운 형태를 보일 수밖에 없는 것이다.

과거의 경우에는 청록파의 시를 대체로 식민지 현실에 대한 도피, 분열적 현실에 대한 의도적인 자기 망각[1] 등으로 평가하면서 그 미학적인 한계를 지적하거나 청록파의 복고적 취향, 이상주의 등의 허구성을 비판하는 방향으로 그 연구가 진행되어 왔다면, 앞으로는 주로 근대성과 결부된 방향에서 미학적인 실체를 재검토하거나 한국문학사의 전통·자연·서정의 세 항목이 지니고 있는 공과를 평가하는 작업에 연구자들의 관심이 집중될 가능성이 있다. 특히 청록파에 관한 기존 박사학위 논문의 대부분이 형식 미학에 관련된 내재비평이라는 사실은 그 동안의 청록파 연구에 대한 사적 평가의 빈곤을 가감없이 보여줌으로써[2] 이러한 연구의 필연성을 어느 정도 뒷받침하고 있다.

그래서 우리는 청록파에 대한 기존의 평가를 대표하는 글로서 여전히 김우창 교수의 「한국시의 형이상—하나의 관점」을 꼽을 수밖에 없다. 이 글은 이미 1970년대에 발표된 것으로 한국의 자연서정시를 동양적인 조화의 가치관에 안주함으로써 분열된 세계에 대한 미학적 대응에 실패한 것으로 간주한다. 특히 청록파에 대한 평가는, 김소월의 감정주의와 정지용의 정신기술의 방법으로서의 이미지즘을 결합시켰지만 결국 이들의 해결은

---

1) 김우창, 「한국시의 형이상—하나의 관점」, 『궁핍한 시대의 시인』, 민음사, 1977.
2) 박사논문으로는 이문걸, 「청록집의 원형심상연구」, 동아대대학원 박사논문, 1996 ; 백승수, 「청록집의 기호학적 연구」, 동아대대학원 박사논문, 1994 ; 김기중, 「청록파시의 대비연구」, 고려대대학원 박사 논문, 1991. 등이 있는데 문학사적인 연구가 상대적으로 빈약함을 알 수 있다.

"한국문화의 전반적인 붕괴 속에서 급한 대로 단편적인 피난처를 구한 결과"[3]라고 규정된다. 이런 시각은 최근에 대산재단 심포지움 "현대 한국문학 100년—20세기 한국문학 어떻게 볼 것인가"에서 「한국 현대문학에 나타난 자연」이라는 제목의 글을 발표한 이남호 교수에게서도 동일하게 나타난다. 예를 들면 다음과 같은 평가가 그것이다.

> 청록파의 자연은, 일제 말기의 가혹한 현실 속에서 발견된 자연이다. 그 자연은 사실적 세계가 아니라 정신적 공간이다. 박목월이나 조지훈의 자연은 도교적이거나 불교적인 성격을 지닌다. 그러나 그 공간은 종교적이거나 형이 상학적이라기보다는 미학적이다. …(중략)… 청록파 시인들은 일제에 의해 현실을 잃어버림으로써 현실의 자연도 잃어버렸다. 그 대신 그들은 현실을 초월할 수 있는 상상 속의 자연을 추구했다. 청록파에 이르러 우리 문학은 사실적 자연의 모습은 잃어버렸지만 상상적 자연의 모습은 풍요해졌다고 말할 수 있을 것이다.[4]

이 두 평자의 견해는 식민지 상황이라는 궁핍한 현실에 대한 대응이 이들 청록파의 시적 한계로 작용하여 그들의 시 세계가 '가상의 미학', '거짓의 정신세계와 현실회피', '창조된 미학에 의한 정신적 만족' 등에 머물고 있다는 것이다. 이러한 지적은 청록파의 시가 지니고 있는 단순화, 형식미학적인 속성에 대한 비판으로는 일단 적합하게 생각되지만 그 한계에 대한 지적이나 원인에 대한 해명은 지나치게 도식적인 면이 없지 않다. 예를 들면, "[한국시의—인용자] 개인적인 문화에의 도피는, 앞에서 말한 바와 같이 동양의 전통이 본질적으로 조화의 전통이었기 때문에 더욱 조장되었다고 할 수 있다. 그것은 조화를 깨뜨리는 부정적인 요소를 어떻게 다룰 것인가에 대하여는 별다른 대책을 가지고 있지 않은 전통이었다. 否定의 전통을 갖지 않은

---

3) 김우창, 앞의 글, p. 57.
4) 이남호, 「한국 현대문학에 나타난 자연의 모습」, 『현대 한국문학 100년—20세기 한국문학 어떻게 볼 것인가』, 민음사, 1999. p. 375.

곳에서 의지할 수 있는 전통이라고는 禪的인 것밖에 없었던 것이다. 아니면 시인은 <고발>이 아니라 <한탄> 속에서 혼란으로부터의 출구를 찾을 수밖에 없었다"와 같은 동양의 전통에 대한 야스퍼스의 견해를 근거로 한 진술은 조화의 전통과 부정의 전통, 선적(禪的) 전통을 차별화하고 계서화(階序化)한다는 점에서 서구 편향적인 세계관을 드러내고 있는 것이다.

실제로 과거 한국 자연서정시의 전통이 근대적인 형식미학에 경도되어 있는 점이 없지 않지만 이러한 형식미학에 대한 비판을 근대적 미학 자체의 한계와 결부시켜 바라보느냐, 아니면 근대적 미학을 기준으로 한국의 자연서정시가 그것에 미달하는 것으로 평가하느냐는 엄청난 차이가 있는 것이다. 이런 시각에서 바라본다면, 김우창 교수의 청록파에 대한 평가는 필연적인 결과일 수밖에 없다. 계몽주의적인 합리성으로부터 낭만주의로의 내면화를 거쳐 모더니즘적인 기술에 이르기까지 한국의 현대시가 근대성 혹은 서구적 형이상학의 철저한 실천이 없었기에 마침내는 '교리와 분열된 현실'의 간격을 뛰어넘지 못하고 감정적, 정신적 만족과 위안에 머물렀다는 그의 평가는 이 점에서 근대적 보편주의자의 당연한 논리적 귀결점이다.

그러나, 동양의 전통에 대한 근대적 보편주의의 평가가 오리엔탈리즘이나 문화적 식민주의(Culture Colonialism)의 결과에 따르고 있다는 탈식민주의(Post-colonialism)의 비판을 염두에 둔다면 야스퍼스가 말하는 동양의 전통은 보편주의를 가장한 하나의 편견에 불과하다. 더구나, 거기에서 논리적 근거를 얻은 김우창 교수의 추론적인 평가는 동양의 미학 혹은 그 전통의 긍정적인 계승이나 재창조를 근원적으로 차단하는 재단적인 비평이 될 수밖에 없는 것이다. 실제로 김소월과 주요한, 정지용, 김기림에 대한 그의 평가도 근대적인 형식 미학의 미완성에 대한 지적의 측면에서는 타당하지만 이러한 한국시의 내면적 특징, 그 원근법적인 내면 풍경에 대한 평가에서는 마찬가지로 서구보편주의의 도식(圖式)을 앞세우고 있다. 근대성을 최우선으로 한 그의 평가는 보편성을 표방할 수는 있지만 한국시의 고유한 가치에 대해서는 상당한 편견을 보여준다. 이런 편견은 그의 견해가 동양이라는 숙명론에 함몰된 인과론이거나, 순환론적이면서 결정론적인 사유의 결과임을 보여주는 것이다.

한국 근대시사에서 자연·전통·선적 정취 등의 발견은 근대성과 서로 모순되기보다는 그 일부라고 보아야 할 것이다. 한국시에서의 자연서정, 전통의 발견은 한국의 역사적 근대체험의 산물이며 그 결과물로서 창안되거나 발견된 것이다. 따라서 한국 자연서정시의 전통에는 한국적 근대의 한계와 가능성이 동시에 내포되어 있다.

전통, 동양정신, 민족, 민요의 개념은 김우창 교수의 생각과는 달리 선험적인 산물이 아니라 타자에 대한 인식과 더불어 발견되고 새롭게 체계화된 근대적 원근체계에 속하는 것이다. 이 점은 청록파 논의의 현재성과 관련해서 가장 중요한 부분이기도 하다. 자연서정·전통의 문제가 그것을 둘러싼 주관적 가치관과 인식·미학적 차원을 중심으로 전개될 수밖에 없다는 말은 달리 말하면 자연·서정·전통이 상대적인 미학적 규범으로서 시인의 '내부세계의 질서'에 속하는 문제가 되기 때문이다. 이 말은 니체의 '원근법적 도착'에 의해 차별화된 자연관의 내면화 과정이 근대적인 '자연'의 개념 속에 스며 있다는 뜻이다. 따라서 청록파를 비롯한 한국의 자연서정시가 전통과 밀접한 상호 연관성을 갖는다는 사실은 '자연의 내면화된 원근법', '내부세계의 질서 속에 편입된 자연관'이 '전통적 측면'을 내적으로 흡수하고 있음을 의미한다. 즉, 청록파의 자연묘사가 보여주는—박목월·조지훈의—현저한 전통적 풍경, 민요적 가락의 지향 등은 상상된 자연의 미적 체계 안에 이미 전통이 깊이 틈입하고 있음을 암시한다.

이 때의 전통은 '미적인 것'과 동일하며 시인에 의해 발견되거나 창안된 것이다. 조지훈의 「승무」, 「봉황수」, 「고풍의상」, 「고사(古寺)」 등 초기 작품에 나타난 관조적이고 정적인 풍경은 미적 주체의 정신적 스토이시즘(Stoicism)과 복고취향을 드러낸다. 또 목월의 민요적 가락과 동화적인 자연

풍경은 그의 이상주의적인 태도와 함께 동양적 산수화와 민요의 리듬을 미적 규범으로 내면화하고 있는 주체를 발견하게 한다. 그리고 다소 이질적이지만, 박두진은 기독교적인 에덴(낙원)을 이상적인 미의 형상으로 그려냄으로써 정신적인 해방과 충일을 지향한다. 결국 이들 세 명의 시인에게 전통은 '미적 절대치', '미적 규범'과 대치될 수 있는 것이다. 박목월, 조지훈이 동양적인 풍경에 대한 관조와 산수화, 민요 등에서 미적 절대성을 발견했다면, 박두진은 기독교적인 자연의 환희로부터 자신의 미적 절대 규범을 발견한다. 달리 말하면 이들 세 명의 시인 사이에서도 자연 각각 다르게 '보이고' '해석'된 것이다. 또한 그들이 기대고 있는 전통 또한 기독교, 선적 정관, 민요, 산수화적 풍경 등 조금씩의 편차를 지니고 있다.

청록파 논의의 현재성은 이처럼 근대적인 형식미학 안에서 탐구된 내면 풍경이 자연에 투사되는 과정에 대한 평가와 해석의 차원에서 일차적인 의미를 얻을 수 있다. 그리고 두 번째는 그러한 형식미학이 발견한 '상상으로서의 자연'의 공과를 평가함으로써 새로운 미학의 가능성을 모색하는 것에서 찾아진다. 이런 과정에서 형식미학의 한계를 둘러싼 근대성 비판의 여러 논의들을 차례로 검토함으로써 한국 문학사의 전개과정에 대한 재정리와 평가를 수행할 수 있으며 특히 '전도된 근대의 기원', '동양적인 것과 전통의 상관관계' 등의 다양한 문제를 함께 논의할 수 있는 것이다.

2. 낭만적 이로니(Irony)와 파시즘

청록파가 대표하는 자연서정시의 전통에 대한 비판 중에서도, 우리는 최근에 한국의 자연서정시가 유기시론의 범주 안에 머물기 때문에 탈근대적 차원에서 볼 때 위계성의 미학·제국주의적 착취의 미학을 재생산한다는 비판[5]과 더 나아가서는 파시즘 미학의 한 부분인 유기체론과 폭력적인 동일

---

5) 구모룡, 『문학과 근대성의 경험』, 좋은날, 1998.

성의 미학에 머물고 있다[6]는 두 비판을 주목함이 좋을 듯하다.

이 두 비판은 파시즘의 원리가 이미 근대성의 내부, 근대적 형식 미학의 내부 안에 깊게 뿌리내리고 있다는 시각으로부터 비롯된다. 그리고 여러 가지 면에서 이러한 비판은 90년대 이후 자연서정시의 전망과 반성에 대한 중요한 지침을 제공하고 있는 것이 사실이다.

그러나 한국문학사의 자연서정시 전통이나 유기시론에 대해서 이 두 견해는 다소 일면적인 비판에 경사된 측면도 없지 않다. 기억하건대 과거 파시즘의 시대에 그것과 저항하는 반체제 문학도 완고한 중심성을 지닌 대항권력이라는 면에서는 그 비판의 대상과 일정한 '상동성'을 지니고 있었음을 우리는 익히 알고 있다. 이런 상동성의 측면 때문에 반체제문학이 파시즘에 동조하는 문학과 동일한 것이라고 말할 수 없듯이, 유기시론과 파시즘 미학의 원리가 상동성 혹은 동일한 기원을 지닌다고 해서 양자가 같은 것이라고 할 수는 없을 것이다.

특히 이러한 상동성 때문에 과거 청록파를 비롯한 식민지 시대의 순수문학이 파시즘 앞에서 무기력하거나, 심정적인 동조를 보였다고 평가하는 것은 다소의 비약이 개입된 해석이 아닐 수 없다.

문제는, 파시즘적인 도구성이 모든 것을 포식한다는 사실에 있다. 심지어 파시즘이 근대성의 원리를 도구적으로 먹어치운다고 해도 그것은 별로 놀라운 일이 아닐 것이다. 파시즘의 영역은 기술, 미학, 신비주의, 종교에 이르기까지 끊임없이 확장한다. 이런 확장이 가능한 이유는 파시즘 자체에는 어떤 실체나 정신이 없기 때문이다. 수단과 도구성이 목적과 윤리를 마비시키는 현상을 파시즘에서 쉽사리 목격할 수 있었듯이, 그것은 근대적인 전도의 체계를 그 원리로 삼는다. 따라서 문제는 유기시론이나 신비주의가 아니라 그것을 도구적으로 이용하는 '체제'에 있는 것이다.[7]

---

6) 김 철, 「민족-민중문학과 파시즘: 김지하의 경우」, 『현대 한국문학 100년—20세
　　기 한국문학 어떻게 볼 것인가』, 민음사, 1999.

실제로, 일제의 파시즘이 점차 극으로 치닫고 있던 1930년대에 식민지 조선의 문학은 파시즘적인 도구성의 위협 아래 전면적으로 노출되어 있었고, ≪인문평론≫과 ≪문장≫이 폐간되기 직전의 시점에서 발표된 최재서의 「서사시·로만스·소설」[8]과 김남천의 「소설의 운명」[9]은 로만개조론을 앞세워 개인주의를 청산하고 리얼리즘으로 나가자는 공통된 주장을 펼친다. 이 점에 대해 김윤식 교수는 "이러한 현상이 30년대 말기의 식민지 한국사회에서 어떤 의미를 띠는 것일까를 우리는 묻지 않을 수 없다. 과연 한국소설에서 개인주의가 그 난숙한 단계에 한 번이나 도달한 적이 있었는가.(…중략…) 이런 사정을 철저히 인식하지 않은 마당에서 새로운 로만 개조로서의 서사시에의 지향은 파시즘에 나아갈 논리적 지름길을 닦는 일로 된다"[10]라고 하여 개인주의의 청산이 곧 파시즘으로 직결될 수 있음을 신랄하게 지적한다.

식민지 현실 아래에서 개인주의 문학이 한 번도 난숙한 경지에 도달한 적이 없다는 점에서 '개인주의의 청산'은 한 마디로 현실추수적인 논리에 불과하다. 빈약한 식민지 조선의 개인주의적인 토양과 일찍이 임화가 지적했던 시민 계급의 미성숙성이 '비평적 논리의 붕괴'로 직결되는 현장을 우리는 여기서 가감없이 지켜볼 수 있는 것이다.[11] '개인주의의 청산'이라는 논리로 파시즘적인 논거가 마련되기 시작했을 때, 30년대 후반 조선에서 가장 결핍된 요소가 '개인주의'였다는 사실은 하나의 아이러니가 아닐 수 없다. 더구나 30년대 후반은 김기림이 '근대성의 파산'을 선고한 시점이라는 사실에 비추어 보면, 빈약한 낭만주의적 개인성 혹은 내면성이 채 정립되기도

---

7) 파시즘 미학과 정신주의에 대한 논의는 필자의 「근대성과 정신주의」, ≪한국문학연구≫ 22집, 동국대학교 한국문학연구소, 2000. 3. 참조.
8) 최재서, 「서사시·로만스·소설」, ≪인문평론≫, 1940. 8.
9) 김남천, 「소설의 운명」, ≪인문평론≫, 1940. 11.
10) 김윤식, 『한국근대문학사상비판』, 일지사, 1978. pp. 130~131.
11) 김춘식, 「낭만주의에서 파시즘까지—최재서론」, ≪한국문학평론≫, 2000. 여름. p. 112.

전에 근대성의 파산을 선고하고 자아상실, 전통상실, 전망부재, 가치관의 분열 앞에 허덕이다 서둘러 전체주의로 투항하는 식민지 지식인의 모습은 참으로 나약하기 짝이 없는 것이다. 특히, 최재서는 그의 비평적 궤적 속에서 분열된 현대의 세계관에 새로운 질서를 부여하는 수단으로 '지성'을 선택했다는 점에서, 결국은 현실의 분열 앞에 좌초한 역설적인 낭만주의자가 되고만 것이다. 낭만주의적인 개인과 분열된 세계의 대결이라는 본질적인 대립 앞에서 '지성론', 즉 '과학'이 패배하는 순간을 우리는 그를 통해서 이렇듯 상징적으로 바라볼 수 있는 것이다.

그렇다면, 이 무렵 ≪문장≫을 통해서 문단에 나온 청록파 3인에 대하여 우리는 어떤 평가를 내릴 수 있을 것인가? 김윤식 교수가 지적한 바처럼, 전통지향적인 ≪문장≫파에 비하면 ≪인문평론≫을 이끌던 최재서, 김남천, 임화 등 이론가의 전체주의에 대한 투항은 좀더 자발적이었다는 사실을 주목할 필요가 있을 것이다. 이 점은 조지훈의 다음과 같은 고백을 통해서도 짐작할 수 있는 것이다.

> 그렇게 快適하던 절간 생활도 몇 달이 안가서 처참하게 무너지게 되었다. 일본의 대륙 침략은 말기로 접어들어 민족문화를 말살하는 強力同化政策이 실시됨으로써 우리말은 교육에서 뿐만이 아니라 일상의 회화와 언론 출판에서까지 금지되기 시작했다. 東亞, 朝鮮 兩大新聞이 폐간되고 「文章」이 폐간되고 「人文評論」은 「國民文學」이라 개제하여 日本文雜誌가 되고 만 것이다. 나는 五臺山에서 「文章」 폐간호를 받고 울었다. 거기에는 <靜夜>라는 拙詩가 실려 있었다. 이 시는 推薦詩에 응모했던 작품인데 住所不明이 되어 연락이 안되어서 옛날의 원고뭉치에서 이것을 골라 실었던 모양이다. 그것은 무슨 종말을 예견하는 詩와도 같았다. 山中에도 감시의 눈이 뻗치고 고독과 침울과 憤恨에 젖는 정신은 毒酒만을 기울여 나는 마침내 다시 轉地療養이 불가피하게 되었던 것이다.[12]

---

12) 조지훈, 「나의 시의 편력」, 『청록집이후』, 현암사, 1968.

　　인용한 글에서 알 수 있듯이, 청록파 3인에게 ≪문장≫은 단순한 등단지면으로서의 의미를 초월해서 조선, 전통, 우리말 등을 대표하는 상징적 존재에 비교할 수 있는 듯하다. 실제로 '문장(文章)'이라는 제호와 문장의 미학을 강조하는 이태준의 성향, 가람 이병기의 복고취향, 고전부흥론과 전통주의, 반근대적인 정신구조 등은 다분히 상상된 미학으로서의 전통일 망정 이들이 '전통적인 미'와 '낭만적인 이로니'에 의한 대체물로서의 '예술'에 심취되어 있음을 알 수 있다.

　　과학으로서의 '합리성'이 파시즘 앞에서 몰락하는 상황에서 낭만적인 개인의 '미적 심취'가 오히려 파시즘에 대한 대항기제가 된다는 것은 무척이나 뜻밖의 결과이다. 그러나 분열된 세계 앞에서 좌초한 합리주의자 최재서에 견주어 보면, 이들에게는 미적 신념과 전통으로 그들의 상실을 대체하는 '낭만적 이로니(irony)'13)가 작용함으로써, 현실의 상황에 대한 '격렬한 부정과 패배감'이라는 이중적(아이러니한) 상황 속에서 특정한 '비전'을 창출하는 계기가 마련된다. 특히 청록파 3인에게는 그것이 자연, 전통, 기독교적인 에덴으로 각각 형상화되어 나타난 것이다.

　　결과적으로 현실부정으로서의 '반근대'와 현실에 대한 자아의 패배를 인정한 대가로 획득된 '새로운 미학'이라는 '낭만적 이로니'의 작용은, 문장파를 포함해서 청록파 3인의 시인을 의식적인 반근대주의, 전통부흥론자이면서 동시에 가장 근대적인 미학에 충실한 '창작가'라는 이중적인 존재로 만든다.

---

13) "현실에의 패배를 다른 대치물로 극복하려는 의지이되, 그것이 현실에의 패배라는 객관적 사실을 인정하지 않을 수 없는 태도, 그것이 낭만적 이로니이다."(김윤식, 「'문장'지의 세계관」, 『한국근대문학사상비판』, 일지사, 1978. p. 180) 저자는 이어서 「문장」지의 낭만적 이로니에 대해서 다음과 같이 설명한다. "이러한 시적 비전은 아무리 현실부정의 요인을 머금고 있더라도 현실적으로 그것이 이데올로기로 작용되지 않을 때 지극한 보수주의에로 유착된다. 또한 그들의 시적 비전이 진보(근대화)에 동조하지 않는 내적 필연성에 의해 돋아난 것이기에 근대적 개인의 숨은 음성의 어떤 부분을 대변할 수는 있고 나아가 전통의 상실을 포함한 의식적인 전통부흥자이며, 이 점에 한정하여 보면 그들은 반근대주의자로 규정된다."

이미 상실되었다는 의미에서 이들의 전통이나 자연은 현실 속에 존재하지 않는다. 그것은 오직 가상의 세계, 미학의 세계, 내면 안에서만 존재하는 것이다. 실제로 조선어, 전통, 조선은 1930년대 후반의 상황에서는 이미 패배한 가치들일 뿐이다. 이러한 사라져 가는 존재들을 시와 미학으로 '되살려내는 행위'가 갖는 의미는 그것이 현실적인 이데올로기나 실천적인 행위를 포함하지 않는다고 할지라도 그 잠재적인 '불온성'은 상상을 불허하는 것이다.

따라서, 청록파가 발견한 근대적인 자연, 전통은 이식문화로서의 일본식 근대, 신문명에 대해서 의식적인 반근대주의를 지향하지 않을 수 없다. 이 점에서 청록파는 근대 초창기부터 일종의 담론체계로서 이식되어온 동양, 전통이라는 이념을 내면으로부터 극복한 미학적 성취를 달성해 낸 것이다.

3. 동양적인 것의 이식

전통이나 동양이라는 용어로부터 심정적인 '반근대성' 혹은 '비근대성'을 읽어내는 것은 지금까지는 어느 정도 일반화된 견해로 통용되곤 한다. 그러나, 실제로는 이러한 용어들이 비교적 최근의 시기에 '창안'된 것이며 근대 이전의 역사적 정통성이나 선험적인 숭고한 혈통 또는 정체성을 보장하는 용어들이 아니라는 새로운 지적은 연구자들에게는 '근대성의 기원'에 대한 심각한 회의를 불러 일으키는 사건이 된다. 서구인의 '동양'에 대한 편협한 인식을 지적한 에드워드 사이드의 '오리엔탈리즘'과는 반대로 상대적으로 동양인의 우월성과 자존심을 보장하는 용어로서 발견 혹은 창조된 동양과 전통의 개념도 이런 맥락에 비추어 본다면 그 자체로 지적인 '근대기획'의 성격을 띠고 있는 셈이 된다.

창안된 '근대적 담론' 혹은 '근대의 지적 기획'으로서 전통과 동양을 취급하는 것은, 달리 말하면 '근대성의 체계' 안에서 전통과 동양이라는 용어의 기원을 다루는 것을 의미한다. 하나의 특정한 용어가 내포한 이데올로기적인 함의와 그 의미의 확장으로서의 제도의 기원에 대한 탐색은 이러한 접근의 핵심적 측면이라고 할 수 있다. 특히, 한국문학사의 특수한 정황(식민지 체험, 일본신문학의 이식)에 비추어 볼 때, 이러한 지적 기획과 제도의 기원에는 심상치 않은 정치적 변수들이 은폐되어 있게 마련이다.

특히, 그러한 지적 기획의 연원에는 중화주의(中華主義)의 전통으로부터 이탈하면서 그 정통성을 민족주의적인 우월담론으로 변형시키는 형태의 근대적 창안이 심각하게 작용하고 있는 것이다. 따라서 동아시아 3국, 즉 한국·일본·중국은 각기 전통과 동양에 대한 인식에서 서로 상이한 담론에 기반한 민족적 정체성을 수립해 왔다고 할 수 있다. 표면적으로 '동양의 전통'은 이 세 국가가 서로 공유하는 공통항처럼 보이지만 실제로는 서로 좁힐 수 없는 정치적 입장의 차이를 가장 심각하게 노출하고 있는 개념이다.

동아시아적 정체성이나 동아시아론이 쉽사리 해결되기 어려운 까닭은 이것이 민감한 정치적 입장을 대변하고 있기 때문이다. 과거의 '대동아공영권' 주장이 정치적인 것뿐만 아니라 '동양적인 것'과 '전통'의 미적 재생산에도 심각한 영향을 미쳤다는 사실을 감안한다면 전통이나 동양의 문제는 민족주의적인 틀과 한계를 쉽게 벗어날 수는 없는 것이다.

'동양'이라는 말 속에 새겨진 개념들은 이 시기의 이론에 존재했던 다양하고 상호 괴리되는 경향들을 통합하는 데 기여했다는 게 필자의 생각이다. 이 말을 둘러싼 논의가 최초의 또는 유일한 담론이었던 것도 아니고 다른 담론들보다 더 진전된 것도 아니었지만 그것은 일본에게 새로운 자기 정체감과 외부세계와의 새로운 관계설정을 가능케 해준 통합언어를 제공했다. ①일본과 '동양'의 과거를 담지하고 질서를 부여한 이 개념을 통해 일본인들은 자신들의 근대적 정체성을 창출해냈다. 데이비드 로웬탈의 말대로 "이전 시대의 유물과 기록들을 바꿈으로써 우리는 우리 자신들도 바꾸었다. 재창조된 과거는 다시 우리 스스로의 정체성을 바꾸어 놓았던 것이다. 충격의 성격은 변화를 추동한 사람들의 목적과 힘에 좌우된다."

②동양이 학자들에 의해 창조된 것은 아니지만 이 "새로운" 실체는 그 역사

적 과학적 신빙성을 이 시기에 등장한 도요시(동양사)라는 학문분야에서 획득했다. '동양사' 창출의 주요 공헌자요 도쿄 제국대학 역사학 교수였던 시라토리 구라키치 같은 일본 학자들은 '동양'이라는 개념에 "초계급성 · 불변성을 부여하기 위해" 아시아와 유럽, 그리고 일본의 갖가지 과거들을 동원했다. 도쿄대학 1백년사에서 시라토리는 다소 자화자찬격이긴 하지만 대체로 다음과 같이 정확하게 말했다. "동양사가 일본인의 역사관을 수립했으며 (……) 도쿄대학 문학부 역사학과가 사실상 이에 결정적인 역할을 했다." 동양은 도쿠가와 시대(1600~1686) 후반기 이후의 변화들—중국의 몰락, 온갖 기술적 · 문화적 문물을 지참한 서구의 도래, 인간사의 보편성에 관한 새로운 문제 제기, 문화적 정체성 문제—을 포괄적인 이념체계, 즉 단일화된 통합언어에 맞춰 넣을 수 있게 해주었다. 이 체계의 중요성은 그것이 통합, 또는 단일화된 언어를 통해 일본이 자율적으로 활동할 수 있는 질서와 능력을 확립해 냈다는 데 있다. 그것은 그들의 역사를 규정했다.[14]

인용한 글에서 보듯이, 일본의 근대 지식인들은 중국 상인들이 자바 주변 해역을 지칭하던[15] 동양[토우요우 とうよう]이라는 말을 지나(支那 china)를 대신하는 개념으로 전도시킴으로써 '일본'을 근대 동양의 중심에 자리매김한다. 이러한 '동양'이라는 지리적 개념의 재편은 '중화주의'로부터 일본을 이탈시키고 더 나아가서는 서구에 대등한 아시아의 맹주로서 일본의 위상을 굳히는 기능을 한다. 실제로 밑줄 ②의 '동양사'라는 학문분야의 정립 과정은 '화혼양재'를 걸쳐 '탈아입구'에 이른 근대국가 '일본'의 성립과 일치한다. 그래서, 서양에 대해서는 '화혼양재'를 통해 동양을 대표하는 반서구주의(반근대주의)를 내세우고, 다른 여타의 아시아 국가에 대해서는 '탈아입구'를 달성한 선진적 '근대화 국가의 표상'으로 자부하는 상호모순되는 이중적인 위치를 '일본'이라는 '국가'가 차지하게 된 것이다.

---

14) 스테판 다나까, 「근대 일본과 '동양'의 창안」, 『동아시아, 문제와 시각』, 문학과
    지성사, 1995. pp. 186~187.
15) 위의 글, p. 174.

  지리개념의 재편과정과 역사와 전통을 재창안하는 데 기여한 주요담론이 동양정신과 전통 그리고 동양학이라는 점에서, 근대일본의 정치적 의도는 언제나 이러한 담론체계 안으로 신속하게 반영되게 마련이다. 실제로 일본의 정한론이나 합방론의 배후에는 '동양정신', '동아시아적 공동체'라는 담론이 은폐되어 있다. 그리고 이런 담론은 1930년 이후 일본의 파시즘 체제가 더욱 노골화되는 시점을 전후해서 '동양주의', '대동아공영권', '동아협동체' 등으로 포장되어 널리 선전되었고 쑨원, 왕징웨이 등 중국 국민당의 일부 인사들조차16) 이에 대해 일정한 호감을 나타내기도 한다.

  그러나 신채호는 이러한 동양주의를 "한국인이 동양주의를 이용하여 국가를 구하는 자는 없고 외국인이 동양주의를 이용하여 국혼(國魂)을 찬탈하는 자가 있으니 경계하며 삼갈 것이다."17)라고 하여 일찍이 동양주의가 조선을 병탄하기 위한 일제의 책략에 불과함을 신랄하게 비판한다. 그러나 신채호의 이런 비판에도 불구하고 '동양주의'의 호소력은 상당한 것이어서 "동양제국이 일치단결하여 서력(西力)의 동점함을 막는다"는 주장은 조선인에게도 일정한 영향력을 주고 있는 듯하다.18)

  예를 들면 이인직을 비롯한 일부 개화파 지식인들의 자발적인 친일행위는 많은 부분에서 '동양주의'로 대표되는 '인종적 연대주의'에 따른 것이다.

---

16) 쑨원, 「대아시아주의」; 왕징웨이, 「중일전쟁과 아시아주의」, 『동아시아인의 '동양' 인식』, 문학과지성사, 1997.

17) 신채호, 「동양주의에 대한 비판」, ≪대한매일신보≫, 1909. 8. 8, 10. 위의 책(p. 220)에서 재인용.

18) 다음과 같은 신채호의 발언은 당시 동양주의의 영향이 이미 우려할 만한 수위에 이르렀음을 말해 주는 것이다. "오늘날을 당하여 정부당(政府黨)과 일진회(一進會) 및 유세단(遊說團)의 꾀는 농락과 일본인의 농락 중에서 동양주의설(東洋主義說)을 얻어듣고 이 말을 믿고 이리저리 떠들어대는 자이다. 그들이 이와 같은 동양주의를 부르짖자 일본인이 그 소리에 화답하며, 그들이 이와 같이 동야주의를 펼치매 일본인이 공의(共義)를 주(註)하여 화답함이 날마다 그치지 않으매, 한나라 2천만 무교육의 인민이 빠르게 이 마설에 빠져들어, 동양에 있는 나라면 적국도 우리나라로 보며, 동양에 있는 종족이면 원수의 종족도 우리 종족으로 인식하는 자가 점점 생기는 것이다."

특히, 계몽주의의 세속성과 국제주의적 성격에 비해 상대적으로 취약한 당시의 민족적 정체성의 자각은 한말 중인 계층의 일부를 자연스럽게 친일의 과정으로 유도하고 있다.[19] 이렇듯 동양이라는 개념을 구축한 인위적 이데올로기를 일본을 통한 '근대성'의 수입과정에서 함께 받아들인 조선의 '근대적 전통 인식' 안에는 상당 부분 왜곡된 식민주의(colonialism)가 내장되어 있다. 이런 식민주의의 흔적은 실제로 1910년대 계몽주의의 한계, 그리고 1920년대 국민문학파와 카프, 그리고 1930년대 후반 고전부흥론에 이르기까지 지속적인 영향을 미치고 있다.

이미 앞장에서 살펴봤듯이, 1930년대 고전 부흥론과 《문장》을 중심으로 한 전통 지향적인 예술주의는 그 체계 면에서 근대적 자아의 인식틀을 벗어나지 않은 것이지만 많은 측면에서 식민지적인 속성에 대한 저항적 면모를 지니고 있었다. '반근대적 의지'의 표출을 민족문화에 대한 정체성과 미적 주체의 자각으로 나타냈다는 점에서, 1930년대 후반의 문학은 문화적,

---

19) 김춘식, 「계몽주의적 세속성과 낭만주의적 내면」, 《불교어문론집》 5, 불교어문학회, 2001. 4. 참조. "계몽주의와 낭만주의의 교체시기의 특성에 주목하는 것은 한국문학사의 기원을 살펴보는 데 상당히 유용한 일이다. 우선 계몽주의의 세속적 특성에 주목할 때, 한국의 친일문학과 계몽주의의 연관성은 어느 정도의 필연성을 지닌 것으로 판단된다. 이인직, 이해조, 최찬식, 안국선 등의 신소설 작가가 본래 친일적이었거나 1910년대 이후 친일적 성향으로 변화하는 것 등은 실제로는 계몽주의적 교양과 합리성의 세속성, 그리고 국제주의적인 연대의식에 일정한 요인이 있다고 여겨진다.
이런 사실은 이광수, 최남선을 비롯해서 독립협회나 안창호의 준비론 사상, 더 거슬러 올라가면 유길준을 비롯한 개화파 지식인에 이르기까지 '문명', '개화', '교양', '교육', '계몽' 등의 논리가 민족주의적인 애국의 구호를 능가하는 최상의 가치로 받아들여지고 있음을 통해서도 다시 확인된다. 즉, 계몽주의의 세속성은 신흥부르조아 혹은 중인 계층의 실리성과 적절하게 부합된다는 점에서, 민족주의적인 '명분'보다는 문명과 교양, 교육을 매개로 한 친일적 연대에 경사될 성향이 농후하다. 이광수, 최남선의 민족주의가 관념적인 수준에 머문다거나 그들의 계몽주의적인 실천이 현실과 괴리된 '선각자' 의식의 차원을 벗어나지 못하는 점은 이것을 뒷받침하는 증거이다. 특히, 이인직의 신소설 전반에 드러나는 노골적인 친일적 성향은 한말 '중인 계층'의 '세속적 합리성'과 신문명, 교양에 대한 동경의 욕구가 자연스럽게 발현된 것으로 보인다."

예술적인 민족주의를 담보하고 있었다. 그리고 이러한 민족주의는 여러 면에서 낭만주의적인 예술관을 공유하고 있고 이 점은 이 시기를 논의하는 중심적인 논점이다.

청록파 시인들의 중요성은 1930년대 후반 ≪문장≫의 문학적 성격을 그들의 시문학이 대표하고 있다는 점에서 획득된다. '동양'이라는 관념틀의 이식으로부터 벗어나 근대적 자기 발견의 과정을 미학화한 점은 청록파 시문학의 가장 큰 성과이다.

청록파의 문학사적 의의에 대한 논의와 그 현재적 의의를 거론하기에 앞서 다소 장황하기는 하지만, 필자가 이미 발표한 논문의 내용과 중복되는 점이나 오해를 피하기 위해서 다음과 같은 필자의 글을 인용하고 소개함이 좋을 듯하다.

> 오카쿠라는 근대 일본의 위치를 '아시문명의 박물관'으로 규정한다. 그것은 아시아 전통의 근대적 재창조라는 역할을 담당할 자격이 오직 근대국가인 '일본'에게만 있음을 강조하기 위한 하나의 장치이다. 위의 글에서 오카쿠라는 '동양의 이상과 문화'를 말하는 척하면서 사실은 일본의 국민문화의 가치와 이상을 말한다. 이 점은 19세기말 일본 근대 지식인의 자기정체성을 명확하게 보여주는 예이다.
>
> 위의 글에서 우리는 또 한가지의 중요한 사실을 발견할 수 있다. 그것은 위에 인용한 오카쿠라의 글에서 '근대적 미학주의'의 흔적을 발견할 수 있다는 점이다. 미학주의는 과학주의와 대립되는 한 쌍으로서 칸트로 표상되는 근대적 사고의 유형을 그대로 반영한다. 그것은 방법적 망각 혹은 괄호묶기에 해당되는 것으로서 '미학'을 완전히 독립된 영역으로 분리시켜 과학주의나 여타의 영역과 병립시키는 체계이다. 이러한 사고는 가라타니 고진이 「오리엔탈리즘 이후—미와 지배」[20]에서 예리하게 지적하고 있듯이 문화적 보편주의, 객관주의를 표상하지만 실은 어떤 대상에 대한 기원을 은폐하는 속성을 지니고 있다. '방법적 망각'이나 '괄호로 묶기'는 도구적 이성에 의한 방법론적 차원을 벗어

---

20) 가라타니 고진, 「오리엔탈리즘 이후—미와 지배」, 1997년 방한 시의 세미나문.

날 수 없다. 따라서 미학주의의 함정은 그것이 괄호 안에 묶여져 있는 한, 언제나 미적 대상의 기원을 은폐할 수밖에 없다는 것이다.

오카쿠라의 '동양정신'은 이 점에서 다분히 '미학주의적'이다. 그리고 그 미학주의의 근간에는 위장된 객관주의와 배타적 국수주의 혹은 제국주의로 변용될 요소가 충분한 '도구적 이성주의'가 있다. '아시아 문명의 박물관으로서의 일본문화'에 대한 미학적 가치발견이 '근대적 강국 일본', '아시아의 혼으로서의 일본 국민의식'을 합리화하는 수단으로 전락하고 있는 것이다.

한국 근대문학의 성격에 개입될 수 있는 뚜렷한 함정을 우리는 위의 글을 통해서 확인할 수 있다. 일본에 의해 창안된 '동양', '동양정신'의 개념은 한국 문학사의 인식에 중요한 변수로 작용할 수밖에 없게 된다. 일본에 의해 굴절된 근대적 사고체계의 이식과정에서 가장 중요한 위치를 차지하는 것이 바로 '동양', '동양정신'과 그 일부로서의 자기정체성에 대한 확립과정이라고 할 수 있기 때문이다. 앞에서 살펴 봤듯이 일본을 통한 근대문학의 체험은 '근대', '반근대' 논리의 심각한 변용으로 나타날 수 있다. 반서구주의를 '반근대'로 그리고 '반중국'을 '근대'로 인식하는 사고틀의 교묘한 이식과정이 한국문학사에서 그대로 이루어진 것이다. 국민국가인 '일본'을 지탱하는 제도가 '국민국가'를 형성하지 못한 식민지 조선에 '이식'되는 과정에서 이 점은 더욱 심각한 굴절로 나타난다. 예를 들면 '동도서기론'으로 표상될 수 있는 개화기 근대화론과 1920년대 국민문학파의 성격은 '근대적 국민국가'의 부재와 '인식론적인 모순'에 의해서 상당히 불안정한 성격을 지닐 수밖에 없는 것이다.

'동도서기론'은 '전통'의 근대적 재창조와 새로운 '동양' 인식이 없이는 불가능한 것이다. 즉, 동시대적인 자기정체성에 근거할 때만이 '동도서기론(東道西器論)'은 그 의미를 지닐 수 있다. 그러나 이러한 근대적 정체성의 확립은 필연적으로 앞선 세대에 대한 인식론적인 단절과 고대적 전통의 부활, 재창조를 통해서 가능한 것이다. 이 점에서, 한국이나 중국은 일본에 비해서 중세적 전통과의 인식론적인 단절과정이 다소 미약했다. 그리고, 그 주된 이유는 일본식 근대화 개념의 영토인 '반중화주의' 안에서 근대적 기획을 구상했기 때문이다.

'동도서기론'과 '화혼양재(和魂洋才)'를 서로 비교한다면 이 점은 좀더 명확해진다. 일본의 근대화론이 '국민국가'의 성격에 좀더 명확하게 부합된다는 것은 주지의 사실이다. '동도서기론'이 지역적 문화구도의 재편성을 의미한다면 '화혼양제'는 국민국가를 지탱하는 '민족주의'의 표어임이 분명하다. 이러한 격차는 '동양', '동양정신'의 개념을 처음부터 민족주의적인 논리로 풀어나간 일본이, 그렇지 못했던 한국과 중국보다 그 근대성의 심도에서 좀더 쉽게 진척될 수 있었음을 의미한다. 동도서기론은 애국계몽기까지도 과거의 '중화주위적 전통'으로부터 그다지 자유롭지 못한 상태였다. 그리고 한편으로는 '반중화주의'를 내부에 숨기고 있는 일본의 근대주의를 구한말 '개화'의 모델로 삼고 있었다. 따라서 이러한 이중성에서 비롯되는 자기 정체성의 모순은 근대주의 형성과정의 중요한 장애가 될 수 있는 것이다.

　다음은 미학주의와 근대적 미의식의 함정이다. 앞에서 보았듯이 근대적 미학주의에 틈입되어 있는 '괄호묶기' 혹은 '방법적 망각'의 혼적을 우리는 1930년대의 순수문학과 모더니즘에서 발견하게 된다. 그것은 카프로 표상되는 정치의 논리가 무너진 한쪽에서 '미적 자의식'의 차원을 밀고 나갔다는 긍정적인 평가를 가능하게 하지만 한편으로는 그 안에 감추어져 있는 심각한 자기모순과 정체성의 위기를 직감하게 한다. 해방공간에서 드러난 이태준, 정지용, 오장환의 모습과 30년대 후반 임화의 '문학사 기술'[21])에 대한 관심에는 이러한 측면이

---

21) "현실에 철저히 패배한 자들의 현실 초극방식이 신의 노예가 됨으로써 가능했다면, 서정주는 신의 자리에 미를 앉혔고, 따라서 미가 지배하는 영토의 왕자일 수 있었다. …(중략)…주인으로서의 서양(근대성)을 섬기고 그것의 노예가 되는 일이란 무엇인가. 만일 서양이, 즉 이성의 계몽주의(료타르가 말하는 큰 이야기)가 보편성을 곧바로 가리킴이라면, 근대성의 종이 되어 이를 이 땅에 심고자 하고, 이를 휘두른 임화는 이로써 주체성을 세운 경우라 할 수 있다. 그렇지만, 이 근대성을 하나의 허구(서양 것이지 내 것이 아님의 인식)로 본다면 어떻게 될 것인가. '삶의 구경적 형식' 또는 '원형적 인간성의 존재방식'을 신이라고 보고 그것에 스스로 종이 되고자 한 조연현의 처지에서 보면 임화가 경배하는 신인 근대성이란 한갓 허깨비일 따름이었다." 김윤식, 『김윤식선집3—비평사』, 솔, 1996. pp. 332~333.
임화나 모더니스트가 추구한 미와 과학성은 근대적 주체가 의지하는 보편적 가치의 양대 기둥이라고 할 수 있다. 위의 인용에서 김윤식은 임화의 과학성(마르크시즘, 근대성)과 서정주의 미의식, 그리고 조연현의 구경적 삶의 형식을 '주체형성'의 세 과정으로 보고 논의를 전개시켜 나가고 있다. 본고에서는 임화의 과학성과 서정주의 미의식(혹은 모더니스트의 미적 자의식)이 근대성의 양면에 해당한다고 보고 그것의 허위성을 자각함으로써 나타난 위기의식이 임화의 문학사 기술과 해방 후 모더니스트의 변화에 대한 원인이 되었다는 관점을 취하고

잘 나타난다. 과학과 미학은 보편성을 위장하고 있는 근대적 인식체계의 양면
이라고 할 수 있다. 따라서 카프의 과학주의와 모더니즘의 미학주의가 근대적
주체에 대한 위기의식을 진정으로 극복할 수 없어던 까닭은, 근대라는 폭력적
인 보편주의와 객관주의를 은폐하는 정치적 담론의 실체를 명확하게 인식하지
못했기 때문이다.[22]

과학주의와 모더니즘적의 미학주의가 내포한 한계에 대한 지적은 1930년
대 후반의 문단적 상황을 함축적으로 드러낸다. 이 점은 모더니즘의 미학주
의가 보편성을 전제로 한 박래품이라는 사실에 있다. 전통, 동양이 근대
일본에 의해 창안되었듯이, 과학주의와 미학주의는 근대의 쌍생아라고 할
수 있다. 이 점에서 한국의 모더니즘적인 미학주의는 개인과 체험이 누락된
공동체적인 통합과 세계의 분열상을 '이미지즘'이라는 풍경묘사로 괄호치
는 사상의 '의도적 망각'을 그 특징으로 보여준다. 파시즘의 압박 아래서
모더니즘적인 지성과 과학주의의 허무한 붕괴는 이러한 손쉬운 망각과 체험
에 바탕을 둔 내면의 빈곤이 함께 작용했기 때문에 비롯된 현상이다. 청록파
시인의 의의는 이러한 '낭만주의적인 내면'의 결핍을 미학적으로 극복했다
는 점에 있다.
　그러나, 청록파의 반근대적인 주체성과 낭만적 이로니에 근거한 미적 주
체의 부정성은 현실적으로는 폐쇄적인 형식 미학 안에 갇혀 있다는 보수성
과 한계를 드러낸다. 이러한 점은 '괄호치기'를 통한 현실의 배제에서 비롯
된 것이다. 낭만적 이로니가 최재서에게 미숙성으로 보였듯이, 낭만주의적
인 미적 주체는 세계의 분열을 자기의 내면으로 이동시킨다. 그것은 모더니
즘의 입장에서는 진정한 통합이 아니며 현실을 가상과 신비주의 안에 가두
는 것이 된다. 그러나, 흄의 분열적 세계관을 따르는 모더니즘의 미적 통합원
리와 절대적 통합을 믿는 낭만주의의 분열된 내면 사이의 '상동성'에 주목한

있다.
22) 김춘식, 「개화기의 문학적 근대성」, ≪동악어문론집≫ 33, 1998. 12. pp. 299~302.

다면, 이 둘은 거울에 비춰진 동일체의 상호 전도된 '역상(逆像)'에 불과함을 알 수 있다. 결국, 모더니즘의 기술과 낭만주의적인 내면은 '근대적 예술'의 양면성을 상징한다. '내면 없는 기술'과 '기술 없는 내면'은 모두 불완전한 미학이라고 할 수 있다.

청록파의 시는 이 점에서 낭만주의적인 내면과 모더니즘적인 기술이 비교적 완성적인 형태로 만나고 있는 셈이다. 그러나, 문제는 이들이 발견한 자연, 전통이 그렇듯이 이들의 분열된 내면이 시와 미학 속에서 지나치게 쉽게 치유되고 통일된다는 점이다. 그것은 애써 형상화한 자연과 전통을 고립된 형식 속에 가두는 보수주의와 폐쇄성을 낳는다. 청록파의 시적 한계는 근대적인 미학주의의 도식성과 함정을 이들이 극복해 내지 못한다는 사실에 있다. 그것은 이들의 기교가 그들의 내면적 분열을 감추거나 은폐시키는 역할을 하기 때문이다. 낭만적 이로니 속에 내장된 '불완전한 존재에 대한 상실감'이 미학적인 단순화에 의해서 소거되는 감이 없지 않다는 점은 청록파 시의 중요한 단점이다.

4. 청록파의 재평가[23)

청록파를 비롯한 1930년대 말~40년대 초 신세대 문인의 성격은 여러 가지 점에서 주목할 부분이 많다. 어쩌면 전통의 근대적인 재창조는 '청록파'를 비롯한 이 시기 문인의 내면의식 속에서 비로소 발견할 수 있을 것이다. 그것은 과거의 전통을 답습하지 않으며 피상적인 계승과 변형을 넘어서 '내면화된 상태'의 특징을 보여준다. 일본 제국주의의 패권의식을 담고 있는 '동양정신'의 당대적 영토와 이들의 문학은 일정한 거리를 지키고 있다. 특히 청록파로 표상되는 이 시기 자연의 발견은 내면화된 자기정체성의 정수라고 할 만하다.

---

23) 위의 글, pp. 302~303. 이 글과 논의 주제가 중복되므로 그 내용을 재수록함.

근대성에 대한 인식이 '전통'에 대한 인식을 수정한 예는 청록파와 30년
대 신세대문인 그리고 문협전통파의 정신적 경향에서 찾을 수 있다. 이 점은
반근대주의의 주장이 실은 근대적 인식체계의 일부라는 주장으로서 김동리,
서정주, 그리고 청록파 시인들의 전통주의가 사실은 전혀 반근대적이지 않
다는 것이다. 이 점은 종래에 이들의 문학적 경향 속에 내포되어 있는 비합리
성을 지적하면서 그들의 작품세계를 근대성에 대한 함량미달로 평가하던
견해를 비판하는 주장이다.

실제로 청록파 시인들의 시는 근대적인 자아의 자연발견에 해당되는 것
으로서 오히려 30년대까지의 한국시사가 지닐 수 없었던 내면화된 풍경을
시로 보여준 대표적인 경우이다. 이 점은 청록파 시인의 자연발견이 전통적
인 자연의 발견이나 산수시와 다른 위치에 있음을 의미한다. 이미 앞에서
말했듯이, 전통적인 형태의 자연은 근대적 인식체계를 통해서 내면풍경으로
서의 자연을 발견한 시인들에게는 그 정확한 실체를 알 수 없는 신기루
같은 것이다. 따라서 청록파 시인 3인의 자연에 대한 인식이나 전통의 발견
은 그 대상만 자연과 전통이라는 것일 뿐 그 인식적 틀은 철저하게 근대적이
다. 조지훈처럼 전통적 고적의 세계에 심취했던 경우에도 그것은 근대적
심미주의의 태도를 표방한 것으로서 전통적 선비취향보다는 무관심성의 관
조에 가깝다고 할 수 있다. 이 점은 칸트의 심미주의 혹은 무관심성이 박목
월, 조지훈의 시적 태도에 스며들어 있다는 의미이다.

이제 청록파에 대한 좀더 자세한 검토로 들어가 보기로 하자.

우선, (1) 서정주가 이들에게 '자연파'라는 이름을 붙이게 된 동기가 세
시인이 각기 시적 지향이나 표현의 기교, 율조는 달랐지만 자연을 제재로
하고 자연의 본성을 통하여 인간적 염원과 가치를 성취시키려는 시 창작
태도의 공통점을 지니고 있기 때문이었다는 점, 그리고 (2) 이 시집에 수록된
작품들이 광복 직전의 일제 치하에서 쓰여진 것으로서 시사적으로 당연히
중요한 의의를 지닐 수밖에 없다는 점 등 두 가지 사실을 통해서 당시 이

세 시인의 시사적 의의를 유추해 볼 수 있다.

앞의 두 가지 사실은 광복 직전의 열악한 현실이라는 상황적 측면과 '그 상황에 대한 시적 대응으로 나타난 자연의 발견'이라는 '상황과 시인'의 두 축을 그대로 반영하는 명제이다. 결국 『청록집』의 발간으로 인한 '청록파', '자연파'의 탄생은 일제 말기의 현실에 대한 시적 대응을 '자연의 발견과 새로운 해석'이라는 차원에서 생각하게끔 하고 있는 것이다. 그리고 바로 이 점이 박두진, 박목월, 조지훈으로 대표되는 일제 말기 1940년대 시인들의 공통된 세대의식 또는 시대의식을 나타내는 척도라고 할 수 있다. 이런 이유로 『청록집』의 발간은 한국문학사, 시사에서 '자연의 새로운 발견'을 가능하게 했고, 그 자연의 발견과정에서 나타난 '전통적 감각과 요소'에 많은 시인, 독자, 비평가, 문학 연구자의 시선을 주목하게끔 만들었다.

그렇다면 "어떤 까닭에서 세 시인이 마치 약속이나 한 듯이 자신의 시적인 제재를 자연으로 택했고 그 안에서 새로운 시적 전통을 발견하게 된 것일까? 혹시 이 점이 앞에서 말한 일제 말기 시인들의 공통된 시대의식, 또는 세대감각에서 연유하는 것은 아닐까?"하는 생각도 해 볼 수 있을 것이다.

이런 생각에 대한 해답은 1930년대 후반 카프와 모더니즘의 쇠퇴 이후 있었던 한국문학사의 '전통론', '고전부흥론'과 관련시켜 파악한다면 비교적 쉽게 찾아진다. 우선, 당시 '전통론'의 주요 논의가 ≪문장≫지를 중심으로 이루어졌다는 점과 청록파 시인들이 모두 ≪문장≫지를 통해서 처음 문단에 나왔다는 사실은 청록파의 자연관과 ≪문장≫의 전통지향성이 서로 밀접한 관계 아래 있다는 것을 증명한다. 두 번째로 청록파와 거의 비슷한 시기에 ≪문장≫지로 등단한 이한직, 김종한, 박남수의 시와 한국시사에서 거의 같은 세대에 속하는 서정주, 유치환, 오장환, 이육사, 백석, 이용악 등의 시를 비교해 봄으로써 이들 시인들 사이에 '전통과 자연'을 인식하는 어떤 공통된 세대감각이 존재한다는 사실을 발견할 수 있다.

서정주, 유치환이 보여준 삶과 생명에의 의지와 격정, 분노는 이용악의

'한', '설움과 비통', '유랑민의식'과 같은 시대적 맥락을 지니고 있고, 또한 이한직, 오장환의 소시민적 모더니즘은 그 언어표현 이면의 정서에서 오히려 박남수, 박목월, 박두진과 유사한 면이 있다. 이런 사실은 1950년대 이후 한국시사의 흐름을 전통주의와 모더니즘의 대립으로 도식화하는 견해에 대한 부분적인 유보조건이 된다. 좀더 분명하게 말하면 청록파는 1940년대 한국시단에서 전통과 자연을 현대적인 정신과 형식으로 재발견했다는 점에서 이미 전통주의와 모더니즘의 경계를 넘어서고 있다. 다시 말해서 청록파는 자연과 전통의 재발견을 통해서 시적 모더니티의 새로운 영토를 개척해낸 것이다.

청록파의 출현은 일제치하 말기의 시대적 현실이 주는 억압이 젊은 세 명의 시인에게 공통적으로 작용한 결과로서 한국의 근대적 자연시의 한 유형을 특징적으로 보여주었다. 이는 근대의 자연시란 결과적으로 그 시대 현실에 대한 반작용일 수 있다는 점을 보여주는 좋은 예이기도 하다.

자연시나 전원시라는 말은 근대 이후의 역사적 인식이 변화하는 과정에서 그 의미가 새롭게 형성된다. 전통적으로 동·서양의 자연관은 '본질 혹은 모방의 대상'이라는 측면을 지니고 있었다. 자연이 인간 삶의 환경이자 세계 그 자체였고 문명적 요소보다는 자연적인 요소가 인간에게 더 친밀하고 완벽한 신의 창조물로 여겨지던 시대에 시나 예술의 평가 척도는 그것이 어느만큼 자연을 완벽하게 흉내내는가에 달려 있었다. 그러나 근대에 접어들면서 자연에 대한 인간의 의식은 크게 변화되는데, 먼저 전통적인 자연미에 대립하는 인위적인 인공미의 출현이 그것이다.

모더니즘의 출현은 '모방의 시', '감정분출의 시'에서 '인위적인 창조와 기교로서의 시'라는 개념으로의 변화과정을 그대로 담고 있다. 자연은 이제까지 누리고 있던 '본질적인 아름다움'의 영역에서 물러나 단지 인간을 둘러싼 외부적 환경 중의 하나에 불과한 것이 된다. 그것은 인간의 창조물인 건축, 즉 도시 자체가 신의 창조물인 자연과 대등한 혹은 우월한 위치를 차지하게 되었다는 사실을 의미한다.

청록파의 자연에 대한 새로운 발견도 본질적으로는 이러한 '근대적 자아의 인식 구조' 안에 존재한다. 청록파의 자연은 현실적인 완성태에 대한 모방의 의미로서의 자연이 아니라 이들 시인에게 내면화되어 있는 '이상적 현실에 대한 동경'이 하나의 형상으로 표현된 것이다. 청록파는 이 점에서 시적 모더니티의 중요한 특징인 '인위적인 창조'의 영향권 안에 존재하며 '현실부정과 유토피아 의식'을 함께 공유하고 있다.

청록파의 시는 1940년대의 억압적 현실을 이러한 시적 모더니티를 통해서 극복하려고 한 노력의 산물이다. 『청록집』에 실린 시 중에서 특히 박목월의 시가 현실적 자연이 아닌 시인의 내면에 있는 '이상적 자연'을 그려내고 있다는 점이 종종 지적되곤 하는데 이 점도 바로 청록파의 시적 모더니티를 증명하는 좋은 예라고 할 수 있다. 현실부정의 인식이 내면 속의 자연을 새롭게 발견, 창조하게끔 유도했고 결국 자연이라는 전통적 소재가 시적 모더니티의 하나로 변신하게 된 것이다. 조지훈의 '정적인 전통주의와 동양적 미의 발견'도 역시 자연을 매개로 한 전통접목과 현실부정이라는 중요한 특성 안에서 설명이 가능하다. 또한 박두진의 '기독교적 낙원(에덴) 이미지'도 현실부정의 테두리 안에 존재한다. 이러한 사실은 이들 세 시인의 자연 인식이 궁극적으로는 현실부정이라는 공통된 의식을 그들이 지향하는 개성 있는 이상주의로 채색하는 과정에서 나타난 것이라는 점을 알게 한다.

결국 『청록집』에 실린 시들은 현실부정이라는 내적 정신의 긴장이 '자연'이라는 매개를 통해서 표현된 것이며 그 시들이 보여주는 '자연'은 세 시인의 개성 있는 부정정신에 의해서 각각 새롭게 해석된다. 박목월은 정적, 수평적 이동의 이미지를 통해서 자연을 '이상적인 동화(童話) 혹은 동양적 산수화의 세계'로 그려내고 있고 조지훈은 자연을 '전통적 미와 멋의 세계를 발견하고 입적의 경지'에 이르는 수단으로 삼는다. 또 박두진은 기독교적 신앙을 바탕으로 의지적, 수직적, 상승적인 식물 이미지를 통해 자연을 '기

독교적 에덴'이라는 이상적 공간으로 그려내고 있다. 이런 특징은 이들 청록
파의 시가 현실적 공간으로서의 자연이 아닌 이상적 공간으로서의 자연을
그리고 있다는 중요한 사실을 명확하게 드러내는 것들이다. 그리고 그러한
이상적 공간은 내면의 풍경을 유토피아주의로 바꿀 줄 아는 근대적 자아의
인식틀에 속하는 것이다.

문학적 근대기획과 전통 · 반전통
―1930년대 모더니즘시와 시론을 중심으로―

1. 서론

1930년대 모더니즘에 대한 기존의 연구는 대략 세 가지의 관점을 바탕으로 해서 이루어져 왔다. 첫째, 비교문학적인 측면에서 외국의 문학이론이 우리에게 어떻게 수용되었는가를 중점적으로 살피는 수용사의 관점. 둘째, 문학사회학과 정신사의 측면에서 수용자의 주체적인 조건을 중점으로 고려하는 방법. 셋째, 근대성과 도시의 문제를 관계지음으로써 그 사회적인 생산의 조건과 환경을 밝히는 방법 등이다.[1]

---

1) 최혜실, 「모더니즘의 의미와 한계」, 『한국현대시사의 쟁점』, 시와시학사, 1991. pp. 305~308. 참조. 이 논문의 자료를 바탕으로 모더니즘 연구사를 참고 삼아 정리하면 다음과 같다.
　가) 수용사 연구―백철, 『조선신문학사조사』, 백양당, 1949. pp. 224~242. ; 김춘수, 『한국현대시형태론』, 해동문화사, 1958. pp. 73~102. ; 조연현, 『한국현대문학사』, 성문각, 1969. p. 501. ; 송욱, 「한국모더니즘비판」, 『시학평전』, 일조각, 1963. ; 김우창, 「현대시와 형이상학―하나의 관점」, ≪세대≫ 60, 1968. ; 이창준, 「20세기 영미 시 비평이 한국현대시 비평에 미친 영향」, ≪단국대논문집≫ 7, 1973. ; 이창배, 「현대 영미시가 한국의 현대시에 미친 영향」, 동국대박사학위논문, 1974. ; 김종길, 「한국현대시에 끼친 T. S. 엘리어트의 영향」, 『진실과 언어』, 일지사, 1974. ; 구연식, 「한국 다다이즘의 비교문학적 연구」, 동아대박사학위논문, 1974. ; 김은전, 「30년대 모더니즘 시운동에 대한 비교문학적 연구」, ≪국어

첫 번째의 관점은 서구 모더니즘의 이론과 1930년대 모더니즘을 직선적으로 대비하는 시각으로서 한국문학사의 '주체적인 근대 인식'이라는 변수와 사회적인 생산조건, 환경을 고려하지 않는 단순성을 드러내고 있다. 이 시각은 주로 1950~60년대의 원론적인 연구에서 발견되는데, 한국 모더니즘 시의 외면적인 한계, 특징을 밝혀준 반면 '주체'와 '영향'의 관계를 지나치게 단순하게 봄으로써 지역과 국가, 민족에 따른 근대체험의 차이와 '모더니즘의 지역적 다양성'을 간과하고 있다. 두 번째의 관점은 수용자의 주체적인 조건, 환경에 의한 문학이론의 변화 굴절을 설명하기 위한 연구 방법으로서 1930년대 모더니즘은 서구 모더니즘의 모방이 아닌 '한국 모더니즘의

교육≫ 31, 1977. ; 박인기, 『한국현대시의 모더니즘 수용 연구』, 서울대박사학위논문, 1987. ; 전규태, 「모더니즘 문학과 그 한국적 수용」, ≪비교문학연구≫ 2, 전주대비교문화연구소, 1989.
나) 문학사회학과 정신사에 관련된 연구—김용직, 「모더니즘의 시도와 실패」, 『한국현대시연구』, 일지사, 1974. ; 오세영, 「모더니스트 비극적 상황의 주인공들」, ≪문학사상≫, 1975.1. ; 김용직, 「현대열과 작품의 실제—이상론」, 『한국근대문학의 사적 이해』, 삼영사, 1977. ; 정한모, 「순수문학과 모더니즘」, 『현대시론』, 보성문화사, 1982. ; 김윤식, 「소설사의 역사철학적 해석」, 『한국근대소설사연구』, 을유문화사, 1986. ; 한상규, 「1930년대 모더니즘문학에 나타난 미적 자의식에 관한 연구—이상, 김기림을 중심으로」, 서울대석사학위논문, 1989. ; 강은교, 「1930년대 김기림의 모더니즘 연구」, 『한국근대문학비평사연구』, 세계, 1989. ; 김윤식, 『한국근대문예비평사연구』, 일지사, 1974. ; 『한국현대시론비판』, 일지사, 1975. ; 『한국근대문학사상비판』, 일지사, 1978.
다) 근대성과 모더니즘의 문제에 관련된 연구—서준섭, 「모더니즘과 1930년대의 서울」, ≪한국학보≫, 1986. 겨울. ; 김윤식, 「한국모더니즘문학연구(1), (2)」, ≪한국학보≫, 1988. 봄. ; 이미경, 「김기림 모더니즘문학연구—'근대성'의 의미변화를 중심으로」, 서울대석사학위논문, 1988. ; 최혜실, 「'소설가 구보씨의 일일'에 나오는 산책자(flaneur)연구」, ≪관악어문연구≫, 1989. 3. ; 「이상문학에 나타나는 이항대립 해체로서의 근대성」, ≪의민 이두현교수 정년퇴임 기념논문집≫, 1989. ; 김춘식, 「최재서 비평 연구—소시민 비평과 근대적 지성의 파산」, 동국대석사학위논문, 1992. ; 유임하, 「1920~30년대 시에 나타난 근대문명 인식」, ≪한국문학연구≫ 14, 동국대한국문학연구소, 1992. ; 하정일, 「1930년대 후반 문학비평의 변모와 근대성」, 민족문학사연구소 편, 『민족문학과 근대성』, 문학과지성사, 1995. ; 김윤식, 『이상연구』, 문학사상사, 1987. ; 서준섭, 『한국모더니즘문학연구』, 일지사, 1988.

재창조'라는 관점을 보여준다.

그러나 이 두 관점은 그 성격에 있어서 제국주의적인 담론의 유형과 국수주의적인 담론의 특징을 각각 보여준다는 점에서 또한 비판의 소지가 있다. 근대문학을 이식문학으로 보느냐 자생적 근대문학으로 보느냐의 문제는 형태상 제국주의와 국수적 민족주의의 범주를 벗어나지 못하는 논의가 되기 쉽기 때문이다. 따라서 1930년대의 모더니즘에 관한 문학사적인 논의가 '미적·문학적인 근대(modernity)'의 문제와 밀접한 관련을 맺고 있다는 사실은 이 두 관점에 대한 검토와 비판의 중요성을 보장하는 중요한 근거이다.

세 번째의 관점은 두 번째의 관점과 유사한 자세를 지니고 있지만 종래에는 주목하고 있지 않았던 한국 문학의 근대성과 도시—특히 1930년대 경성—라는 문화적인 환경을 중점적으로 살피고 있다는 점에서 의의를 지닌다. 사회적인 생산의 조건에 대한 면밀한 고찰을 통해서 모더니즘의 생산조건과 발생원인을 외래적인 문화 환경의 영향에서만이 아니라 내적인 환경의 고찰을 통해서 발견하려고 한 것이 특징이다.[2]

주로 연구사의 초창기에 행해졌던 첫 번째 관점의 연구는 서구 모더니즘을 절대적 가치의 대상으로 파악하는 서구 편향성을 드러냄으로써 한국 모더니즘의 특수성을 간과하고 가치를 폄하한다는 중대한 결점을 지니고 있었다. 그러나 기교의 우위와 역사성 획득의 실패, 서구 문명의 피상적 습득, 시적 깊이의 결여, 경박성, 이론상의 허점 등 30년대 모더니즘에 대한 지적 자체는 지금도 정당하다. 단지 그 이유에 대한 설명을 보여주지 못했다는

---

2) 시의 생산 조건은 외적인 영향에 의해서만 달성될 수는 없다. 시의 이론이나 비평이 외적인 영향에 의해서 근대적인 형태를 띨 수는 있으나 시나 소설의 양식 자체가 외부의 영향에 의해서 근대적인 양식을 이룬다는 것은 불가능하다. 특히 시는 당대의 현실적인 생산 조건에 대한 시인의 정서적 반응을 바탕으로 해서 양식의 변화가 나타나므로, 본질적으로 감수성의 혁신이 일어날 수 있는 외적 환경이 조성되기 전에 시의 양식적 변화가 선행된다는 것은 잘못된 견해라고 할 수 있다. 따라서 양식의 완숙을 이룩한 모더니즘 시를 단순히 이론에 경도된 기교주의로 바라보지 않고 당대의 현실적 변화와 연결시켜 바라보는 태도는 상당히 긍정적이다.

점은 여전히 비판되어야 할 것으로서 그 관점과 연구의 피상성에서 연유하는 것이라고 하겠다.

결국 70년대 이후의 연구성과인 두 번째와 세 번째 관점의 연구에 의해서 한국 모더니즘의 표면적인 평가와 특성에 대한 원인 설명이 주어졌지만 가치 평가의 문제는 여전히 유보되었다. 기존의 선행 연구—두 번째의 관점을 지닌—가 종종 성급한 가치의 재평가를 시도하면서 한국 모더니즘에 대한 그릇된 가치 폄하를 시정하겠다는 의도를 드러내곤 했지만 그 발생의 배경과 원인에 관한 이해의 폭이 넓어졌다고 해서 가치평가 자체가 바뀐다는 것은 다소의 논리적인 비약이 포함되어 있는 견해라고 할 수 있다. 따라서 한국 모더니즘의 본질적인 특색과 자생적인 생산 조건에 주목하는 세 번째의 견해에서 한국 모더니즘의 성격을 '소시민적 지식인의 자의식 문학'이라고 본 점은, 두 번째 연구의 태도가 가치 평가에 있어서 도입한 정신사적인 긍정의 평가를 다시 유보시키고 그 한계를 명확히 지적하고 있다는 점에서 객관적인 설득력을 확보하고 있다.

그러나 이 세 번째의 관점을 취하고 있는 연구에서도 도시라는 환경과 문화적 충격에 지나치게 초점을 맞춤으로써 30년대 모더니스트들의 인식이 지닌 근본적인 한계를 설명하지 못하고 있고 그 문학사적, 미적인 가치의 평가를 결여하고 있다. 결과적으로 가치 중립의 자세에서 한국 모더니즘의 생산 조건을 고찰하는 해석 비평의 자세를 견지하고 있는 것이다.

문학사와 미적인 가치의 체계에 대한 검증이 없이 두 체계가 혼재되어 있는 문학사는 오히려 가치의 혼동을 초래할 뿐이다. 특히 특수한 역사적 조건과 문학사적인 파행이 중첩된 한국문학사의 조건은 적극적인 비평적 가치 판단의 자세를 요구한다. 이 점에서 선행 연구의 한계는 문학 외적인 배경과 정신사적인 지형도(地形圖)를 작성한 상태에서 문학으로 다시 돌아오지 않고 있다는 점에 있다. 따라서 본고에서 다룰 30년대의 모더니즘 문학론은 선행연구의 '지도'를 따라가며 가능한 한 적극적인 가치 평가를 시도하려고 노력하는 자세를 취하고자 한다. 특히 모더니즘과 근대성을 바라보는 본고의 관점은 '전통과 반전통'이라는 두 가지의 선택조건에 대한 모더니스트들의 인식에 초점을 맞추고 있음을 밝혀둔다.

근대성(modernity)은 근대에 대한 인식주체의 세계관을 반영하며 그 시대의 중심적 현상에 대한 인식주체의 규정에 근거한다. 다시 말해서 하나의 이론 혹은 비평적 관점이 새롭게 등장하는 배경에는 언제나 그 시대를 관통하는 특정한 역사적 환경과 인식의 태도가 존재한다. 문학에 관한 사고와 관점의 변화는 곧 새로운 세계관의 탄생을 의미하는 것이다. 문학에 대한 다양한 관점이 동일한 시대에 존재한다면, 그것은 시대의 '중심적인 현상(문화 혹은 제도의)'에 대한 인식주체의 대응이 그 만큼 다양하고 복잡했음을 뜻한다.

중심적 현상은 그 현상에 영향을 받는 인식 주체의 태도에 의해서 다시 개념화되고 재규정되는 데, 이 재규정의 결과는 하나의 문화론 혹은 문학론을 만드는 토대이다. 예를 들어, 맑스주의 문학론이나 모더니즘 문학론은 '근대(modern)'라는 중심현상에 대한 두 가지 인식주체의 상이한 대응이 낳은 산물이라고 할 수 있다. 그리고 이 두 인식주체는 그 인식의 결과인 '근대성(modernity)'이라는 것의 실체를 각각 다르게 규정함으로써 세계관의 차이를 명확하게 드러낸다. 따라서 하나의 문학이론 혹은 비평적 태도의 발생과 성과를 살펴본다는 것은, 그 논리의 시발점이 되는 '중심적 현상'과 그 현상에 대한 인식주체의 태도를 규명하는 작업이다. 문학이론 자체도 시간의 경과에 따라 변천하는 역사적 산물이라는 점에서 하나의 이론이 거둔 성과와 한계를 평가하는 것은 본질적으로 역사 속의 주체(identity)를 탐색하는 일이기 때문이다.

한국 근대문학사에서 30년대 모더니즘을 이끈 역사적 주체의 성격에 관한 연구는 바로 당대 지식인의 근대기획이 어떠했는가 하는 문제로 직결된다. 근대문학의 초창기부터 지속되어온 근대기획의 연장선에서 30년대 모더니즘은 근대기획의 마지막 계승자이자 동시에 한계에 봉착한 근대기획에 대한 반성자의 위치에 놓인다. 30년대 모더니즘에 부여된 이러한 모순된 두 가지 문학사적 위치는 인식적 주체(identity)의 성격을 규정하는 두 가지 핵심적 요건이었다. 따라서 모더니즘의 전통과 반전통 인식이 모순된 상황에 놓인 한국의 모더니스트에게 어떻게 받아들여졌는가 하는 점은 30년대 모더니즘의 한계와 근대기획의 수정방안을 결정짓는 중요한 변수이다.

본고는 30년대 모더니즘의 시와 시론이 지닌 성격을 먼저 살펴본 뒤에 2장 3절에서 최종적으로 모더니즘의 전통과 반전통 의식이 어떻게 근대, 반근대의 사상으로 바뀌는지를 밝히고 30년대 모더니즘이 계승한 문학적 근대기획이 한계에 봉착할 수밖에 없었던 원인을 규명하고자 한다. 우선적으로 본고가 전제로 하는 조건은 30년대 도시문물의 근대화라는 환경적 조건과 새로운 정서, 감수성을 반영하는 것이 한국의 모더니즘 문학이라는 명제이다.3) 그러나 좀더 자세히 말하면 문학 작품의 실질적인 생산조건과 내용이 근대적 환경과 정서를 바탕으로 하더라도 한국문학사에서는 그것이 오히려 문학적 근대기획의 한계조건이 될 수도 있었다는 것이 본고의 관점이다.

2. 본론

2.1. 30년대 모더니스트들의 당대 사회에 대한 시적 인식
　　—김기림을 중심으로

'구인회'를 중심으로 한 30년대 모더니즘의 운동은 예술적인 형식을 매개로 하는 사회 인식의 소산이다. 하나의 예술 작품은 당대의 문화와 제도의 부산물이며 그 영향권 안에 있다. 따라서 예술의 형식과 재료에 대한 예술가

---

3) 서준섭, 『한국모더니즘문학연구』, 일지사, 1988. 참조.

의 기교적 실험이나 기능주의 자체에도 이미 당대성은 스며들어 있다. 예술 작품의 구조는 이 점에서 무엇보다도 깊이 당대의 사회 구조를 반영하며 그 구조적 모순을 예술적으로 드러낸다.

30년대 모더니즘에 대한 평가의 단초는 여기서부터 시작된다.

문학의 당대적 인식에는 두 가지 형태가 존재하며 그 인식은 구조의 두 측면인 내용과 형식을 매개로 하여 이루어진다. 첫 번째의 인식적 양상은 문학 작품의 외적인 내용과 사상을 중점으로 한 당대 인식으로서 구조적인 '감춤'의 양식이 아니라 '드러냄'을 지향한다. 두 번째의 형태는 구조적인 내면화를 지향하며 그 인식의 양식화를 목표로 한다. 한국의 문학사 특히 근대 시사의 전개는 이 두 가지 지향의 거듭되는 충돌과 자기 혁신에 의하여 이루어져 왔으며 그 결과는 현대시의 정착으로 가시화되었다. 양식과 변화 하는 시대 정신, 주제, 사상의 두 측면에 대한 시인, 작가의 고민과 자기 극복의 과정이 한국의 현대시를 변화시켜 왔으며 결국은 두 요소를 예술적 으로 통합하고 구조화시킨 것이다.

한국문학사의 근대기획은 이러한 역동적인 힘에 의해서 상당히 짧은 시 간 안에 본궤도에 진입했다고 여겨진다. 양식과 사상의 양면에서 새로운 시도를 통한 근대기획은 꾸준히 추진되어 왔고, 양식과 사상의 충돌은 곧 문학사의 역동적인 힘을 그대로 반영하는 것이었다. 근대기획 자체가 서구 적인 근대의 '따라잡기'에 치중하고 있었지만 이런 의식의 근저에는 자신감 과 낙관적인 희망이 있었고, 그것은 의식되지 않은 '전통의 힘'에 의한 '영향 의 극복'으로 나타나고 있었다.[4]

---

4) 하정일, 「1930년대 후반 문학비평의 변모와 근대성」, 민족문학사연구소 편, 『민 족문학과 근대성』, 문학과지성사, 1995. p. 365. 참조. 이책에서 필자는 한국의 근 대문학사를 '쫓아가기'의 '근대기획'으로 설명한다.
조동일, 『한국문학통사』 5 (지식산업사, 1994)에도 이런 관점이 부분적으로 나와 있다. 그러나 조동일의 관점은 '자생적 근대추진력'을 더 강조하는 입장이어서 '따라잡기'라는 표현에서 알 수 있는 이식문학사의 관점이 지닌 부분적인 긍정 성을 폄하하고 있다. 그러나 한국의 '근대기획'은 (조동일이 주장하는) '근대로의

30년대 중반까지 한국의 근대 시사는 여전히 양식적 정착기에 놓여 있었다. 신문학 초창기부터 이 시기에 이르는 동안 아직까지는 대부분의 시인과 시들이 역사의식과 시대의식을 하나로 통합시킨 '미적인 완성의 형식'을 보여주지 못하고 있었기 때문이다. 다시 말해서 식민지 현실의 실질적인 모순을 예술적으로 극복하는 과정의 첫 번째 장애물은 '민족적인 형식의 근대시'를 완성하지 못한 점이라고 할 수 있다. 이 말은 한국 시문학사의

이행기' 동안에 축적된 자생적인 근대추진력을 바탕으로 1930년대 중반까지 '서구 근대문학'에 대한 '따라잡기'라는 일관된 형태의 방향성을 지녔던 것이 사실이다. 그리고 이러한 '근대기획'에 대한 반성이 30년대 후반부터 '한국문학의 이식성'이라는 문제를 중심으로 나타나기 시작한다. 따라서 임화를 비롯한 30년대 문인들의 '이식문학논의'는 '이식문학이 곧 근대문학의 성격이다'라는 방향성 규정의 명제가 아니라 그때까지 지속되어온 '근대기획'의 오류에 대한 현상진단이자 뼈아픈 반성의 표현이라고 할 수 있다. 이제까지 '이식문학론의 극복'이라는 과제로 다루어져 온 이러한 인식은 식민지 지식인의 근원적인 자아상실을 반영하는 표현이라기보다는 그러한 '상실된 자아에 대한 인식'이 싹트는 지점에 놓여 있다. 결국 진정으로 극복되어야 할 과제는 1930년대까지 추진되어온 '근대기획의 오류'이며 임화를 비롯한 당대문인들의 '근대기획수정'에 대한 인식 자체는 아니다. 물론 부분적으로 굴절된 '근대기획' 앞에서 좌절하는 30년대 문인들의 뿌리깊은 자아상실감과 이식된 문학현상에 대한 '자기변명', '순응주의' 등이 보이지 않는 것은 아니지만 이 시기 문인들의 '근대기획수정안'에 대한 인식은 좀더 면밀히 검토되어야 하며 긍정적인 평가 또한 가능하다고 여겨진다. 조동일의 견해는 '자생적 근대추진력'을 인식하지 못하고 '따라잡기'에 바빴던 30년대 중반까지의 한국근대문학에 대해 비판적인 시각을 견지하고 있지만, 이러한 30년대 중반까지의 따라잡기를 중심으로 한 문학적 '근대기획'에도 그 나름의 긍정과 부정의 측면이 함께 존재한다고 하겠다. 임화의 「조선문학연구의 일과제—신문학사의 방법론」(≪동아일보≫, 1940.1.18)의 <전통>항목에서 밝힌 다음과 같은 구절이 그 좋은 본보기이다. "외래문화의 탐닉은 곧 고유문화, 재래유산의 해체를 촉진하고 그것의 완료가 곧 새 문화의 제조가 된다. 이것은 낡은 문화의 패배다. 그러나 문화교류에 있어 이러한 일방적 교섭은 정치적 침략의 정신적 표현에 불과하다. 또한 그러한 침략이 완전히 수행되기는 야만인과의 사이에서만 가능한 것이다. 동양 제국(諸國)과 서양의 문화교섭은 그것이 순연한 이식문화사를 형성함으로 종결하는 것 같으나, 내재적으로는 또한 이식문화사를 해체하려는 과정이 진행되는 것이다. 즉 문화이식이 고도화되면 될수록 반대로 문화창조가 내부로부터 성숙한다." 김춘식, 「한국문예비평사의 사회·문화적인 서술을 위한 시론-임화의 신문학사 서술 방법론을 중심으로」, ≪국어국문학논문집≫ 17, 동국대국문과, 1996. 참조.

근대기획이 표면적으로는 서구 근대문학 '따라잡기'를 방향으로 설정하고 있었지만 그 실질적인 내용은 식민지 현실의 예술적 극복을 위한 '민족적인 형식의 근대시' 완성에 있었다는 뜻이기도 하다.

그런 점에서 1930년대 모더니즘이 지닌 현실 인식의 의의가 작품 속에 무의식적으로 내재화된 구조에서 찾아진다는 점은 중요한 의미를 지닌다. 문학의 현실인식은 구조화를 지향한다. 다시 말해서 30년대 모더니즘이 내세운 이전 세대에 대한 '편내용주의와 감상적 센티멘탈리즘에 대한 극복'이라는 명제는 문학 작품에 내재화되어 새로운 주제와 현실인식을 지향하는 것이다.

김기림의 「시론」은 이 점에서 주목을 요한다.

시를 말할 때에 항용 내용과 형식을 구별한다. 내용은 우리 생각으로는 사상적 가치를 이르는 것 같고 형식은 우리가 기술이라고 부르는 것에 가까운 것 같다. 그래서 항용 내용주의라고 함은 사상적 가치를 편중하는 것이고 형식주의라 함은 기술을 편중하는 것을 가리켜 일컫는 것 같다.

내용과 형식=사상과 기술의 혼연한 통일체로만 이해하려는 의견은 한 통일주의, 전체주의라 불러도 좋을 것이다. …(중략)… 사상만 있으면 시가 된다든지, 시적 영감만 있으면 시가 된다든지 하는 편리한 생각은 어느 시기의 우리 시단을 풍미한 法典이었다.

그러나 남은 것은 시가 아니고 감정의 생경한 원형이거나 관념의 化石인 경우가 많았다.

이 나라에서의 기술주의의 대두는 이러한 원시적인 소박한 풍조에 대한 「안티테제」로서 제출된 것이다. 정서와 감흥과 영감의 만능에 대한 반역이었다. 아주 기술의 문제를 잃어버릴 뻔한 판에 그것을 다시 불러 일으키기 위하여는 기술주의는 너무 과격하기 조차 하였다. 너무 성급하였다. 극단으로 흘렀다. 그것은 물론 첫째로 강여한 문학적 반역의 정신 위에 섰고 적어도 문학적으로 시대적 의의를 의식한 행동이었다. 그래서 시의 순수를 열망한 시정신은 드디어 비기술적인 것들을 시의 본질하고는 관련이 없는 것으로 고발하기 시작하였

던 것이다.[5]

　위의 인용문에서 알 수 있듯이 김기림은 30년대 모더니즘의 한계를 자체
적으로 검토하면서 기술주의 편향을 그 원인으로 지적한다. 그러나 이 지적
은 모더니즘의 단점이 편내용주의에 대한 '안티테제'를 지향했기 때문에
발생한 문제였지 방향자체는 본질적으로 틀리지는 않았다는 주장을 포함하
고 있다. 모더니즘 시론의 본질적인 방향은 기술주의와 내용주의의 합치에
있다는 주장이다. 모더니즘이 언어와 시의 형식을 중요시한다는 것은 내용
을 소홀히 하는 것이 아님을 밝히고 있는 것이다.

　이 점에서 김기림의 시론은 다른 모더니스트의 시와는 다소 동떨어진
감이 없지 않다. 정지용의 현실 배제적인 측면, 김광균의 관념의 이미지화,
이상의 파편주의 등은 기술에 대한 의식의 다양성을 보여주기는 하지만 기
술적 혁신을 통한 사상의 변화에는 이르지 못하고 있기 때문이다. 그의 후기
시론을 대변하는 '전체시론'의 입장을 밝히고 있는 위의 인용문은 이 점에서
그의 '초기 모더니즘'에 대한 반성을 포함하고 있다. 더불어 이러한 모더니
즘의 한계에 대한 자기 반성과 비판은 30년대 모더니스트들이 스스로의
문학론에 한계를 느끼고 있음을 드러낸다.

　한국문학의 근대기획이라는 측면에서 생각해 볼 때 모더니스트의 한계의
식은 양식과 주제의 역동성을 다시 자극하는 요소일 뿐 근본적인 한계로서
작용하지는 않는다. 모더니스트의 카프비판과 자기반성은 근대기획의 일부
로서 근대문학 성장의 한 계기이기도 하기 때문이다. 김기림은 모더니즘을
스스로 비판하면서 동시에 카프에 대한 비판이 여전히 유효함을 밝힌다.
양식, 주제의 양면에서 카프와 모더니즘이 모두 저마다의 한계를 지니고
있음을 지적하는 것이다. 이런 지적의 이면에는 구체적이지는 않지만 한국

---

5) 김기림, 「속 오전의 시론」, ≪조선일보≫, 1935. 9. 17〜10. 4. (『김기림 전집 2』,
　심설당, 1988. pp. 187〜188에서 재인용)

근대시의 나아갈 방향이 어느 정도 암시되어 있다.

김기림은 근대의 파산을 선고하면서 "조선에 있어서 지금까지 신문화의 '코스'를 한마디로 요약한다면 그것은 근대의 추구였다."[6]고 말한다. 1930년대 후반 이전까지 한국문학에는 일관된 방향성과 지향점이 있었다는 뜻이다. 그것이 바로 근대성의 추구였고 '근대문학의 완성'은 곧 '민족문학의 완성'을 의미한다. 결국 카프의 비판과 모더니즘에 대한 김기림의 자기비판도 근대성의 추구를 위한 한 방편임을 알 수 있다.

카프와 낭만주의 시의 부정적 경향에 대한 모더니스트들의 비판은 정당했지만 그 해결의 방법은 김기림이 밝히고 있듯이 '너무 성급하고 과격'했다. 또 편내용주의와 감상주의에 대한 반대 가치를 '기교와 지성'에서 발견하려고 한 것 자체도 지나치게 도식적인 발상이었다. 이에 대한 반성은 '내용 대 기교', '감성 대 지성'이라는 대립적인 사고의 무의미에 대한 비판적 인식을 싹트게 했고 더 나아가 30년대 후반 이후 서구 주지주의에 대한 회의와 비판의 계기로 작용한다.

30년대 모더니즘의 시가 그 양식 안에 모더니즘적인 당대 인식을 구조적으로 반영하고 있다는 명제는 30년대 시의 양식이 지닌 한계와 특징을 파악하는 중요한 단서이다. 김기림의 대립적 사고는 '양식을 통한 사상의 구조화'라는 표현 앞에서는 무의미한 것이기 때문이다. 사상과 형식, 즉 내용과 기교는 애초에 하나의 양식 안에서 정립되어야 할 요소일 뿐이다.

'근대시의 양식적 정립'이란 양식을 통한 사상의 내적 반영을 그 목표로 한다. 이 점에서 카프의 시와 모더니즘의 시는 각각 완성된 양식의 불완전한 분열체로만 존재한다. 30년대 모더니즘의 기교주의에서 형식의 새로움만이 아니라 사상의 빈곤 혹은 감각적 이미지의 흐름이 함께 느껴지는 것은, 그 시 양식 안에 사상이 전혀 존재하지 않기 때문은 아니다. 이런 특징은 오히려

---

6) 김기림, 「우리 신문학과 근대의식」, 『시론』, 백양당, 1947. p. 57.
   ______, 『김기림 전집』 2, 심설당, 1988. p. 43.

그 사상의 질적 속성을 나타내는 것으로써 양식적 특징은 30년대 모더니즘
의 사상(思想)을 그대로 반영한다. 30년대 모더니즘의 지성은 '도구적 지성'
이며 이미지와 기교를 만드는 '기술적 배려'를 의미한다. 따라서 이러한 '지
성'은 '인식'을 통한 사유를 동반하지 못하며 단지 '언어'와 '대상', '의식'이
분리되어 있는 단계에 머물 뿐이다.[7]

  30년대 모더니즘 시에서 대상에 대한 자각이 결여된 '사물시'의 양식적
효과는 당대의 식민지 근대성에 대한 표면적인 인상의 재현과 느낌 전달로
만 제한된다. 즉, 인식 주체는 당대의 중심적 현상을 '인식'하지 못하고 단지
'지각'하거나 '표현'하려고 할 뿐이다. 이러한 태도는 대상의 이미지를 재현
하는 언어 배열에만 사용된 지성의 불구성(不具性)을 그대로 드러낸다. 감각
적 이미지만으로는 당대의 중심현상인 근대의 실체가 제대로 파악될 수 없
기 때문이다. 이 점에서 30년대 모더니즘의 시적 인식은 여전히 인식적 행위
가 폐쇄된 식민지 소지식인의 영역 안에 갇혀 있다고 할 수 있다.

---

7) "인식의 3요소인 의식과 언어와 대상은 존재론적으로 불가분의 관계를 맺고 있
   다. 의식과 대상의 상호관계에서 언어의 기능을 관찰하는 현대의 언어관은 시어
   의 특징을 이렇게 대상에 대한 의식의 차이와 이 의식과 함께 작용하거나 이
   의식을 주관하는 언어의 특수한 용법에서 찾게 되었다. 즉, 대상에 대한 의식의
   차이에 따라 언어의 차이가 발생한다." 김준오, 『시론』, 삼지사, 1991(1982), p.
   42.
   인식은 곧 시인의 경험을 전달하는 기본적인 요건이라는 것이 신비평의 일관된
   논리이다. 그리고 신비평은 모더니즘의 예술주의를 주장하는 인식 주체들에 의
   해서 실천된 주지주의 비평의 한 부류이다. 즉, 모더니즘 시론과 비평은 신비평
   에 의해서 '완성'을 이루었다고 할 수 있다. 이 점에서 30년대 모더니즘 시와 시
   론의 한계는 인식을 가장 중요한 '시적 경험'의 요건으로 생각하는 신비평의 논
   리와 비교할 때도 명확하게 나타난다. 인식의 3요소가 각기 분열된 상태에 있는
   30년대 모더니즘의 시는 그 점에서 '식민지적 근대의 기형성'을 구조적으로 반
   영하며, '언어와 대상'에 집중된 '기교주의', '회화주의', '사물시' 등의 문제점과
   그 원인을 그대로 보여준다. 본고의 2장 2절 '30년대 모더니즘 시의 의미'에서
   예로 든 김광균의 시는 시적 즉물주의의 원인이 시적 주체의 인식적 한계에 있
   음을 잘 나타내고 있다. 근대를 서구적 물질문명과 근대적 도시환경에서 발견하
   려고 한 주체의 피상적 인식태도가 당대의 중심적 현상을 제대로 파악하지 못
   하게끔 하는 원인으로 작용하고 있기 때문이다.

그러나 한 편으로는 시적 양식의 정립기에 도달한 한국 근대시의 한 현상으로서 이러한 경향을 해석할 여지도 없지는 않다. 예를 들어 양식의 미완성은 일종의 혼란으로서 문학적 독자에게 다가가는데, 모더니즘의 시는 가장 과격한 시적 파격을 지향하던 이상의 경우에도 놀라울 정도로 정제된 형식을 보여준다. 이상의 시는 파격의 시라기보다는 새로운 완성 지향의 시라고 할 수 있다. 이상은 1930년대 식민지 조선의 현실을 구조화하는 '구상적(構想的)인 완성의 시'를 지향한다. 마찬가지로 김광균, 정지용 등 다른 구인회 구성원의 시는 모두 완성을 지향하며 양식적인 혼돈을 혐오한다. 이 점은 표면적으로는 '기교주의'로 인식되지만 그 내면에는 인용문의 마지막 구절처럼 '문학적으로 시대적 의의를 의식한 행동'의 의미를 담고 있다. '양식의 완성'을 지향하는 단계에 한국시사가 도달했음을 의미한다. 다만, 순수의 문제에 반대되는 위치에 정치주의와 감상주의를 놓음으로써 탈정치화를 지향한 것이 기교주의의 실수라는 것이다. 반역의 대상은 문학의 양식적 완성을 방해하는 편내용주의와 구호적 감상주의였을 뿐인데 그 방법은 기교주의로 흘렀다. 이에 대한 반성을 김기림은 위의 글을 통해서 표현하고 있는 것이다.

사상적 자각의 부족이 중요한 결함이기는 하지만 문학 작품을 중심으로 볼 때, 그것은 모더니즘 시의 양식적 결함 이전에 작가, 시인 등 문학적 주체의 인식적인 한계 영역 안에서 발견되는 문제이다. 언어와 대상을 서로 연결시키는 표현의 영역은 어느 정도의 완성기에 이르렀으나 의식과 대상의 결합인 지각은 '인식적인 행위'로 구조화되지 못한 것이다.

그러나 기교 편중주의는 문학 내적인 방법론의 한계보다는 당대 지식인의 평균적인 역사 의식의 부족에 원인이 있다. 이미 20년대의 카프 문학의 실체가 양식뿐만 아니라 내용에서도 공허한 관념주의에 머물렀다는 사실은 식민지 한국 지식인의 인식이 관념적인 것에 치우쳐 있고, 현상에 대한 구체적 인식을 결여하고 있다는 판단을 가능하게 한다. 문제는 모더니즘의 기교주의뿐만 아니라 그들이 반역의 대상으로 삼고 있는 편내용주의도 실은 문학적인 내용조차 결여하고 있는 관념적인 허상만을 드러낸 사상적으로 빈곤한 문학이었다는 점이다.

김기림의 글에서 다음 구절은 이 점에 대한 지적을 담고 있는 좋은 예이다.

> 혹은 사람들은 현대의 정치 방면에 있어서의 여러 가지 무비판적 행동의 승리를 引證하여 나의 말을 반박할는지 모른다.
>
> 그러나 우리들의 환경이 무비판적, 발작적, 반사적이면 그럴수록 그 속에서 호흡하는 우리의 문학은 더욱 착실하고 냉정하고 강인한 자세를 잃지 말아야 할 것이라고 생각한다. 「비평적」이라고 함은 현대의 사실이고, 동시에 當爲가 아니면 아니 된다. 또한 문학사는 반드시 정치사와 일치할 것도 아니요, 하는 것도 아니다.
>
> 문학은 때때로 정치보다도 훨씬 먼저 시대의 전율을 느끼는 것이 차라리 사실이다. …(중략)… 어떠한 시대에도 진보적인 두뇌는, 개인적으로라도 풍부하고 강한 지성을 가지고 있었다는 것은 기억할 가치가 있는 일이다.
>
> 따라서 모든 예술은 두 가지의 상반하는 부류에 나누인다.
>
> 1. 의식적, 계획적, 지적 예술.
>
> 2. 무의식적, 자연발생적, 사실적 예술(여기서 사실적이라 함은 대상의 소박한 모방을 의미한다.)
>
> 전자는 작품의 이름에 해당하지만 후자는 사실은 인간의 지성이 참여하지 아니한 무책임한 전연(본능적) 배설에 지나지 않는다.[8]

정치적 행동주의가 문학에서 동일하게 적용될 수 없으며 오히려 문학이 현실에 대하여 더 민감할 수 있음을 이야기한 위의 글은 문학이 담는 현실의 특수성을 거론하고 있다. 역사적으로 성장하는 계급의 사상을 담는다는 카

---

8) 김기림, 「속 오전의 시론」, ≪조선일보≫, 1935. 9. 17~10. 4.(앞의 책. pp.185~186에서 재인용)

프의 문학론에 대해 우회적인 비판을 가한 것이다. 1930년대 식민지 조선의 현실에서는 성장하는 노동계급의 사상이 알맹이가 없는 관념일 수 있다는 점을 김기림은 '개인과 진보적인 두뇌의 비판적 사고'를 앞세워서 지적한다. 물론 당대 현실에서 정치적인 문제에 대하여 김기림 역시 깊이 있는 사고에 도달하지는 못했지만 일단 현단계 문학에서의 정치적 허구성만은 명확히 인식하고 있었다고 하겠다. 위의 글에서 '2. 무의식적, 자연발생적, 사실적 예술---'의 부분은 카프 문학의 리얼리즘이 속류 리얼리즘에 불과하다는 비판을 포함한다. 현실을 과학적으로 인식하지 못한 채 '소박한 모방'의 단계에 머물러 있는 계급주의 시의 한계를 지적하고 있다.

그러나 김기림의 이러한 '지성' 중심의 인식도 단순히 문명비판의 태도에 그친다는 점에서 역시 중대한 결함을 드러낸다. 당대의 현실에 대한 시적인 인식이 식민지 조선의 특수한 환경에 근거하지 않고 세계사적인 문명의 흐름에 편승하고 있기 때문이다. 파시즘에 대하여 거론하면서도 일제의 식민지 통치가 파생하는 구조적인 모순은 바라보지 못하고 있다. 문학적 양식의 개혁은 이루었지만 그 안에 담겨질 내용은 여전히 '식민지적 한계' 내에 머물러 있는 것이다. 이 점에서 기교적 완성, 사상 획득의 실패라는 상반된 부정과 긍정의 평가는 여전히 유효하지만 역사성 부재의 비판을 근거로 모더니즘 시가 지닌 미적인 가치의 측면을 상대적으로 간과해 왔던 기존의 견해는 수정되어야 할 것이다.

1930년대 초반 카프의 시 역시 그 역사성을 획득하기에는 문학사적으로 역부족이었고, 영향의 측면에서 본다면 모더니즘이 이룩한 시적 양식의 확산과 완성은 이후 한국 시사에서 사상, 주제의 폭을 확대하는 하나의 발판이었다. 30년대 후반 새롭게 등장한 순수시와 여러 젊은 시인들의 시적인 경향이 형식적인 완성과 더불어 철학적인 사상의 깊이를 추구한 점은 모더니즘에 대한 발전적인 극복이라고 할 수 있다.

2.2. 30년대 모더니즘 시의 의미

30년대 모더니즘 시는 김광균, 김기림, 정지용 등 영·미 이미지즘 계열과 이상, ≪삼사문학≫ 등 초현실주의 계열로 나누어진다. 김광균의 시는 감각적인 이미지를 회화적으로 사용하는 데 뛰어난 면모를 보였고 특히 기법적인 측면에서의 혁신은 정지용과 함께 당대 최고의 위치에 있었다고 해도 과언이 아니다.

모더니즘에 대한 일반적인 인식 속에 주지주의와 회화주의가 뒤섞여 있으면서도 주로 기교주의를 많이 지적하는 까닭은 모더니즘 시 중에서도 정지용과 김광균의 시가 차지하는 비중이 워낙 크기 때문이다.

김기림을 중심으로 한 시론과 최재서의 비평론은 모더니즘을 주지주의로 소개했지만 실제의 시 창작에서 이들의 이론을 현실화시키고 있던 정지용과 김광균은 탈이념적인 순수 지향의 기교주의를 지향하고 있었다. 이론적인 작업을 병행하던 김기림이 기교주의를 주장했던 것은 다른 모더니스트의 활동을 그가 이론적으로 설명하고 있었기 때문이다. 김기림의 시론이 '객관적 상관물', '중층묘사', '몽타쥬' 등의 기법을 소개한 것은 사실이지만 그의 모더니즘 시론은 실상 기법의 측면에만 중점을 두었다기보다는 지적인 비판의 양식을 정립하는 데도 초점을 맞추고 있었다. 그러나 그의 인식적인 한계 내에 갇혀 있는 '도구적 지성'을 중심으로 한 사유는 기법이 곧 '인식으로서의 시'를 가능하게 할 것이라는 판단을 유도했고, 이 점은 그가 당대의 세계사적인 보편성에만 관심을 기울이고 식민지 조선의 특수성을 간과하게 만든 원인이다.

30년대 후반에 김기림은 이제까지의 '근대기획'이 오류였음을 발견하고 새로운 '근대기획의 수정'을 모색하는 데 이 점은 같은 주지주의 비평가인 최재서를 포함해서 임화, 이태준(문장파), 김동리(신세대 작가군) 등 당시의 문단을 구성하던 전체 문인들의 과제가 된다. 당시 문단에서는 '조선적 구체

화’ 혹은 ‘조선적 특수성’의 테두리에서 저마다 새로운 ‘근대기획의 수정안’
을 내세우는데 이러한 다양하고 새로운 ‘근대기획’이 주장되는 시기가 문학
계의 전환기에 해당하는 30년대 후반이다. 임화의 신문학사론과 근대적 민
족문학논의, 문장파의 복고주의와 고전부흥론9), 김동리의 순수문학론10) 등
이 모두 이 시기에 새롭게 등장한 근대기획들이다.

　모더니즘 비평가인 최재서도 새로운 근대 기획안을 내세우지만 그의 모
랄론, 자기고발론, 풍자문학론은 소시민적인 자의식에 집착함으로써 근대의
왜곡된 현실을 극복하기에는 역부족이었고 현실에 대한 인식적 비판의 자세
만을 고수함으로써 적극적인 ‘근대기획’을 산출하지는 못했다. 식민지 현실
의 모순이 문학의 자의식 과잉과 자기비하를 끌어내는 원인이라고 생각했으
면서도 그 현실의 ‘드러냄’ 자체를 문학적 대안으로 제시하는 소극적인 자세
를 취했다.11) 김기림은 당대 계급문학의 관점에서 민중에 대한 인식을 통해
‘지식인, 지배계급, 노동계급’의 관계를 시인과 독자의 관계를 전제로 해서
생각했다. 그는 “시인, 혹은 지식인이 시민혁명기를 지나면서 노동계급의
수준으로 전락한 뒤에도 여전히 지배층을 독자로 삼고 있다”는 인식에 도달

---

9) 문장파와 고전부흥론을 중심으로 한 ‘근대기획수정론’은 황종연, 「한국문학의 근
　　대와 반근대」(동국대박사학위논문, 1992)에서 상세히 다루고 있다. 문장파의 ‘근
　　대기획수정론’을 이 논문에서는 ‘반근대’라는 용어를 사용하여 다루고 있다.
10) 김동리의 순수문학론과 세대논쟁에 내포된 ‘근대기획수정론’의 방향과 성격에
　　대한 상세한 연구는 아직 나온 것이 없다. 김윤식, 『한국근대문예비평사연구』(일
　　지사, 1976)에서 ‘세대논쟁’의 성격을 부각시켜 다루고 있지만 이런 관점은 새로
　　운 「근대기획」을 둘러싸고 나타난 신세대 인식주체와 1930년대까지 '근대기획'의
　　실질적 담당자였던 기성세대 인식주체간의 차이점을 명확하게 보여주지 못하는
　　단점이 있다. 최근 이 문제에 관한 다소 소략한 견해는 하정일, 「1930년대 후반
　　문학비평의 변모와 양상」(민족문학사 연구회, 『민족문학과 근대성』, 문학과지성
　　사, 1995)에서 찾아볼 수 있다.
11) 본고에서 최재서의 비평에 관한 자세한 논의는 생략하기로 한다. 최재서 비평의
　　소시민성과 그의 근대적 ‘지성론’에 관한 문제제기와 그 문학사적 의의는 김춘
　　식, 「최재서비평연구—식민지 소시민 비평과 근대적 지성의 파산」(동국대석사학
　　위논문, 1992)에서 자세히 다루었다. (≪동악어문논집≫ 28, 1993. pp. 317-383. 재
　　수록)

하지만 시인과 지식인을 중간적 존재이자 방외인으로 설정함으로써 역시
비관적이고 소극적인 자세에 머물렀다.[12] 결국 30년대 모더니즘의 근대 기
획은 그 내용 면에서 그 때까지 지속되어온 '따라잡기'의 자세를 적극적으로
극복하여 새로운 문화 창조를 이룩하지 못한 채 자기 반성 뒤에 오는 모멸과
회의에 빠지고 만다. 모더니즘의 근대기획은 '따라잡기' 방식을 극복하지
못한 채 그 안에서 함몰된 것이다.

　하지만 역설적으로 이들의 문학행위의 실질적인 성과만은 문학사의 새로
운 근대기획에 중요한 기여를 했다고 할 수 있다. 30년대 모더니즘의 주체는
인식의 한계로 인해 '따라잡기'의 근대를 벗어나지 못했지만 영향적인 측면
에서 본다면 30년대까지 지속되어온 근대기획의 마지막 계승자로서 그 전환
점에서도 역시 중요한 기능을 한 것이다.

　30년대 모더니즘의 시와 시론을 연구하는 데 고려해야 할 점은 그들 각각
의 개성에 대한 고찰과 개성적인 문학의 성과들이 이루는 '조화'의 의미에
대한 탐색이다. 이상과 김기림 그리고 김광균, 정지용의 시 세계는 분명히
서로 다른 이질성을 내포하고 있다. 처음부터 모더니즘 이론에 대한 지적인
연구를 병행한 사람은 김기림에 한정되며 그 외의 시인들은 자기 나름의
양식을 개척하는 시작 (詩作)활동을 했을 뿐이다. 따라서 정지용과 김광균,
김기림이 당시의 문예이론인 모더니즘에 경도되어 있던 것은 사실이지만
그들 작품의 발생 원천은 1930년대 서울의 문화적인 환경과 세련됨이라고
할 수 있다.

　이상은 자신의 건축학적 지식과 식민지 제도 교육을 근거로 시작 활동을
했고, 김광균과 정지용은 새로운 문물의 세련됨을 그들의 감각과 이미지로
표현하는 데 노력했다. 반면 김기림은 자신의 시 이론을 현실화하는 한 방편

---

12) 김기림, 「인텔리의 장래—그 위기와 분화과정에 관한 소연구」, ≪조선일보≫,
　　1931. 5. 17.~5. 24. 참조. (『김기림 전집』 6, 심설당, 1988. pp. 24~34에 재수록)
　　_____, 「상아탑의 비극」, ≪동아일보≫, 1931. 7. 30~8. 9. 참조. (『김기림 전집』
　　2, 심설당, 1988. pp. 304~318에 재수록)

으로서 시작활동을 했기 때문에 기법의 실험과 관념적인 상투에 빠지는 단점을 드러냈다. 이처럼 네 명의 시인들이 지니고 있는 개성은, 시의 양상과 내적 인식의 다양성, 동시대적 감각 등의 관계를 종합적으로 고려하지 못한 종래의 연구에서 벗어나 다시 비교되고 고찰되어야 할 부분이라고 하겠다.

차단 — 한 등불이 하나 비인 하늘에 걸려 있다.
내 호올로 어딜 가라는 슬픈 신호냐.

긴 — 여름 해 황망히 나래를 접고
늘어선 고층 창백한 묘석(墓石)같이 황혼에 젖어
찬란한 야경 무성한 잡초인양 헝클어진 채
사념(思念) 벙어리되어 입을 다물다.

피부의 바깥에 스미는 어둠
낯설은 거리의 아우성 소리
까닭도 없이 눈물 겹고나.

공허한 군중의 행렬에 섞이어
내 어디서 그리 무거운 비애를 지니고 왔기에
길 — 게 늘인 그림자 이다지 어두워

내 어디를 어떻게 가라는 슬픈 신호기
차단 — 한 등불이 하나 비인 하늘에 걸리어 있다.

—김광균 「와사등」 전문13)

인용된 시에서 화자는 판단이 중지된 카메라의 눈으로 사물을 포착해 내기만 한다. 단지 사물의 이미지와 정서를 포착할 뿐 모든 판단은 유보된다.

---

13) 김춘식, 『한국현대시특강』, 도서출판 한샘, 1994. p. 222에서 인용.

이러한 시선은 도시적 소시민의 정서를 반영하는 것으로서 본질적으로 비판적 지식인의 자세는 아니다. 군중 속에서 자아를 인식하지만 그 자아는 현실에 대한 인식의 출구가 닫혀진 "사념(思念) 벙어리"가 되어 있는 상태이다. 이러한 시적 정서의 근저에는 사라져 가는 것에 대한 향수와 '군중 속의 소외된 자아'라는 역설적 인식이 도사리고 있다.

도시 공간의 체험은 과거와 현재의 대립, 이질적 공간의 만남, 그리움과 불안의 정서 등으로 이루어지며 그 결과는 감각적 인상에 대한 과도한 집착으로 이어진다. 정지용의 '향수'가 식민지적 근대의 한 현상인 고향 상실을 대변하는 것처럼 김광균, 정지용의 시 안에 내재된 구조와 정서는 분명히 당대의 현실을 반영하고 굴절한다. 이들의 시는 사물의 본질보다는 현상의 흐름을 '고현(考現)'하는 자세를 취하며 변화하는 모든 것에 대한 판단을 유보한다. 그리고 그 유보의 원인은 바로 근대적인 시간의 물리적인 인식에서부터 출발한다.

사물의 본질과 정신은 물질과 현상의 빠른 변화에 의해서 현실의 표면을 스쳐가 버린다. 고정된 것보다는 낯선 것이 시인의 의식과 정서에 먼저 투영되는 것이다. "피부의 바깥에 스미는 어둠/낯설은 거리의 아우성 소리/까닭도 없이 눈물겹고나"라는 진술은 이유 없는 설움의 정서를 감각적인 서술을 통해서 실감하게 하지만 지적인 판단은 드러나지 않는다. 결국 모더니즘을 주지주의라고 말했던 최재서나 김기림의 주장은 시적 기교의 주지주의를 바탕으로 한 졸렌(Solen)의 시[14]라는 개념으로 축소된다. 본래 주지주의 시는 방법론에 대한 지적인 자각을 고무하면서 지성에 의한 감성의 극복과 이미지의 추구, 문명비판을 존재의미와 가치로 규정하는 시이다. 그러나 김광균의 위의 시는 지성을 방법론적인 차원에 한정하여 사용하며 단지 상실의 정서를 관념이 아닌 이미지로 드러내고 있을 뿐이다.

---

14) 김기림, 「시와 인식」, ≪조선일보≫, 1931. 2. 11~2. 14. (「시의 방법」, 앞의 책, pp. 72~79. 참조.)

30년대 모더니즘의 시에서 발견되는 **회화주의**, 감각주의, 즉물주의, 사물시의 경향은 '지성'을 단지 표현을 다듬고 조절하는 기교의 일종으로 받아들였기 때문에 생기는 특징이다. 30년대의 도시—경성—의 근대적 물질문명에 대하여 이들은 인식적 판단을 중지한 채, 단지 그것을 받아들이는 감수성만을 열어 놓는다. 따라서 이들의 '지성'은 비판적 지성으로 작용하지 못하며 더 나아가 피상적인 도시 소시민의 정서반영 정도로 한정된 시 세계를 낳는다. 위의 시에서 알 수 있듯이 사라짐, 소멸, **빠른 변화** 속에서 느껴지는 시간의 순간성, 일회성, 시간적 공간적 단절감 등 도시 공간의 특징과 거기서 오는 애상감 등 감각적인 정서를 김광균은 잘 포착해내고 있지만 그러한 정서에 대한 일체의 판단은 중지된다. 이 점은 그 인식주체의 특성을 그대로 드러내는 것으로서 30년대 모더니즘의 주체가 보이는 중요한 특징이다.

'따라잡기'로 표상되는 이식적인 근대기획에 대해서 그들은 그 혜택을 받고 자란 '도시 아이들'의 비극적인 인식을 나타낸다. 당대의 현상에 대한 감수성은 극도로 발달했지만 그 현상의 본질과 중심현상을 파악하는 의식은 아직 성숙되지 않은 것이다. 도시 환경에 대한 친숙한 애상, 새로운 감각의 자극, 단절감, 두려움이 뒤섞인 혼란이 이들의 의식을 온통 가득 채우고 있는 것이다. 최재서의 풍자문학론, 박태원의 「천변풍경」이 보여주는 고현학적인 관찰, 이태준의 인물묘사, 이상의 자의식 과잉과 권태 등도 모두 30년대 모더니즘 시의 주체와 동일한 성격을 드러내는 예이다.

> 오늘의 비평적 정신이 기구하고 원하는 것은 바로 수단으로서의 지성이다. 목적으로서는 우리는 지성 이상의 또 이외의 여러가지를 의욕한다. 수단으로서의 지성은 우선 시와 시인 사이에 거리를 설정한다. 그래서 작품 그것에 위치를 부여한다. 다음에는 문학 자체에 질서를 준다. 또한 개개의 작품에 그것에 해당한 질서를 준다.—아름다운 상이다. 형태의 질서성을 준다.—아름다운 「스타일」이다.[15]

---

15) 김기림, 앞의 책. p. 186에서 재인용

위에서 보듯이 30년대 한국 모더니즘은 수단으로서의 '지성' 이상으로 나아가지는 못했으며 그 점은 최재서의 지성론이 '질서에 대한 환원의지'를 표현한 것에 지나지 않았다는 점에서도 잘 알 수 있다. 정지용이 카톨릭의 절대적인 종교 세계에 귀의한 점, 김기림의 전체 시론이 '질서에의 동경을 포함한 점', 김광균의 '낯설은 이미지의 애상' 등은 모두 도시적인 체험을 바탕으로 한 한 세대의 동질적인 시대 감각이다.

그러나 식민지 도시 체험의 불구성을 문학적으로 형상화해 낸 이들의 시문학이 다소 굴절된 모습을 띠더라도 그 자체가 미적인 결함으로 작용한다고 속단할 수는 없다. 수단으로서의 지성을 통한 미적 장치의 완성은 도시적 정서의 실재에 대한 본격적인 재고를 통해서 다시 풍성한 내용주의로 나아갈 수도 있기 때문이다. 문학사는 문학의 양식과 주제의 변천을 종합적으로 기술하는 학문이다. 따라서 개별 장르의 체계 변화를 포함하는 궁극적인 문학사 기술의 관점에서 바라볼 때, 모더니즘 시와 시론은 근대시 양식 완성의 첫 시기를 차지할 수 있을 것이다.

2.3. 전통부재와 새로운 전통의 수립

모더니스트들의 인식적 특징은 당대에 대한 단절론적 사유와 현대의 산업 자본주의에 대한 거부감으로 요약할 수 있다. 당대의 중심적 현상인 과학과 산업자본주의에 대하여 그들은 부정적인 태도를 취하고 있었고 이러한 거부의 인식은 역사적 단절론을 내세워 현대와의 결별을 선언한다.

미국의 랜섬을 비롯한 '도망자' 동인들이 주장하는 농촌공동체에의 복귀나 엘리어트의 전통론은 모두 이러한 세계관의 결과이다. 엘리어트의 전통이 19세기 이후 지속되어 온 현대적 현상의 전통을 거부하고 17세기 이전의 고전적인 전통을 받아들일 것을 주장한 점은 바로 '반근대적 사유의 전형'이다. 엘리어트는 19세기 이후의 근대적 전통인 낭만주의를 거부하고 고전주의적인 전통을 부활시키고자 한 것이다. 이러한 사고는 인류의 과학과 역사적 진보의 낭만적인 신념에 대한 부정적인 사유를 전제로 한다.

엘리어트의 '전통'이 재능 있는 시인에 의해서 선택되는 선별적인 전통이라는 점에서 역설적이게도 그는 19세기 이후의 계몽적 합리주의와 낭만주의적인 연속적 세계관을 '비전통'적인 것으로 규정한다. 엘리어트의 전통론은 당대의 '근대적인 전통(18세기 이후 지속되어 온)'에 대해서는 반전통적인 태도를 드러내면서 이를 부정하고 17세기 이전의 고전적인 전통을 새로운 전통으로 '부활'시키고자 하는 것이다. 따라서 엘리어트는 '반근대적인 전통주의'를 내세운 새로운 '근대주의자(모더니스트)'라고 할 수 있다.

엘리어트의 전통론이 '전통'이라는 개념을 당대의 전통주의자들(19세기적 근대주의자)의 그것과 달리 '역설적인 의미'로 사용한 점은 진정한 전통의 부활이 곧 '새로운 근대정신'이라는 그의 주장을 나타낸다. 19세기 이후 타락한 근대를 구원하는 새로운 '근대정신(모더니즘)'은 바로 전통의 재창조를 통해서 가능하다는 주장이다.

모더니즘의 반전통적 사유는 이처럼 과거와의 철저한 단절을 전제로 하는 것이 아니라 당대의 주류적 전통에 대해서는 반전통적인 태도를, 진정한 새로운 예술정신의 탄생을 의해서는 전통주의를 지향하는 것이다. 산업자본주의를 거부하고 '작품의 유기적인 통합'을 주장하는 그들의 사유는 모두 '반근대적인 전통주의'의 모습을 띄고 있다. 20세기의 모더니즘은 아이러니하게도 '반근대적 전통주의'의 태도를 그 인식적 근거로 삼고 있는 것이다.

> 역사적 감각은 과거의 과거스러움 뿐 아니라 그것의 현재스러움을 자각하는 것을 뜻하며, 역사적 감각은 단지 자기 자신의 세대를 뼈 속 깊이 느끼게 할 뿐 아니라 호메로스 이래의 유럽 문학 전부와 그 속에 자기 나라 문학 전부가 동시적 존재를 가지면서 하나의 동시적 질서를 형성한다는 의식을 가지고 글을 쓰게 한다. 이 역사적 감각은 시간적인 것에 대한 감각인 동시에 무시간적인 것에 대한 감각이며 무시간적인 것과 시간적인 것의 동시적인 감각으로서, 이것이야말로 한 작가를 '전통적으로' 되게 한다.[16]

엘리어트의 전통론을 뒷받침하는 '역사의식'의 요점을 설명하고 있는 위의 인용문은 '무시간적인 것과 시간적인 것의 동시적인 감각'이라는 말로서 그 구체적인 특징을 표현하고 있다. 이 말은 문학작품 혹은 문학 자체의 전통은 과거의 일회적인 '사건'이 아니라 후대의 독자에게 계속적으로 감상되는 존재로서의 동시성17)을 갖는다는 생각을 담고 있다. 문학사에 대한 이러한 사고는 과거의 작품에 대하여 현재의 독자가 투사18)적인 감각을 가져야한다는 주장으로 연결된다. 결국 엘리어트가 강조하는 역사감각은 문학사의 '공시성과 통시성'을 통합하여 문학사의 전통을 '현대적인 시각'으로 재규정하는 원리로써 '끊임없이 새로 씌어지는 문학사'19)를 지향한다. 개인의 재능에 의해서 부활되는 전통이란 따라서 '과거의 작품을 동시적 질서 속에 편입시키는 것'을 의미한다. 이러한 사고는 19세기적인 전통을 거부하는 20세기 모더니즘의 중요한 문학관이다.

이 점에서 20세기 모더니즘은 19세기 이후 지속되어온 서구의 문학적 '근대기획'에 대한 비판적 이의제기의 성격을 지니고 있다. 낭만주의적 전통을 근거로 한 당대의 문학풍토와 근대적 자본주의에 대하여 방향성을 재고하려는 것이 모더니즘 정신의 출발이다. 전통 복고적인 근대를 주장하는 이들의 사유 방식은 '반근대적 근대(새로운 근대) 기획'으로 요약된다. 따라서 이러한 모더니즘의 영향을 받은 30년대 한국 모더니스트들이 '근대기획'이 수정될 수 있음을 눈치챈 것은 우연한 결과는 아니다. 그러나 문제는 아이러니하게도 전통주의자인 서구모더니스트의 생각이 이들에게 조선적

---

16) T. S. Elite, 「전통과 개인의 재능」, 이상섭, 『복합성의 시학―뉴크리티시즘연구』, 민음사, 1987. pp. 18~19에서 재인용.
17) 하나의 문학 작품은 당대의 독자만을 대상으로 하는 것이 아니라 후대의 독자까지도 그 감상의 대상으로 삼는다는 점에서 과거의 문학 작품은 현대의 독자에게 '동시성'을 지닌다고 할 수 있다.
18) Wellek, R. & Warren, A., 『문학의 이론 Theory of Literature』, 이경수 역, 문예출판사, 1987. 참조.
19) 이탈리아 미학자 크로체의 주장. 엘리어트의 전통론과 신비평의 이론에 영향을 주었다.

인 전통에 대한 인식과 그 부재의 실감을 동시에 유발했다는 점이다. 서구적인 전통을 이식하는 행위의 무모함을 30년대 후반에 한국문단은 처음으로 심각하게 인식하기 시작한 것이다. '따라잡기'로서의 근대기획은 서구의 현재, 곧 근대만을 모방하는 것이 아니라 역사와 전통을 송두리채 이식하는 것임을 알게 되었고 이 단계에서 30년대의 문학계는 '따라잡기'의 자신감과 낙관적인 전망에 대하여 근본적인 반성을 시작해야만 했던 것이다.

특히 30년대 한국의 모더니스트는 거부해야 할 전통과 재창조해야 할 전통의 선택 앞에서 망연자실한 상태에 빠지고 말았다. 이 점은 30년대 모더니즘 주체의 인식 안에 있는 전통과 반전통 의식, 미적 양식에 대한 의식의 문제를 하나로 합쳐지게 하는 계기로 작용한다. 계승할 전통에 대한 무지, 무자각은 전통 부재의식에서 오는 절망감을 부추겼고, 거부해야할 전통이란 표현은 이제까지 추구해 온 '근대기획'과 신문학사 전체에 대한 부정을 의미하는 것이기 때문이다. 결국 한국의 모더니즘은 빈약한 복고주의(이태준과 문장파)나 과격한 전통 단절론(이상) 혹은 인식과 판단 중지의 기교주의(김광균을 비롯한 주지주의 시인들)에 안주할 수밖에 없는 딜레마에 빠지게 된다. 창조적 전통의 계승에 대한 신념이 애초에 부족했던 모더니즘 주체의 성격상 이들은 당대 도시문명의 외피를 쫓거나 전통(당대적 전통이든, 계승해야할 과거의 전통이든) 자체를 완전히 거부할 수밖에 없는 것이다. 결국 30년대 모더니즘 이후 '후반기 동인'으로 지속되는 모더니즘의 맥락에서 전통에 대한 반발이 점점 더 거세지는 한 원인은 여기서부터 출발한다고 할 수 있다.

한국 모더니즘과 그 주체의 특성을 규정하는 핵심적 요건은 한마디로 요약하면 '전통과 반전통'이라는 명제이다. 이 명제에 대한 각 주체의 인식과 대응에 의해서 '근대기획의 수정방향'이 전면적인 영향을 받는 상황에 놓이게 된 것이다. 그러나 모더니즘의 주체는 이러한 명제를 해결하기에는 지나치게 서구에 집착하는 '따라잡기' 근대주의자였다. 따라서 이 명제에 대한 문제의식과 해결 방향의 한 단서를 마련한 것이 임화의 「개설 조선신문학사」라는 사실은 시사하는 바가 크다. '근대기획'에 대한 비판적 수정이 모더니스트들만의 문제가 아니며 바로 신문학사 전체의 문제와 결부된 것이라는 사실을 보여주기 때문이다. 서구 모더니즘의 명제였던 '전통과 반전통'은 한국문학사에서는 '근대기획'을 추진해 온 근대문학적 주체 전체의 문제였던 것이다.

임화의 <전통>에 대한 다음과 같은 인식은 이 점에서 당대 모더니스트의 인식적 한계를 상대적으로 드러내는 중요한 성과라고 할 수 있다.

> 외래문화의 탐닉은 곧 고유문화, 재래유산의 해체를 촉진하고 그것의 완료가 곧 새 문화의 제조가 된다. 이것은 낡은 문화의 패배다. 그러나 문화교류에 있어 이러한 일방적 교섭은 정치적 침략의 정신적 표현에 불과하다. 또한 그러한 침략이 완전히 수행되기는 야만인과의 사이에서만 가능한 것이다. 동양 제국(諸國)과 서양의 문화교섭은 일견 그것이 순연한 이식문화사를 형성함으로 종결하는 것 같으나, 내재적으로는 또한 이식문화사를 해체하려는 과정이 진행되는 것이다. 즉 문화이식이 고도화되면 될수록 반대로 문화창조가 내부로부터 성숙한다.
>
> 이것은 이식된 문화가 고유의 문화와 심각히 교섭하는 과정이요, 또한 고유의 문화가 이식된 문화를 섭취하는 과정이다. 동시에 이식문화를 섭취하면서 고유문화는 또한 자기의 구래의 자태를 변화해 나간다. 이 경우에 있어 고유문화라는 것은 외래문화에서 부정되고 있는 과거의 문화 그 유산이다.[20]

모더니즘의 '전통 반전통' 명제를 30년대 문학계에서 가장 먼저 창조적으로 해결한 것은 모더니즘의 주체가 아니라 바로 카프의 맹장이었던 임화였다. 임화는 '전통과 반전통'의 관계를 '고유문화의 재창조와 외래문화의 이식'의 관계로 인식한다. 임화의 경우 극복되어야 할 당대의 전통이란 신문학

---

20) 임화, 「조선문학연구의 일과제—신문학사의 방법론」 중 <전통> 항목, 《동아일보》, 1940. 1. 18.

사 내내 추구되어온 '따라잡기'의 근대기획, 곧 이식문학사였다. 반대로 진정한 전통이란 이식문학사를 해체하고 새롭게 창조되어야 할 고유문화이다. 이 두 가지의 상호 대비는 20세기 모더니즘이 제기한 '근대기획'에 대한 이의(異意)와 일맥 상통하는 것으로서 제국주의와 자본주의의 모순이 중첩된 근대에 대한 비판적 인식을 근거로 하고 있다. 결국 30년대 모더니즘은 당대의 도시환경과 근대문명을 언어화하는 감각을 개척했지만 그 인식주체의 성격 면에서 진정한 근대주의자의 면모를 지니지는 못했다.

임화에게 근대적 주체의 성격이 좀더 뚜렷하게 발견되는 것은 당대의 중심현상에 대한 인식주체의 대응이라는 측면에서 설명이 가능하다. 인식적 행위를 수행하지 못한 30년대 모더니즘의 특수성은 이점에서 더욱 명확하게 나타나며 그 양식의 독특함에 대한 설명도 아울러 이런 사실과의 연관 속에서 파악된다. '언어'와 '대상'만의 결합을 이끌어 냈다는 것은 30년대 모더니스트들이 환경에 대한 본질적 사고를 결여했기 때문이며, 이 점은 표현의 측면에서 앞장에 거론된 여러 가지 독특한 특징을 나타내는 원인이다. 현실적 환경에 대한 순응주의, 도시의 문명에 대한 건강함의 예찬 등은 진정한 근대비판자의 태도일 수 없으며 따라서 새로운 '근대기획'을 창출할 능력도 지닐 수 없는 것이다. 임화 역시 "서구의 르네상스와 같이 우리 문학사는 자기의 상대(上代)에 부흥될 전범을 갖지 못했으나……" 라고 하여 전통에 대한 무지와 부재감을 드러내는 등 인식의 한계를 지니고 있지만 그 사고체계에서 만큼은 근대적 지식인의 비판적 면모를 잃지 않았다고 하겠다.21)

---

21) "…시대의 양식이란 …(중략)… 그 시대인의 고유한 체험과 생활에서 형성된 시대정신이 자기를 표현하는 형식에 지나지 않는다. …(중략)… 양식의 역사는 기실 정신의 역사의 형식에 지나지 않는다. 양식의 역사를 뚫고 들어가 정신의 역사를 발견하고 못하는 것이 언제나 과학적 문학사와 속류 문학사의 분기점이다. 문학사는 예술사의 대상일 뿐만 아니라 실로 사상사, 정신사의 대상이기도 하다.…" 임화, 「조선문학 연구의 일과제―신문학사의 방법론」 <양식>의 항목 중 (≪동아일보≫, 1940. 1. 19)에서 인용. 임화의 <양식>과 <전통>에 대한 사고는 '따라잡기'로서의 '근대기획'이 지니고 있는 문제점과 그 극복의 방향을 잘 통찰하고 있다. 임화가 전통부재, 전통적 가치에 대한 무지를 한계조건으로 지니고

3. 결론

30년대 모더니즘 시와 시론은 당대의 재단적 지도비평을 견제하고 '무원칙적인 비평'의 가치 기준을 재확립하고자 했던 주지주의 비평에 그 뿌리를 두고 있다. 김기림의 시론은 비평적 태도로서는 주지주의를 주장했고 그 세부적인 실천의 과정 속에서 기교주의와 기법의 확립을 위해 노력했다.

기법과 형식의 정립은 곧 '만드는 시', '인공의 시'라는 근대적인 전문 시인의 탄생을 의미한다. 시는 더 이상 '감정의 자연스러운 발로'가 아니라 전문 시인에 의해서 '제작'되는 것이므로 시인의 중요한 변별적 자질은 기법과 기교가 된다. 이 점은 30년대 모더니즘 시가 한국 근대시의 양식을 정립한 업적을 인정받을 수 있는 근거이다.

근대적인 문물에 대한 시적 감수성을 형상화했다는 점에서 모더니즘 시는 카프의 리얼리즘 비평과 함께 한국 문학인의 근대에 대한 이원적인 인식을 나타낸다. 시와 시론에서는 모더니즘이 상대적으로 근대성의 우위를 확보하고 있으며 소설과 비평에서는 카프의 작업과 모더니즘의 소설이 모두 저마다의 두드러진 면모를 보인다. 이러한 시와 소설, 비평의 차이는 양식적인 정립의 단계를 거쳤는가 거치지 못했는가의 문제를 그 안에 포함한다. 소설과 비평이 비교적 빨리 양식적인 안정기에 도달한 반면 시는 양식의 확립이 늦었기 때문에 주제를 다루는 폭이 협소했던 점에서 깊이 있는 사상을 담기 어려웠던 것이 가장 큰 이유라고 하겠다. 따라서 30년대 모더니즘의 시와 시론은 내적인 결함에도 불구하고 근대성에 대한 본격적인 시적 자각이며 감각과 정서, 감수성의 대상과 그에 대한 반응에 있어서 현대시

있기는 했지만 그의 '근대기획 수정안'과 문제제기는 이후 한국근대문학사연구의 한 방향을 결정지었다고 하겠다. 김춘식, 「한국문예비평사의 사회·문화사적인 서술을 위한 시론—임화의 '신문학사 서술 방법론'을 중심으로」, 앞의 책. 참조.

(contemporary poem)의 면모를 갖추기 시작한 첫 단계라고 할 수 있다.

그러나 신문학 기간 동안 줄곧 지속되어온 '근대기획'에 대한 반성이 생겨나기 시작한 30년대 후반의 시점에서 모더니즘은 인식주체의 소극성과 '전통과 반전통'의 모순을 극복하지 못한 채 한계를 드러낸다. 모더니즘 시가 감각적인 정서에 치중된 특징을 지닌 것도, 그 인식의 한계를 양식적으로 노출시킨 결과이다.

30년대 모더니즘은 언어와 대상의 결합을 통한 표현양식의 새로운 개척자이면서 완성자이지만, 인식의 측면에서는 여전히 당대의 현실을 직시하지 못한 한계를 지니고 있었다. 우선 하나의 통합된 인식을 시 속에 담지 못했기 때문에 근대시의 형식적인 완성은 이루었지만 내용적인 깊이를 달성할 수는 없었다. 이 점은 당대의 중심현상(근대)을 올바로 파악하지 못한 데 원인이 있다.

30년대 모더니즘의 시와 시론의 특징을 근대기획의 전통 반전통이라는 관점에서 정리해 보면 다음과 같다. 첫째, 모더니즘은 당대 도시의 문명과 정서를 통해 근대의 외피를 감각적으로 재현하는 시 양식을 개척했다. 그리고 이러한 양식은 이후 한국문학사의 양식적인 전범이기도 하다. 둘째, '근대기획'에 대한 반성이 철저하지 못해 한계를 드러냈다. 서구 모더니즘이 19세기적인 '근대기획'에 대한 이의제기인 점에 비추어 보면 30년대 모더니즘의 딜레마는 그 모더니즘 자체가 '따라잡기' 형태의 '근대기획'에 속한다는 점에 있다. 셋째, 근대기획의 수정안을 검토하는 과정에서 중요한 과제로 나타난 '전통과 반전통'의 문제에 대해서 아무런 해결의 방안을 가질 수 없었다. 그 까닭은 거부해야할 근대와 재창조 할 수 있는 근대의 실체를 명확히 인식하지 못했기 때문이다. 근대문학사의 일관된 흐름과 전통문학 사이의 관계, 그리고 근대문학의 본질에 대한 인식이 깊지 않았던 것이다. 넷째 근대문학의 이식성 문제에 대하여 반성적 논의를 전개하지 못했다. 이 말은 30년대 중반까지 추진되어온 '근대기획'의 핵심이 이식성이라는

점은 알았지만 그 이식성 극복의 방법을 찾지 못했다는 뜻이다. 그 원인은
전통의 실체에 대한 자각이 부족해 한국문학의 '근대기획'과 서구의 19세기
적 근대 기획을 동일선상에 놓은 채 비교하고 생각한 데 있다. 임화처럼
이식성의 본질이 '전통과 반전통'의 문제에 그대로 일치한다고 보지 않았고,
'외래문화와 고유문화의 관계'가 '전통 반전통' 논의의 핵심이라는 점에 대
한 인식도 그다지 깊지 못했다.

서정시의 운명과 정신주의

1. 근대성과 파시즘

최근 대산재단에서 주최한 "현대 한국문학 100년" 심포지엄에서 둘째 날 발표자인 김철이 「민족-민중문학의 파시즘 : 김지하의 경우」라는 글을 통해 펼친 김지하에 대한 비판은, 90년대 초반 정신주의를 둘러싸고 벌어진 논쟁의 재현이라고 할 만한 것이었다. 이 발표에서 김철은 90년대 이후 김지하의 생명주의를 파시즘의 논리 또는 미학과의 연관선상에서 파악하고 비판을 가하고 있는데 흥미로운 것은 그의 파시즘 미학에 대한 정의가 공교롭게도 김지하의 유기체적인 자연관과 생명주의에 대한 주장을 정면으로 반박하는 근거가 된다는 점이다. 따라서 그의 '파시즘 미학'에 대한 정의는 90년대 초 '신비주의와 초월'의 문학으로 비판받았던 정신주의 경향의 시들에도 역시 동일하게 적용되는 것이다.

같은 발표에서 질의를 맡았던 구모룡과 최혜실의 반응은 이 점에서 또한 흥미로운 점이 있다. 구모룡은 이미 작년에 나온 자신의 평론집 『문학과 근대성의 경험』[1]에서 근대적인 유기시론과 패러디시학을 탈근대적인 비판

---

1) 구모룡, 「문학과 근대성의 경험」, 좋은날, 1998.

인식, 서정시의 부활과 희망의 원리로 정의한 바가 있고 최혜실은 『디지털 시대의 문화 예술』2)이라는 책을 발간한 점에서 알 수 있듯이, 파시즘의 문제를 대중적인 기술조작에 의한 지배의 합리화라는 '기술 파시즘'의 문제로 파악한다. 이러한 각 논자의 주장과 관심의 근본적인 차이는, 이 논의를 생산적인 결론으로 이끌지 못하는 주요한 원인이 되었다. 특히 근대성을 이해하는 방식에서 발표자와 질의자가 각각 다른 입장을 취하고 있었던 점은 90년대를 이끌어온 한국문학의 세 가지 얼굴을 이들이 저마다 대변하고 있는 듯한 인상을 주었다.

예를 들면, 구모룡은 생태환경의 문제를 근대성의 산적된 과제를 해결하는 중심적인 화두로 삼고 있다면 최혜실은 기술·정보 사회 속에서의 문학의 위치와 기능을 중심에 놓고 문제를 풀어 나간다. 반면 김철은 근대성에 대한 반성과 회고를 통해서 문제점을 근대성의 내부에서 해결해 나가는 자세를 보여준다. 이러한 세 가지 입장은 근대성의 현상이 보여주는 다양한 편차에 대한 이들의 이론적 접근 태도의 상이함을 알려준다. 근대성에 내포된 역사적인 상대성과 변천에 대한 인정을 기본 바탕에 두고 있는 이들의 입장은, 그 상대성만큼이나 서로 일치점을 찾기가 쉽지 않다고 여겨진다.

최근 근대성에 대한 논의 중에 근대성을 정치, 경제, 사회, 문화의 측면이 상호 길항하는 과정에서 형성된 특정한 역사적 시기의 특징으로 규정하고 있는 다음과 같은 논의는 이런 점에서 주목할 만한 가치가 있다고 생각된다.

---

2) 최혜실, 『디지털 시대의 문화 예술』, 문학과 지성사, 1999.

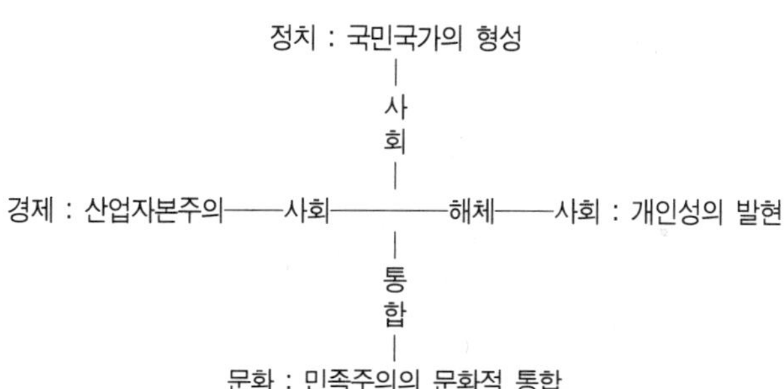

인용한 도표는 정치, 경제, 사회, 문화의 각 범주가 주고받는 길항 관계 속에서 형성된 근대성의 실체를 이해하기 위한 도표이다. 도표에서 보듯이 사회적인 측면에서 계몽주의 이후 개인의 인격과 개성, 이성의 해방을 추구해온 근대성은 사회적인 측면에서 중심의 해체와 해방의 과정으로 전개되어 왔다. 그러나 사회적 범주에서의 이러한 운동방향은 정치적인 측면에서의 국민국가의 형성과는 상호 모순되는 측면을 지니고 있었고 이러한 모순된 측면들의 상호충돌과 길항과정에서 제국주의와 민족주의, 파시즘 등의 여러 정치체제가 형성되어 왔다고 할 수 있다.

또한 경제적 범주에서 산업자본주의의 등장은 개인의 노동력에 대한 물화과정을 촉진시켰고 이러한 계량화된 인간관은 계급의 분화와 더불어 개인에 대한 국가의 통제를 느슨하게 하는 결과를 초래한다. 경제적인 면에서의 이윤의 극대화를 의한 산업자본주의의 도구주의적인 합리성과 자본의 결집을 유용하게 만들어준 국민국가의 형성은, 근대사회를 지배적 엘리트 집단에 의한 관리와 통제 사회로 이끈 반면 개인의 사회적 권리와 인권의 해방·

---

3) 김동노, 「한말 개화파 지식인의 근대성과 근대적 변혁」, ≪아시아문화≫ 14호, 한림대학교 아시아문화 연구소, 1999. p. 36.

시민적 자유를 이전 시대에 비하여 대폭적으로 허용하는 상대적인 지배의 완화를 감수해야 했다. 이러한 상호 모순된 요소의 길항작용이 이루어지는 장소가 바로 근대성의 공간인 것이다.

문화적인 면에서 국민국가 형성의 기초가 된 "민족적 정체성을 지향하는 민족문화의 이데올로기적인 형성"은, 국민국가의 전체적 통합을 위해 기여할 뿐만 아니라 개인으로 하여금 정치와 경제에 복무할 수 있는 자율적인 정체성을 형성해 준다. 결국, 근대성이란 문화적으로 민족문화라는 하나의 허구적 정체성과 통합된 국가관리 그리고 노동력의 지배를 가능하게 하는 제도적 집결체 속에서 개인의 해방 의지와 욕망이 일정하게 관리·통제되고 또 일정 정도는 완화된 사회의 특징이라고 할 수 있다.

이러한 근대성에 대한 이해를 바탕으로 세 사람의 입장을 생각해 본다면, 근대성 내부에 머물러 그 문제점을 추적하고 있는 것이 김철의 주장이고, 다른 두 사람은 이러한 근대적 범주 중에서 어느 한 범주 내에서의 변화가 야기하는 근대적 '균형의 무너짐'을 중요한 현상으로 취급하는 것이다. 예를 들면, 최혜실은 경제적 범주와 문화적 범주에서 기술·정보 자본주의의 등장이 전통적인 산업자본주의의 패러다임을 변형시키면서 다른 형태의 관리·통제 시스템이 등장하고 있다는 사실에 주목하고 있는 듯하다. 구모룡은 사회·문화적인 측면에서의 인간 중심주의와 민족주의의 한정된 범위를 넘어서는 새로운 사회·문화적 실천의 영역을 추구하고자 한다. 결국 후자의 두 사람은 근대성의 한계로부터 새로운 대안으로 나아가는 방식을 취하고 있다면 김철은 근대성 내부의 원리에 대한 천착을 통해서 전통적인 근대성의 신념을 내부로부터 와해하는 작업을 지향하고 있는 셈이다.

결과적으로는 근대성에 대한 현상적 진단에서는 대동소이한 차이를 보일 뿐이며 모두가 근대성 내부의 문제를 인식하고 있음에도 불구하고 상호간의 의견차이를 드러내고 있다. 그 까닭은 동일한 문제에 대한 이들의 해결점 즉, '마음의 열쇠'가 서로 다르기 때문이라고 생각된다. 근본적으로는, 표면

적인 대강의 일치 뒤에 있는 세부적인 차이가 여전히 해결되지 않은 과제로
남아 있는 것이다.

김지하와 민족문학의 파시즘적 성격에 대한 지적은, 결과적으로 자연 서
정시와 생태·환경 시의 미학적인 측면에 관련된 문제를 사이에 놓고 서로
첨예한 차이를 나타내는 결과를 보여준다. 그 까닭은 생태·환경주의의 동
일화 또는 통합의 원리가 근대적 통제와 통합의 원리에 일정하게 문화적으
로 기여했던 과거의 민족문학(민족적 성격의 서정문학)에 대한 의혹의 시선
때문이라고 할 수 있다. 또한, 기술·정보 사회의 관리 통제 방식이 지니고
있는 성격과 근대적 통제방식의 차이, 그리고 논자들의 태도(전망지향적
태도와 반성적 태도) 사이의 간극이기도 하다.

근대적인 통제와 관리 방식이 무너지고 새로운 통제·관리의 방식이 등장
하는 현 시점에서 민족문학과 자연 서정시의 통합지향은 별다른 문제가 되지
않는다는 것이 최혜실의 입장이라고 할 수 있다. 중요한 것은 국민국가의
경계가 무너지고 산업 자본주의를 넘어서 전세계자본주의와 세계체제의 등
장 속에서의 '인간·인간성의 문제'라는 것이 그 주장의 골자라고 여겨진다.

다시 말하면, '정신주의 시'와 서정시의 관계를 다루는 이 글에서 굳이
대산재단 심포지엄에서 벌어진 파시즘 논란을 재론하는 까닭은 바로 이러한
'입장'의 차이가 근본적으로 서정시의 제일원칙인 동일성의 원리와 유기체
론을 둘러싸고 벌어지고 있기 때문이다. 90년대 초 최동호와 도정일 사이에
서 벌어진 '정신주의의 긍정적 가능성 주장'과 '신비주의에 대한 비판' 사이
의 대립이 그런 맥락에 놓여 있고 또 90년대 후반 최동호의 정신주의 주장에
대한 이승훈의 반론이 동일한 맥락을 지니고 있는 것이다. 과연, 현 시점에서
의 정신주의와 서정시가 국민국가의 형성과정에서 문화적 통합체로서 허구
적 전통성 확립과 민족적 우월주의에 기여했던 그러한 역할을 반복하고 있
는지 다시 한번 검토해 볼 필요가 있는 것이다.

이러한 논의는 최종적으로는 미적 근대성과 근대적인 자연·전통의 발견

이 지니고 있는 문제점에 대한 비판을 겸하는 것이기도 하다. 근대성의 내적 원리로부터 파생되거나 혹은 길항관계에 놓인 근대적인 미학주의의 결함에 대한 지적은 '파시즘 미학'에 관한 논의와 밀접한 상관성을 지니고 있으며, 이 점은 90년대 이후 전면화된 정신주의 혹은 자연서정시와 식민지 시기 이후 한국문학의 주류를 이루었던 전통 서정시의 공통점과 차이를 밝혀주는 계기가 될 수 있으리라 생각된다.

2. 근대적 시간과 근대인의 자의식

근대성에 관한 여러 논자들의 주장은, 어떤 점에서는 그 인식 태도에서 드러나는 독특한 개성만큼이나 복잡하고도 다양한 편차를 보여준다. 그리고 한편으로 근대성을 둘러싼 오랜 논쟁의 축적은 근대성 자체의 본원적인 개념과 기원을 오히려 은폐하거나 산만하게 만드는 역효과를 낳기도 한다.

근대성을 둘러싼 다양한 논쟁의 과정에서 그 개념적 혼란의 원인을 우리는 크게 두 가지 사실에서 발견할 수 있다. 첫째, 근대성의 내부로부터 파생한 전문화와 영역별 분화·자율성의 원리는 근대성의 스펙트럼을 더욱 혼란스럽게 하는 원인이다. 둘째, '근대'라는 역사적 시대의 변천을 지적 기획의 산물로 파악하는 태도와 돌발적이고 우연한 사건이나 현상의 중첩으로 바라보는 시각 사이의 간극이다.

전자의 경우는 근대성 자체가 규정되기 힘든 다양성을 태생적 특징으로 지닐 수밖에 없다는 점을 시사한다. 사회·문화적 현상의 분화는 근대성의 본질을 정치·경제·사회·문화·예술 등 자율적이고 전문화된 분야별 과제로 다원화시킨다. 따라서 근대성의 개념에 대한 논의도 다원화된 양상을 지닐 수밖에 없다.

후자의 경우는 근대를 서양 중심적인 합리주의의 기획으로 파악하는 태도와 근대성을 도구적 이성과 과학의 가속도가 낳은 무질서한 질주로 규정하는 태도 사이의 대립이다. 서양 합리주의의 기획은 실제로 칸트 이후부터 베버, 맑스 등에 이르기까지의 중심적 경향이다. 반면 최근의 포스트모더니즘은 근대를 '중심의 신화'로 규정함으로써 '이성중심주의', '유럽중심주의', '남성중심주의'를 해체하고 전도시키려고 한다. 이러한 태도는 근대를 단원적인 중심의 신화로 파악하던 종래의 입장으로부터 벗어나 다원화된 주변의 시점으로 근대를 뒤집어 보는 시각을 가능하게 한다. 그러나 이러한 해체적인 전도의 작업이 무정부적인 문화적 소진으로 종결될 수도 있다는 우려만큼은 여전히 미해결의 과제로 남아 있다.

하버마스의 근대성 탐구는 이런 맥락에서 볼 때, 합리주의의 기획을 보완하면서(근대적 현상의 다원화된 분화와 중심해체의 경향을 인정함으로써) 새로운 전망을 탐색하는 의미 있는 작업이다.

"유토피아의 오아시스가 말라버리면, 진부함과 무력함의 황폐한 사막이 펼쳐진다"라는 하버마스의 발언은 근대성을 '세속화된 유토피아의 기획'으로 바라보는 전형적인 근대주의자의 시각을 담고 있다. 그래서 여기에는 근대를 자신의 과거와 구별짓는 독특한 시간인식이 숨겨져 있다. 진부함과 무력함의 황폐한 사막으로 현대의 일상적 시간을 비유하거나 유토피아의 오아시스를 역사적 전망의 속성으로 간주하는 이런 발언은, '현재(지금, 여기)'라는 동시대성에 대한 분명한 자의식의 표현이다. 근대화란, 신성한 종교적 유토피아 의식이 세속화되면서 '미래'라는 미완의 유토피아를 지향점으로 하는 시간의식으로 변질된 결과 파생된 현상으로서, 그 자신이 모든 가치의 정점으로 이해된다. 다시 말해서 '근대성'은 자기규정성을 스스로의 내부적 원리로부터 도출해야만 하는 것이다.

벤야민이 "공허하고 동질적인 시간"이라고 표현했던 근대적 시간의 특질은, 현재(지금, 여기)를 과거 또는 미래와 차별화함으로써만 구원을 위한 가능성을 열어 놓는다. 이러한 차별화된 가치체계를 담고 있는 근대적 시간관은 헤겔 이후의 역사철학뿐만 아니라 벤야민, 하버마스에게서도 지속적으로 발견된다. 가치의 체계 속에 편입된 '근대적 시간'은 맹목적인 기술적 진보의 가속도로부터 인문학 또는 존재의 신성성과 같은 의미와 가치를 보호하기 위한 지적 기획의 산물이다. 따라서 근대화란 두 가지 상이한 욕구의 충돌현상이라고 할 수 있다. 즉, 도구적 지성에 기대고 있는 과학, 기술의 급진적 발전지향과 그러한 현상에 대한 인간중심적인 자의식과 반성·성찰의 결과가 맞물려서 근대성을 창조한다.

선험적으로 구조화된 세계 속에서 실존적 개인의 구원 가능성은 오직 현재 속에서만 발견된다. 그런 의미에서 동시대성에 집착하는 근대인의 자의식은 모두 이러한 시간의식으로부터 파생된 것이다.

"동질적이고 공허한 시간" 속에서 자기동일성과 가치를 주장하는 근대인의 자의식은 미적 근대성의 기획 속에서도 동일하게 확인된다. 예를 들면 한 세기 전에 자기 정체성의 화살을 미래로 쏘았던 근대시로부터 우리가 발견할 수 있는 것은, 세속화된 유토피아로서의 미래관과 구원의 신화이다.

자기동일적인 주체의 기획을 담고 있는 미적 근대성의 신화에는 따라서 자기분열에 대한 끊임없는 견제가 숨겨져 있다. 존재와 의식의 분열을 극복하기 위해 세운 견고한 주체의 신화를 지키면서 '자의식의 모험'을 감행했던 모더니즘의 선구자들은 이런 식으로 힘들게 시간의 늪을 건너온 것이다. 그러나 표현주의 화가인 뭉크의 그림들이 암시하는 것처럼 자의식으로 무장된 주체는 이미 '공포에 질려 절규하거나 해골뿐인 연인과 입맞추는 몸부림'을 보여줄 뿐이다. 결국 미적 근대성의 뿌리에 존재하는 자의식은 사라져가는 구원의 가능성과 영혼의 진정성의 흔적을 애써 기억하려는 절망적인 몸짓에 다름 아니다.

별을 영혼의 지도로 삼아 길을 떠났던 시인들은 더 이상 존재하지 않는다. 존재의 심연으로 내려가 흔적으로만 존재하는 자기 동일성을 확인한 뒤에도 주체의 상실감을 느끼지 못하는 시인은 위선적이거나 나르시시즘에 빠져 감각이 둔화된 자이다. 끊임없이 유보되고 말해지는 순간 사라지는 자기

동일성은 저주받은 시인의 운명을 상징한다. 결국 완전한 존재의 동일성을 표현하는 시란 이 세상에 존재하지 않는다. 그래서 시인들은 '실현되지 않는 희망'인 단 한편의 시를 쓰기 위해 평생을 소진해 가는 비극적인 존재이다.

현존하는 자신을 부정함으로써만 자신의 동일성을 추구할 수 있는 시인은 결국 '비동일성의 동일성'을 살고 있는 것이다. 그것은 발화하는 자아를 의심하거나 혹은 존재하는 자아를 의심하는 두 가지 길 중에서 하나를 선택하는 것이다. 그것이 근대적인 미적 자의식의 두 층위를 구성한다.

이런 맥락에서 근대화의 두 얼굴인 도구적 합리주의와 휴머니즘의 정신을 주목해 본다면 한국의 근대화 과정은 그 시발점에서부터 중요한 오류를 드러낸다. '동도서기'라는 말로 요약되는 개항기 조선 지식인의 개화론은 서구의 근대를 도구적 합리주의에 기반을 둔 '과학과 기술'로 파악하는 태도를 보여준다. 이러한 오류는 서구로부터 '근대'를 전수 받은 대부분의 제3세계 국가에 공통적인 현상이다. 특히 한·중·일 삼국에서 공통적인(동도서기, 중체서용, 화혼양재 등 양무론적인 개화·근대화 사상) 것으로서 서구적 근대를 지탱하는 다른 한 기둥인 '인문적 정신'을 폄하하는 태도이다. 이 점은 과학과 기술의 진보를 '인간적인 것', '유토피아를 향한 원동력'으로 이끌어 가려는 인문적 기획에 대한 무관심을 반영한다.

한편으로는 민족적, 문화적 주체성을 나타내는 것으로 볼 수도 있지만, 실제로 이러한 구호 속에 여전히 결여되어 있는 것은 근대인으로서의 자기이해이다. 앞에서 거론한 동질적이고 공허한 물리적 시간의 연속을 자각함으로써 비로소 가능해진 자기 구원과 해방의 욕구와 자기규정적인 자의식의 결여는, 근대화를 도구적 이성을 중심으로 추동되는 경제적, 물질적 진보, 제도적 이식과정으로 변질시킨다. 자기검증과 자의식의 빈곤을 암시하는 이러한 근대화 과정은 '속도와 광기'로 표상되는 한국의 근대사와 그대로 일치한다.

관주도 혹은 국가주도의 민족주의적인 근대화과정은 근대적 주체의 자기

정체성을 빈곤하게 만드는 한 원인으로 작용한다. 문학적 혹은 문화적 근대가 우리에게 특히 미완의 기획으로 남아 있는 까닭은, 여전히 결핍된 채로 남겨진 주체의 자기구원과 해방을 위한 근대적 자기갱신의 정신 때문이다. 미완의 기획으로서의 문학적 근대성은 이 점에서 앞 장에서 제기된 미적 근대 내부의 파시즘 논란을 좀더 세밀하게 짚어볼 필요성을 제공한다.

"한국의 파시즘은 '일본 파시즘의 굴절된 형태로서의 특수성'을 지니고 있"4)다는 김철의 견해처럼, 식민지 조선 근대화의 모델이었던 일본의 '파시즘 체제'는 동아시아 근대화 과정 내부에 일정한 한계와 불완전성이 존재함을 의미한다. 이 점은 동아시아 더 나아가서는 아시아 개발국가의 근대화를 "전근대성과 자본주의의 결합으로 이루어진 권위주의적 자본주의(authoritarian) 혹은 전근대성과 사회주의와의 결합으로 이루어진 권위주의적 사회주의(authoritarian socialism)"으로 정의내리는 시각5)도 가능하게 한다. 이런 문제

---

4) 김철, 「김동리와 파시즘—황토기를 중심으로」, ≪현대문학의 연구≫ 12, 한국문학연구회, 1999. 2. 28. p. 248.

5) 신광영, 「근대성, 근대주의, 근대화와 민족주의」, ≪아시아문화≫ 14, 한림대학교 아시아문화연구소, 1999. p. 23. 참조. 〈동아시아 사회들에서 "근대의 문제"는 여전히 해결되지 않은 채로 남아 있다. 권위주의적 권력, 가부장제적 성차별, 인권억압, 노동탄압, 위계적인 사회질서, 부정부패, 시민의식의 부재 등 서구 근대 사회에서 상당부분 해결된 문제들이 여전히 해결되지 않은 채로 남아 있다. 근대성이 부재한 근대화의 결과는 전근대성과 자본주의의 결합으로 이루어진 권위주의적 자본주의(authoritarian capitalism) 혹은 전근대성과 사회주의의 결합으로 이루어진 권위주의적 사회주의(authoritarian socialism)으로 나타났다. 이들 체제에서 공통적으로 나타난 것은 권위주의적 국가에 의해서 국가와 민족이 강조되었다는 점이다.그러므로 동아시아에서 강력한 국가주의(statism)의 해체문제는 여전히 중요한 과제로 남아있다. 그리고 권위주의 국가는 가부장제 원리, 전체주의적 동원문화, 전근대적 사회관계의 동원(한국의 연고주의나 중국의 관시), 인권의식 부재 등과 밀접하게 연결되어 있기 때문에 탈전통사회 문제는 탈국가주의를 통해서만 가능하다. 이러한 이유에서 문화적 탈근대를 외치는 일부 포스트모더니티의 주장이 공허하게 들리게 된다.〉 그러나 이러한 주장에는 현재의 국제정세를 세계화와 전세계자본주의 체제 아래서의 세계체제론을 중심으로 파악함으로써 '탈국가주의'노선의 정치패러다임을 전면화한다는 문제점이 지적될 수 있다. 현단계 문화·사회의 범주에서 '탈국가주의'가 일정한 설득력을 지니고 있는 것은 사실이지만 여전히 경제적 대국주의와 냉혹한 국제정세가 엄존하는 현실 상황에서

점에 대해서는 최근에 발표된 신광영의 「근대성, 근대주의, 근대화와 민족주의」의 다음과 같은 구절이 그 핵심을 잘 요약하고 있다.

> 동아시아에서 일어난 탈전통사회화는 제국주의 침략위협하에서 진행되었기 때문에 이에 저항하거나 혹은 이에 대응하기 의하여 부국강병을 내세웠다는 점에서 민족주의적 성격을 강하게 내포하고 있다. 서구의 군사적 우의와 경제적 우의를 인정한 집단(일본의 집권세력, 한국의 개화파, 중국의 개화파)들이 공통적으로 가지고 있었던 사상은 서구적 근대주의가 아니었다. 서구의 근대화 세력은 절대왕권의 부정, 자유주의, 계몽주의와 같은 구체제에 도전하는 사상이었지만, 동아시아에서 나타난 개혁세력은 제국주의에 대항하여 구체제를 방어하는 사상을 가지고 있었다. 방어의 방법에서 일본은 위로부터의 혁명을 시도했고, 조선은 쇄국정책을 통하여 외세의 위협에 소극적인 대응을 하였으며, 중국은 실질적으로 능동적인 개방과 개혁을 달성하지 못하였다.
> 일본에서 성공적으로 이루어진 메이지유신은 독특한 성격을 지닌 혁명이었다. 혁명을 통하여 집권세력을 강화시키면서 또한 경제적 발전을 꾀했다는 점에서 이중적인 혁명이었다. 한편으로는 정치적으로 중앙집권적 권력을 강화시켜 지방의 도전을 없애고, 다른 한편으로는 경제력을 발전시켜 외세의 도전을 막는 혁명이었다. 이것은 위로부터의 근대화로 나타났다. 국가주도형 근대화라고 불리는 일본의 근대화는 근대주의 없는 근대화였다. 그러므로 구체제의 질서를 유지한 채 새로운 자본주의 산업화가 이루어졌기 때문에 산업화 성공 이후에도 미완의 근대화로 인하여 정치적 자유, 민주주의, 인권 등의 "근대성의 문제"는 여전히 해결되지 못하였다.[6]

인용문에서 보듯이 일본 파시즘의 기원에는 국가중심의 근대화 노선이 내포하고 있는 국수적·권위적인 통합의 원리가 존재한다. 따라서 근대성의 내부적 원리와 그 왜곡으로부터 파시즘의 원리를 도출하는 김철의 주장은

정치적인 '탈국가주의', 국가주의의 해체는 다소의 현실성이 결여된 점이 없지 않다.

6) 위의 글, pp. 19~20.

이러한 논지에 의해서도 상당한 설득력을 지니고 있다. 그러나 문제는 이러한 파시즘의 원리와 근대성의 원리 사이에 존재하는 '차이'의 문제를 어떻게 파악하는가 하는 것이 중요한 일이라고 하겠다. 근대성의 내적 특징 안에 파시즘의 기원이 존재한다는 것이 인정된다고 해서 '근대성의 원리' 자체가 부정되거나 폄하될 수는 없기 때문이다. 문제는 미완된 근대성의 문제와 파시즘이라는 '근대의 왜곡과정'에 대한 성찰과 반성이다. 특히, 7·80년대 민족문학과 식민지 시대 한국의 민족문학 내부에 존재하는 파시즘적인 사고·원리의 비판은 좀더 세밀한 연구를 통해서 그 차이를 변별해 내는 작업이 더 시급한 과제라고 할 수 있다.

"극우 민족주의나 국가주의와 <공통의 용어>나 개념을 사용하면서 한편으로는 그 국가주의와 정면으로 부딪쳐야 했던 것이 한국 민족문학의 피할 수 없는 한 현실이었다는 점, 이것은 민족문학의 이러저러한 개념상의 한계나 모순을 지적하는 자리에서도 늘 염두에 두지 않으면 안되는 문제일 것이다. 이러한 역사적 상황을 감안한다면, 한국의 민족문학이 국수주의나 국가주의와의 혼동의 위험에도 불구하고 그 개념을 통하여 한국 근대문학의 최량의 전통을 수호하고 견지하려 했던 역사적 사실은 그것대로 평가되어야 할 것이다. 그러나 그렇다고 해서 민족문학론이 안고 있던 개념의 혼란과 그로부터 빠져 들어간 자폐적 함정이 해소되는 것은 물론 아니다."7)라는 김철의 견해에서 보듯이, 민족문학론은 그 모순과 한계에도 불구하고 최량의 전통을 수호하기 위한 자기 변신의 과정을 겪어 왔다. 따라서 민족문학론의 이러한 지속적인 자기 갱신과정에서도 여전히 누락된 '자민족 중심주의'에 대해 지적하고 있는 김철의 논문은 그 논점의 날카로움과 관점의 새로움·치밀함에 의해서 충분한 설득력을 지니고 있는 것이다.

그러나 "한국의 민족주의는 피해와 억압의 기억을 자신의 정체성 확립의

---

7) 김철, 「민족-민중문학과 파시즘: 김지하의 경우」, 『현대한국문학 100년』, 민음사, 1999. p. 487.

주요한 심리적 기제로 삼아 왔다. 요컨데, 피해자로서의 역사적 경험과 기억은 한국의 근대 민족 구성에 핵심적인 정서적 자질이었다고 할 수 있다"8)는 발언은, 민족문학의 자기갱신과정과 그 변화를 지나치게 단선화하는 경향이 있는 것 또한 사실이다. '식민지체험과 굴절된 근대사의 체험'이라는 역사적 현실을 무화시킬 수 없듯이, 한국민족문학과 민족주의의 형성과정에서 이러한 조건은 이미 필연적인 것이기 때문이다. '민족적 위기의식'을 터전으로 삼아온 민족문학론에 대한 김철의 비판은 이 점에서 상당히 시사적이기는 하지만 그런 만큼 민족문학론의 자기규정적 성격에 대한 고찰은 상대적으로 간과되고 있는 듯하다. 근대성이 자신의 내부로부터 스스로의 정당성을 발견하듯이, 한국의 민족문학론도 고정화되지 않은 '민족'의 개념을 둘러싸고 자기정당성을 찾기 위해 고심해 왔기 때문이다.

따라서, "이 글의 목표는 김지하를 파시스트로 <고발>하는 것이 아니라, 민족-민중문학과 파시즘의 결합 지점을 밝히고 그 결합의 방식을 탐구하는 것이다. 다시 말해, 민족-민중문학(론)에서 지양되지 못한 폐쇄적 민족주의와 인민주의적 낭만성이 어떻게 파시즘의 담론으로 화하는지를 밝히는 것이다"9)라는 그의 의도는 타당하고 필요한 것이지만, 파시즘 담론의 특징을 '현실정치', '대중지배전략', '정치적인 힘의 발현 형태' 등과 결부시켜 논의하지 않고 문화와 문학의 범주로 직결시켜 사고하는 태도는 다소의 범주이탈과 논리적인 비약의 소지를 함유하고 있는 것이다. 특히, 근대적인 자연서정시에 대한 그의 생각은 이 점에서 지나치게 단순화된 경향이 있다.10)

---

8) 위의 글, p. 494.

9) 위의 글, p. 503.

10) "원리상 불가능한 <자연과의 하나됨>이라는 이상을 상정하는 이 자연관 속에는, 자연의 타자성 자체가 인식되지 않을 뿐 아니라 그럼으로써 주체/객체, 자아/타자의 필수적인 경계마저 무화되는 상태에 이르는 것이다. 그러므로 자연과 인간의 일치라는 관념적 이상이 표현하는 자연주의, 인간의 <자연스러운 삶>이란 사실상 인간의 시선 아래 자연을 복속시키는 전도된 인간중심주의에 지나지 않는다"(위의 글, p. 509)

3. 파시즘의 동일화 담론

먼저 김철이 김지하에게서 신비주의적 태도와 파시즘적인 자연관을 발견하고 있는 이유를 살펴보기로 하자.

① 민족을 연속적인 유기체로 보고 그 안에서 민족의 '원형'이나 '고유성'을 발견하려는 사고는, 인간의 정신과 본질이 자연환경의 직접적 반영물이라는 사고와 깊이 연결되어 있다. 인간은 자기를 둘러싼 산천의 '기'를 벗어날 수 없으며 그것이 그를 결정하는 것이다. 민족적 원형, 민족적 고유성에 대한 확고한 믿음은 이러한 사고의 확대된 형태이다.

인간과 자연의 분리불가성(분리됨의 불행, 일치됨의 평화)에 대한 굳은 신념은, 자연으로부터의 일탈, 자연의 파괴가 모든 불행의 원천이며, 동시에 자연과의 일치와 조화, 생명존중의 삶만이 그 해결책임을 역설한다. 그런데 정말 인간은 자연과 일치할 수 있을까? 자연과 하나가 된다는 것은 자연과 인간 사이에 조화로운 관계를 수립한다는 것인데 그것은 자연 그 자체와는 대립하는 것이다. 왜냐하면 자연 그 자체는 대립과 갈등을 원리로 하고 있기 때문이다. 역설적으로 말하면, 자연과 대립할 때에 우리는 자연과 하나되는 것이며 그 원리를 자기 것으로 하게 되는 것이다. 요컨대, ② 원리상 불가능한 '자연과의 하나됨'이라는 이상을 상정하는 이 자연관 속에서는, 자연의 타자성 자체가 인식되지 않을 뿐 아니라 그럼으로써 주체/객체, 자아/타자의 필수적인 경계마저 무화되는 상태에 이르는 것이다.

이러한 자연관의 구체적 현실에서의 기능은, 인간-인간의 문제가 인간-자연의 문제로 환원된다는 것이다. ③ 그것은 인간적, 사회적 삶의 있을 수 있는 모순과 분열을 은폐하면서, 그것의 치유를 자연적 조화의 이상, 유기체적인 전체의 아름다움 등에서 구하게 만든다. 생명이 약동하는 삶의 아름다움, 원시적, 자연적 생의 찬미, '구경적 삶의 형식' 등의 삶의 미학화라는 파시즘 특유의 미학적 원리들은 바로 이런 자연관에서 유래하는 것이다.[11]

　　김철의 글에서 파시즘의 미학적 원리에 대한 정의는 밑줄 ③에 잘 나타나 있다. 이처럼 "인간적·사회적 삶의 있을 수 있는 모순과 분열을 은폐하면서, 그것의 치유를 자연적 조화의 이상, 유기체적인 전체의 아름다움 등에서 구하"는 것이 파시즘 미학의 핵심이라는 그의 주장은 결론적으로 근대적 자연 서정시 모두를 파시즘 미학의 산물로 규정하는 결과를 낳는다. 이런 주장은, 그 이면에 민족문학의 원리를 '심정적인 민족주의'로 파악하는(밑줄 ①) 주장과 근대적 서정시 또는 미학의 원리를 파시즘의 원리와 동일시(밑줄 ②)하는 오히려 역설적인 '파시즘적 사고'가 존재하고 있기 때문에 가능한 것이다. 이 점에서 그가 "상호모순되는 원리들의 무차별한 혼재 또는 종합으로서의 특징을 지닌다"[12]라고 말한 파시즘의 '차이의 무화(無化), 비동일성의 동일화 전략'은, '민족-민중문학'과 '자연 서정시'의 차이를 무화(無化)시키는 그의 주장에서 오히려 극단적인 형태로 나타나고 있는 것이다. 이 점은 '근대―전체주의―파시즘'을 어느 정도는 동일한 원리를 지닌 것으로 간주하는 그의 다소 무차별적인 파시즘 규정으로부터 파생된 것으로, 근대성의 원리와 파시즘의 원리가 모두 동일성의 원리와 유기체적 사고를 지니고 있다는 점에 지나치게 집착한 결과, 도달한 논리의 종착점이다.

　　'근대가 낳은 파시즘'이 아니라 '파시즘이 낳은 근대'라고까지 보여지는 전도적(顚倒的) 발상을 보여주는 이런 생각은, 민족, 민족문학, 전통, 동양주의 등 배타적인 순수성과 신성성의 근거였던 모든 개념들이 인위적인 제도의 '창안', '발명'이었다는 90년대 초반부터 행해진 비판적 주장들을 혼합하고 확장시킨 결과이다. 따라서 근대라는 시간이 낳은 모든 제도적 생산물을 무차별적으로 동일화하는 그의 사고는 이미 일정한 한계를 내포한 것이다. 또한 그 자신의 논리적 근거를 자신이 '파시즘적 원리'로 지목하고 있는

---

11) 김철, 「민족-민중문학의 파시즘: 김지하의 경우」, ≪현대한국문학 100년-20세기 한국문학 어떻게 볼 것인가≫, 대산문화재단, 1999. p. 19.
12) 위의 글, p. 17.

무차별적인 동일화를 통해서 발견하는 등 자기 모순에 빠지게 되는 것이다.

김철의 주장은 결정적으로 '정치의 예술화'라는 문제와 '도구적 합리주의', '기술 파시즘'의 문제를 그의 논의에 포함시키지 못했다는 점에서 자기 모순에 빠졌다고 여겨진다. 동일성의 원리는 그것이 수단으로 삼는 것이 무엇이고 그 대상이 어떤 것인가에 따라서 여러 가지 차이점을 나타낸다.

파시즘의 원리가 되는 '동일성'은 위장된 가치중립주의인 '도구적 합리주의'와 '기술파시즘'에 의해서 획득된다. 그리고 이러한 파시즘의 원리를 벤야민은 일찍이 '정치의 예술화'라고 말한 바 있다. 즉, '미학적 범주'의 동일화 원리를 대중지배전략으로 도구화하여 '정치와 생활'의 범주로 무차별적으로 확대하는 '편의적 사고'에 의한 '정치의 신비주의화'를 경계한 것이 그의 '정치의 미학화'에 대한 비판이다.13) 따라서 김철의 주장은, 김지하와 민족-민중문학에 대해 '동일성의 원리와 신비주의'가 현실논리로 둔갑하는 '도구적 발상의 혐의'에 대한 '구체적인 근거'를 제시하지 않는 한 쉽사리 증명되기 어려운 것이다.

이 점에서 김지하의 최근 주장과 그의 생명사상에 대해 우려를 표방하고 있는 그의 생각은 일정부분에서는 설득력이 있다고 볼 수도 있다. 하지만, 김지하의 이런 면을 민족-민중문학 전체로 확대하는 것은 또 한편으로 다분히 인상주의적이고 도구적인 발상임에 틀림없다.

---

13) 진, 선, 미의 가치를 서로 독립된 자율적 영역으로 확정하는 패러다임은 칸트의 비판철학에 의해서 이루어졌다. 그러나 이러한 비판철학에 토대를 두고 있는 근대적 분화와 자율성, 범주구분의 규칙은 헤겔의 변증법적 통일 지향에 의해서, 자아와 세계를 총체성이라는 개념으로 서로 융합하려는 노력으로 변형된다. 결국, 진리의 영역과 실천의 영역 그리고 미적 판단의 영역을 강제로 통합하려는 리얼리즘과 현실로부터 문을 닫고 인간의 내면 안에 미적 판단을 정점으로 하는 또 다른 형태의 주관적 자기 동일성을 확보하려는 모더니즘의 대립은, 진리의 영역과 아름다움의 영역을 서로 강제적으로 흡수하려고 하는 두 힘의 대결구도로 표면화된다. 그러나 총체성과 자기동일성의 기획은 이 점에서 모두 근대성의 한게 안에 갇힌 채 자아와 세계의 허구적 통일성만을 보여줄 뿐이다. Zima, Peter V., 『문예미학』, 허창운 역, 을유문화사, 1993. 참조.

　　김철의 주장에서 우리가 간접적으로 확인할 수 있는 것은, 90년대초 정신
주의 문학에 대한 비판이 사실은 '정치의 미학화'라는 현상에 대한 우려에서
비롯되지 않았는가 하는 사실이다. 당시 도정일의 다음과 같은 발언은 은유
혹은 역설을 시적 원리로 삼는 신비주의(정신주의)에 대한 비판을 담고 있는
것으로 김철의 시각과 마찬가지로 '정치의 미학화'에 대한 일정한 우려를
표현하고 있다.

　　　　은유적 언술이 과거와 현재 어떻게 제국주의적 지배 논리의 특징적 양식이
　　되어 왔는지를 상기한다면 사실 그게 그리 놀랄 일은 아니다. 예컨데 "일본과
　　조선은 하나"(內鮮一體)라고 한 일제의 지배 논리는 "조선은 일본이다"라는
　　은유적 진술의 정치화에 해당한다. 이것이 미학의 정치화이고 정치의 미학화
　　이다. 미학의 정치화란 미학에 의한 현실의 신비화이고 정치의 미학화는 나치
　　즘에서 보듯 미학적 방법에 의거한 정치의 신비화이다.14)

　　역설과 은유를 문학적 신비주의의 두 형태로 규정하는 도정일의 견해는,
문학 내적 원리와 그러한 원리에 의해서 생산된 시적 언술 그리고 더 나아가
서는 사회적·일상적 언술의 특징을 서로 연관시켜 규명하는 독특한 시각을
보여준다. 그리고 이러한 시각에서 확인할 수 있는 것은 김철의 주장과 마찬
가지로 현실의 다양한 차이를 무화시키는 허구적 '동일성의 원리'를 파시즘
의 기원으로 주목한다는 점이다. 다시 말해서 동일성의 원리를 강조하는
'서정시'나 '정신주의'에 대한 그의 비판은, 근본적으로 동일화의 원리가
문학원리로부터 벗어나 현실원리로 확장될 수 있다(정치의 미학화)는 우려
에서 비롯된다.

　　그러나 이러한 그의 주장은 많은 부분에서 김철의 주장과 동일한 오류를
발생시킬 요소를 지니고 있다. 아이러니는 차이를 말하는 담론으로, 그리고
역설과 은유는 차이를 무화시키는 담론으로 규정하는 생각은, 역설과 은유

---

14) 도정일, 「문학적 신비주의의 두 형태」, ≪문예중앙≫, 1991. 가을. p. 154.

를 파시즘적인 신비주의 담론으로 보며 결과적으로 아이러니를 역설과 은유보다 우월한 담론으로 파악하는 근대적인 주체의 '권력적인 차별화' 혹은 '배타적 우월심리'를 드러낸다.15) 동일화의 담론과 차별화의 담론은 사실 근대적 담론의 두 중심축이며 이 점에서 양자 모두 일정한 정도의 모순을 내포하고 있는 것이다. 따라서 어느 담론이 어느 담론보다 정당하다고 말할 수 없으며 특히 파시즘을 지탱하는 원리가 단순히 동일화의 원리만은 아니라는 점, 즉 타자에 대한 배타적 차별화의 원리가 그 내부에 존재한다는 점에서 '정신주의'의 동일성 담론을 정치의 미학화 내지 신비주의 담론으로 비판하는 그의 시각에는 일정한 한계와 모순이 노정되어 있다.

도정일의 문학 내적 담론과 일상적 담론 사이의 경계를 무화시키는 논리는 이 점에서 다분히 그 담론이 통용되는 제도적 맥락을 간과하는 경향이 있다. 90년대 이후 모든 범주 사이의 경계를 넘어서는 개방성과 열린 체계의 담론이 일반화되고 있는 추세이지만, 이 경우에도 각 담론과 담론의 범주 사이에는 일정한 체계성(에크리튀르)이 존재하게 마련이다. 이 체계성을 '제도적 맥락'이라고 한다면, 도정일의 견해는 문학적 글쓰기 담론의 규약과 사회적 담론의 규약 사이에 존재하는 일정한 차이를 무화시키는 파시즘의 도구주의적 언술방식을 그대로 답습하고 있다고 할 수 있다. 문학 내적 담론 원리인 은유와 역설, 그리고 아이러니를 사회적 담론으로 확장하는 동일화 전략과 은유·역설과 아이러니를 일상적 맥락에서의 의미부여를 통해 차별화하는 전략이, 오히려 파시즘 담론의 특징을 폭로하는 과정에서 역으로 그러한 파시즘적인 담론의 형식을 재생산하는 결과를 낳고 있는 것이다.

---

15) 시론에서 아이러니는 지적인 태도를 대표하는 것으로서 동일한 것, 고정적인 것 사이에서 이질적인 요소, 분열적인 조짐을 발견하고 그것들의 상호모순과 자기모순을 드러내는 전략으로 생각된다. 또 역설(paradox)은 표면적으로는 서로 이질적인 것이나 전혀 관련 없는 것들 사이에 일정한 관계를 설정하고 의미를 새롭게 부여하며, 비유는 비동일성의 동일성을 말하는 담론으로 규정된다.

이것을 파시즘 담론의 특징을 폭로하기 위한 차도살인(借刀殺人)의 방법으로 보기는 어려울 것이다. 결과적으로 도정일의 비판적 견해는 은유와 역설이 문학적 담론에서 현실 담론으로 변질될 때 나타나는 차이점에 주목하지 않고 오히려 그것을 동일한 것으로 간주한 점에서 '정치의 미학화' 담론을 '반복'하고 있는 것이다. "그 담론이 그 담론이다"라는 성급한 동일성 규정이 자기중심적인 배타성 담론의 특징이라는 점에서, '차이'에 주목하지 않는 도정일의 '신비주의' 비판은 여전히 근대적인 자기 중심적 담론 양식을 되풀이하고 있다고 볼 수 있다.

이런 사실은 김현의 '탈욕망의 욕망'이라는 표현 속에서도 동일하게 나타난다. "나쁜 폭력을 낳는 욕망이 바로 초월세계를 낳는 욕망이 아닌가. 나는 그렇다고 대답하고 싶다. 남의 것을 빼앗아 자기 것으로 만들고 싶다는 욕망이, 무서워라, 그 욕망이 바로 초월세계를 낳는 욕망이다. 황석영 식으로 말하자면, 가장 천한 것들이 가장 강하게 욕망한다"(김현, 「폭력과 왜곡」)라는 그의 초월주의, 신비주의적인 '탈욕망의 욕망'에 대한 비판은, 이광호의 지적[16]처럼 욕망의 사회적 의미와 실천적 효용에 주목하지 않고 곧바로 그것의 기원을 향한다는 점에서 모든 욕망의 차이를 무화시키고 동일화한다. 즉, '그 욕망이 그 욕망이다'라는 것이다.

이런 욕망에 대한 김현의 천착을 정신주의 시에 대한 비판론으로 발전시킨 것이 이승훈의 포스트모더니즘 시론 혹은 해체시론이다. 그는 "모든 의미화의 욕망은 타자에 대한 억압 담론이다"라고 말함으로써 결과적으로 기표만이 유일하게 순수한 것이며 모든 '초월적인 것에 대한 동경'은 곧 권력적

---

16) 이광호, 「비평의 전략」, 《비평의 시대》2, 1992. pp. 125~126. 이 글에서 이광호는 김현 비평의 종착점을 다음과 같이 요약한다. "시원과 뿌리를 향한 김현 비평의 지향성은, 개인성의 욕망, 욕망의 개인성을 파고들어 그 끝간 데서 텅빈 주체를 발견한다. 『말들의 풍경』 서문에서의 '있는 것은 흔적들이다. 그 흔적들이 욕망이며 충동이다. 그 흔적들 때문에 나는 있으며, 나는 없다'라는 거의 절규에 가까운 탄식은, "문학은 욕망이 드러나는 자리"라는 명제로부터 출발한 김현 비평이 도착한 논리적 단애(斷崖)이다."

욕망의 변형으로 간주한다. 이런 이승훈의 생각은 서정시 혹은 정신주의
시를, '타자를 강제로 통합하려는 주체의 동일화 욕망'이 투영된 것으로 보
는 견해의 시작점이기도 하다.

그러나 이점 역시 문학적 담론의 '권력'과 일상적 담론의 '권력'의 경계점
을 의도적으로 무화(無化)시키며 또한 그 차이에 대해서 무관심을 드러낸다.
이런 무관심은 일상적 담론과 문학담론의 경계를 허물고 동일시하는 '문학
적 유기성 담론'의 확장에 그 원인이 있다. 문학적 주체의 욕망과 일상적
주체의 욕망은 구조적인 측면에서는 동일하다고 해도 역시 현실적인 맥락의
차이를 지니고 있게 마련이다. 이런 사고는 서정시의 동일화 원리와 파시즘
의 동일화 원리를 같은 것으로 파악하는, '범주와 맥락'의 이탈 혹은 비약의
논리와 다를 바가 없는 것이다.

4. 정신주의 시의 새로운 방향

이상으로 정신주의 시에 대한 비판적 견해들의 개괄적인 검토를 마친
결과, 대부분의 논자들이 정신주의 시가 지향하는 유기적 시론과 '서정시적
인 경향(동일화 원리)'을 초월주의와 신비주의 담론으로 비판하는 것을 확인
할 수 있었다. 그렇다면 과연 90년대가 마감되는 현 시점에서 '정신주의적
경향'의 시들은 지금 어떤 특징들을 드러내고 있으며 그 행방은 어디를 지향
하고 있는 걸까.

90년대적인 일상을 우리는 종종 '생활세계의 심미화' 혹은 '심미적 대중
성의 확산'이라고 명명하곤 한다. 이런 생각은 미적 근대성의 원리인 '미적
자율성'의 신화가 예술세계 바깥의 현실 세계에서 나타나기 시작한 결과이
고 동시에 근대적 미의식이 대중화된 결과이다. 그러나 이러한 심미적 유행
성에서 우리가 발견하는 것은 어떤 공허함과 '심층없는 표피'의 경박한 부유
이다. 90년대 초 정신주의 시의 발생이 지닌 사회적·문학사적 의미를 지적

한다면 바로 이 점에 있다고 할 것이다.

90년대를 관통한 자연서정시와 과거 문협 정통파와 청록파의 자연서정시가 내포한 차이에 대해서는 다른 글을 통해서 이미 견해를 밝힌 적이 있지만,[17] 가장 커다란 차이점을 다시 요약한다면 '미적 근대성, 혹은 심미적 이성'에 대한 비판적 태도라고 할 수 있을 것이다. 자연을 미학화하는 방식으로 '서정적 동일성'을 추구하는 것이 아니라는 점에서 90년대 시인들의 자연발견은 많은 부분에서 근대비판적인 태도를 취하고 있다. 또한 서정시의 운명을 '분열된 세계에서의 허구적 동일성 꿈꾸기' 정도로 생각해 온 근대적 미의식은 그 자체로 일정한 한계를 지닌 것이다. 만약 이러한 사실을 인정한다면 서정시는 '죽음'이라는 피할 수 없는 운명에 직면할 수밖에 없는 것이다.

그러나, 현대시의 역사적 전개과정에서 알 수 있듯이, 서정시는 '쉴러'의 소박한 시인의 시대 이후, 즉 낭만주의 시대 이후 한번도 '서정적 동일성'을 완벽하게 구현할 수 있는 환경을 가져보지 못했지만, 서정시는 여전히 살아 있으며 여전히 그 정체성을 유지하고 있다. 이 점은 서정시가 그 자체의 자기변신을 통해 변화하는 삶의 원리를 시의 내부로 끊임없이 흡수해 왔기 때문에 가능한 것이다.

---

17) 김춘식, 「자연의 미학화와 신비주의」, ≪시와 함께≫, 1998. 겨울. p. 32. "미적 체계의 자율성을 철저히 신봉하는 '근대적 미학'의 신화는 이미 오래 전에 '인간/자연' 사이의 매개 역할을 포기한 것이다. 결국 현대시에서 나타나는 '자연'의 형상은 여러 가지 불순물을 거른 뒤에 '정제'된 규범의 변형으로서 대상(자연)을 주관적 인간의 영역으로 편입시킨 '이성중심주의'의 폭력성을 내포하고 있다. 예를 들면 청록파의 '자연 발견'은 전형적인 '미적 근대성'의 산물이다. 박두진의 '기독교적 낙원의식', 박목월의 '산수화적인 자연', 조지훈의 '선적 정관' 등은 모두 내면적 자의식의 굴절된 투영이라고 할 수 있다. 이들의 시 세계는 이 점에서 근대인의 미적 자의식을 선취하고 있지만 다른 한편으로는 세계와의 소통의 출구가 단절되어 있다. 한국시의 '전통'을 대표하는 이들 시인의 '자연인식'은 후에 순수·참여의 논쟁에 휘말리면서 보수적 전통주의와 뒤섞여 더욱 잘못 계승된다. 그리고 이러한 변질의 이면에는 '미적 자율성'의 원리가 역시 심각하게 작용하고 있는 것이다."

　90년대 시의 주요한 현실 대응 방안 중 하나가 정신주의 혹은 자연서정시의 발견이었다면 이러한 시적 경향은 '자연/인간'의 대립에 기반하며 그 둘 사이의 경계를 허구적으로 지움으로써 오히려 그 두 범주 사이의 소통을 절연시켜온 '자연의 미학화' 경향에 대한 일정한 반성을 담고 있는 것이다. 이러한 생각은 「자연의 미학화와 신비주의」라는 글에서 이미 밝힌 바가 있으므로 그 글의 일부을 인용하는 것으로 결론을 대신하고자 한다.

> 　시가 인간(역사)과 자연(운명, 세계) 사이의 소통적 매개를 회복하는 힘을, 그것의 '경계성'에서 발견하는 자의식은 폐쇄적 미학주의를 넘어서 새로운 소통과 교감의 미학을 지향한다. 반면 폐쇄된 미학주의와 신비주의는 서로 이형동질의 관계에 놓인다. 근대적 미학이 발견한 '자연'은 이 점에서 인간(역사)과의 연결고리를 '자율성'이라는 규범에 기대어 너무도 쉽게 절연한 혐의가 짙다. 자연과 인간, 양자의 원활한 소통을 회복하는 데에는 인간의 구원, 실존적 가치와 세계의 진실, 자연의 이치에 대한 새로운 시적 인식이 전제될 수밖에 없다. 그러한 새로운 시적 인식의 화두와 그 가능성을 우리는 90년대 시의 다양성으로부터 추출해 볼 수 있을 것이다. 관념적 허위에 만족하는 미학주의에 안주하지 않고 자기 진정성과 새로운 시학의 모색과정에서 나타난 여러 화두(몸, 경계, 틈, 생태, 환경, 여성적 정체성)를 비추는 거울인 '내면의 자연'을 직시하고자 하는 최근의 몇몇 시도는 90년대 문학의 '자연'이 사실은 사라진 영혼 혹은 정신, 진리에 대한 모색임을 적절하게 보여준다.
> 　자연으로부터 '아름다움[美]'를 구하지 않고 '진리[道]'를 구하는 것은 90년대 시의 가장 중요한 특징이다. 애초에 인간에게 천리(天理)와 본성의 고향이자 자기 인식 혹은 내면의 거울이었던 '자연'에 대해 아름다움만을 남기고 나머지 요소를 방법적으로 망각한 '근대적 미의식'의 기원에는 세계와의 단절 혹은 절연의 패러다임이 내포되어 있다. 그리고, 그것은 또 다른 의미에서 신비주의의 변형인 것이다.[18]

　서정시의 동일성은 언제나 달성된 동일성이 아니라 추구의 대상으로서의

---

18) 김춘식, 「자연의 미학화와 신비주의」, 《시와 함께》, 1998. 겨울. p. 33.

동일성이라는 점에 주목할 필요가 있다. 언제나 그렇듯이, 깨달음이, 각성이 곧, "세계와 나의 한계를 초월하는 영원성의 획득" 자체가 될 수는 없는 것이다. 우리는 인간이므로 여전히 한계 속에 놓여 있고 그렇기 때문에 차이와 갈등 속에서 살아가며 또 끊임없이 진정한 화합과 동일성, 즉 진실을 꿈꾸는 것이다. 그것은 허구적인 형식미학의 통일성 구현과는 다른 것이다. 미적 완결성으로서의 통일이 아니라 '도(道)'의 추구 그리고 현실 속에서 올바른 인식을 가로막는 '환(幻)'을 깨는 것이 바로 90년대 정신주의 시의 올바른 행로라고 할 수 있을 것이다. 해답은 역시 직관적인 초월보다는 방법적인 부정의 정신을 어떻게 시적 미학으로 승화시키느냐에 달려 있다고 하겠다. 손쉬운 초월, 때 이른 구원은 이미 초월도 구원도 아니기 때문이다.

근대적 자아의 자연 · 전통의 발견
— 청록파의 미적 근대성—

1.

한 권의 시집에는 언제나 '사라져 가는 것의 아름다움'에 대한 찰나적인 포착이 있다. 시인의 눈에 비친 원초적 풍경은 평생 그 시인의 영감을 지배하며 따라서 최초의 시선(視線)에서 그가 무엇을 보았는지를 말하는 것, 그것이 곧 지난한 시작(詩作)의 과정이다. 한 사람의 예민한 감수성에 날아든 최초의 풍경, 그것은 때로 한 시대의 가장 예민한 상처 혹은 장면이며 한 개인이 발견할 수 있는 이상적인 아름다움의 극단이다.

청록파 3인의 공동시집 『청록집』에는 모든 것이 파괴되고, 모든 것이 사라져간 시대의 근원적인 풍경이 담겨 있다. 세 사람의 시인이 함께 바라본 장면, 거기에는 그들의 시대가 입은, 또는 그들의 시대가 물려준 상처의 예리한 섬광이 아로새겨 있다. 한 권의 시집을 읽는다는 행위는 언제나 시인의 정신과 내면을 낳은 최초의 풍경에 대한 향수와 근원회귀를 읽는 것이다.

박목월, 박두진, 조지훈의 시선에서 독자가 발견할 수 있는 것은 그들의 시적 근원이 '향수'에 있다는 점이다. 그들이 자신들의 시대에서 읽어낸 것은 '사라져 가는 것'과 '가치'에 대한 향수였고 그 결핍이었다. 결핍된 가치는 이 세 명의 시인에게 '같은 꿈'을 꾸게 만드는 원인이 된다. 결핍된 가치에 대한 진지한 응시가 남긴 선명한 '각인'은 하나의 꿈으로 그들의 내면에 가라앉는다. 그리고 그 위에 그들의 숨소리와 입김이 덮이고 그들은 자신의 '내면의 집'에서 세계를 해석하기 시작한다.

『청록집』에 나타난 자연과 전통은 이렇듯 그들 세 명의 시인이 응시했던 '원초적인 결핍'에 해당된다. 그 결핍은 그 시대의 본질에 대한 증언을 담고 있다. 사라진 가치의 상징물로서의 자연과 전통은 그 시대의 폭력과 야만이 남긴 '문화적 상처'로서 이들 세 사람의 시정신에 투영된 것이다.

박목월, 박두진, 조지훈 3인의 공동시집『청록집』은 해방직후 조풍연이 ≪문장≫지 출신 젊은 시인들의 '공동시집 발간 기획'을 세운 것이 계기가 되어 1946년 6월 '을유문화사'에서 간행되었다. 사실 그 이전까지 청록파 시인들은 ≪문장≫지를 통해서 문단에 나왔다는 공통점 외에는 이렇다 할 두드러진 인연이나 친분관계가 있었던 것은 아니었다. 단지 1942년 조지훈 이 박목월을 만나기 위해 경주로 갔고 이 두 사람의 첫 대면이 이때 이루어졌 다는 이야기가 비교적 잘 알려진 에피소드로 남아 있을 뿐이다. 지훈과 목월 은 이후 다소의 시적 교분을 나누어 온 것으로 여겨지지만 박두진과는 별다 른 교류가 없었던 것으로 알려져 있다. 이런 세 시인이『청록집』이라는 시집 한 권으로 인해 한국문학사에서 '청록파' 혹은 '자연파'라는 명칭으로 불려 지게 되고 지금까지도 그 문학사적 자취를 뚜렷하게 남기게 된 데는 따라서 우연 이상의 어떤 심상치 않은 이유와 요건이 있었다고 볼 수밖에 없는 것이다.

조지훈과 박목월의 교분은 이들 두 사람의 '근원적 풍경'에 대한 교감의 시작이라고 할 수 있다. 목월이 회고담에서 "밤물결처럼 치렁치렁한 장발을 날리며, 慶州驛頭에서 내게로 걸어 나오던 지훈은 틀림없이 수수한 흰두루 마기를 입고 있었다. 그의 웃는 눈매이며 허연 이마까지도 나의 기억에 선명 한 것이다."라고 증언했을 때, 이 증언이 목월의 착각인 것으로 뒤에 밝혀졌음에도 불구하고 중요한 의미를 갖는 것은 바로 이 '근원적 풍경' 때문이다. 목월의 증언에서 지훈이 흰두루마기를 입었다는 부분이 사실(이 때 지훈은 양복을 입고 있었다고 함)과 일치하지 않는 것으로 밝혀졌지만 이러한 '착각'은 오히려 목월과 지훈이 공유하는 '근원적 풍경'이 무엇인가를 더 분명하게 지시하는 일화이다.

목월의 지훈에 대한 첫인상은 이미 그들이 공유한 내면의 응시가 서로 '정신적인 섞임'을 일으키고 있다는 느낌을 전해주기에 충분한 것이다.

따라서 박목월, 조지훈의 '교감'이 그들 세대가 지닐 수밖에 없었던 원초적인 풍경 혹은 결핍을 보여주는 것처럼 『청록집』을 지배하는 '정신의 섬광'이 우연이 아닌 문학사적인 필연이라는 점을 좀더 주의 깊게 살펴볼 필요가 있을 것이다.

우선, 서정주가 이들에게 '자연파'라는 이름을 붙이게 된 동기가 세 시인이 각기 시적 지향이나 표현의 기교, 율조는 달랐지만 자연을 제재로 하고 자연의 본성을 통하여 인간적 염원과 가치를 성취시키려는 시 창작 태도의 공통점을 지니고 있기 때문이었다는 점, 그리고 이 시집에 수록된 작품들이 광복 직전의 일제 치하에서 쓰여진 것으로서 시사적으로 당연히 중요한 의의를 지닐 수밖에 없다는 점 등 두 가지 사실을 통해서 당시 『청록집』 발간 직후 이 세 시인의 시사적 의의를 유추해 볼 수 있다.

앞의 두 가지 사실은 광복 직전의 열악한 현실이라는 상황적 측면과 그 상황에 대한 시적 대응으로 나타난 '자연의 발견'이라는 상황과 시인의 두 축을 그대로 반영하는 명제이다.

결국 『청록집』의 발간으로 인한 청록파, 자연파의 탄생은 일제 말기의 현실에 대한 시적 대응을 '자연의 발견과 새로운 해석'이라는 차원에서 생각하게끔 하고 있는 것이다. 그리고 바로 이 점이 박두진, 박목월, 조지훈으로 대표되는 일제 말기 1940년대 시인들의 공통된 세대의식 또는 시대의식을 나타내는 척도라고 할 수 있다.

　이런 이유로 『청록집』의 발간은 한국문학사, 시사에서 '자연의 새로운 발견'을 가능하게 했고, 그 자연의 발견과정에서 나타난 '전통적 감각과 요소'에 많은 시인, 독자, 비평가, 문학 연구자의 시선을 주목하게끔 만들었다.

2.

　청록파의 출현은 일제치하 말기의 시대적 현실이 주는 억압이 젊은 세 명의 시인에게 공통적으로 작용한 결과로서 한국의 근대적 자연시의 한 유형을 특징적으로 보여주었다. 이는 근대의 자연시란 결과적으로 그 시대 현실에 대한 반작용일 수 있다는 점을 보여주는 좋은 예이기도 하다.

　자연시나 전원시라는 말은 근대 이후의 역사적 인식이 변화하는 과정에서 그 의미가 새롭게 형성된다. 전통적으로 동, 서양의 자연관은 '본질 혹은 모방의 대상'이라는 측면을 지니고 있었다. 자연이 인간 삶의 환경이자 세계 그 자체였고 문명적 요소보다는 자연적인 요소가 인간에게 더 친밀하고 완벽한 신의 창조물로 여겨지던 시대에 시나 예술의 평가 척도는 그것이 어느만큼 자연을 완벽하게 흉내내는가에 달려 있었다. 그러나 근대에 접어들면서 자연에 대한 인간의 의식은 크게 변화되는데, 먼저 전통적인 '자연미'에 대립하는 인위적인 '인공미'의 출현이 그것이다.

　모더니즘의 출현은 '모방의 시', '감정분출의 시'에서 '인위적인 창조와 기교로서의 시'라는 개념으로의 변화과정을 그대로 담고 있다. 자연은 이제까지 누리고 있던 '본질적인 아름다움'의 영역에서 물러나 단지 인간을 둘러싼 '외부적 환경' 중의 하나에 불과한 것이 된다. 그것은 인간의 창조물인 건축, 즉 도시 자체가 신의 창조물인 자연과 대등한 혹은 우월한 위치를 차지하게 되었다는 사실을 의미한다.

　청록파의 자연에 대한 새로운 발견도 본질적으로는 이러한 '근대적 자아의 인식 구조' 안에 존재한다. 청록파의 자연은 현실적인 완성태에 대한 모방의 의미로서의 자연이 아니라 이들 시인에게 내면화되어 있는 이상적 현실에 대한 동경이 하나의 형상으로 표현된 것이다. 청록파는 이 점에서 시적 모더니티의 중요한 특징인 '인위적인 창조'의 영향권 안에 존재하며 '현실부정과 유토피아 의식'을 함께 공유하고 있다.

시는 그 내부에 인간의 자아가 끊임없이 외부의 세계와 주고받은 대화를 축적한다. 과거의 농촌공동체처럼 전원적 생활이 주를 이루던 전근대적 삶 속에서 시는 일상의 단조로움에 대한 혐오와 찬양의 기록이라고 할 수 있다. 해가 뜨고 다시 지고, 계절이 바뀌는 순환적 질서의 세계 속에서 인간은 두 가지 삶의 욕구를 따라 생활을 영위한다. 하나는 '내부로부터 타오르는 변화에 대한 갈망'이고 다른 하나는 '외부의 엄연한 질서와 자연의 위엄에 대한 숭고한 복종의식'이다. 따라서 전근대적 시대의 전원시에는 근대 이후의 자연시와는 다른 신화적 질서와 감정의 폭풍이 함께 뒤엉켜 있다.

그러나 도시적인 생활이 모든 가치의 지배원리로 작용하는 근대적 삶은 분주하되 규칙을 상실하였고 오히려 너무도 복잡한 나머지 인간의 변화에 대한 갈망과 열정을 흔적도 없이 지워버린다. 신화적 질서에 대한 숭고한 믿음이 사라지고 변화에의 갈망도 식어버린 천박한 속물적 공간 속에서 시는 인간적인 것에 대한 혐오를 표현하는데 이것이 근대에 등장한 자연시의 중요한 성격이다. 인간의 흔적, 인공(人工)을 거부함으로써 현실부정과 신화적 질서에 대한 동경을 표현하는 '유토피아의식'이 표면화된다.

청록파의 시는 1940년대의 억압적 현실을 이러한 시적 모더니티를 통해서 극복하려고 한 노력의 산물이다. 『청록집』에 실린 시 중에서 특히 박목월의 시가 현실적 자연이 아닌 시인의 내면에 있는 이상적 자연을 그려내고 있다는 점이 종종 지적되곤 하는데 이 점도 바로 청록파의 시적 모더니티를 증명하는 좋은 예라고 할 수 있다.

현실부정의 인식이 내면 속의 자연을 새롭게 발견, 창조하게끔 유도했고 결국 자연이라는 전통적 소재가 시적 모더니티의 하나로 변신하게 된 것이

다. 조지훈의 '정적인 전통주의와 동양적 미의 발견'도 역시 자연을 매개로
한 전통접목과 현실부정이라는 특성 안에서 설명이 가능하다. 또한 박두진
의 '기독교적 낙원(에덴) 이미지'도 현실부정의 테두리 안에 존재한다. 이러
한 사실은 이들 세 시인의 자연 인식이 궁극적으로는 현실부정이라는 공통
된 의식을, 그들이 지향하는 개성 있는 이상주의로 채색하는 과정에서 나타
난 것이라는 점을 알게 한다.

『청록집』에 실린 시들은 현실부정이라는 내적 정신의 긴장이 자연이라는
매개를 통해서 표현된 것이며 그 시들이 보여주는 자연은 세 시인의 개성
있는 부정정신에 의해서 각각 새롭게 해석된다. 박목월은 정적, 수평적 이동
의 이미지를 통해서 자연을 '이상적인 동화(童話) 혹은 동양적 산수화의
세계'로 그려내고 있고, 조지훈은 자연을 '전통적 미와 멋의 세계를 발견하
고 입적의 경지'에 이르는 수단으로 삼는다. 또 박두진은 기독교적 신앙을
바탕으로 의지적, 수직적, 상승적인 식물 이미지를 통해 자연을 '기독교적
에덴'이라는 이상적 공간으로 그려내고 있다. 이런 특징은 이들 청록파의
시가 현실적 공간으로서의 자연이 아닌 이상적 공간으로서의 자연을 그리고
있다는 중요한 사실을 명확하게 드러내는 것들이다.

3.

《문장》지에 청록파 시인들을 추천한 정지용은 박목월, 조지훈, 박두진
에 대해 각각 다음과 같이 평한다.

> 북에 김소월이 있었거니 남에 박목월이 날만하다. 소월의 툭툭 불거지는
> 삭주(朔州) 구성조(龜城調)는 지금 읽어도 좋더니 목월이 못지 않아 아기자기
> 섬세한 맛이 좋다. 민요풍에서 시에 진전하기까지 목월의 고심이 더 크다.
> 소월이 천재적이요 독창적이었던 것이 신경 감각 묘사까지 미치기에는 너무
> 도 '민요'에 종시하고 말았더니 목월이 요적(謠的) 데쌍 연습에서 시까지의

콤포지슌에는 요(謠)가 머뭇거리고 있다. 요적수사(謠的修辭)를 다분히 정리
하고 나면 목월의 시가 바로 조선시다.

조군(趙君)의 회고적 에스프리는 애초에 명소고적(名所古蹟)에서 날조(捏
造)한 것이 아닙니다. 차라리 고유한 푸른 하늘 바탕이나 고매(高邁)한 자기(磁
器) 살결에 무시로 거래(去來)하는 일주운하(一抹雲霞)와 같이 자연과 인공의
극치일까 합니다.

박두진군. 박군의 시적 체취는 무슨 삼림(森林)에서 풍기는 식물성의 것입
니다. 실상 바로 다옥한 삼림이기도 하니 거기에는 짐승이나 뱀이나 죽음이나
슬픔까지가 무슨 수취(獸臭)를 발산할 수 없이 백일(白日)에서는 없고 푹은히
젖어 있습니다. 조류(鳥類)의 우름도 기괴한 외래어를 섞지 않고 인류와 친밀하
야 자연어가 되고보니……중략……시단에 하나 「신자연(新自然)」을 소개하며
선자는 만열(滿悅) 이상(以上)이외다.

위의 세 인용문을 통해서 보듯이 등단 무렵의 세 시인 중에서 청록파라는
이름에 걸맞게 자연이라는 소재를 두드러지게 시적 대상으로 삼고 있는 시
인은 박두진 한 명뿐이며 박목월과 조지훈은 민요적 전통의 계승과 회고적
에스프리 등 전통적 요소가 두드러진 시인으로 평가받고 있다.

이 점은 이들 세 시인의 등단 작품인 「길처럼」, 「그것이 연륜이다」, 「산그
늘」, 「가을 어스름」, 「연륜」(박목월), 「향현(香峴)」, 「묘지송」, 「낙엽송」, 「의
(蟻)」, 「들국화」(박두진), 「고풍의상」, 「승무」, 「봉황수」, 「향문」(조지훈) 등
을 살펴보아도 역시 확인된다. 즉 박목월, 조지훈의 시적 개성은 자연 그
자체보다는 전통이라는 문제와 좀더 근원적으로 가깝고, 박두진은 이 두
시인과 달리 기독교적 이상주의의 현실태로서 자연의 이미지를 추구하고
있다.

박두진의 시는 자연을 소재로 삼고 있으면서도 그 시적 이미지가 기독교
적 휴머니즘의 맥락에 닿아 있기 때문에 한국적인 자연이 아닌 다소 서구적

인 삼림의 생명성으로 연결된다. 또한 그의 자연 이미지는 "핏내를 잊은 여우 이리 등속이 사슴 토끼와 더불어 싸릿순 칡순을 찾아 함께 즐거이 뛰는 날을 믿고 길이 기다려도 좋으랴? (「향현」 중에서)"처럼 식물성 이미지 만이 아닌 동물성 이미지의 활력과 생명력이 함께 뒤섞여 있다. 반면 박목월, 조지훈의 시는 전통적인 정적 요소와 선의 완만한 흐름을 그 리듬으로 삼고 있으며, 이 두 시인에게 있어 자연은 박두진만큼 본질적이지는 않다. 따라서 이 두 시인의 자연은 박두진만큼 의지적이지 않으며 이상향 지향적이지도 않다. 오히려 다분히 허무주의적, 체념적이면서 달관적, 관조적인 미의 세계 에 치중한다. 목월, 지훈은 이 점에서 정적 관조를 통해 내부의 자연을 바라 보며 현실의 억압을 부정하는 미적 내면화의 지향을 보여준다. 박두진이 이 두 시인과 다른 점이라면 신앙적 의지가 뒷받침된 유토피아를 부단히 추구하고 있다는 것을 우선적으로 꼽을 수 있다.

정신적 긴장의 승화 양상에서도 박두진과 목월, 지훈은 각각 다른 모습을 보여준다. 예를 들면 박두진이 「묘지송」, 「향현」 등의 시에서 생명성으로 죽음까지도 밝고 건강하게 그릴뿐만 아니라 빠르고 급박한 리듬의 사용, 수직적 상승과 동적 이미지 구사 등으로 의지적 정신의 긴장을 급격하게 표출한다면, 목월과 지훈은 단아하고 정적이면서 완만한 리듬의 정한(情恨) 을 통해서 소멸의 질서와 관조적인 미에 탐닉하는 엄정한 서정성을 주로 앞세운다. 이 점은 박두진의 자연이 낭만적 이상향의 성격을 지니고 있고 목월, 지훈의 자연이 복고적, 회고적 취향에 미학주의가 가미되어 있는 형태 라는 점에서 쉽게 그 원인을 찾을 수 있다.

즉 박목월, 조지훈의 전통지향적 취향은 현실부정의 정신과 만나면서 '자연 을 전통적 미의 관조적 이상세계'로 형상화했고, 박두진의 기독교적 이상주의 는 '낙관주의와 미래지향적인 낭만주의'로 칠해진 자연을 그려낸 것이다.

머언 산 靑雲寺
낡은 기와집

산은 紫霞山
봄눈 녹으면

느릅나무
속ㅅ잎 피어나는 열두 구비를

청노루
맑은 눈에

도는
구름

— 「청노루」 전문

　위의 시를 통해서 보듯이 박목월은 회화적 이미지로 미적 심취 상태의 그림을 그려낸다. 이 점은 그의 시의 리듬이 민요를 세밀하게 다듬는 데 주력했고 또한 동시의 상상세계 안에서 시적 이미지를 끌어내고 있음을 확인할 수 있는 한 예이다. 즉, 『청록집』에 실린 박목월 초기시의 특징은 동시적인 상상세계를 민요적 율조를 빌어서 동양적 산수화가 지닌 관조적 미의 경지로 끌어올린 점에 있다고 하겠다.
　또한 지훈은 「낙화」, 「고풍의상」에서 회고적 에스프리를 넘어서 현실부정의 정신을 소멸과 허무주의의 미학으로 승화시키는 과정을 보여준다.

꽃이 지기로소니
바람을 탓하랴.

주렴 밖에 성긴 별이
하나 둘 스러지고

귀촉도 우름 뒤에
머언 산이 닥아서다.

촛불을 꺼야 하리
꽃이 지는데

꽃지는 그림자
뜰에 어리어

하이얀 미닫이가
우런 붉어라.

묻혀서 사는 이의
고운 마음을

아는 이 있을까
저허 하노니

꽃이 지는 아침은
울고 싶어라.

— 「낙화」 전문

　　시 「낙화」에서처럼 지훈의 시는 곡선적 하강의 이미지와 소멸의 형이상
학을 시정신의 근간으로 삼고 있다. 현실에 대한 허무주의가 낳은 지훈의
시학은 전통적 선의 미학을 자연적 질서—소멸과 생성의 반복—의 궤적으
로 형상화하고 있으며 그의 시에 나타난 동양적 곡선은 위에서 아래로 흐르

는 자연의 순리를 표현한다. 「승무」의 "까만 눈동자 살포시 들어/ 먼 하늘 한개 별빛에 모도우고// 복사꽃 고운 뺨에 아롱질듯 두 방울이야/ 세사에 시달려도 번뇌는 별빛이라"는 구절에서 보듯이 소멸과 하강은 "세사에 시달"리는 모든 존재의 숙명이다.

따라서 그것은 급격한 하강이 아니라 인식론적인 깨달음으로 가는 곡선적 소멸이며 낡아감, 나이 들어감의 과정이다. 정신적 긴장과 지향은 "까만 눈동자 살포시 들어/ 먼 하늘 한 개 별빛에 모도우"는 행위처럼 완만한 하강 속의 직선적인 상승으로 표상된다. 소멸의 숙명을 알기에 정신적 긴장의 수직 상승은 별빛에 비유될 수 있다. "꽃이 지기로소니/ 바람을 탓하랴(「낙화」 중에서)"하고 말하는 시적 자아는 이미 소멸의 허무를 넘어 초연한 관조적 정신을 터득하고 있는 것이다.

이처럼 목월과 지훈은 모두 자연을 통해 동양적 관조미를 형상화하고 있지만 목월이 상상세계의 이미지를 미학화하는 데 중점을 둔다면 지훈은 정신적 자세에 주된 초점을 맞춘다. 이 점은 목월의 시에 시적 자아가 잘 나타나지 않는 데 반해서 지훈의 시에는 시적 자아의 태도가 명확하다는 점으로 쉽게 구분된다. 요컨대 목월의 시는 세 명의 시인 중에서도 가장 비인간화된 자연의 모습을 보여주며 「임」이라는 시의 다음 구절처럼 미적인 '장인의식'이 가장 분명하게 드러나는 시인이다.

> 내 ㅅ사 애달픈 꿈꾸는 사람
> 내 ㅅ사 어리석은 꿈꾸는 사람
>
> 밤마다 홀로
> 눈물로 가는 바위가 있기로
>
> 기인 한밤을
> 눈물로 가는 바위가 있기로

어느날에사
어둡고 아득한 바위에
절로 임과 하늘이 비치리오

— 「임」의 전문

앞에 인용한 목월의 시는 미적인 탐구가 곧 현실적 억압에 대한 개인적 대항의 수단이었으며 그의 정적 미학이 장인 정신이라는 예술가적 의지의 산물임을 알게 한다.

'임'은 그가 눈물로 밤마다 가는 바위—시쓰기—에 '어느날 저절로 비칠 희망'이다. 이 시는 시쓰기의 순수의식이 현실적 억압에 대한 저항이 될 수 있음을 말하는 목월 시정신의 선언에 해당되며 저항의 내면화가 비인간화된 자연으로 형상화된 이유를 밝혀주는 한 단서이다.

3.

『청록집』의 문학사적 의의는 이 세 명의 시인이 1940년대 초의 시사적(詩史的) 공백을 채워주기에 충분한 시인들이라는 점을 우선 꼽을 수 있다. 또한 그들의 시정신이나 시가 그들과 동시대에 속하는 다른 시인들의 세대 의식을 대표하는 어떤 공통점을 지니고 있으며 그것이 문학적 경향과 유파의 다양성을 넘나들고 있다는 점도 간과할 수 없다.

아울러, 그들의 각기 상이한 개성을 통해 표현된 자연은 한국시사의 필연적인 과정으로, 1940년대 일제치하의 시대적 상황에 대한 정신적 대응이며 근대적 자아들의 새로운 인식 체계를 보여주는 증거라고 할 수 있다.

특히 목월과 지훈의 자연 인식은 전통의 새로운 해석과 만나 독특한 미학주의를 낳고 있다는 점에서 전통과 자연을 하나의 연관 속에서 파악할 수 있는 단서를 제공한다.

　또한, 이들의 시 작업이 전통, 자연, 기독교적 이상주의 등과 관계 있지만 그 내적 인식은 근대적 폭력이라는 현실을 부정하는 근대적 자아의 태도에 근거하고 있다는 사실은 각별한 주목을 필요로 한다.

　청록파의 시가 자연이라는 현실도피적이고 복고적인 대상을 노래함으로써 전통주의의 포즈를 취하고 있다는 일반적 인상은 이 점에서 재고되어야 한다. 그들의 시는 복고적인 것이 아니고 오히려 근대적 자아의 내면을 이전보다 좀더 충실하게 형상화하고 있으며 자연을 내면 형상화의 매개로 삼는 시적 진전을 보여주었다. 이 점은 1930년대 ≪문장≫파의 복고적, 회고적 취향의 전통주의가 정신적 깊이와 현실비판으로 완성되지 못하고 단순한 '포즈'의 차원에 머문 데 대한 극복의 의미까지 포함하는 것이다.

2부

1930년대 비평사의 풍경

식민지 소시민 비평과 근대적 지성의 파산
—최재서 비평 연구—

1. 서론

최재서의 비평은 정신사적인 측면과 비평사적인 측면에서의 고찰이 동시에 이루어질 때 그 윤곽이 더욱 뚜렷하게 나타난다.[1] 그 이유는 이 시기의 비평이 흔히 지닌 내적 가치의 빈약함 때문만은 아니다. 개별 비평론에 대한 가치의 평가는 시대상황과 맺는 연관관계를 떠나서는 고찰될 수 없으며, 그 평가 결과는 비평사의 일부에 속하는 것이다. 따라서 최재서의 비평은 당대의 다른 비평과 비교의 측면에서 우열로 평가되거나 현재의 비평 수준에 견주어 거론할 대상은 아니다. 그의 비평은 오히려 비평사적 연구의 대상에 가까우며, 비평사의 사적 의미망 내에서만이 정당한 평가를 받을 수 있다. 비평이 지닌 시대적 역할의 측면과 현재와의 연속적 의미 연관을 고려할

---

1) 개별비평에 대한 컨텍스트의 측면을 고려하는 접근은 텍스트의 한계를 보완한다는 점에서 유효하다. 특히 최재서 비평의 연구는 컨텍스트와 텍스트의 관계에 상당한 비중의 고찰이 필요하다. 한국근대비평사에서 그의 비평은 비평의 장르적 성격 규명, 컨텍스트와 텍스트 연구의 연결 등에 기초적인 논리를 제공해 주기 때문이다. 이 점은 뒤에 논의될 식민지 지식인 비평의 성격규명을 위한 주요한 단서이다. 김홍규, 「최재서 연구」, 『문학과 역사적 인간』, 창작과비평사, 1980. pp. 298~304.

때만이 개별비평에 대한 올바른 가치판단이 내려질 것이기 때문이다.

최재서의 비평에서 이 두 가지 측면은 식민지 상황하의 근대비평이라는 특징과 객관적·분석적인 비평의 출발점2)이라는 그 자체의 성격으로 요약된다. 그 까닭은 한국근대문예비평사에서 식민지라는 상황이 야기시킨 파행과 굴절3)에 대한 평가의 객관성이 확보되기 어렵고 오히려 편협한 방향으로 흘러 그 고유의 가치에 대한 주관적 편견 이상의 시각을 지니기 힘들기 때문이다. 그렇다면 1930년대의 시대적 파행4)을 겪으면서 그 자체가 문학사의 굴곡으로부터 자유로울 수 없었던 한 비평가의 고유가치와 그 현재적 의의를 우리는 어디서 찾아야 할 것인가.

비평사에 대한 평가의 기준은 비평 자체의 가치기준이 설정되어 있지 않은 상태에선 자칫하면 공론(空論)에 그쳐버리기 쉽다. 비평이 어떤 가치에 대한 결정적인 판단을 그 본질의 역할로 한다고 할 때, 하나의 개별비평에 대한 평가는 또 다른 형태의 비평이 될 수밖에 없다. 특히 그런 '비평의 비평'을 근거로 하나의 사적 체계를 세우고 개별비평의 의의를 추출하려면

---

2) 가치판단을 유보하는 객관적·분석적 비평방법을 사용하면서도 그 유보된 가치를 확립하기 위한 지성론, 모랄론 등 열린체계를 지향하는 점에서 비평의 컨텍스트성을 간과하지 않는 최재서 비평의 특징이 드러난다. 김윤식, 『한국근대문예비평사』, 일지사, 1976. pp. 238~258. 참조.

3) 식민지 시대 한국문학의 파행성과 굴절에 대한 논의는 황종연, 「한국문학의 근대와 반근대」, (동국대학교 박사학위논문, 1992)에서 상세하게 다루어지고 있다. 한국근대문학의 성장은 그 근대성의 출발에서부터 식민지 당국의 압력이라는 외부적 조건과는 분리해서 생각할 수 없었다. 근대비평에 대한 연구에서 정신사나 비평사의 영역이 중요시될 수밖에 없는 까닭도 컨텍스트가 텍스트를 압도하는 파행에서 연유한다.

4) "30년대의 문학사적 의의를 강조하는 사람들은 흔히 예술적 세련성의 획득, 창작 방법에 대한 인식의 증대, 근대 도시문명에 부합되는 미학적 감각의 대두 등에 주목하곤 하지만, 그와 같은 현상들은 오히려 근대성 추구의 파행적 형태를 보여주는 예로 지목될만한 것이다. 그것들은 식민주의의 폭력으로 인해서 일체의 정치적, 이념적 관심을 문학에서 배제한다는 값비싼 대가를 치르고 있는 진전이기 때문이다. 30년대의 식민지 상황은 문인들의 근대성 실현을 위한 노력에 지난한 장애를 초래했을 뿐만 아니라 나아가서는 근대성의 이념이 문학운동의 지도적 원리로 존립할 수 없게 만들었다."(위의 글, p. 3)

그 기준의 사적 타당성을 보장하는 사관의 중요성은 거의 절대적이다.

본고에서 다룰 최재서 비평의 고유한 의미에 대한 평가는 이렇듯 이미 여러 체계의 연관 속에서 얻어지는 평가의 기준을 고려하지 않고서는 쉽사리 또 다른 샛길로 빠져버릴 가능성을 안고 있다. 과거의 비평에 대한 평가, 그것은 어떤 식으로든 역사의 일부가 되었고, 흘러간 시대와 현재의 교감 속에 놓인 문제이다. 한 비평의 논리적 완결이 중요한 평가의 기준이 되는 것은 사실이지만 그 완결만으로 과거의 비평이 현재의 우리 비평에 어떤 영향을 주었고, 어떤 의미와 평가의 가치를 지니는가 하는 물음에 대한 만족한 해답을 줄 수는 없다. 그것은 하나의 작품에 대한 해석적 비평과 가치중립적인 분석비평이 지니는 한계점이기도 하다.

본고의 취지는 종래의 최재서 비평에 대한 연구가 다분히 해석적인 성격에 치중되어 있고, 비평사의 일부로서 다루어질 때에도 가치중립을 바탕으로 하는 모더니즘 비평의 일부로 취급되어지는 데5) 대한 문제제기를 겸하는 시각에서의 새로운 접근에 있다. 최재서라는 근대비평사의 한 인물이 그토록 고심하지 않을 수 없었던 가치기준의 확립이라는 문제가 그의 비평에 대한 연구에서조차 해석적 평가에 머문다는 것은 개별비평에 대한 연구에서 학문의 객관성을 지키는 일과는 별개의 문제이다. 본질적으로 비평에 대한 한정되고 좁은 연구범위의 설정은 비평사라는 커다란 테두리 전체의 관점에 비추어 볼 때, 비평이라는 개별장르의 특수한 성격을 희생시키는 결과를 낳는다. 비평의 본래 기능이 가치의 발견과 평가에 있다고 한다면, 비평에 대한 연구는 그 특질상 가치중립의 내재적 연구에만 머물 수는 없다. 심지어는 그 비평문의 성격 자체가 해석적이고 분석적일 때에도 결론은 마찬가지다.

해석비평과 분석비평의 출발점은 작품의 고유한 가치라는 닫힌 체계를 바탕으로 한다는 점에 있다. 내재적 비평이라는 말 자체가 그 가치의 기준이

---

5) 김시태, 『식민지 시대의 비평문학』, 이우출판사, 1989.
　　김윤식, 앞의 책 외 기타.

'내적 완결'에 놓여진다는 것을 시사하듯이, 이러한 관점은 문학의 외부 현실에 대한 가치중립을 핵심으로 한다. 따라서 피상적인 고찰에 머물게 될 때, 이런 종류의 비평들은 단지 '비평문 자체의 완결과 작품과의 관계'라는 측면에 그 연구초점이 집중되어야 할 대상으로 여겨진다. 그러나 가치중립을 전제로 한 비평의 경우에도 실제로는 이들 비평이 '닫힌 체계'라는 일종의 편의적 가설에 의존하고 있다는 점을 그냥 지나칠 수는 없다. 그러한 닫힌 체계 혹은 유기적 구조에 대한 신념은 과거의 서구문예비평사와 문학이론에서 보듯이, 특정한 시대의 '산물'이라고 볼 수도 있기 때문이다.

문학에 대한 객관적 연구라는 일종의 과학성과 합리성을 목적으로 러시아 형식주의가 발생했고, 반대로 문학에 대한 예술적 가치와 그 독립성을 주장하면서 신비평이 생겼다.[6] 이 양자는 그 이론의 측면에서 '문학의 유기적 체계'라는 것에 중점을 두는 등, 유사한 관점을 지니고 있음에도 불구하고 발생의 동기 및 추구하는 목적에 있어서는 다소의 차이점을 지닌다.

차이의 주요 원인은 두 문학이론의 발생 요건이 되는 환경과 전·후 시대 맥락의 상이함에 근거를 둔다. 형식주의가 혁명 전후의 러시아를 배경으로 하는 과학철학적인 사고의 토대를 갖고 있는데 반하여, 신비평은 자본주의의 토양 위에서 정착된 다원주의에 바탕을 두는 모더니즘 경향의 예술주의를 표방하고 있다는 점에서 특히 그렇다. 이 두 문학론의 예에서 알 수 있듯이 어떠한 비평의 관점이든지 나름대로 그 내부에는 시대성과 역사성으로 환치될 소지를 지니고 있는 것이다. 따라서 그 비평의 성격상 가치중립적이고 해석적인 견해에 머물 수밖에 없다는 말도 비평사와 문학사의 전체적인 흐름 속에선 이미 평가적 가치를 내포한 표현으로 받아들여진다. 한 작품에 대한 해석 속에는 어떤 식으로든 가치에 대한 평가가 따르게 마련이고 그것은 상대적 가치로 표현되든 절대적 가치로 표현되든 가치체계의 일부에 속

---

6) Eagleton, T., 『문학이론입문』, 김명환, 정남영, 장남수 역, 창작과비평사, 1986. 참조.

하는 것이 사실이다.

최재서 비평의 연구에서 중요한 점도 이러한 앞의 논의와 같은 맥락을 이룬다. 우선 그의 비평이 분석적이면서도 끊임없이 객관적 가치기준의 설정에 고심하고 있었고, 특히 그 기준을 전통과 당대의 리얼리티 속에서 찾으려고 했다는 점이다. 그것은 앞에서 밝힌 바와 같이 그의 비평에 대한 접근을 비평사적 관심으로 환치시키는 주요한 동기가 된다. 그것은 그의 비평이 '닫힌 체계' 속에 머무는 것이 아니라 '열린 체계'를 지향하고 있었으며 그 지향 속에 담긴 타당함과 그의 비평이 한계에 부딪칠 수밖에 없었던 당대의 파행성에 대한 고려 때문이다.

최재서 비평에 대한 종래의 연구가 당대의 특수성을 염두에 두었으면서도 단순히 그 비평이 지닌 한계와 논리의 파탄이라는 결과에 치중되어 있다[7]고 보여지는 것은 그의 비평이 지니는 현재의 가치에 대한 질문이 다소 결여되어 있는 탓이다. '비평이란 무엇인가'라는 진지한 물음이 다시 한 번 던져질 때 최재서 비평의 연구는 또 다른 평가의 가능성을 내포하지 않을 수 없게 된다. 그것은 궁극적으로 비평이 특정한 시대의 환경 내에서 수행하는 나름대로의 기능을 묻는 것이고 나아가 시대의 변화 속에 놓여 있는 가치영속성에 대해 질문하는 것이다.

개별비평에 대한 가치평가는 비평사 내에서도 특히 시대성과 영속성이라는 두 가지 측면의 고찰이 동시에 필요하다. 비평의 내재적 성격과 기능을 염두에 둔 상태에서 이 두 요소에 관한 평가적인 물음은 결국 '비평이란 무엇인가'라는 질문에 대한 진지한 대답을 겸하는 것이다. 따라서 현재의 비평이 그 기능과 위치에서 앞으로의 방향을 찾는다면, 그것은 최재서 비평과 같은 과거의 비평에 대해 현재적 의미를 재확인함으로써 비로소 가능해진다. 개별비평이 비평사 속에서 지니는 의미와 생명은 이렇듯 시대성과

---

7) 김흥규, 앞의 글.
　　김윤식, 앞의 책, pp. 410~419. 참조.

영속성에 대한 동시적 의미부여를 거칠 때만이 쉽게 인식될 수 있는 것이다.

최재서의 비평은 대략 세 가지 정도의 특질에 의해서 그 논의의 방향이 결정된다. 그의 비평이 1930년대의 서구 비평계와 거의 시간적 편차를 지니지 않는 객관적·분석적 비평이었다는 점과 그것에 대한 비판적 수용을 통해서 가치와 모랄이라는 비평기준의 확립에 몰입하고 있었다는 점, 그리고 가치설정의 기준이 전통과 민중 속에서 발견된다고 믿었으면서도 실제로 그것을 당시 식민지 현실과 연결시키지 못했다는 점은 상호 모순된 측면을 지니면서도 최재서의 비평을 비평사적 논의의 중심으로 끌어들이는 중요한 특징이다. 이런 사실은 최재서의 비평이 서구문예이론의 수입에 급급한 이식문학론의 산물인 듯한 평가를 하는 주장8)들에 대해서 재고의 필요를 갖게 하는 근거이며, 그가 당대에 지녔던 고민에 대해 새로운 조망이 이루어져야 하는 필연적인 이유가 된다.

종래의 연구가 대체로 그의 한계점을 밝히는 방식으로 귀결되어 왔다면9), 그것이 당시의 시대적 여건에 의해 강요된 한계인지, 최재서 자신의 비평적 안목이 편협해서 나타난 한계인지 혹은 그가 주장했던 비평적 논리의 자체적인 결함 속에 이미 내재되어 있었던 것인지가 밝혀져야 할 것이다.

선행연구의 관점은 대체로 그의 비평이 40년대 친일문학론으로 기우는 과정을 한 개의 연속선상에서 취급하는 정신사의 과정을 취한다.10) 그러나 그 관점이 드러내는 취약점은 그의 친일이라는 논리의 파탄을 필연적인 과정으로 취급하고 있다는 점이다. 물론 한 사람의 비평가를 정신사의 시각에서 추적한다는 것이 어떤 식으로든 연속적인 관점을 떠나서는 서술이 곤란

---

8) 조동일, 『한국문학통사 5』, 지식산업사, 1989. pp. 233～234.
9) 권영민, 「최재서의 소설론 비판」, ≪동양학≫16, 단국대학교 동양학 연구소, 1986.
  김홍규, 앞의 글.
  조동일, 앞의 글.
10) 김윤식, 『한국근대문학사상연구 1』, 일지사, 1984. ;『한국근대문학사상비판』, 일지사, 1978, ;『한국근대문학사상사』, 한길사, 1984. 등.

한 것이지만 문제는 그 관점이 지나치게 정신사 쪽으로 기울어 오히려 그의 비평이 최재서라는 인물의 신화 속에 묻히는 결과를 초래한다는 점에 있다.

비평사 안에서 고찰되는 대상은 비평 자체이지 개별비평가 자신은 아니다. 따라서 최재서의 비평이 친일문학론으로 향하는 과정에 대한 정신사적 고찰도 중요한 참고의 대상이기는 하지만, 그에 대한 비평사적 평가에 있어서는 그 변모의 과정은 인정하되 그 자체에 대해서 '파행'이라는 사실 이상의 의미를 부여할 수는 없다.

식민지라는 특수한 상황 속에서는 그가 누구이든 임의의 지식인 비평가의 내면풍경은 자연스러운 성장, 변화의 과정을 거치기보다는 오히려 시대 상황이라는 급격한 외풍에 더 흔들리기 쉽다. 더욱이 한국근대문학사의 파행이 초래한 컨텍스트와 텍스트성의 불일치는 개별비평에 대한 비평사의 평가에서 특히 두드러지게 나타나는 것 또한 사실이다.

최재서 비평의 한계라는 측면이 최재서 자신의 한계와 시대적 한계 그리고 비평론의 한계로 좀더 세분화되어서 고찰되어야 하는 까닭도 바로 이런 점에서 비롯된다. 그것은 비평이 신념과 논리라는 두 가지 원칙 사이에서 자칫 빠지기 쉬운 자기 파멸의 함정에 대한 문제를 다루어야 한다는 점에서 더욱 그렇다.

비평사는 정신사와 서로 밀접한 영향을 주고 받을 뿐만 아니라 그 영역에서도 서로 중복되는 측면이 적지 않다. 특히, 한국근대문학사에 대한 정신사적 연구11)는 국문학의 연속성 문제—이식문학론의 극복—를 비롯해서 식민지 시대의 근대문학에 대한 가치기준의 설정이라는 측면에서 기존의 문학사가 해결하지 못한 문제에 대한 많은 해결책을 제공한다. 비평사가 정신사와

---

11) 한국근대문학사에 대한 정신사적인 연구는 김윤식, 『한국근대문학사상사』(한길사, 1984), 『한국근대문학사상비판』(일지사, 1978), 『한국근대문학사상연구 1』(일지사, 1984) 등과 고재석, 『한국근대문학지성사』(깊은샘, 1991) 등이 있다. 이외에 김윤식, 『이광수와 그의 시대』(솔, 1999), 『임화연구』(문학사상사, 1989) 등의 작가연구도 정신사적인 관점을 취하고 있는 연구서이다.

밀접한 연관을 맺을 수밖에 없는 것도 바로 이런 까닭 때문이다.

최재서의 비평에 대한 이제까지의 연구는 대체로 정신사의 방면에 치우쳐 있었다. 비평사의 기술에서도 그의 친일문학론에 대한 접근방식은 대부분 정신사적인 검토에 치중하고 있다. 그의 비평이 친일문학론으로 기우는 과정을 검증하는 방식으로는 개인의 성향, 내면적 기질을 추론하는 방식과 비평을 단서로 한 유추가 함께 사용된 점이 이를 잘 나타낸다.

본고는 비평사적 의미망[12]을 재구성하는 것을 연구의 출발점이자 목표로 삼고 있지만 식민지 현실이라는 특수 공간을 좀더 정확하게 인식하기 위해서 정신사적인 관점과 이해를 부분적으로 적용하고자 한다. 이것은 위에서 이미 거론한 바처럼 그의 초기비평과 후기의 친일 비평의 논리적 연결이 상대적으로 매끄럽지 못하기 때문이며 이렇듯 그 양자 사이에서 목격되는 차이와 비논리에 대해서는 정신사적인 관점이 비교적 타당한 설명을 제공할 수 있다고 보기 때문이다.

그러나 종래의 정신사 기술의 태도가 보여주는 인물 혹은 개인적 기질 중심의 추론을 통해서 최재서 비평의 논리적 단절 혹은 파행에 대해 연속성을 부여하려는 방법은 될 수 있는 한 피하고자 한다. 한 개인의 기질과 정신적 궤적의 추적이 그 변화의 이유와 근거를 파악하는 데 주요한 단서가 되는 것은 사실이지만 그 변모의 배후에는 다른 한편 더 큰 영향력을 지닌 '시대'와 '상황'이 존재하기 때문이다. 그러므로 한 개별 비평가에 대한 정신사적 기술은 단순히 개인에 초점을 맞출 것이 아니라 총체적인 맥락의 상호연관을 어떻게 의미화하는가에 달려 있다고 해도 과언은 아닐 것이다.

정신사적인 관점이 의미를 지닐 수 있는 것은 특정한 개인의 정신적 궤적이나 성장과정과 시대 환경의 상호관계를 총체적으로 관찰하는 데 유효하기

---

12) 문학사 기술에서 '의미망'이라는 용어는 문학적 텍스트가 컨텍스트와 맺고 잇는 상호관계를 조망하기에 상당히 적절한 개념이다.(김현·김윤식, 『한국문학사』, 민음사, 1973. 참조)

때문이다. 그러나 인물의 신화 속에 그 통합의 시각이 매몰된다면 학문의 객관성과 논리는 저급한 수준으로 떨어지고 만다. 따라서 본고의 정신사에 대한 관심은 문학사적 컨텍스트와 텍스트를 연결시켜주는 고리 혹은 설명 방식 이상의 의미를 지니지는 않는다.

본 논문의 부제에 사용된 '소시민 비평'이라는 용어는 최재서 자신의 비평적 한계와 그가 활동했던 시대의 한계조건을 동시에 함축하는 표현이다. 이것은 최재서의 비평이 비록 높은 수준의 논리성과 비평적 자의식을 내장하고 있었지만 결국은 당대적 상황과 조건을 뛰어 넘지는 못했다는 평가를 담고 있는 것이다. 특히, 시대적 전망에 대한 예측과 비평적 논리의 객관적인 한계·불완전함 등은 한국문학의 '근대성'이 그 기원에서부터 '천형'처럼 앓아온 '미숙성'을 단적으로 드러내는 것이다.

비평사적 관점에서 이루어지는 개별비평에 대한 평가는 언제나 사적 체계를 이루는 두 개의 조건—즉, 그것의 당대성과 현재적 가치라는—에 의해서 결정된다. 과거와 현재, 그리고 미래를 바라보는 비평사의 가치 평가는 개별비평의 당대적 맥락을 현재적 의미로 환치시키는 작업이며 궁극적으로는 그 개별 비평을 단순히 비평사의 가치 평가에만 머물게 하는 것이 아니라 그 '비평' 자체가 영속적 가치를 지니고 있는가 없는가에 대한 판단의 기준을 부여해야 한다. 비평의 자족성 혹은 고유성에 대한 인식과 그것이 지니는 시대성, 시대적 가치에 대한 판단이라는 숙명적인 모순 사이에서 비평사적 고민이 시작되는 것이다.

식민지적 근대화가 남겨 놓은 상흔은 비평사에서 자족성과 시대성이라는 두 개의 가치가 일치할 수 있는 확률이 점점 희박해지는 지점에서 그 모습이 드러난다. 비평사에서의 이상적인 가치 평가는 개별비평의 당대적 가치와 자족적 가치가 서로 일치할 때 이루어진다. 그러나, 이 두 개의 가치가 일치할 수 없는 '뒤틀린 상황'은 이 두 가치 평가 사이의 불일치에 대한 해명이나 선택을 요구한다. 한국근대비평사에서 문학비평이 그 자족성과 고유성을 논의의 중심으로 끌어들이지 못하고 특히 '원론적인 기준'을 설정하지 못한 것은 이렇듯 당대적 맥락과 텍스트의 완결성 혹은 자족적 가치율 사이에서 일치점을 지닐 수 없었기 때문이다. 비평은 기본적으로 시대정신이나 정치로부터 그다지 자유롭지 못한 것이 현실이다. 문학적 자율성의 가치를 옹호하는 '논리적 장치'인 비평이 시대 정신이나 정치로부터 자유로울 수 없다는 것은 '근대적 비평'으로서의 치명적인 결함을 의미한다. 최재서의 비평에서 발견되는 중요한 논점도 이 둘 사이의 거리에서 비롯된다.

　비평의 보편적 성격에 대한 탐구, 그것은 비평을 하나의 독립된 장르로 설정하기 위한 출발점이다. 최재서의 비평이 지니는 한계를 선행연구에서는 대개 시대적 상황 인식의 오류에서 찾고는 한다. 그러나, 자체적인 성격과 지향점, 가치 설정이 불명확한 비평이 시대적 맥락을 주체적으로 파악하거나 인식하기는 어려운 법이다. 이 점은 비평 자체가 문학의 자율성과 시대성 혹은 사회성을 함께 논의해야 하는 이중적 성격을 지니고 있기 때문이기도 하다. 문학적 자율성을 옹호하면서 동시에 문학과 다른 여타의 사회적 가치 혹은 정치율 등 시대 상황과의 사이를 '매개'하는 위치에 서 있는 것이 비평이라는 점에 착안한다면, 비평은 무엇보다도 '문학적 자율성'을 구성하는 '가치'를 체계적으로 정립해야 하는 것이다. 이 점에서 '문학의 자리'를 자신의 시대 안에서 어디에 설정하는가 하는 고민은 '문학이란 무엇인가'라는 원론적 정의와 가치설정이 이루어진 다음에 가능할 것이다.

　최재서의 비평에 대한 "소시민 비평"이라는 평가는 그 어감에서 느껴지는 것처럼 가치 폄하적인 의도를 담고 있는 것만은 아니다. 그것은 '비평'의 장르적 성격이 불분명하고 특히 텍스트의 고유성에 대한 평가와 비평적 상황 인식에 대한 평가가 일치하지 않는 한국근대문예비평사의 성격 규명이라는 문제의식을 담고 있는 표현이며, 더불어 '소시민성'과 '소시민 비평' 사이의 차이를 나타내기 위한 용어이다.

　문학의 기능 중에는 그 시대의 현실상황에 대한 비판의 측면이 있다. 시대적 현실이 '소시민성'으로 나타날 때 그런 현실을 반영하는 문학은 어떤 식으로든 그러한 소시민성에 대한 비판적 관점을 지니게 마련이다. 따라서, 소시민 시대의 문학을 '소시민 문학'이라고 규정한다면 이러한 규정을 받은 문학은 이미 소시민적인 현실상황에 대한 비판적 굴절을 포함하고 있는 것이다. 현실의 소시민적 취향과 문학의 소시민성 사이에 존재하는 간극, 그것에 대한 탐색이 문학과 현실 사이의 관계 규명을 위한 출발점이듯이, '소시민 비평'은 비평의 고유성과 현실 사이의 관계에 주목하는 용어이다.

본고에서 최재서의 비평에 대한 고찰은 그의 비평이 전환기의 성격을 지닌다는 사실에서부터 출발한다. 전환기 비평의 특질을 주조탐색의 비평이라고 할 때 그의 주지주의 문학론, 지성론, 풍자문학론, 그리고 신체제론으로의 변환은 중요한 논점의 대상이 된다. 특히 카프의 지도비평이 퇴조한 이후 비평계의 현실에 비추어 볼 때 최재서의 비평이 비평사에서 차지하는 위치는 각별한 의미를 지니고 있다. 이 점에서 본고는 전환기에 속하는 최재서 비평의 성격을 어떻게 표현할 것인가 하는 문제에 많은 관심을 기울이고 있다.

2. 본론

2.1. 전환기 비평계의 현실과 소시민 의식

전환기에 접어든 1930년대 비평계의 현실은 대략 두 가지의 특성을 드러낸다. 첫째, 서구문화의 영향력이 어느 정도 축적되어감에 따라 그에 대한 토착화의 움직임이 나타나기 시작했다는 점. 둘째, 일제의 식민지 교육정책이 초래한 사회, 문화적 이질화가 심각하게 나타남에 따라 지식인의 자아상실이 뚜렷하게 반영되기 시작했다는 점이다. 그리고, 이 두 가지 특징은 전환기 비평계가 고백적이고 신변적인 탐색담 혹은 성찰담의 성격을 띠거나 전망탐색 비평의 성격이 식민지 소시민 비평의 형태를 벗어나지 못하는 주요 원인이다.

30년대 식민지 문단의 상황은, 한 마디로 '근대성의 추구가 문단 내, 외적인 원인에 의해 심각한 난관에 봉착했다'고 표현된다. 이 점은 세계사 전체가 '근대성'의 위기를 느끼던 시기와 일치하며 그때까지 근대화를 최대의 목표로 삼고 있던 조선의 신문학계에 '방향상실'과 함께 새로운 위기의식을 불러 일으켰다. 카프의 해산(1935)과 더불어 근대화를 위한 문단의 추동력은 파국에 이르렀고 같은 해, 1935년 《조선일보》는 잇따른 특집으로 고전부흥론을 핵심적 논의의 대상으로 부각시킨다.[13]

카프의 해산과 고전부흥론의 대두는 당시로서는 그 자체가 근대화에 대한 상징적인 파산선고나 다름이 없었다. 30년대 순수문학의 풍성함이나 다양한 비평론의 등장에도 불구하고 이 시대를 파행과 굴절이 점철된 반동의 시대로 규정짓는 것은 그 풍성함이 이러한 '근대성', '근대화'에 대한 비정상적인 배제와 폄하의 결과에서 오는 것이기 때문이다. 특히 비평에 있어서는 카프와 민족주의 비평이 동시에 퇴조됨으로써 식민지 현실에 대한 인식과 대응의 측면이 사라지고 소극적인 전망탐색의 비평이 주를 이룬다. 이것은 카프의 재단적 비평과 민족주의 비평의 척박한 논리가 이끌던 논쟁의 시대가 지나고 실제비평과 휴머니즘론, 포즈론, 고발문학론 등 전망성 제시의 비평이 등장하는 비평적 진공지대의 형성을 의미한다.

30년대에 새롭게 전개된 실제비평의 융성, 비평의 아르바이트화, 고전부흥론, 전문비평가의 등장 등 제 현상은 20년대 카프의 정론성 비평에 대한 반성과 축적된 국학연구의 결과로서 이 역시 근대의 위기로 인해 분출된 복고적 반근대 성향과 그 동안의 문학적 근대기획에 대한 재고의 성격을 지니고 있는 것이다.

---

13) 「고문화의 재음미」(1935. 1. 1.~1. 4), 「조선고전문학의 검토」(1935. 1. 1), 「조선문학상의 복고사상 검토」(1935. 1. 22)

특히, 더 이상 민족이나 계급에 기초하는 비평의 역할을 주장할 수 없는 상황에서 그 대안이 될 만한 시대의 중심사상을 모색하는 비평적 조류는 비평계 내부에 힘의 진공지대를 낳았고 그 진공지대 안에서 과도기 비평의 일종인 예술주의 비평과 인상주의 비평14)이 실제비평을 전담하게 된다. 그러나 이러한 상대주의적인 비평은 원론적인 가치기준의 부재로 인해서 비평사의 맥락에서 볼 때 영속적 가치를 획득하기 힘들며, 그 현재적 의미가 부여되기 어려운 과도기적 성격에 머문다. 그것은 미래적 가치를 지향하는 비평의 본질에 미달하는 당대적 추세에 따르는 비평이다.

결국, 30년대 후반의 비평계는 20년대 카프비평에 대한 반성과 극복의 측면이 '근대성'에 대한 회의론, 민족 · 계급적 전망의 상실 등과 맞물리면서 가치의 애너키즘에 이르는 형국을 보여준다. 비평의 숙명이 가치의 애너키즘을 극복하는 데 있다는 점을 상기해 볼 때, 이런 상황은 비평의 가치 판단과 전망 제시의 기능이 가장 절실하게 요구되는 시점이라고 할 수 있다.

카프의 지도성 비평이 퇴조한 이후의 비평계는 외면적으로는 풍요하고 다양한 비평론을 양산해 낸다. 그러나, 이러한 다각적인 시도는 깊이 있는 실제비평으로 연결되지 못했을 뿐만 아니라 시대의 중심사상에 기반을 둔 주조탐색의 비평이 되지도 못했다. 결과적으로 식민지 현실 아래서 전환기 비평의 모습은 소시민 의식의 발로에 그치고 더 이상의 진취적인 역량을 보여주지는 못하는 것이다. 이는 역사의식의 결여에서 비롯된 것으로 식민지 지배이데올로기에 의한 문화단절론이 심각하게 거론되는 결과를 낳는다.

---

14) 김문집의 언어에 초점을 둔 수사적 비평, 창조비평 그리고 김환태의 인상주의 비평은 30년대 실제비평에서 단연 두각을 나타낸다. 김문집, 「잔통과 기교 문제」, 「언어와 문학 개성」, 「조선문예학의 미학적 수립론」, 「비평예술론」, 「비평방법론」 등과 김환태, 「문예비평가의 태도에 대하여」, 「예술의 순수성」, 「나의 비평태도」, 「비평문학의 확립을 위하여」 등.
김시태 편, 『식민지 시대의 비평문학』(이우출판사, 1989), 정성천, 「김환태론」(영남대학교 석사학위논문, 1980), 권순길, 「김문집연구」(경희대학교 교육대학원 석사학위논문, 1977), 최순열「1930년대 순수문학연구—김환태의 비평을 중심으로」(동국대학교 석사학위논문, 1977) 참조.

예를 들면, 임화의 「신문학사론서설」과 「개설신문학사」, 「조선문학연구의 일과제—신문학사의 방법론」 등은 이러한 문제의식을 가장 구체적으로 드러낸 대표적인 사례이다.

> 歷史的時間의 短縮은 移植文化史의 한 特徵이거니와 同時에 그 文化內容의 粗雜과 混亂은必然의結果로 硏究者에게 莫大한困難을 맛보게하는 것이다.
>
> 더욱이 朝鮮 新文學史의 三十年이란 時日은 東洋文化圈內의 一地方이 처음으로 西歐文化에 接觸하고그것을 移植한 期間의 全部요,……15)

역사와 전통에 대한 부재의식은 식민지 지식인의 자아상실과 분열로 연결되는데, 이것은 40년 이후의 신체제론에 대한 무기력한 순응으로 가는 기본적 요인이 된다. 임화의 이식문학론은 당대 지식인의 일반론이었으며 고전부흥론의 필요를 인식한 상태에서도 전통에 대한 단절의식은 여전히 보편적 현상을 이루고 있었다. 더구나 30년대 후반의 고전부흥론은 성격상 통일적 목표를 지나지 못했고 원론적인 논의 외에 특별한 성과를 거두어내지는 못했다. 오히려 박영희와 백철 등 카프에서 전향한 몇몇은 종래의 자신들의 유물변증법적 논리를 버리고 국수적인 파시즘의 논리에 빠져든다.16)

고전부흥론이 이후 동양문화사론, 신체제론으로 이어지면서 친일문학의 시발점이 되는 까닭도 전통부재에서 오는 자아인식의 결여에 근본적인 원인이 있다. 이처럼 식민지 지식인의 논리적 허술함은 그 동안의 신문학이 지속적으로 추구해 온 근대성의 몰락으로 인해 그 모습이 좀더 확연히 드러나게 된다.

근대의 파국은 40년대에 접어들어 최초의 모더니즘 시인이자 이론가인

---

15) 임화, 「개설신문학사」, ≪조선일보≫, 1939. 9. 2.
16) 황종연, 「한국문학의 근대와 반근대」(동국대학교 박사학위논문, 1992)는 백철의 풍류문학론이 파시즘적 신화성의 추구와 배타적 국수주의로 기울고 있음을 지적하고 있다.

김기림으로 하여금 근대성 자체가 시효가 지났음을 시인하게 만든다. 이것은 시간적으로 임화의 「개설 신문학사」가 쓰여진 것과 같은 시기이며 식민지 지식인에게 근대의 파산선고가 던져준 충격을 짐작할 수 있는 단서가 된다. 김기림이 "조선에 있어서 지금까지 신문화의 '코스'를 한 마디로 요약한다면 그것은 근대의 추구였다"고 말하면서 근대의 파산을 선고했을 때, 그 의식의 배후에는 임화와 같은 이식문학론의 그늘이 짙게 깔려 있는 것이다.[17]

신문학사의 근대지향성이 좌절됨으로써 나타나는 방향 상실과 전망부재라는 진공현상은 식민지 지식인들에게는 실로 엄청난 위력을 지닌 것이었다. 식민지에서 태어나 식민지에서 자란 지식인의 '전통'에 대한 새로운 인식이란 도무지 실감하기 어려운 것일뿐더러, 그것조차도 식민지 지배이데올로기의 산물일 가능성이 컸다. 그러나 근대의 파산과 파시즘의 대두라는 현실적 조건 앞에서는 무엇이든 그 가치의 공백을 메우지 않고서는 어떤 식의 논리적 진전도 불가능하다. 그것은 근본적으로 자아의 분열과 상실을 의미하며 식민지 지식인의 넘을 수 없는 딜레마가 된다. 그때까지 신문학이 추구해 온 근대를 향한 방향성을 일거에 무너뜨린 파시즘이라는 현실적 힘은 특히 식민지 지식인에게 스스로를 왜소한 소시민으로 전락하게 만드는 거대한 압력으로 작용한다.

그러나, 당시의 문학 풍토에 비추어 볼 때, 국민문학과 카프를 소시민적인 문학으로 규정하는 데에는 다소의 논란이 개입될 여지가 없지 않다. 뒤에서 다시 거론하겠지만 시민문학과 소시민문학이라는 구분은 한 시대의 지식인이 확보한 위상과 밀접한 상관성이 있다. 이 둘은 궁극적으로는 지식인 문학에 속하며 그 시대가 지식인에게 허용하는 역할의 비중에 의해 양자의 차이가 나타난다. 따라서 카프와 국민문학에 대한 성격규정도 당대의 상황과의 연관 속에서 고려되어야 할 문제이다. 20년대 문단의 성격을 비평과 창작의

---

17) 김기림, 「우리 신문학과 근대의식」, 『시론』, 백양당, 1947, p. 57.

괴리 혹은 실제비평의 부재로 정의 내릴 수 있다면 그 주된 원인은 창작문학의 소시민화와 비평의 정치화에서 찾을 수 있다.

3.1운동 직후 한국문학의 주도권은 자생적 근대화를 추구하던 국내파에서 일본의 동경을 중심으로 하는 해외유학파에게 넘겨진다. 이들은 식민지 문화정책의 직접적인 혜택을 입었고 왜곡된 근대의식을 자신들의 문화적 지표로 삼는다. 김문집의 다음과 같은 발언은 이러한 당시 소시민 문학적 풍토에 대한 적절한 지적을 담고 있는 것이다.

> 이같은 의욕과 이같은 본능과의 劫火的인 연소없는 예술가를 나는 小市
> 民의 예술가 또는 되다만 詩人, 又稱 朝鮮의 文學人이라고 命名하는데,
> 그의 典型的인 예를 도의상 나의 가장 무관한 사이에서 들면 尙虛, 鎭午,
> 芝溶 등의 諸君이 다소의 차는 있다 할지라도 처량한 그의 후보 자들로서
> 부족이 없을 것이요 좀더 침통한 예를 이미 사라진 측에서 골라 보면 東仁,
> 想涉, 鎭建 등 수삼씨명의 一聯이 곧 이에 속하고 남음이 있을 것이다.[18]

특히, 일제의 문화정책과 문단의 상관관계는 3.1운동을 전후한 식민지 조선문학의 시민성을 문단이라는 합법적 제도 안에 포함함으로서 현실순응의 논리를 만연하게 만드는 근본원인이 된다. 이 시기 민족문학의 주장이 다분히 민족 개량주의 내지 민족 허무주의의 색채를 띠고 있었던 점은 이를 뒷받침하는 증거이다.[19]

마찬가지로 민족문학과 대타적 위치에 있던 카프의 성격도 내부적으로는 이식문화적 요소를 지니고 있었고, 특히 가장 큰 결함은 식민지 피착취 상태에 있는 조선의 민족현실과 동떨어진 무산계급문학의 '전통단절론적' 성격

---

18) 김문집, 「비평예술론」, 《동아일보》, 1937. 12. 7~12.(김시태 편, 「식민지시대의 비평문학」, 이우출판사, 1989. p. 340.
19) 조동일, 『한국문학통사』 5, 지식산업사, 1989. pp. 13~15. 참조.
　　고재석, 『한국근대문학지성사』(깊은샘, 1991)는 식민지 국내지식인의 정신사적 궤적을 불교를 중심으로 한 자생적 근대론이라는 시각으로 바라보면서 3.1운동을 전후한 진보적 개혁의 움직임을 높이 평가하고 있다.

이다. 주체적 문화의지를 보여주지 못하고 피지배계급 중심의 문학을 새롭게 이식할 것을 주장하는 결과를 초래했으며, 국제공산주의 시각에서의 무산자문학은 일본의 무산자 계급 뒤에는 일제가 있고 그들도 언제든지 조선인의 생활을 위협하는 식민지 지배의 선봉이 될 수 있다는 사실을 간과하고 있었다. 결국 민중주체의 민족문학으로 계급문학 내부에 민족주의의 논리를 갖추지 못한 카프의 문학은 당대의 모순을 통합적인 시각에서 헤쳐나갈 역량이 부족했고 정치와 문학의 두 측면에서 모두 많은 문제를 노출시켰다. 고전부흥론과 동양문화사론, 신체제론으로 이어지는 30년대 후반의 논점에서 카프계열의 문학인들이 이식문화론과 전통단절론, 민족주의와 국수적 파시즘의 제국주의 논리에 적절하게 대응하지 못한 것은 그들의 자아상실과 논리적 허술함을 그대로 반영하는 것이다.[20]

최재서의 비평은 이와 같은 비평계의 현실 속에서 서구문예이론에 대한 비판적 도입을 통해 지식인 문학의 출구를 모색한 의미 있는 시도이다. 실제로 그의 주지주의 문학론과 지성론, 풍자문학론은 당시의 창작계를 비롯한 문단 전체에 지대한 영향을 미쳤는데, 이에 대한 비평사적인 평가는 그것이 종래의 소시민적 문학풍토에 대한 반성을 바탕으로 한 가치탐색의 긍정적 움직임을 지니고 있다는 점에 있다.

서구 낭만주의의 개성론이 낙관적인 세계관을 바탕으로 하고 있었다는 사실은 시민문학의 진보성에 대한 낙관적인 기대와 그 출발점을 같이 한다. 19세기 낭만주의의 배경에는 인간에 대한 신뢰가 있고 시민의 진취성이 자리잡고 있었다. 최재서가 낭만주의 시를 그 가치 면에서는 소중함을 지니고 있으나 현대의 병적인 타락 속에서는 단지 도피처의 역할을 할 뿐이라고

---

20) 위의 책, pp. 221~241. 참조.; 김윤식, 『한국근대문예비평사연구』, pp. 403~404. 참조. 김윤식은 여기서 30년대 비평가들이 교양론을 논의하게 된 원인을 지적하면서 30년대 비평계의 특징을 자세히 거론하고 있다. 특히, 프로문학의 이식성, 몰주체성, 이질적 문화의 혼란한 섭취에서 오는 자아분열의 극복, 전문지식과 교양의 조화를 당시 비평계의 가장 커다란 과제로 꼽고 있다.

생각한 점은 주목할 만한 점이다. 낭만주의 시의 가치는 문학의 본질로 종종 규정되는 휴머니즘에 기초를 둔다. 반면 현대의 문학이 반휴머니즘을 기조로 삼는 까닭은 타락한 현실에 대한 비판적 면모에 해당되며 문학의 생존을 위한 출구모색의 성격을 띠고 있다. 최재서의 비평은 지식인으로서의 시민이 지닐 수밖에 없었던 위기의식에서 비평적 탐색을 시작한다. 그가 낭만주의 시를 가리켜서 다음과 같이 말한 것은 그의 지성론이 이상적 공간을 상실한 지식인의 현실비판에서 비롯된 것임을 암암리에 시사하고 있는 것이다.

> 영원히 생명 있는 것은 예술이고 그 중에서 가장 芳醇한 것은 詩이고
> 그 중에서도 不絶히 淸新한 것은 19세기 浪漫詩이다. …(중략)… 거기엔
> 생명의 비약이 있고 인간성의 해방이 있고 예술의 향기가 새롭다.[21]

최재서가 문단활동 초기에 발표한 「주지주의 문학이론의 건설」(1934)[22] 이라는 서구문예이론에 대한 소개의 성격을 지닌 평문은 서구적 개념의 근대 시민문학이 처한 '위기적 상황'에 접근하는 식민지 지식인의 한 전형을 보여준다. 물론 그의 이러한 근대지향적 성격과 시민문학에 대한 접근은 그 자체로 이미 한계를 노정한 것이었다.[23] 그러나 당시의 한국비평계가 안고 있던 3.1운동 이후의 소시민적 취향을 의식하고 근대적 보편성을 추구하려는 노력을 지성론 등 구체적인 문학론으로 보여주었다는 점에서는 긍정적인 평가를 받을 만하다.

실상 종래의 최재서 비평에 대한 연구는 그의 친일행각에 대해 그 사상적 궤적을 쫓는 데에 치중되어 있고, 그의 문학을 서구적 문학이론과의 연관선 상에서 고찰하는 비교문학적 연구[24]나 한국 비평계에 처음으로 분석적이고

---

21) 최재서 편, 『해외서정시집』, 인문사, 1938. 서문.
22) ≪조선일보≫, 1934. 8. 6∼12.
23) 그의 비평론 자체가 서구적 지식계급의 위기의식을 '자기화'함으로써 출발하고 있기 때문에 식민지적인 특수상황에 처한 '자아'의 위기와 상실을 극복할 만한 가치원리를 획득하지 못하고 있다.

객관적인 비평을 도입하였다는 평가 정도에서 그치고 있다. 이런 평가의 편협함은 그의 비평이 지닌 근대성의 지향점을 단순히 서구이론의 도입으로 인한 것으로 보는 협소한 시각을 조성하며 본질적으로 그의 문학론이 확보하고 있던 긍정적 측면의 지향을 과소평가하는 결과를 초래한다.

　이 점은 외국문학 전공자에 대한 국문학계의 불신에서도 연유하는 바, 비록 해외문학파를 비롯해서 그들이 근대문학에 끼친 폐해가 크다고 할지라도 이식문학론의 시각이 그들에게만 있는 것이 아닌 바에야 좀더 근본적인 방향에서의 접근이 필요할 것이다.25) 실제로 외국문학이란 근본적으로 국문학의 발전과 성장을 의해서 존재하는 것이다. 따라서 이식문학론의 원인은 오히려 식민지 소시민 의식이라는 본질적 모순이 낳은 부산물이라고 할 수 있다.26)

　최재서의 「'천변풍경'과 '날개'에 관하여」(1936)와 「소설과 민중」(1939)은 앞서 논의된 식민지 지식인의 자아분열 혹은 상실에 대한 예리한 인식을 보여준다.

　　이 男子를 醫師가 診察한다면 무어라고나 적당한 病名을 부처줄 것이다. 그러나 우리는 生活戰의 敗北者라고 記述하면 그만일 것이다. 그러나 萬一에 그가 여기서 끗첫다면 李箱의 藝術은 없었을 것이다. 그가 背叛하고 나온 現實을 意識안에서 다시금 咀嚼하는 過程이 없었드라면 그는 永遠히 救치 못할 敗北者이였을 것이다. 敗北를 當하고 난 現實에 對한 憤怒—이것이 卽 李箱의 藝術의 實質이다. 그리고 現實에 對한 憤怒를 그는 現實에 對한

---

24) 최재서 비평과 외국문학이론과의 비교 연구는 김홍규(앞의 글)에 의해서 상세하게 거론되고 있다.
25) 조동일은 『한국문학통사』에서 한국근대문학의 파행성을 시민문학이라는 역사적 당위성을 근거로 다분히 가치를 폄하시키는 시각에서 다루고 있다.
26) 역사적 당위성을 근거로 시민문학과 소시민문학을 대립적인 위치에 놓는 평가는 실제의 역사적 상황을 소홀히 다루거나 추상화하는 도식성에 빠질 염려가 있다. 마르크스의 역사발전 모델과 백철의 '사실수리론(事實受理論)'은 이 두 시각의 대표적인 예이다.

憤怒를 그는 現實에 對한 冒瀆으로서 해소시키랴 하였다.[27]

　무릇 價値意識은 그것이 외부에 실현되기를 요청하며, 그 실현은 藝術家에 있어서 藝術的 表現을 의미한다. 그런데 藝術的 表現에는 반드시 씸볼이 필요하고 또 이 씸볼은 앞서도 말한 바와 같이 民衆 속에 구하게 된다. 이리하여 作家와 民衆이 敎養에 있어서 현격하다는 것은 作家側으로 본다면 그가 내부에 가지고 있을 價値意識을 表現할 적절한 씸볼을 외부에서 발견하지 못한다는 사태가 된다. 이것은 藝術家로서 가장 큰 불행이다.

　이 경우에 作家가 취할 길은 둘밖에 없다. 하나는 반항의 길이고 또 하나는 침체의 길이다. 전자는 個性의 힘을 가지고 民衆과 싸우다가 결국은 패배하는 길이고 후자는 전연 個性 內部에 농성하여 일종의 아우탈키를 構設하는 길— 즉 價値表現의 씸볼을 자기자신의 心理 內部에 구하는 길이다.[28]

　현대의 지식인은 기본적으로 민중으로부터 분리되어 있을 수밖에 없다. 그것을 최재서는 '교양의 차이'에서 오는 분리라고 명명한다. 작가의 개성을 그는 외부에 있는 가치의 객관적 상관물을 통해 표현되는 것으로 본다. 개성은 가치의 보편성을 추구하는 작가의 지성에 의해서 결정되며 그것은 축적된 교양에 의해 얻어진 가치의식의 산물이다. 따라서 민중과 작가(지식인)의 '교양의 차이'는 그 '가치의식의 차이'이며 개성의 차이다. 엘리어트의 감정에 대한 개성과 객관적 상관물의 관계를 가치의식과 그 가치의 외부적 '씸볼'의 관계로 창조적인 해석을 가한 그의 비평론은 당시의 현실에 대한 독특한 이해를 담고 있다.

　현대의 지식인과 민중의 거리를 그는 개성(가치의식)의 차이에서 발견한다. 지식인 혹은 작가는 자신의 개성—가치의식으로서의—이 투영될 수 있는 씸볼을 외부의 현실, 곧 리얼리티 안에서 발견하려고 한다. 그러나 이미 현실은 작가의 가치의식을 표현할 씸볼조차 찾을 수 없을 만큼 타락해 있다. 여기서부터 현대 작가의 자기 상실 혹은 분열의 딜레마는 시작된다.

27) 최재서, 「'천변풍경'과 '날개'에 관하야」, ≪조선일보≫, 1936. 10. 31～11. 7.
28) 최재서, 「소설과 민중」, ≪동아일보≫, 1939. 11. 7, 10, 12.

작가가 어떤 의미에서든 개성을 버린다는 것은 이미 작가이기를 포기하는 것이다. 이것은 또한 지식인의 경우에도 똑같은 의미를 지닌다. 가치의식을 포기한 지식인은 '자살을 수반'(?)하는 행동을 하는 셈이 된다. 현대의 작가에게 선택의 범위는 두 가지 정도의 가능성으로만 주어질 뿐이다. 하나는 '개성의 힘을 가지고 민중과 싸우다가 패배하는 길'이고 다른 하나는 '가치표현의 씸볼을 자기 자신의 심리 내부'에서 구해 개성의 내부에서 '농성'하는 길이다. 이때 후자에 속하는 것이 바로 이상(李箱)의 경우이고 최재서는 이를 또 하나의 리얼리즘이라고 주장한다. 내적인 자아의 분열 자체가 가치의식의 표현이라고 생각한 최재서의 리얼리즘론에 비추어 볼 때 그것은 당연한 결론이다. 그리하여 그는 이상의 분열적 자아를 '패배를 당하고 난 현실에 대한 분노', '현실에 대한 모독' 등으로 표현하는 것이다.

이상(李箱)의 「날개」에서 주인공은 당시 지식인의 소시민성을 상징하는 하나의 실체이다. 최재서의 비평론은 분명 그러한 소시민성에 바탕을 둔다. 그러나 거기에는 당시의 소시민성이 팽배하는 원인에 대한 나름대로의 본질적인 진단이 담겨 있다. 모랄, 즉 가치의식의 부재가 그것이다. 최재서에게 개성이란 보편성을 지닐 수 있는 가치의식을 말한다. 리얼리즘이란 가치의 외부적 '씸볼'을 발견하는 것이고 그 자체가 소시민적 한계를 벗어나기 위한 몸부림이 된다.

외부적 현실이 가치의 타락 현상으로 가득 찰 때, 그는 소시민성에서 오히려 리얼리즘의 가능성을 찾는다. 외부적 현실의 일방적인 폭력 앞에서 지식인은 나약한 소시민으로 전락하지만, 최재서는 그러한 어쩔 수 없는 전락을 극복하려는 지식인의 성실성을 발견하려고 노력한다. 그의 지성론을 정신적 긴장 혹은 전망 부재의 시대에 끊임없는 가치의 탐색을 위한 자기부정으로 규정할 수 있는 것도 그의 비평론이 지닌 이와 같은 정진성(精進性) 때문이다.

한국문학사에서 단절론은 분단문학 시대인 현재까지도 지속되고 있지만 그 심각성은 식민지 시대의 문학가들이 느끼고 있던 정도에 비하면 현저하게 완화된 수준이라고 할 수 있다. 그것은 그 동안의 국문학이 그 만큼의 포용성과 논리적 탄력성을 확보한 결과이지만 다른 한편으로는 식민지 상황이 한 개인에게 강요한 모순의 벽이 어느 정도로 두터웠던가 하는 사실에 대한 반증이기도 하다. 식민지 근대문학이 안고 있던 소시민적 성격은 본질적으로 그 시대가 지닌 한계적 속성에 속한다. 김윤식이 『한국근대문예비평사연구』에서 '전형기 비평＝주조탐색 비평'으로 정의하면서 그 특성을 '시대의 중심 사상의 모색, 고쳐 말하면 비평의 지도성 획득의 노력과 그것의 끊임없는 좌절'이라고 말했듯이 식민지 문학의 특성은 '시민문학의 정립과 그에 대한 지속적인 좌절'로 표현될 수 있다.[29]

한국문학사의 전개과정에서 시민문학에 대한 추구는 그 원천에서 근대화의 추구와 맥을 같이 한다. 서구의 근대가 프랑스 대혁명을 기점으로 하는 신흥 부르주아의 전면적인 등장에서부터 그 출발점을 잡듯이 식민지 조선의 근대화 이상은 시민계급의 진보성 획득을 가장 일차적인 목표로 삼는다. 그러나, 실제로는 이런 근대화의 이상은 소시민으로 전락한 식민지 지식인의 반역사성을 반영하는 결과에 그칠 뿐이다. '근대에 대한 추구', 그것은 식민지 지식인의 이식문화론적 인식처럼 쉽사리 넘을 수 없는 시대의 본질적인 모순을 가리키는 징후이다.

서구에서 퇴조하기 시작한 시민계급의 일원으로서의 지식인(교양인)을 이상적 사회인상으로 받아들이는 '역사의식의 식민지성'이라는 한계는 세계사의 보편적 흐름에 비추어 볼 때 도리어 퇴영적인 복고주의의 한 모습이 된다. 역사의 전면에서 바야흐로 사라져 가고 있는 시민계급의 이상적 가치관에 대한 낭만적인 재현의 기대와 허상을 벗지 못한 수입된 근대화의 굴레

---

29) 김윤식, 『한국근대문예비평사연구』. 일지사, 1976. p. 203. 전환기비평의 특징을 시대의 중심사상의 모색이라고 한다면 이 점은 전망부재의 현실에 대한 인식을 근본에 두는 사고이다. 따라서 시민문학의 이상성을 염두에 둘 때, 비평의 지도성 획득은 시민적 전망의 유무에 달려 있다. 이 말은 시민으로서의 지식인의 위상에 대한 모색이 당시 비평의 주류였음을 가리키는 것이다.

는 식민지 지식인의 반역사적인 인식과 전망상실의 세계관을 낳는 근본원인
이다.

수입된 근대화, 즉 이식문화사의 한계는 서구의 과거를 그 이상적인 모랄
로 삼는다는 점에서 숙명적이다. 역사를 연속되는 발전의 과정으로 바라보
는 폭넓은 시야를 획득하지 못한 조선의 지식인에게 전통 단절론과 반역사
성은 동일한 성향에 지나지 않는다. 그들은 서구의 현재를 보는 것이 아니라
현재의 서구 속에 남아 있는 과거의 이상을 볼 뿐이다.

식민지의 현재는 서구 제국주의의 과거와 관계를 주고 받는 것이 아니라
언제나 그들의 현재와 관계를 맺는다. 따라서 시민문학에 대한 인식에는
그 접근의 과정 안에 '시민적 이상에 대한 회고적인 접근인가, 아니면 현재
의 리얼리티를 바탕으로 하는 현실의 시민적 전망을 목표로 한 것인가'라는
이원성을 내포할 수밖에 없다. 한국문학사에서 전자의 접근은 주로 초기의
천박한 문명 개화론을 바탕으로 삼은 지식인 문학에 해당되며, 후자는 카프
계열의 등장과 자본주의에 대한 비판적 인식에 그 원천을 둔다.

카프의 문학과 비평이 식민지 현실 아래서 보다 진보한 형태의 것으로
평가될 수 있는 주된 이유는 바로 근대화의 본질에 대한 인식을 자본주의라
는 한 사회체제의 모순과 연관된 것으로 바라보기 시작한 최초의 움직임이
라는 점에 있다. 식민지 근대문학은 카프에 이르러 비로소 시민계급의 몰락
과 그 소시민적 위상이라는 현재성을 바라보는 한 형식을 획득하게 됐고
그러한 소시민성에 대한 적극적인 비판의 양식을 마련한다. 김동인 등이
소시민성 자체를 근대화의 알맹이로 치장하는 것에 대해 카프가 신랄한 공
격을 가한 점은 이런 맥락에서 비롯된 것이다.

그러나 카프의 계급주의 문학도 나름대로의 한계를 내포하고 있었는데,
그것은 민중과의 괴리와 그들 스스로의 소지식인(petit-bourgeous in-
telligentzia)적 성향 때문이다. 문단 내 헤게모니 싸움으로 비춰질 공산이 큰
논쟁의 공론성(?)30)과 실제비평의 무능, 문학적 원론의 부족 등은 문학과

정치에 대한 산적한 문제를 해결하는 데서 또 다른 한계점을 노출시킨다. 카프는 근대를 역사발전의 필수과정으로 인식했듯이, 식민지 조선에서의 근대를 기정 사실이라는 괄호 속에 묶고 논의를 전개시켜 나갔다. 결국, 그들은 식민지 조선의 상황을 서구의 역사발전 과정과 동일선상에 놓는 도식화의 오류를 범하고 있으며, 마침내는 스스로가 역사발전 법칙이라는 도그마의 허상에 빠지고 마는 결과를 초래한다.

하나의 논리는 반드시 그 바탕에 어떤 가설을 기본으로 삼기 마련이다. 가설이 정당한가, 정당하지 못한가의 문제는 그 가설을 바탕으로 삼은 논리의 전개과정 속에서 역으로 검증 받게 마련이다. 카프의 도식성은 식민지 조선의 근대화라는 논리가 흔들리기 시작하면서 보다 선명하게 드러난다. 근대의 파산선고는 식민지 조선문단의 근대화 추구에 대한 반성적 검토를 요구하게 되고 그때 등장하는 것이 임화의 이식문학론이다.

이식문학론의 소시민성은 카프의 문학론이 그 본질상 민중의 실체를 인식하고 있지 못했음을 입증하는 대표적인 증좌이다. 식민지 지식인에게 민중의 리얼리티에 대한 인식의 부족은 문학적 관계 속에서는 주로 독자층의 확립이라는 문제와 결부된다. 그리고, 당시의 독자층을 지식인으로 규정할 수밖에 없다는 점에서 카프의 문학은 지식인을 상대로 한 지식인 문학의 한 부류일 수밖에 없다. 따라서 임화의 이식문화론의 근저에는 당시의 독자층인 지식인을 '서구적 근대교육의 혜택을 받은 계층'으로 정의한다는 암묵적 표현이 담겨 있는 것이다.

이식적 근대로 인한 식민지 지식인의 자아상실 문제를 반성적으로 바라볼 수 없었던 역사인식의 결핍은, 결국 민족의 운명을 식민지 교육정책 내에서 논의한다는 우스꽝스러운 결과를 초래하고 만다. 이식문화론의 기정사실

---

30) 카프의 논쟁이 거둔 문학사적 성과는 그 자체로서 가치 있는 것으로서 취급되어야 한다. 여기서의 공론성은 창작과의 괴리라는 점에서 다분히 추상적 논의의 성격이 있었음을 지칭하는 것이다. 이 점은 '독자층과의 격리'라는 점에서도 동일하다.

화는 이미 출구가 없는 감옥이다. 근대와 바로 그 근대의 혜택을 입은 지식인에 대한 비판적 인식이 소중한 까닭은 이 출구 없는 감옥에 대한 도전이되기 때문이다. 소시민성에 대한 비판적 인식 속에는 출구에서 비치는 희미한 미광을 보는 눈이 있다. 문학이 한 시대의 소시민성을 반성적으로 고찰할 때 거기에는 현실에 대한 리얼리티가 담겨 있고 시대의 근본모순을 인식하려는 움직임이 있다. 그 비판적 인식 안에 소시민 문학의 긍정적 행로에 대한 방향제시가 담겨 있기 때문이다.

소시민이란 원래 서구 시민계급이 진취력을 상실하고 난 뒤에 나타난 사회적 분화의 산물이다. 그들은 엄연한 시민계급의 일원이면서도 그 사회의 지배적 의사결정에서 소외된 존재들이다. 그들은 자신이 지배계급의 일원이요 독립된 시민이라는 환상을 버리지 않고 있지만, 현실에 대한 자기만족적인 이해와 주체성의 결핍, 역사의식의 부족 등으로 인해 무절제한 개인주의와 극도의 감성적 집단주의 사이를 배회한다.[31] 식민지 상황하의 시민 혹은 지식인 계층은 본질적으로 올바른 시민의식을 지닐 수는 없다. 그것은 그들이 단순히 지배계급의 일원으로서는 편입될 수 없는 노예적 위치에 있기 때문만은 아니다.

본질적 의미의 시민이란 서구의 근대와 동시에 출발한 것이고 그 내면에 자유와 평등, 박애의 의미를 지니고 있다. 그러나 제국주의 시대의 시민은 결코 그러한 이상에 접근할 수 없다. 자신의 책임을 망각하고 식민지 피착취 민중을 억압하는 행위 자체가 근대적 지성의 파산으로 선고될 수밖에 없는 상황에서 식민지 국가와 제국주의 국가 모두의 시민은 이미 소시민적 속성에 함몰될 수밖에 없기 때문이다. 이러한 시대가 식민지 근대문학 비평계의 전환기에 해당되며 이런 가치관의 혼란이 30년대 평단의 내·외적 상황을 지배하고 있었다.

---

31) 백낙청, 「시민문학론」, 『민족문학과 세계문학 1』, 창작과비평사, 1978. p. 13. 참조.

최재서의 비평에 자주 등장하는 근대적 지성의 위기, 지성의 옹호 등의 표현은 모두 시민계급의 후예로 자부하는 서구 지식인의 일반적 경향과 밀접한 관계를 지니며, 그의 주지주의 문학론, 지성론이 근대적 지성을 바탕으로 당대의 소시민 의식을 극복하려는 시도였다는 점도 이러한 세계정세의 흐름에 관련된 것이다.

2.2. 지식인과 지식인 문학

최재서의 비평은 그 특질상 지식인 비평의 범주에 속한다. 그의 비평의 촉각은 언제나 지식인의 비평적 자세와 임무에 닿아 있고 문제의식은 지식인과 민중 사이의 거리라는 모순 위에 놓인다. 30년대의 내·외적 상황을 근대적 지성의 위기로 단정지음으로써 대부분의 연구자는 그의 지식인 비평을 단순한 서구적 지성론의 변종으로 규정 짓는다.[32] 그러나 지식인 문학에 대한 그의 문제의식은 도식적인 서구적 지성론의 적용이라는 형태로는 쉽사리 설명될 수 없는 대상이다. 30년대 식민지 조선의 지식인상에 대한 분류와 이해를 바탕으로 할 때, 그의 지식인 비평은 주지주의 문학론이라는 이름으로 취급되던 이제까지의 평가 이상의 주목을 요하게 된다.

서구의 주지주의 문학론이 '예술의 비인간화'[33]라는 극단적 대응을 통해서 과거 인텔리겐챠의 황금시대였던 낭만주의 시대를 조소하고 현대적 지성의 내면화를 옹호하는 입장이라면, 그는 비평이 본질적으로 지식인의 장르

---

32) 김윤식, 『한국근대문예비평사연구』, 『한국근대문학사상비판』, 『한국근대문학사상연구』; 조동일, 『한국문학통사』(5); 김흥규, 「최재서 연구」; 권영민, 「최재서의 소설론 비판」(≪동양학≫16, 단국대학교 동양학연구소, 1986) 등

33) Ortega Y. Gasset, Jose, 『예술의 비인간화 La Deshamanizion Del Arte』, 장선영 역, 삼성출판사, 1976. p. 322. 가세트는 새로운 예술을 '비인간화'라고 규정한다. 이것은 예술로부터 일체의 인간적 시점을 배제하는 것을 말한다. 인간성과 현실의 세계가 이미 자본주의를 근간으로 하는 부르주아의 세속적 가치체계에 의해 철저하게 점령되었다고 간주함으로써 타락한 세계로부터의 해방을 위해 인간과 현실을 예술로부터 절연시키는 것이다.

임을 분명히 하고 정신적 긴장을 기본으로 한 '모랄의 추구'를 최대의 목표로 삼는다. 최재서 비평의 핵심적 요소인 지식인은 현실에 대한 비판적 긴장을 잃지 않는 자이며 한 시대의 모랄을 모색하는 성실성의 중심이다. 거기에는 과거 서구적 시민문학의 이상에 대한 허위적 환상[34]이 의식적으로 배제된다. 현실적 상황에 대한 리얼리티만을 유일한 가치의 지표로써 인식하며 서구의 예술주의 문학관의 주관성과 환상성은 오히려 거부된다.

최재서의 비평이 객관적이고 분석적인 비평의 양식을 지니면서도 현실에 대한 인식을 바탕으로 하는 비평이라는 점은 지식인 장르로서의 비평이 가질 수 있는 두 가지 태도—즉 형식주의와 사회주의 비평—에 대한 비판적 견해를 지니고 있기 때문이다.

현대의 분석주의 비평의 기초를 이루는 문학에 대한 형식주의의 관점은 문학작품의 자족성을 핵심으로 하여 컨텍스트로부터 분리된 텍스트성의 가치를 가장 중요시한다. 이점은 지식인 장르로서의 비평이 추구해 온 방향을 드러내 주는 것으로서 문학에서 역사와 정치 등 외적 권위의 배제를 최대의 목표로 삼는다. 30년대 후반 지식인의 헤게모니 상실을 정점으로 근대적 지성의 파산선고가 내려졌고 그것은 곧 근대의 몰락으로 받아 들여졌다.

지식인의 신념 상실은 '가치중립'이라는 '합리화'의 역설적 과정을 거쳐 현실의 권력과 야합하거나 스스로를 자폐시켜 '지식의 회색지대화'를 초래한다. 결국 형식주의 비평의 한 발단점은 외적 권위의 이용으로부터 자신과 자신의 지식을 지키려는 지식인의 결단을 내포하는 것이다.[35] 즉 예술주의 문학과 형식주의 비평의 등장은 그 자족성의 주장에서 동일한 동기를 갖는다. 예술의 비인간화가 부르주아의 세속화와 속물근성, 물질문명의 비인간화에 대한 역설적인 대결인 것처럼, 이 두 문학관은 현실의 외적 권위로부터

---

34) 낭만주의 시대 지식인의 예언자적 지위와 계몽적 역할에 대한 환상은 지식인 계층에게 복고적 향수를 불러일으키는 요소로 작용한다.
35) 김준오, 『시론』, 삼지사, 1990. 참조.

문학을 배제하기 위한 배제의 원리이다.

반면 현실에 대한 적극적인 대응을 표방하는 지식인 비평의 또 다른 형태는 사회·역사주의 비평으로 나타난다. 현실과 문학 사이에서 현실에 더 큰 비중이 주어지는 이 비평적 관점은 문학 속의 지식인이 아닌 바로 현실 속의 지식인을 문학적 가치의 표준으로 삼는다.

이 대조적인 두 가지 부류의 지식인이 지닌 현실 대응의 자세는 문학적 측면에서 각각 그 나름의 결핍을 드러내지 않을 수 없다. 곧, 컨텍스트에 대한 이해와 텍스트에 대한 평가의 분리로부터 야기되는 지식인 비평의 모랄 부재는 이 둘 사이의 불화를 조성하는 여러 가지 원인에 대한 주목을 요구한다. 외적 권위에 대한 불신과 내적인 가치기준의 편협 내지 비실재성이라는 불완전한 가치의 한끝을 붙들고 근대지식인 비평의 갈등은 시작된다.

가치의 혼란 그것은 지식인 비평의 부재와 동일한 표현이다. 인상주의 비평이 가치혼돈의 시대에 비평의 역할을 대신할 수 있었던 것은 비평의 진공지대에 그대로 흡수되는 가치의 불확정성을 지니고 있었기 때문이다. 지식인의 현실적 무능력은 실제로 그 비평의 진공 속에서 가장 뚜렷이 나타난다. 가치부재 속에 아무런 가치도 세우지 못하고 현실추수적인 처세론에 급급한 전환기 비평의 현실 속에서 지식인 장르로서의 비평의 위기는 내면적 빈곤의 상태에 빠지게 된다.

최재서의 비평론을 지식인 비평으로 정의 내릴 수 있는 까닭은 그의 비평이 지닌 지식인의 위상에 대한 의식적 추구 때문이다. 전환기 비평의 관심이 지식인의 문제, 즉 근대적 지성의 위기로 집중되어 있던 당시의 현실에 비추어 보더라도 최재서 비평의 지식인에 대한 자의식적인 태도는 그 정도 면에서 사뭇 다른 점이 있다. 특히, 그의 실제비평과 아르바이트류의 비평이 장르상 소설에 치중되어 있는 점은 이를 뒷받침하는 근거이다.

소설의 탄생은 부르주아 계급의 등장과 그 시기를 같이 한다. 근대적 교양의 확산은 부르주아 계급의 진보성을 보장하는 바탕이 되었고 근대는 시민의 탄생과 함께 지식인의 황금시대를 맞이한다. 소설은 부르주아 인텔리를 대표하는 대중적 장르로서 그 변천의 역사 속에 부르주아 지식인의 운명을 함께 담고 있다.

소설의 분화는 부르주아 시민 계급의 분화를 반영하는 것이고 지식인의 계층분화와 자본주의의 모순을 그 장르의 양식사 내에 포함한다. 최재서가 장르상 소설에 주목하였고, 특히 그 하부장르의 양식고찰에 치중한 까닭은 이러한 문맥을 간과할 수 없었던 그의 비평적 안목 때문이다. 소설의 발전과 성격의 문제, 그리고 하부장르로서의 장편소설과 단편소설, 중편소설의 양식고찰36)은 단순한 형식의 연구에 그치는 것이 아니라 각 양식의 근거가 되는 계층적 기반과 시대현실 및 역사성을 밝히는 데 주된 목적을 두고 있다. '서사시—로만스—소설'의 역사적 전개과정을 고찰하여 '현대의 서사시'라는 명칭을 소설에 부여하는 그의 관점은 소설을 '부르주아의 서사시'라고 명명한 헤겔의 논리를 빌리고 있지만 그 내면에는 '영웅—기사—부르주아 지식인'으로 이어지는 각 시대의 주인공에 대한 명확한 인식이 내포되어 있는 것이다. 결국 현대 소설의 주인공은 지식인이고 주된 갈등은 민중과 시대적 현실로부터 괴리되어 있는 지식인의 고민으로부터 파생된다. 이 점은 다음과 같은 인용문에서 좀더 구체적으로 확인된다.

> 근래에 와서 散文情神이 크게 문제가 되는 것은 까닭없는 일이 아니다. 散文情神이란 藝術的 自我가 고갈에 빠지려 할 때에 언제나 민중 속으로 뛰어들어 가서 새로운 활력을 찾아내려는 정신이다. 그것은 現實을 거부하지 않는 정신이요 民衆을 숭배하는 정신이다. 현재에 있어 어느모로 보나 危機에 서 있는 作家가 모든 知的 自矜을 버리고 民衆 속에 용해한다는 것은 불가피한 일이다. 당분간 小說家의 할 일은 記錄이 아닐가 한다. 小說家는 그의

---

36) 최재서, 「중편소설에 대하여」(『문학과 지성』, 인문사, 1938), 「장편소설과 단편소설」(≪동아일보≫, 1939. 3. 9~10) 등의 글을 통해서 최재서는 장편소설을 흥미와 스토리 위주의 개방된 대중장르로, 단편소설을 배제의 원리에 충실한 예술장르로, 중편소설을 이 둘의 장점을 지닌 중간형태로 규정한다.

藝術을 Ａ Ｂ Ｃ부터 갱신한다는 의미에서 우선 그는 관찰자이고 기록자여야 할 것이다. 民衆이 무엇을 즐겨하고 무엇을 슬퍼하는가? 무엇을 개탄하고 무엇을 희망하는가? 그는 藝術家로서 어떤 스토리와 플롯과 어떤 인물을 제공하여야 할 것인가? 실로 이러한 기본적인 문제에서 다시 출발할 것이 요구된다.[37]
소설은 가장 자유로운 藝術이다. 그것은 재료로서 인간생활의 모든 것을 포용할 수 있다. 토지와 기계와 사회 機構는 말할 것도 없거니와 인간 내부에 들어가서도 모든 육체적 변화와 감각과 심리와 그리고 실로 근래에 와선 무의식까지 취급할 수가 있다. 그리고 어느 것에나 정착 되지 않는다. 한번 小說이 傳統化하면 어디선가 활력이 소생하여 그 고갈을 구제하여 준다. 모든 현실을 거부하지 아니하기 때문에 도리어 자가 중독을 일으키는 수도 있으나 그럴 때마다 지꾸진 실생활에의 의욕으로 말미암아 자기 정화를 한 다음 다시 일어나는 힘—이것이 小說의 정신이다. 그것을 散文情神이라 불러도 좋다. 그것은 현실에서 유리하고 현실을 몽상화하려는 로맨스의 정신과 대별되는 정신이다. 이리하여 小說은 民衆에게 활력을 구하여 왔고 또 거기에서만 구할 수 있다. 小說에게 民衆이 필요한 것은 단지 讀者로서 뿐만 아니라 또 그 創造의 원천으로서도 그러하다.[38]

격변기 지식인의 좌표는 현실 속에 이미 존재한다. 지적 자만에 빠져 민중과 괴리되는 문학 속에는 더 이상 산문정신이 담겨 있지 않다. 최재서는 소설을 이끌어낸 부르주아 지식인의 정신을 산문정신으로 정의 내린다. 그것은 현실로부터 유리(遊離)하고 현실을 몽상화하려는 로만스와는 대별되는 정신이다.

산문정신 안에는 소설의 자유로운 예술적 본질이 들어 있고, 고갈된 예술적 자아에 활력을 주는 생명의 원천이 샘솟는다. 최재서의 비평론이 본질적으로 리얼리즘에 바탕을 둔 모랄론을 주장한다는 점은 그의 소설론에서도 이처럼 명확하게 나타난다. 그는 소설 장르의 전통화를 경직화된 지식인의

---

37) 「서사시, 로만스, 소설」, ≪인문평론≫, 1940. 8.
38) 「소설과 민중」, ≪동아일보≫, 1939. 11. 7.

태도와 동일시한다. 작가가 스스로의 지적 자만 속에서 빠져 나오지 않을 때 지식인과 민중의 거리는 절대로 극복되지 않는다. 현실 속의 독자는 분명 민중이 되어야 함에도 지식인 소설의 전통화가 초래한 결과는 민중을 문학으로부터 소외시키고 지식인 중심의 특권적 독자층을 형성시켰다. 지식인의 계층분화 속에서 지적 우월주의와 엘리트 의식이 몰고 온 예술주의 소설의 탄생은 당위적 독자층인 민중과 작가의 교양적 거리감을 더욱 확산시키는 결과만을 초래한다.

최재서가 소설의 산문정신에 주목하면서, 그것을 끊임없이 현실을 포용하여 자기정화를 이룩하는 힘이라고 본 것은 격변기의 혼란을 헤쳐 가는 지식인 소설에 올바른 방향성을 부여하려는 태도이다. 지식인으로서의 작가가 지닌 사명은 과거 지식인의 황금시대를 향수하는 반리얼리즘이 아니라 민중을 기록하는 데 있다. 그러나 그것은 현실에 대한 단순한 보고자의 태도만을 의미하지는 않는다. 민중이 무엇을 즐겨하고 무엇을 슬퍼하는가? 무엇을 개탄하고 무엇을 희망하는가? 그는 예술가로서 어떤 스토리와 어떤 플롯과 어떤 인물을 제공하여야 할 것인가? 이러한 기본적인 문제에 대한 반성적 고찰을 의미하는 산문정신, 그 안에는 이제까지의 소설이 이끌어온 숱한 문제에 대한 재고찰이 더해진다.

문학은 현실을 거부하지 않으며 그 현실 속에서 새로운 방향성을 발견한다. 문학의 발견시대는 예술적 고갈로부터 문학을 구하려는 노력의 시대이고 독자와 작가의 관계가 다시금 검토되는 시대이다. 최재서의 「문학발견시대」(1934)의 다음과 같은 구절은 소외된 지식인상의 극복이 민중과의 거리를 회복하는 데 있음을 적절하게 표현하고 있다.

批; …문학발견시대란 작가가 이미 蕩盡하여 枯渴한 개성을 억지로 誇張하여 표현하려고 애쓰지 않고 사회로 튀어 나가서 민중의 감정과 의욕과 叡智를 발견하려고 애쓰는 시대를 말함일세. 그렇게 하려면 작가가 주관적 태도를 버리고 편견과 독단을 떠나서 민중을 보고 민중의 소리를 들을 필요가 있지 않은가?

　…(중략)…

　學; 文學發見時代에 있어선 창작을 버리고 기록을 취하지 않아선 아니될 필연성은 어디 있습니까?

　批; 필연성이야 없지. 문학세계에 創作時代가 돌아오기까진 민중을 발견하여 기록하라는 데 지나지 못하네. 적어도 가까운 장래에 이 창작시대가 到着할 줄은 믿지 못하네. 이 사회적 창작시대가 오기까지의 말하자면 과도기에 있어 작가는 아직까지의 作家的 自負—예언자 내지 지도자적 矜持를 버리고 민중의 충실한 발견자 내지 기록자가 될 필요가 있네…39)

소시민으로 전락한 지식인과 외적 세계의 갈등은 지식인의 내면화된 자의식의 과잉으로 인해 행동에 대한 무조건의 동경과 스스로의 지적 과잉에 대한 혐오로 나타난다. 그러나 최재서는 현대 지식인의 지적 과잉은 일종의 허상일 뿐이며 오히려 현대는 "過少한 知性의 時代"40)라고 규정한다. 자의식은 현실적으로 분열된 자아를 반영하는 병적 징후이지만 모든 현대인은 모순에 대한 자기비판의 양식인 자의식으로부터 자유로울 수 없다. 그 까닭은 현대의 지식인이 이미 소시민임을 인정하지 않을 수 없는 이유와 같은 것으로서 그 현실태는 부정적이지만 문학 속에 반영된 현실은 그 순간 비판적으로 굴절된다. 즉, 자의식의 영역을 통과하는 모든 대상은 비판적으로 굴절하며 소시민성을 현실로 파악하는 모든 문학의 양식은 그 자체가 비판의 한 과정인 것이다. 소시민성의 부정적 징후가 소시민을 소재로 하는 소시민 문학에서 극복될 수 있다고 믿는 것은 바로 이러한 문학의 여과 작용에 대한 신념 때문이다. 따라서 현실적 위기와 정치적 위기가 문학의 위기와 동일시 될 수 없다는 최재서의 주장은 타당하다.

문학의 위기는 오히려 작가의 예술적 신념이 빈곤상태에 놓였을 때에만

---

39) 「문학발견시대」, ≪조선일보≫, 1934. 11. 21.
40) 「현대적 지성에 관하야」, ≪조선일보≫, 1937. 5. 15, 16, 18, 20, 25.

찾아오며, 위기의 시대에도 신념이 있는 문학은 그 위기를 문학적 형식으로 형상화해 낸다. 최재서의 비평은 이 점에 주목하고 있다. 지식인의 위기와 소시민성의 대두, 그리고 자아분열과 자의식의 과잉 등 모든 현대의 병적 징후는 그 자체로서도 문학 속에서 긍정적으로 소화될 수 있다. 문학 속에 반영되는 소시민성은 이미 비판의 형식과 과정을 거친 것으로 소시민 비평, 소시민 문학은 소시민성의 범주에 머무는 부정적 양상에 속하지 않는다. 그것은 부정에 대한 부정을 통해 긍정을 추구하는 문학의 본래적 성격을 그대로 반영하는 '위기의 시대, 소생의 문학'이 되는 것이다.

1930년대의 소설문학은 일제의 왜곡된 자본주의가 심화되면서 대량의 지식인 실업난이 발생, 전적으로 '지식인 소설의 우세'로 판가름이 난다. 지식인 소설에 대한 인식은 당시까지는 아직 의식적 지향성을 가졌다고는 볼 수 없으며 단지 당시의 창작층과 독자층을 비롯한 문학의 유통구조가 야기시킨 한 현상이라고 볼 수 있다. 현동염의 「인텔리의 비애」는 지식인 소설이 발생할 수밖에 없었던 사회적 현실과 그에 대응하는 지식인의 민감한 인식을 명료하게 보여준다.

> 가여운 인텔리겐챠들아 얼마나 로만틱한 시절이라고 그대들은 지금 울고 있는가. 18세기 인텔리의 황금시대, 인텔리 왕국은 이미 몰락한 지 오래니 그대들의 지식의 병기는 지금에 와서 녹슨 기계와 같이 써먹을 곳이 없구나. … '학문의 전당에서 쏟아져 나온 인텔리 우리들도 판매시장에 쌓인 상품과 같구나'하고 생각할 것이다. 인텔리의 몰락과 실업 홍수 시대가 온 것이다.[41]

자본주의의 모순이 격화되고 경제공황의 여파로 밀려온 실업난은 지식인 계층의 위상에 가장 큰 변화를 초래한다. 과잉 생산된 지식계층의 현실적 무능력과 자의식과잉은 화이트칼라의 꿈을 버리지 못한 채 소시민성으로 귀결된다. 대부분이 지식인에 속하는 당시의 작가층과 독자층은 지식인의

---

41) 한용환, 『소설학사전』, 고려원, 1992. p. 401. 재인용.

실추된 위상에 민감하게 반응하지 않을 수 없으며 허구화된 과거의 향수에서 깨어나 현실의 자신을 돌아본다. 소시민화된 지식인의 리얼리티를 인지하는 양식, 거기에 지식인 문학의 특질이 담기기 시작하는 것이다.

지식인의 위상은 시대에 따라 그 모습을 달리한다. 식민지 조선의 근대화 속에서 그것은 통념적으로 서구적 교양에 근원을 두는 '부르주아 인텔리겐챠'를 지칭하며 대체로 부정적인 의미를 포함하는 경우가 많다. 현실적으로 지식인의 위치는 그 시대의 도덕적 부채감을 안고 속죄양이 되느냐, 혹은 시대의 중간자로서 내일의 위험을 예고하는 예언자의 역할을 할 수 있느냐에 따라 극단적인 평가 사이를 부유한다.[42] 최재서의 비평은 지식인의 현실적 위상이 놓인 진폭에 대한 판단을 당대의 현실적 조건 속에서 구한다. 지식인이 속죄양의 위치를 강요받고 있는 현실을 그는 명확하게 해부하고 있는 것이다.[43]

> 현대와 같은 과도기에 있어 藝術的 作家가 가질 수 있는 최후의 태도는 批評的 態度가 아닐까? 이 태도는 인생과 사회를 도매금으로 거부한다는 모험을 하지 않는다. 그는 우선 입장을 현재에 둔다. 그리고 목전에 살아 있는 사람과 제도를 끌어다가 批評의 도마에 올린다. 그는 사회의 표면을 아는 동시에 이면을 안다. 그는 將來할 사회를 그리기 보다는, 현실에서 우리가 목격하면서도 잘 인식하지 못하는 모든 결함과 악을 확대하고 혹은 적출하고 혹은 야유하고 혹은 罵倒한다.
>
> 따라서 비평적 태도는 수용적 태도와 파괴적 태도와의 중간에 개재함을 우리는 깨달을 수 있다. 그것은 중간적인 존재임을 면하지 못한다. 그러나 현대와 같은 過渡期에 있어선 오히려 합리적인 태도일까 한다.[44]

---

42) 송희복, 「격변기 지식인의 중도적 전망」, ≪문학정신≫, 1991. 12. p. 104. 참조.; 조남현, 「한국현대소설에 나타난 지식인상 연구—1920, 1930년대를 중심으로」, 서울대학교 박사학위 논문, 1983) 참조.
43) 「현대적 지성에 관하야」, ≪조선일보≫, 1937. 5. 15, 16, 18, 20, 25.
44) 「풍자문학론」, ≪조선일보≫, 1935. 7. 14, 18~21, 27, 28.

권력층과 기층민중의 사이에 끼여 있는 중간계급인 지식인은 외면상 처세의 불확실성과 다중적 성격으로 인해 기회주의자, 사이비 개량주의자, 순응주의자의 부정적 인상을 나타낸다. 그들은 소시민과 같은 부류로 종종 분류되며 극도의 개인주의적 속성을 지닌 것으로 표현된다. 최재서의 비평은 이러한 부정적 징후의 대부분을 현대가 지식인에게 요구하는 희생양의 역할 때문에 생긴 허상이라고 주장한다.

현대의 모든 가치는 모순의 지배를 받는다. 모순은 스스로의 행위에서도 발견되며 양심과 자의식은 그러한 스스로의 모순을 비판하고 견제하는 행위의 원천이다. 자의식은 언제나 개인적이고 파편화된 소시민의 주관적 가치판단에 머물지만 문학적으로는 현실에 대한 유효한 비판의 양식을 낳는다.

개인의 성실성을 부정하는 반지성주의는 지식인의 비행동성의 원인을 과잉된 자의식 때문이라고 주장한다. 그러나, 지식인의 비판적 의지는 늘 문학 속에서 작가의 고유성으로 인식되어 왔다. 현실 속에서의 타락이 작가를 침해하기 시작했다면 문학의 비판적 기능은 작가와 그의 문학적 표현양식까지도 비판의 도마 위에 올려놓는다. 따라서 최재서의 반성적 사유를 동반하는 풍자문학론도 지식인의 소시민화에 대한 자기비판의 한 양식이라고 규정된다. 그가 혼돈에 빠진 세계에 대응하는 세 가지 태도를 수용적 태도, 거부적 태도, 비평적 태도로 분류하고 그 중에서 통합의 원리로 비평적 태도를 선택한 데는 과도기의 혼돈을 통찰하는 문학의 비판적 기능을 '파괴를 통한 건설의 태도'로 파악했기 때문이다.

2.3. 최재서 비평의 비평사적 위치

비평은 어원상 '위기', '결정적 순간', '전환점' 등의 뜻을 지닌다. 여기서 위기나 전환점이라는 의미는 한 작가, 한 작품 또는 한 시대에 있어서 가치가 확립되어 있지 못한 상태를 의미한다. 그러므로 비평이란, 가치의 전환점인 한 시대에 혼란된 가치를 확립시키는, 즉 가치의 애너키즘을 극복하려는 의미를 내포한 행위이다.

그러나 초기 문단의 특수성 속에서 비평은 전통문학과 신문학의 단절, 확정된 원론의 부재 등으로 심각한 가치 혼란을 겪으며 그 의미공간을 미처 확립하지 못하고 있었다. 특히 식민지 상황이라는 시대의 굴레가 덧씌워진 속에서 비평은 그 가치기준의 설정에 더욱 애를 먹을 수밖에 없는 실정이었다. 전환기 비평계에 있어서도 이 점은 역시 마찬가지이다. 기존 카프의 지도성 비평의 뒤를 이을 비평이 시급히 요청되었고 동시에 그 동안 소홀하게 다루어져 온 실제비평의 정착을 위한 전단계로서 비평방법론의 확립이 새로운 과제로 떠올랐다.

비평의 숙명적 행위는 가치평가에 있다. 그러나 특정한 가치 기준이 확립되어 있지 못한 상태에서 비평은 흔히 두 가지 형태를 띠고 나타난다. 그 하나는 비평가의 주관적 판단에 의존하는 인상주의 비평이고 다른 하나는 작품의 해명 또는 해석의 차원에 머물면서 가치판단을 보류하는 분석적 비평이다. 최재서의 비평은 성격상 후자에 속한다. 그의 비평을 모더니즘 비평으로 취급하는 입장은 대부분 이런 해석적 경향에 초점을 맞추고 있다. 그러나, 이 경우는 앞의 서론에서도 지적했듯이, 최재서 비평의 본질적 특징이 '가치추구의 원리 확립'에 있다는 점을 간과하고 있다.

전환기 비평계를 규정하고 있는 그의 비평은 '치밀한 관찰'을 중요시하는 지점에서 출발한다. 전환기의 비평계란 어떤 식으로든 다양한 가능성과 변화가 함께 공존하는 곳이다. 비평의 노력은 이런 공간 속에서 여러 가지 다양한 시도로 표현된다. 최재서의 비평이 지닌 다면성도 그 특수한 상황과의 연관 속에서만 올바르게 이해될 수 있다.

최재서의 비평이 가치판단을 유보하는 분석비평을 지향하는 이유도 이런 상황에 대한 현실파악을 전제로 하기 때문이다. 보통 최재서의 분석비평은 가치중립적이고 가치를 추구하면서도 그 기준을 얻지 못한 공허한 관념적 비평으로 이해된다. 그의 비평론이 모랄론을 주장하면서도 그 모랄을 현실화하지 못했다고 생각하기 때문이다. 원론적 가치기준이 설정되지 않고 비평방법론이 모색되지 않은 현실 속에서 그의 비평적 한계는 자명하다. 그러나, 오히려 최재서의 현실인식은 바로 이러한 그 스스로의 한계에 대한 인식에서부터 출발한다.

가치의 부재라는 현실적 조건은 비평의 위기를 알리는 신호이다. 그러나 역으로 그러한 가치의 혼란을 극복하는 것이 또한 비평의 임무이다. 어떻게 위기를 극복할 것인가. 최재서의 비평론에 담긴 고민의 흔적은 주로 여기서 찾아진다. 가치의 확립과 도그마의 위험에 대한 경계, 그것은 카프의 지도성 비평과 인상주의 비평에 대한 그의 우려 속에 뚜렷이 나타난다. 그는 실제비평의 육성이 창작풍토의 조성이라는 문제의 해결책임을 알고 있었다. 또한 모랄의 확립을 위한 노력을 비평방법론을 통해 진지하게 모색한다.

실제로 1930년대의 비평계는 인상주의 비평이 저널리즘과 결합하여 월평 중심의 개괄적 레뷰화45)로 빠르게 흐르고 있었다. 그 자체의 방법론을 갖고 있지 않은 인상주의 혹은 예술주의 비평의 레뷰화는 가치판단을 영영 포기하는 비평의 항복선언과 같은 것이다. 최재서의 비평방법론이 지닌 의의는 이런 인상주의 비평과의 비교에서도 찾아진다. 그는 당시의 저널리즘 비평을 현대비평의 주류로 받아들인다. 현단계의 창작계를 육성하는 데 이바지하는 비평이 월평 중심의 레뷰화에 있음을 인정하는 것이다. 그러나, 그것은 한편으로 비평방법론의 모색과 학구비평의 뒷받침을 받을 때만 제 가치를 발휘할 수 있다. 최재서의 비평이 장기적으로는 강단비평의 기초를 닦으면서도 비평의 방법과 태도에서는 끊임없이 저널리즘 쪽으로 다가오면서 한국적 상황에 접근하려고 한 것46)은 '비평이란 무엇인가?', '비평의 나아가야 할 방향은 어디인가?'에 대한 지속적인 물음의 결과이다.

---

45) 월평을 중심으로하는 간략한 소개 형태의 비평. 초기 비평계의 현실에서는 신문의 단평이 대부분 이런 형식을 취하고 있었다. 시평, 월평, 총평 등이 있다. 김윤식, 한국근대문예비평사 연구』, 일지사, 1976. p. 525. 참조.

46) 위의 책, p. 254. 참조.

그의 비평은 늘 문학에 대한 원론적인 입장에서 출발한다. 그의 장점은 어떠한 사상이나 이론이든지 쉽고 명료하게 전달해 주는 데 있다. 즉, 그의 분석적 연구방법은 전환기 비평계에서 비평의 레뷰화를 견제하면서도 탄력성 있는 비평을 가능케 하는 적합한 형식이라고 할 수 있다. 이 점은 이원조의 다음과 같은 발언을 통해서도 재차 확인된다.

> 評論이란 讀者에게 知識을 供給하는 것이냐? 讀者의 行動을 리드하는 것이냐 하는 것은 진실로 重大한 問題다. 이러한 評論이 竝立할 수 있다면 그 評論의 形態와 技能이 서로 다른 것은 두 말할 것도 없을 것이다. … 모든 政治的 活動이 한 개의 못토나 슬로건만을 必要로 반드시 행동을 리—드하는 評論은 메—도드나, 結論이 必要하지마는 知識을 供給하는 評論은 結論이나 메—도드보다도 먼저 프린시플과 그것의 解釋이 緊要한 것이다.47)

위에서 보듯이, 이원조는 전환기의 새로운 비평 형태로서 최재서의 비평을 높이 평가하고 있다. 이는 결론적으로 "비평가의 자격을 볼려면 그 결론이 아니라 결론에 이르기까지의 프로세스를 봐야 한다"48)는 분석적인 비평의 가치를 높이 평가하는 것이다. 최재서의 원론비평 혹은 분석비평은 비평적 가치의 확립이 도식적인 법칙의 도그마 속에 놓여 있지 않음을 시사한다. 비평은 어떤 면에서든 가치 추구의 성실한 과정일 뿐이며 그 가치의 발견은 바로 현실과 민중, 전통 속에서 찾아진다.

최재서의 비평에 대한 평가는 그의 높은 비평적 안목과 현실적인 탄력성이 충분히 고려될 때만이 정확한 판단을 얻는다. 일견 모순된 측면이 서로 뒤엉킨 그의 비평론을 현재적 가치로 환원시켜 생각하는 것은 그가 인식한 스스로의 한계와 최선의 선택에 대한 조건을 고려하기 위함이다.

한국근대문학사에서 비평은 항상 이중의 어려움을 겪어왔다. 원론적인

---

47) 이원조, 「서(序)」, 최재서, 『문학과 지성』, 인문사, 1938. pp. 3~4.
48) 최재서, 「사실의 훈련」, ≪조선일보≫, 1937. 8. 23.

가치평가 기준의 부재, 신문학 자체에 대한 이해 및 방법론의 부족—즉, 기초연구의 부족이다. 초기 비평사에서 논쟁의 형태가 두드러진 까닭은 복합적인 어려움 위에서 비평의 본령을 찾으려는 노력이 일종의 몸부림처럼 표출되었기 때문이다. 더구나 식민지라는 한계상황은 이 위에 또 하나의 멍에를 덧쒸운다. 민족모순과 계급모순이라는 두 개의 질곡 속에서 문학의 위치, 작품평가의 기준을 설정해야 하는 어려움이 그것이다. 따라서 가치기준의 제 일위는 자연히 식민지적 특수상황과 맞물려 있는 문학외적 접근방법으로 흐르게 된다. 실제로 30년대 비평계에서 외부적인 상황과 연계된 가치설정의 움직임은 상당히 활발한 움직임을 보인다.

30년대 주조 탐색의 비평이 소모적인 비평론만을 양산하면서도 끈질기게 창작방법론과 비평방법론에 매달리 까닭이 바로 여기에 있다. 어떤 식으로든 우리의 토양에 가장 적합한 가치기준의 설정 없이는 비평이 올곧게 성장할 근거가 생기지 않기 때문이다.

최재서의 「비평의 형태와 기능」(1935)은 당시의 저널리즘 비평에 대한 그의 이러한 탄력적인 입장을 잘 나타내고 있다.

> 오늘의 文學을 批評함에 있어 官學的 批評은 알맞지 않는다. 학자의 批評처럼 너무도 敎養이 많고 너무도 박식하고 너무도 과거에 속박을 받는 批評은 새로운 作品 앞에선 몸이 무겁고 거북한 것이 사실이다. 이때에 필요한 것은 늘 새로운 藝術作品에 공명하기 위하여 놀나움과 감탄하는 마음을 준비하고 있는 민첩하고 교묘한 자연발생적인 口頭批評이다. 그러나, 이와같은 비평은 학자의 고전비평에 비하면 퍽 곤난한 것이다. 쥬벨이 말한 것과 같이 〈古代人이 되기보다는 近代人이 되기가 훨씬 어렵다〉 우리가 古代의 旣成事實의 세계 가운데서 사는 것 보다는 자기네의 시대를 그 운동에서—그 직접적이고 흩어지기 쉬운 存在 속에서—느끼고 맛보는 것이 더욱 곤난하기 때문이다. …(중략)… 그러나 現代에 있어 口頭批評의 기록으로서 다른 모든 형태를 흡수하여 버린 위대한 批評이 있다. 그것은 즉 우리가 오늘 보는 신문비평이다. …(중략)… 그것은 신선한 形態 밑에서 오늘의 사상을 표현하고

> 官學主義의 모든 외관을 피하여 가면서 讀者에게 知識을 신속하고 유쾌하
> 게 줄 수 있는 모든 수단을 사용하여 쓴 批評이다.[49]

저널리즘 비평에 대한 위와 같은 융통성 있는 자세가 의미하는 바는 무엇
일까? 30년대의 비평은 당시 조선의 상황에 가장 적합한 비평론을 개척하는
것이 제 일위의 당면과제였다. 최재서는 이 적합한 비평론의 형태를 찾기
위해서 우선적으로 그 발표의 지면, 즉 비평의 유통경로에 눈을 돌린다.
초기 비평계의 미해결 과제와 카프 비평에 대한 반성의 문제는 실제로 비평
의 생존을 위한 조건의 문제로 연결된다. 그는 당시 비평계의 현실을 우선적
으로 저널리즘과 독자, 그리고 관학적 비평가로 분리시켜 파악한다. 관학적
비평가와 독자의 관계는 지식인과 민중의 관계와 같다. 그러나 문제는 앞장
에서 살펴본 바와 같이 지식인과 민중 간에 존재하는 교양의 거리이다. 관학
적 비평가는 전통에 대한 인식을 바탕으로 원론적 가치기준의 파악에 훌륭
한 능력을 발휘하지만 그 적용에 있어서는 민중—독자—의 욕구를 따라가
지 못한다.
　저널리즘의 탄력성은 그것이 구두비평(口頭批評)의 요소를 지닌다는 점
에 있다. 민중의 구두비평과 저널리즘의 가벼움은 오히려 그 교양적 차이를
거의 느끼지 못할 만큼 친밀하다. 민중(독자)의 불만은 저널리즘을 통해 민
첩하게 수용되고, 가치의 혼란 속에서 빠른 정보의 유통은 민중(독자)를 또
하나의 가치기준으로 설정하게 한다. 최재서가 비평의 레뷰화를 '비평의
죽음'이라고 생각했으면서도 또한 그것을 피치 못할 대세로 받아들일 수밖
에 없었던 까닭이 바로 여기에 있는 것이다.

> 비평의 레뷰—化는 비평이 新聞에 의거하고 있는 피치 못할 운명이라고
> 생각한다. 조선의 신문도 어차피 콤머—샤리즘의 정신 밑에 완전히 기업화
> 되어야 할 것이고, 그 도정에 있어서 비평이 차차 밀려 나갈 것도 짐작할

---

49) 최재서, 「비평의 형태와 기능」, ≪조선일보≫, 1935. 10. 1〜17, 20.

수 있다. 月評 정도의 글이 최고의 批評이고 결국 모든 것이 레뷰—化하여
버리지 않을가 하는 생각은 필자의 短見일가?[50]

비평의 레뷰—화는 저널리즘의 기업화에 의한 비평의 죽음을 의미한다.
그렇다면 저널리즘이 곧 비평의 레뷰화로 가는 지름길임을 알면서도 저널리
즘과 비평의 결합을 주장하는 것은 어떤 이유에서일까? 최재서는 저널리즘
에서 두 가지의 가능성을 기대한다. 첫째는 저널리즘의 강세가 피할 수 없는
추세라고 판단할 때, 비평의 살아남을 가능성을 저널리즘 내에서 찾는 것,
둘째는 그것을 비평 스스로 민중과의 거리를 좁히는 방법에서 찾으려는 것
이다. 이 두 가지의 가능성은 그 안에 중요한 의미들을 내포하고 있다.

우선 그의 지식인과 민중 사이의 관계설정에 대한 문제이다. 앞장에서
우리는 그가 지식인의 가치의식을 '쌤볼'의 문제로 환치시킴으로써 지식인
의 두 가지 행동 양식을 규정하고 있음을 살펴봤다. 첫째가 "개성의 힘을
가지고 민중과 싸우다가 패배하는 길"이고 둘째가 "자기 자신의 내부로 침
잠"하는 길이었다. 그렇다면 지식인이 민중과 타협할 길이 막혀 있음을 전제
로 한 이 두 가지 선택은 앞의 두 가지 가능성—비평이 살아남는 방법에
대한—이 모두 불가능하게 되었다는 사실을 암시한다. 그렇다면, 도대체
지식인과 민중과의 거리에 대한 문제를 극복하는 것이 비평의 출구이고 그
가치의 기준이 될 것이라고 생각한 그의 견해는 어떤 근거에서 출발하고
잇는 것일까? 이 질문에 대한 대답이 바로 그의 비평의 특질을 말해 주는
것이고 그의 한계에 대한 확인의 과정이다. 또한 이 점은 바로 앞의 두 가지
가능성에 내포되어 있는 중요한 의미 중의 하나이기도 하다.

최재서의 비평이 지닌 약점이자 특징은 그가 민중과 독자를 늘 동일시하
고 있다는 점에 있다. 그래서 그는 비평의 살아남는 방법을 독자와의 친밀한
관계를 통해서 찾으려 한다. 그것이 저널리즘에 대한 두 가지 가능성의 모색

---

50) 「비평과 월평」, ≪조선일보≫, 1938. 4, 12, 13, 15.

으로 나타난 것이다. 따라서 민중과의 거리를 좁힌다는 것은 곧 독자와 비평가, 그리고 작자와의 거리를 좁히는 것을 의미한다. 그는 비평가와 지식인을 동일시하고 궁극적으로는 비평가와 독자와의 관계를 지식인과 민중의 관계로 지나치게 확대하는 실수를 범하고 있다. 실상 최재서에게는 이 둘 사이의 구분이 전혀 보이지 않는다. 물론 그 자체가 시민문학에 대한 가능성의 모색이라는 측면으로 생각될 수 없는 것은 아니다. 그러나 민중과의 거리를 극복할 수 없는 것으로 단정하게 되는 논리적 함정이 여기에 있다고 볼 때, 이 점은 그가 생각한 지식인 비평의 결정적인 한계가 된다.

비평사의 전체 맥락 속에서 최재서 비평의 성격은 일단 그것이 지식인 비평이라는 점으로 귀결된다. 지식인의 입장에서 '비평이란 무엇인가'에 대한 끊임없는 질문을 바탕으로 그의 비평은 전환기 비평계의 산적한 문제들을 해결해 나가는 뛰어난 안목을 지니고 있다. 그러나 그의 비평은 본질적으로 시대적 한계 안에서 출발한 작업일 수밖에 없다. 특히, 그의 비평이 민중이라는 벽 앞에서 좌절하는 과정은 현재의 비평계에도 시사하는 바가 크다. 그의 논리적 파탄에 대한 원인의 문제는 현재의 관점에서도 다시 생각되어야 할 과제이다. 식민지 지식인의 성실한 자기 탐색과 민중과 공유할 수 있는 가치탐구의 과정이 결국 무너질 수밖에 없었던 까닭을 성찰함으로써 소시민 비평의 실체와 한계를 보다 명확히 살펴볼 수 있는 것이다.

최재서 비평의 비평사적 평가는 당대의 한계상황에 대한 이해를 바탕으로 할 때만 그 자리매김이 가능하다. 그것은 한국문학사의 굴곡이라는 개별비평에 선행하는 객관적 조건의 탓이기도 하지만, 근본적 원인은 지식인과 민중의 관계설정에 고심하는 그의 비평적 특질 때문이다. 지성의 옹호와 지식인의 위기를 논할 때 비평의 형태는 문화비평으로 변질되고 문학과 예술의 영역을 벗어나 지식계급 전체의 문제로 확산된다.

최재서의 비평이 한국문예비평사에서 차지하는 위치는 이처럼 지식인과 문학, 지식인과 독자, 그리고 지식인 작가의 문제를 대자적으로 인식, 접근하려고 했던 최초의 움직임이었다는 점에 있다. 문학에 대한 문제를 지식인이라는 특정의 계층군과 연관시켜 접근한 그의 태도는 당대의 문학 유통구조의 현실 속에선 카프의 계급문학보다도 오히려 더 현실적 비전을 확보하고 있었다. 현실의 사회적 상황이 지식인의 무기력과 자아 상실이 만연한 반면에 민중의 자각이 두드러지게 나타나고 있었다는 주장은, 당시 문학 유통구조의 현실 속에선 전혀 가능성이 없는 것이다.

당대의 작가층과 독자층, 그리고 문학 유통의 과정 및 실태에 대한 고찰이 결여된 문학론은 당위적 비전의 압력에 질식하기 쉽다. 그것은 또 다른 형태의 도그마일 뿐이며 실제비평과 어긋나는 공론(空論)이 되기 쉽다. 최재서가 당시의 문학작품 및 비평이 발표되는 지면과 그 형태, 유통방식—이것들은 특히, 작가와 독자의 관계를 파악하는 기초가 된다—에 관심을 집중시킨 까닭도 이 점에 있다.

정치적 위기와 문학의 위기가 일치하지 않듯이 문학은 현실적 지식인과 민중과는 다른 작가층과 독자층을 갖는다. 이점은 최재서의 당대적 현실에서도 그리고 필자의 동시대인 현재의 시점에서도 마찬가지이다. 시대의 모순에 대한 문학의 접근은 현실 속의 직접적 대응과는 다른 형태의 비전을 지향한다. 그것은 문학이 현실을 굴절시키는 순간 탄생하며 언제나 독자적 활로를 모색한다. 그러나 최재서가 문학 내에서의 지식인의 위치를 현실 속에서의 민중에 대한 지식인의 관계로 확대할 때, 이 둘의 긴장관계는 깨지고 만다. 당대의 현실적 공간과 문학적 공간의 조화를 상실한 그의 비평론은 한계를 안고 있을 수밖에 없다.

문학이 지식인과 민중 사이의 교양적 거리 위에서 유동하던 시대에 한정된 독자층을 대상으로 하는 지식인 문학의 출현은 필연적인 결과이다. 최재서가 소수 엘리트를 위한 모더니즘을 비판적으로 수용한 까닭은 "민중의 교양적 수준을 끌어올릴 것인가(계몽주의)". "지식인인 작가가 자신의 교양적 수준을 낮출 것인가"의 고민이 문제해결의 핵심이라고 생각했기 때문이

다. 결국 식민지 지식인 비평과 현재의 문학비평의 비교가 갖는 의미는 비평
사 전체의 체계와 한 시대적 상황 속에서의 '비평의 역할과 의미'에 대한
총체적 질문의 성격을 띠고 있는 것이다.

2.4. 식민지 비평의 시금석으로서의 최재서—낭만주의에서 파시즘까지

최재서는 1933년 조선일보에 「구미현대문단총관—영국편」[51]이라는 소
개비평적인 글을 발표하면서 본격적인 문단활동을 시작하였다. 따라서 그의
비평활동은 주로 1930년대에 국한되며 특히 카프의 해산 이후에는 주지주
의 문학론을 앞세워 전환기 비평계의 중심에 서게 된다. 30년대 후반 ≪문장
≫지와 쌍벽을 이룬 ≪인문평론≫을 주재하면서 파시즘으로 치닫고 있던
암흑기 직전의 문단을 주도했고 ≪문장≫과 ≪인문평론≫이 ≪국민문학≫
으로 통합된 후에는, 적극적인 친일문학을 펼치기도 했다. 이런 그의 이력은
실제로 식민지 비평의 한계와 불구성을 상징적으로 나타내는 것이다.

최재서가 문제적인 까닭은 당시의 문단에서 그가 지니고 있던 영향력이
라는 측면에서도 그의 비평이 간과될 수 없기 때문이기도 하지만, 무엇보다
도 모더니스트로서 주지주의 문학을 전면에 내세웠던 그의 또 다른 이면적
인 모습에 가장 큰 원인이 있다. 경성제대에서 낭만주의 문학을 전공했고
최종적으로는 전체주의 문학을 적극적으로 주장했던 그의 개인사는 한국문
학의 불구적인 근대성을 함축적으로 보여준다. 낭만주의 문학이 서구의 개
인주의를 그 근간으로 삼고 있다는 점에서 최재서의 이력은 개인주의로부터
전체주의로 극단적인 선회를 한 셈이 되기 때문이다.

이 점에서 당시의 비평적 상황에 관한 김윤식의 다음과 같은 언급은 상당
히 많은 문제를 제시하고 있는 것이라 여겨진다.

소련이나 독일의 이런 현상은 각각 차이는 있지만 전체주의적 지향성을

---

51) ≪조선일보≫, 1933. 4. 27～29.

띤 것으로는 묶어볼 수 있다. 個人主義의 淸算이 그것이다. 그 세계관적
기반은 영웅숭배로 집약되며, 個人을 捨象한 집단의 공통기반만이 문제성을
띤다. 古代敍事詩的 세계에 거의 직접적으로 닿을 수 있는 성질의 것이다.
그러나 이러한 현상이 30년대 말기 식민지 한국사회에서는 어떤 의미를 띠는
것일까를 우리는 묻지 않을 수 없다. 과연 한국소설에서 個人主義가 그 난숙
한 단계에 한 번이나 도달한 적이 있었는가. 답변은 물을 것도 없이 부정적이
다. 한국에 있어서의 당시의 문제점은 日本의 軍國파시즘에 어떻게 대처할
것인가가 곧 <새로운 世界文化에 貢獻>하는 길이었으리라. …(중략)… 이
런 사정을 철저히 인식하지 않은 마당에서의 새로운 로만改造로서의 敍事詩
에의 指向은 파시즘에 나아갈 논리적 지름길을 닦는 일로 된다. 이런 위험성
을 뚜렷이 가진 것이 최재서의 논문이었음은 이미 보아온 바와 같다.(밑줄은
인용자)52)

　《인문평론》지의 세계관을 중점적으로 다루고 있는 글의 일부인 위의
인용문은, 1930년대 상황에서 제기된 로만개조론의 전체주의적인 성향에
대한 비판을 주요 내용으로 담고 있다. '개인주의를 청산'하고 리얼리즘으로
나가자는 김남천의 주장과 최재서의 '서사시 지향'을 골자로 하는 「서사시 ·
로만스 · 소설」53)이라는 글을 동격으로 놓은 상태에서, 30년대 후반의 전체
주의 지향 분위기의 팽배를 소설론의 전개과정에서 살피고 있는 것이다.
　그러나, 밑줄친 부분에서 보듯이, 식민지 현실 아래에서 개인주의 문학은
한번도 난숙한 경지에 도달한 적이 없다는 점에서, '개인주의의 청산'이라는
논의는 한 마디로 현실추수적인 억지논리일 뿐 아니라 식민지 근대의 척박
함을 단적으로 보여주는 부분이라고 할 수 있다. 빈약한 식민지 조선의 개인
주의적 토양과 일찍이 임화가 지적했던 시민계급의 미성숙성이 '비평적 논
리의 붕괴'로 직결되는 현장을 이 구절에서 우리는 가감없이 지켜볼 수 있는
것이다.

---

52) 김윤식, 『한국근대문학사상비판』, 일지사, 1978. pp. 130~131.
53) 최재서, 「서사시 · 로만스 · 소설」, 《인문평론》, 1940. 8.

그렇다면, 결국 비평사에서 최재서가 문제적인 이유는 그의 주지주의 비평론이 파시즘 앞에 어떻게 그렇게 쉽사리 투항하게 되었는가 하는 점 때문일 것이다. 그러나, 이것을 근대적 지성의 무기력이 그대로 노출된 사건으로 보아야 할 것인지, 혹은 최재서의 지성주의가 그 토양이 깊지 못한 부박한 유행사조로서의 모더니즘이었기 때문이라고 생각해야 할 것인지는 쉽사리 판단이 서지 않는 문제이다.

최재서의 비평론에 관한 연구는 모더니스트, 해외문학파, 친일론자, 파시스트, 낭만주의자, 리얼리스트[54] 등 다양한 측면에 대해서 개별적인 논의가 전개되어 있기는 하지만, 그의 비평론 전체의 일관성에 주목하는 연구는 상대적으로 빈약한 편이다.[55] 이런 사실은 그의 비평적 행보가 아직도 주요한 연구의 대상일 뿐 아니라, 한국근대비평사의 행적과 그 한계를 보여주는 '시금석'과 같은 존재라는 것을 다시금 입증해 주는 것이다.

1930년대 주지주의 비평이, 최재서와 마찬가지로 그 비평적 행보에서 최종적으로는 지적 파탄을 피할 수 없었다는 점에 비추어 보면, 파시즘에의 투항의 문제는 최재서 개인의 단순한 사상적 선택의 문제가 아니라 시대적 추세였다는 점을 우리는 쉽사리 유추해 볼 수 있다. 결국, 빈약한 식민지문학의 개인주의와 시민적 전통의 박약함, 근대성의 미숙으로부터 우리는 최재

---

54) 비교적 최근에 최재서를 리얼리스트의 측면에서 언급한 글로는 진정석의 「모더니즘의 재인식」(《창작과비평》, 1997. 여름)이 있다. 그러나 이 글은 최재서를 본격적으로 거론한 글이 아닐 뿐더러 그의 비평론 전체를 대상으로 하고 있지 않다는 점에서 참조 이상은 될 수 없다고 여겨진다. 특히, 최재서의 리얼리즘론이 '모더니즘을 아우르는 리얼리즘의 발상'이라는 지적은 최재서의 30년대 후반 비평론과 연관시켜서 좀더 자세하게 고찰할 필요가 있는 내용이다. 최재서 소설론의 '서사시 지향'과 마찬가지로 30년대 후반 최재서 비평의 리얼리즘론은 많은 부분에서 파시즘으로 나아가는 논리적 수순의 성격을 띠고 있었기 때문이다.
55) 이런 형태의 연구로는 김윤식의 『한국근대문학사상연구 1』(일지사, 1984)와 『한국근대문학사상비판』(일지사, 1978), 『한국근대문예비평사연구』(일지사, 1976) 등이 있다. 그러나 이러한 연구성과는 전체적으로는 최재서의 사상적 '선택'이라는 부분에 지나치게 초점이 맞춰져 있어서 그의 개인적 한계에 주목할 뿐 시대사적인 압력과 억압의 작용은 상대적으로 미약하게 취급하고 있다.

서의 비평적 파탄에 대한 어느 정도의 해답을 찾을 수밖에 없는 것이다. 이 점은, 최재서가 낭만주의자로부터 파시즘에 투항하기까지 불과 10여년 동안 그토록 다양한 논리적, 사상적 편력을 거치게 된 원인이기도 하다. 이 점에서 그는 미숙한 근대성의 희생자이자 식민지적 비평의 파행성을 온몸으로 보여준 구체적인 표본이다.

'개인주의의 청산'이라는 논리로 파시즘적인 논거가 마련되기 시작했을 때, 30년대 조선문학에 가장 결핍되어 있던 요소가 '개인주의'였다는 점은 하나의 아이러니가 아닐 수 없다. 김기림이 "조선에 있어서 지금까지의 신문화의 코스를 한마디로 요약한다면 그것은 근대의 추구였다"라는 발언은 근대의 시효가 지났음에 대한 시인을 담고 있는 말이면서 동시에 그 의식의 배후에 짙게 깔려 있는 '이식문학론'의 그늘을 그대로 인정하는 것이다. 근대의 파산선고가 조선의 지식인에게 준 충격은 한 마디로 요약하면 '자아상실' 그 자체라고 할 수 있다. 그 때까지 만연해 있던 '서양 근대문학의 이식이 곧 근대적 진보'라는 환상이 깨어짐으로써, 서양문학을 향한 보편성의 추구는 순식간에 전통부재와 전망의 상실이라는 진공 속으로 식민지 지식인들을 몰아 갔던 것이다.

그러나, 이러한 식민지 지식인의 자아상실은 현재의 입장에서 바라본다면 상당부분 현실추수적이며 또한 조선적인 특수성보다는 세계사적인 보편성에 함몰된 상태에서 현실을 파악하고 있는 논리임을 알 수 있다. 최재서가 낭만주의의 개인과 개성에 대한 신념을 버리고 주지주의로, 그리고 다시 파시즘으로 나아간 것은, 당시의 시류적인 분위기가 근대성의 핵심을 제대로 파악하기에 얼마나 열악한 환경을 조성하고 있던가를 짐작할 수 있게 한다.

낭만주의의 사상적 풍성함을 확신하고 있었지만 그 한계인 낭만적 아이러니를 이론적으로 이해함으로써 선택된 최재서의 주지주의 문학론은 이점에서 애초에 주체성과 체험적 요소를 결여하고 있었다고 할 수 있다. 낭만적 아이러니에 부딪친 낭만주의자들이 '민족', '신화', '자연' 등의 파시즘적인 신비주의의 '기원'을 형성해 가는 데 대한 비판으로 주지주의 문학론의 '과학주의', '합리주의'가 나타나게 되었다는 사실을 잘 이해하고 있던 최재서가 파시즘에 경도되었다는 것은, 이러한 구체적 '체험'의 결여에서 비롯된 아이러니한 결과이다.

근대적인 혼란에 대해 '지성'을 통해서 '질서'를 부여하려 한 그의 문학론은, 어떤 점에서는 낭만주의와 결별하는 순간 이미 '개인과 개성'을 떠나서 '전체와 성격'으로 귀의할 것을 예정하고 있다.[56] 1931년 ≪신흥≫5호에 「미숙한 문학」이라는 글을 발표하여 낭만주의 시의 미숙성을 비판함으로써 낭만주의와 결별한 그의 문학론은 그러나 이후로도 생리적으로는 낭만주의의 정신적 숭고성을 여전히 지향하고 있었다. 이러한 사실은 그가 '개성과 질서'라는 두 개의 화두가 '낭만주의와 모더니즘'의 균형을 위한 가치개념으로서 그의 주지주의 비평에서 여전히 고수되고 있다는 사실에서도 확인이 된다.

2.5. 소시민 비평과 지도원리(指導原理)로서의 지성론

최재서의 비평은 그의 지성론을 바탕으로 도식적, 독단적 비평과 인상주의 상대주의 및 유미주의 등을 모두 부인한다. 이것은 종래의 민족주의 문학과 카프의 재단적 비평의 도식화된 논리에 대한 비판을 담고 있을 뿐만 아니라 주관적 인상주의 비평과 예술주의 비평을 모두 거부하는 입장이다. 최재서의 센티멘탈론에 표방되어 있듯이 그에게 이러한 경향의 비평은 모두 지적인 균형을 상실한 센티멘탈의 일종이다. 그것은 식민지 지식인의 소시민 의식과도 연결되는 것으로서 현대를 불안과 자아분열의 시대로 파악하는 시각의 한 단면을 보여주는 것이다.

---

56) 최재서는 '개성'을 개인적이고 사적인 영역의 것으로, 그리고 성격은 공적이고 사회적인 것으로 분리해서 생각한다.

그는 「현대 주지주의 문학이론의 건설」(1934)을 통해서 당시의 주지주의 문학론을 근대라는 합리주의 사회가 봉착한 위기에 대한 지식인의 가치탐색이라는 방향으로 이해한다. 그에게 궁극적으로 식민지 현실에 대한 자각이 적었던 것은 사실이지만 그의 센티멘탈론 속에는 동시대의 비평에 대한 명확한 이해가 담겨 있었다. 특히 카프의 지도적 비평의 도식성에 대한 최재서의 비판은, 그것이 비평의 도그마에 지나치게 얽매여서 궁극적으로 지성의 활동인 비평을 과학주의라는 이름 아래 재단하는 폐단에 집중된다. 그가 좌익의 도식적 리얼리즘론에 대해 "역사적 필연성을 파악하여 가지고 현재를 비평하고 미래를 전망"하는 것이 아니라 상투적으로 리얼리즘을 앞세우는 "네 발로 기어 다니는 낭만주의"[57]라고 한 것은 그들의 천박한 합리주의와 교양의 부족에 대한 신랄한 비판이라고 할 수 있다.

카프의 계급주의 비평과 종래의 민족주의 비평은 본질적으로 소시민 의식의 소산이다. 양자의 관계가 대타적 관계임에도 불구하고 그들이 공유하고 있는 의식은 권력적 욕망에 대한 집착과 현실의 정착을 위한 정치적 방편이었다. 단순한 '현실참여'가 곧 리얼리즘 문학이 될 수는 없다. "민족문학의 함정은 '국수주의'나 복고주의에 있다기보다 현실안정을 추구하는 소시민 의식으로의 정착에 있"기 때문이다.[58] 이광수의 민족개조론과 카프계열의 박영희 등이 친일문학으로 기우는 과정은 그 실례라고 할 수 있다.

김시태는 한 선행연구에서 20년대의 문단 상황을 '감수성의 분열'로 표현한 바 있다.[59] 이는 민족주의 문학과 카프의 정치지향성, 예술주의 문학 사이의 극단적인 대립을 가리키는 것이다. 민족주의 문학은 성격상 이광수류의 민족 개량주의적 속성을 지니거나 보수적이고 관념적인 노선을 추구함으로써 일제와의 타협의 가능성을 지니고 있었고, 카프는 민족주의에 대한

---

57) 최재서, 「센티멘탈론」, ≪조선일보≫, 1937. 10. 4~7.
58) 백낙청, 「한국문학과 시민의식」, 『민족문학과 세계문학 1』, 창작과비평사, 1978. p. 79.
59) 김시태, 「박영희의 문학비평연구」, ≪한국학논집≫ 8, 한양대학교, 1985.

반발이 국제공산주의와 연결되어 식민지 조선의 현실보다는 일본의 NAPF
가 추구하는 노선을 더 충실히 따르고 있었다. NAPF, 더 나아가서는 소비에
트 연방의 동향에 더 민감했던 카프는 식민지 조선의 무산자 계급이 처한
특수한 현실과 일본의 무산자 계급의 상황을 동일시하는 오류를 범한다.
20년대 일본 무산자 계급의 의식화와 산업노동자의 수적인 성장 정도는
조선 무산자계급의 현실과는 비교의 대상이 될 수 없었다. 특히, 30년대의
전향론에서 비교되는 것처럼 일본의 지식인과 노동자 대중이 함께 천황제
국가주의로 선회할 수 있었던 공통의 이해를 지니고 있었지만, 이와 달리
카프의 전향은 식민지 무산계급의 현실을 철저히 배반하는 명분 없는 행위
였다. 결국, 카프는 자체의 논리에 민족주의의 성향을 적극적으로 포함하지
못함으로써 식민지 지식인의 자아상실을 동일하게 노출하고 있는 것이다.

특히, 일본의 프로예술운동이 역사적 평가에서 "담당자나 내용에 있어서
소지식인(Petit-bourgeois intelligentsia)의 혁명적 예술이었다"[60]고 규정되고
있는 모습은 카프의 문예운동이 지니 성격에 대해 많은 것을 시사하고 있다.
물론 잠정적으로 프로 예술운동을 감행하는 매개계층은 소시민적 지식인
계급이다. 그러나, 앞의 평가는 그것이 단순한 매개개념으로서가 아니라 실
질적인 담당계층이었다는 점에서 그렇다는 것이다. 따라서 당시 식민지 조
선 노동자, 농민의 질적·양적 성장은 지극히 낮았고 카프에 대한 지지기반
은 상당히 열악한 수준이었다고 할 수 있다.

혁명적 소지식인의 임무는 자신이 속한 소시민 계급의 부정적 성격을
비판하고 무산자 계급과의 연대성을 확보하는 데 있다. 카프의 예술 대중화
론이 쟁점화 되었던 까닭도 여기에 있다. 그러나 카프의 이론적 성향은 여전
히 일본 프로문학의 그늘을 벗어나지 못했고 그 주된 원인은 그들의 운동
자체가 '지식'을 바탕으로 한 논의였다는 점에 있다. 30년대 비평계에서 교

---

60) 本多秋五, 『轉向文學論』, 未來社, 1979. p. 58.(김윤식, 「예술대중화론—김팔봉의
　　경우」, 『한국근대문학사상사』, 한길사, 1984. p. 146. 재인용)

양론을 논의하면서 카프비평이 지식을 바탕으로 한 소지식인의 이론비평에
그치고 있음을 시인하는 과정은 스스로의 도식성에 대한 반성의 의미를 지
닌다. 소시민성에 대한 구체적인 자기비판이 이루어지지 않은 상태에서 지
식 위주의 이론비평으로 무산자 계급의 의식화를 이끌어 내려고 했던 지적
우월 의식과 소아병적인 문단 내 헤게모니 싸움의 결과는 곧 식민지 지식인
의 자아분열로 직결되는 것이다.

전환기 비평에서 민족모순과 계급모순의 해결을 위한 비평적 접근이 거
의 나타나지 않는 것도 이런 측면과 연관시켜서 생각해 볼 문제이다. 결국
카프의 비평적 도그마와 민족주의 비평의 무원칙성은 그 대타성 자체가 완
숙한 시민문학을 향한 움직임의 좌절로 인해 나타난 미숙한 소시민성의 결
과임을 보여주는 것이다.

> 現代의 贖罪羊은 인텔리겐쳐이다. 호랑이와 사자같은 두 계급의 틈에 끼
> 여서 갈바를 모르는 이 中間的 階級은 미상불 쌍방으로부터 욕먹기에 알맞
> 은 존재이다. 언제 프로레타리아로 달아날런지 모르는 리베라리스트라고 하
> 여도 좋고 또 인생에 한번 불죠아 문직이 만이라도 되어 보고 싶어하는 小불
> 죠아라 하여도 그럴듯하다. 그들은 무기력하고 비행동적이면서도 교활하고
> 공리적이다. 그들은 창백하고 침울하면서도 이지적이고 향락적이다. 그들은
> 현대의 모든 요소를 일신에 걸머진 복잡한 성격이다. 따라서 現代의 贖罪羊
> 이 되기엔 알맞은 존재이다. 그러나 인텔리의 몇몇 모습을 가진 사람은 많지
> 만 그 모든 요소를 완전히 구비한 인물이란 결국 抽象的 人物이다. 실상
> 비난과 조소의 대상이 될 만한 인테리가 아무데나 굴러 다니는 것은 아니다.
> 실재하는 것은 다만 인테리라는 抽象體에 귀속되는 現代的 要素들 뿐이다.
> 입장의 여하를 불문하고 인테리의 존재를 저주하는 社會的 考察과 科學的
> 分析의 著述의 대건축은 위기의 악몽을 보고 있는 現代人이 인테리를 희생
> 으로 고여 놀려고 세운 祠堂이다. 여기에는 現代人의 贖罪心理가 움직이고
> 있음을 잊어서는 아니 되겠다.[61]

---

61) 최재서, 「현대적 지성에 관하여」, (≪조선일보≫, 1937. 5. 15, 16, 18, 20, 25), 『최

위의 인용문에서 보듯이 최재서는 현대 지식인의 소시민화라는 문제에
대해 날카로운 비판의 시각을 보여준다. 그는 현대가 지식인으로 하여금
속죄양의 의식을 강요하고 있다고 주장한다. 지식인은 민중과 부르주아의
틈에서 방황하는 존재이고 그 소시민성으로 인해 비난과 조소의 대상이 된
다. 소시민성이 지식인의 속성으로 간주되고 민중과 격리된 지식인은 자의
식의 분열을 겪는다. 그러나 문제는 그 소시민성이 실은 현대인의 속죄심리
에 의해 만들어진 '허구'라는 데에 있다. 지식인의 부정적 징후를 과장함으
로써 소시민적 지식인이라는 하나의 추상적 실체가 만들어지고 그 배후에는
현대의 부조리한 실체들이 몸을 감춘다. 그것은 현대의 지배이데올로기가
만든 하나의 허상이며 결과적으로는 지식인의 비판적 자의식을 매도함으로
써 개인적 성실성과 자율성을 망각시키는 우민정치의 의도가 들어 있게 마
련이다.

최재서의 소시민성이라는 허구에 대한 비판은 '지식과잉'이라는 문제에
서 가장 예리한 통찰력을 보여준다. 지식인의 소시민성을 가리키는 '비행동
성과 지식과잉'에 대해 그는 그것이 오히려 편견에 지나지 않을 뿐이라고
말한다. 현대는 오히려 지식과잉의 소시민 시대가 아니라 "과소하게 지식적
인 사회에 이상이 생긴 시대"라는 것이다. 지식인의 자의식은 지성의 결과이
고 양심적 모랄의 바탕이다. 그것은 병든 현실에 대한 성실한 비판과 자율을
의미하며 소시민성의 특징이라기보다는 오히려 시민에게 필요한 덕목이 되
는 것이다.

최재서의 비평에서 지성은 가치의 기준을 발견하는 지도원리이다. 그것은
가치의 혼돈상태에 놓인 세계 속에서 가치의 지향을 추구하는 지속적인 노력
의 힘이며 지식인에게 필요한 정신적 긴장의 힘이다. 최재서의 비평이 지성을
가치의식의 소산으로 본 것은 그의 모랄론과도 밀접한 연관이 있는 것으로
본질적으로는 19세기적 시민문학에 대한 향수와 연결된다. 가치부재의 시대

재서평론집』(청운출판사, 1961)에서 재인용.

인 현대에 있어 그는 불안과 초조 속에서 전통과 신념을 모색해야 하는 것을 비평가의 임무로 파악한다. 비록 그가 근거로 삼고 있는 이상적 모델이 서구의 근대적 지성에 의한 시민문학의 시기인 낭만주의 시대에 있지만 그것은 '궁핍의 시대'[62]인 그의 당대에 있어선 한갓 유토피아일 뿐이다.

개성의 자유가 구가될 수 있었던 낭만주의 시기를 벗어난 20세기는 지성의 위기의 시대이자 제국주의가 팽창하는 비인간적 시대이다. 그가 흄의 불연속적 세계관[63]을 바탕으로 지성론을 주장한 것은 근대적 합리주의가 처한 위기를 이제까지의 휴머니즘과는 반대인 반휴머니즘의 문학에서 극복하려고 했기 때문이다. 그것은 인간에 대한 신뢰가 아니고 불신과 위기의식에서부터 출발한 성실하고 지적인 노력에 의해서만 인간의 행복 또는 휴머니즘이 보장된다는 것이다.

최재서의 비평이 소시민성을 넘어서 시민문학으로 나가려고 했다는 주장이 가능한 것은 이러한 지성적인 가치지향에서 찾아진다. '궁핍의 시대'인 당시에 그의 비평이 식민지 문학이라는 당대의 주요모순을 인식하지 못한 채 세계사적 보편범주에 속하는 근대 지성과 시민계급의 위기를 자신의 현실로 받아들인 점은 분명 그의 한계이자 전환기 비평계의 한계이기도 하다. 소시민으로 전락한 서구 시민계급의 후예들이 자신들의 소시민성을 극복하기 위해 주장한 주지주의 문학론을 식민지 조선의 현실 속에서 비평적으로 수용하고자 한 최재서의 비평은 객관적 조건의 미숙(역사의식의 결여, 전통 부재, 민중개념의 추상성 등)으로 인해 그 한계를 극복하지 못하고 소시민 비평에 머물고 말았지만, 비평사 전체의 흐름에 비추어 볼 때 그 위치는

---

62) D.H. 로렌스는 찬란한 진보와 풍요의 시기로 일컬어지는 자신의 시대를, 실상은 삶의 근거와 참모습이 망각되고 사람들은 그것을 망각했다는 사실마저 망각하고 '이성'과 '사랑'과 '민주주의'의 승리를 구가하며 파국으로 줄달음치는 시대로써 파악했다. 그것은 제국주의 시대의 영국인에게 만연된 소시민성이 공동체의 본능을 좌절시키고 있다는 인식에서부터 비롯된다.
63) 최재서, 「현대주지주의 문학이론의 건설」, ≪조선일보≫, 1934. 8. 6~12. 주지주의 문학이론의 발생을 흄의 불연속적 세계관을 소개하면서 자세히 설명하고 있다.

현재적 가치로 다시 연결되어 시민문학의 새로운 출발점이 된다.

최재서 비평의 또 한 가지 특이점은 그의 비평이 문학 자체에 관한 것만큼이나 문화비평적인 요소들이 많다는 점이다. 그가 지성의 문제를 단순히 문학에 대한 가치원리로만 받아들이지 않았다는 것은 그의 비평에서 줄곧 발견되는 문제이다. 실제로 그는 지식인과 비평가, 독자와 민중을 거의 구분하고 있지 않다. 그에게 문학은 지식과 교양의 문학이었고 그가 옹호하고자 하는 것은 바로 지식인의 지성이었다. 그는 여러 가지 측면에서 지식인을 핵심으로 하는 시민문학의 가능성을 타진하고 또한 시험하고 있었다.

그러나 최재서가 추구하는 시민문학의 개념은 처음부터 낭만주의 시대의 신흥부르주아 시민문학에 대한 복고적이고 퇴영적인 허상과는 본질적으로 다르다. 문학의 개성과 자유를 구가할 수 있는 창조의 시대를 회복하기 위해서는 현실의 부정적 요소를 끊임없이 비판해야 하는 정신적 긴장과 성실성이 필요하고 그것을 바탕으로 했을 때만이 위기의 시대를 넘어서는 문학의 소생은 이룩될 수 있는 것이다. 특히 개인과 사회의 화합을 모색하여 소시민성을 넘어서려던 그의 비평적 의도는 이미 앞에서 거론한 바와 같다.

그는 현대를 '지성의 위기시대'로 파악하며 지식인을 끊임없이 소시민적인 방황 속으로 밀어내려는 힘들과의 '투쟁의 시대'라고 의식한다. 현대는 지식인에게 우호적이지 않으며 인간은 계속해서 타락해 간다. 이제 그에게 유일한 가치원리는 개인의 성실성이고 그것을 뒷받침하는 것은 정신적 긴장인 지성이다. 현대의 모든 문화는 비판되어야 하고 그렇기 때문에 비평의 대상은 단순히 문학에만 한정되지 않는다. 과거의 서구문명은 인간에 대한 반성의 겨를조차 없이 앞으로만 달려왔고 근대는 그 파국에 이르러서야 비로소 인간의 내·외적인 문제에 시선을 돌리기 시작한 것이다.

內面에 自由롭고 豊富한 創造의 生活을 갖이면서도 社會的으론 어떻게 리알리스틱하게 一貫할가하는데 現代作家의 苦悶이 있고, 이 思想을 思想 대로 삼켯다 뱃는 것이 아니라 知性으로써 把握하고 그것을 자기의 모랄에까

지 深化하자는 데 現代作家의 困難이 있다.[64]

　과거의 창조적 문화의 재생과 소시민의 개인적 정체성으로부터 벗어나 사회적 공동체를 구현하려는 이상 안에 현대 지식인의 고민은 머문다. 그곳은 최재서에게 노력없이는 결코 도착할 수 없는 땅이고 현실의 이해 없이는 꿈도 꾸지 못할 곳이다. 작가인 지식인과 민중을 중심으로 한 독자층의 공동체 의식을 지식인의 모랄로 심화시키고자 한 그의 시도는 애초에 식민지의 열악한 조건 속에서 파산의 경로를 예정할 수밖에 없었던 것일까? 개인과 사회의 화합 그 속에서, 시민문학의 가능성을 발견하고 현실의 타락한 문명에 대한 반성적 고찰을 진지함으로 밀고 나가려 했던 그의 비평론은 그러나 결국에는 '개인주의의 청산'이라는 종착점에 도달함으로써 균형을 잃고 파탄에 빠지고 만다.

　지성에 의해서 부여되는 질서를 동경하는 그의 논리는 단순히 태도의 문제에 머물게 됨으로써 현실적 무기력 속에 빠지게 되고, 마침내는 절대적 질서를 부여하는 권위로서의 천황제에 복속하는 것에서 안정을 얻는다. 이런 급격한 논리적 파탄은 혼란을 두려워하는 그의 개인적 성품과도 관계 있지만 보다 근원적인 면에서는 개성과 성격의 조화, 자기정체성의 혼란을 안정시키는 절대적 가치체계의 결핍과 동경 등이 그의 지적 긴장을 와해시킨 결과라고 할 수 있다.

2.6. 최재서 비평의 한계와 근대적 지성의 파산

　1930년대 최재서 비평의 위치는 카프의 재단비평과 심미적 예술비평을 상호 지양하고 통합하는 위치에 놓인다. 이런 그의 비평사적 위치는 그가 주장한 지성론이 식민지 소시민 비평으로부터의 탈출구를 모색하는 움직임이었다는 점에서 일단 긍정적이다. 그것은 당시의 사회·문화적 상황에 대

---

64) 최재서, 「작가와 모랄의 문제」, ≪삼천리문학≫ 1, 1938. 1.

한 대응의 자세이고 지적 긴장의 원리로서 가치혼돈의 시대를 헤쳐나가는 성실성의 논리이다. 그러나 지성의 논리는 본질적인 가치지향점을 모랄로써 발견하기 전까지는 단지 태도에 그칠 수밖에 없다. 결국, 문학과 사회, 개인과 시대, 지식인과 민중을 함께 통합하는 시민문학의 논리는 그의 성실한 가치지향적 노력에도 불구하고 쉽게 단일한 가치기준내지 모랄로서 확립되지 않는다. 그것은 그가 지닌 본질적 한계와 시대적, 객관적 조건이 내포할 수밖에 없었던 상황의 악화라는 두 가지 측면에서의 원인을 갖는다.

우선 최재서가 지닌 본질적 한계는 당시 식민지 조선의 사회, 문화적 혼란을 제국주의의 지배 아래 있는 한 사회의 특수하고 개별적인 문제로 독립시켜 생각하지 못했다는 점이다. 그의 지성론과 풍자문학론이 식민지 소지식인의 문학론으로 그치고 민중과의 '교양적 거리'라는 모순을 극복하지 못한 것은 그의 두 가지 비평적 가치평가의 기준인 '전통과 민중'이 구체적이면서도 역사적·사회적인 체험 속에서 형성된 개념이 아니라는 점 때문이다.

'세계적인 지성의 위기'라는 보편성 위에서 파악된 위기의식의 추상화된 인식은 시민문학의 토대가 될 수 있는 전통을 자국의 문화에서 찾지 못하고 서구의 19세기 낭만주의 문학에서 발견할 수밖에 없었던 식민지 지식인의 세계관적 한계를 내포할 뿐 아니라, 그의 비평을 진보적 비평이 되게 하지 못하고 식민지 소시민 비평에 머물게 만든 시대 모순의 얼굴이기도 하다. 식민지 지식인의 자아상실은 전통과의 단절, 식민지 현실의 사회·문화적 혼돈 등에 대한 무자각으로 나타난다. 그것은 자신의 이상적 문학에 대한 모델을 서구의 역사와 전통에서 발견하지 않으면 안되었던 최재서의 상실된 자아와 소시민성의 정체이다.

최재서의 지성론이 바탕으로 삼고 있는 서구의 주지주의 문학의 발생은 근대적 질서의 혼란과 지식인의 위기의식에서 발생한 것이다. 그의 지성론이 추상적으로 파악하고 있던 위기란, 곧 서구 근대정신의 위기에 다름 아니다. 그것은 서구가 향락 속에서 구가해온 근대정신의 몰락을 의미하며 그 몰락의 원인은 제국주의와 파시즘이다. 제국주의가 결국은 신흥 시민의 정신을 소시민의식으로 전락시켰듯이 서구의 현대문학은 이미 소시민적 취향을 중심으로 변질된 양태였다. 소설에서 나타나는 자아의 분열, 자의식과잉의 인물은 소시민으로 전락한 개인의 파편적 모습이라고 할 수 있다. 따라서 제국주의의 침략이 시작되고 조선이 식민지가 되던 그 순간부터 이미 서구의 근대정신은 몰락하고 있었고 식민지 조선의 근대화 의욕은 처음부터 "시민의식=소시민의식"이라는 질곡을 안고 시작할 수밖에 없었던 것이다. 식민지 상태에서 근대화를 서구화로 인식하지 않을 수 없었던 원인도 여기에 존재하며 한국근대문학이 보여주는 소시민성은 제국주의와 식민지라는 파행적 관계 속에 이미 노정된 한계상황이다.

현실화된 상태의 식민지 소시민의 실체를 문학 속에서 어떻게 극복해야 하는가에 대한 최재서의 뛰어난 통찰에도 불구하고, 외적인 시대의 맥락은 그의 비평론의 내적 가치를 압도한다. 현실적 위기와 문학적 위기가 동일하지는 않지만 현실의 악조건이 문학의 위기상황인 신념과 전망 부재의 현실을 야기하는 원인이 될 수는 있다. 특히 현실 속에서 개별비평론(text)은 전적으로 시대적 맥락(context)과의 결별을 선언하지는 못한다. 여기서 다시 최재서 비평의 한계점이 돌출한다. 그의 모랄론은 현실적 리얼리티를 중시했지만, 그의 비평적 성찰이 지속적으로 추구한 개인과 사회의 조화, 텍스트성과 컨텍스트성의 일치는 시대의 한계라는 벽 앞에서 무기력한 것이다. 그것은 그의 비평론이 바탕으로 삼은 시대상황의 고찰이 식민지 조선의 특수성과 전혀 맞물리지 못하고 있다는 비평론 자체의 한계이자 인식론의 한계이다.

자신의 당대를 반시대적으로 고찰할 수 없었던 소시민성의 한계는, 역사적 평가의 그물 밖으로 벗어나, "스스로 정당했다거나 피할 수 없는 결과였다"는 책임회피가 이루어질 성질의 것은 아니다. 현실 속에 만연된 소시민성을 문학 속에서 어떻게 극복할 것인가 하는 문제 앞에서 좌절한 식민지 지식인의 비극은 어떻든 그 비극 이상의 의미로는 확대되지 못한다. 역사의 평가는 냉혹하다. 상황론은 어디까지나 과거의 모순과 한계를 극복하기 위해서 현재의 평자들이 가질 수 있는 이해의 범위 안에서만 존재할 뿐이다.

저항논리로서의 지성이 내포한 한계는 그것이 태도의 문제에만 한정된다는 점에 있다. 비평적 가치의 기준인 역사와 전통, 민중이 모두 추상적인 상황 아래서 선택의 필연성은 시대적 추세로 흐를 수밖에 없다. 최재서의 논리적 파탄은 그의 현실추수적인 판단에 기인한다. 근대적 지성의 파멸과 파시즘의 승리는 새로운 질서 아래 재편되며 그 질서는 개인주의가 청산된 상황 아래서 전체주의 문학을 낳는다. 결국 최재서가 동경한 질서는 역설적이게도 파시즘적인 국민문학에 복무함으로써 얻어지게 된 것이다. 이 점은 근대적 지성이 낳은 역사발전의 합법칙성을 부정하는 계기가 되며 더 나아가 역사는 우연으로 엮어지며 사실을 존중하는 것이 문학가의 태도라는 '사실수리론'[65]과 서로 통한다. ≪인문평론≫과 쌍벽을 이루던 ≪문장≫파가 개인주의적이고 복고적인 전통주의를 표방할 때, 이렇듯 최재서가 파시즘적인 질서 속으로 조금씩 편입되어 가기 시작한 점은 당시 식민지 지식인의 두 가지 성향을 그대로 보여준다.

근대의 파멸은 개인에게 두 가지 선택의 기회를 제공한다. 근대적 지성의 위기 속에서도 이미 그랬던 것처럼, 극도의 개인주의와 전체주의가 그것이다. 이러한 근대적 지성의 파산 속에서 군중은 근대의 잔해로 남을 뿐이며 그들은 사회와 개인, 독단과 상대주의를 통합 조정하는 가치조정의 원리를 상실함으로써 완전한 '비평적 죽음'을 맞게 되는 것이다.

3. 결론

최재서의 비평에 대한 종래의 접근방법은 크게 두 가지로 요약될 수 있다. 첫째는 해석적이고 분석적인 그의 비평론의 특질에 주목하는 형식주의적인

---

65) 김윤식, 『한국근대문예비평사연구』, pp. 396~402.

방법, 즉 비평 자체의 내적 특질과 외국문학이론과의 관계성 규명에 주목하는 경우, 둘째로 정신사적인 접근을 통해서 그이 친일 행각에 대한 사상적 배경을 밝히려는 접근 등이다.

그러나 이미 앞에서도 밝힌 바와 같이 첫 번째의 방법은 시대성 및 역사성에 대한 고찰에서 취약하며 최재서의 비평을 외국문학이론과의 비교 이상의 의미로 확대해서 살피는 데 소홀한 감이 있다. 이 점은 결국 한국근대문학사의 가장 큰 난제라고도 할 수 있는 이식문화론에 대한 적절한 대응이 될 수 없다. 개별비평의 가치와 시대적 맥락의 이질성이 두드러지는 한국문학의 특수성에 비추어 볼 때, 그의 비평의 고유성과 내재적 가치에 주목하는 연구는 여러 가지 면에서 한계를 지니고 있는 것이다.

비평의 내재적 연구를 통해서 이미 괄호로 묶여진 시대성의 선입견 혹은 보편적 컨텍스트와의 의미연관을 시도하는 작업은 외면상 논리적인 결론을 확보할 수 있을지는 모르지만 논리적 비약이나 함정을 내포한 도식성으로 연결되기 쉽다. 이러한 접근은 후기 최재서의 친일행각에 대한 동기를 전적으로 그의 비평론 안에서 발견하려는 무리를 범하거나 컨텍스트와 텍스트의 관계를 도식적으로 설정함으로써 그의 비평론의 한계, 최재서 자신의 세계관적 한계, 시대적 한계에 대한 구분이 모호해지는 결과를 낳는다. 물론 이 세 가지의 한계점은 상호 분리되어 있지는 않다. 그것들은 상호간의 관계를 전제로 할 때만이 그의 비평이 지니는 '현재적 의미와 가치'를 밝혀줄 수 있으며, 비평사에서 그의 비평의 역할에 대한 자리매김을 가능하게 하는 것이다.

둘째로, 정신사적인 접근의 방식을 사용함으로써 그의 친일행각과 비평 활동의 연속성을 입증하는 방식이다. 이것은 당시의 시대상황을 염두에 두고 지식인의 내면을 고찰해 낸다는 점에서 일단 설득력이 있는 방식이다. 그러나 당대의 문맥(context)에 충실한 반면, 오히려 시대적 맥락에 압도되어 수동적으로 시대를 추종하는 개인을 발견하게 될 뿐이거나 반대로 한 개인의 신화에 묻혀버린 문학을 부각시키는 단점을 드러낸다. 한 개별비평가에 대한 연구는 그의 비평과 비평사적 맥락의 의미 연결이 원활하게 이루어질 때, 비로소 전체적인 윤곽과 그것이 비평사 속에서 갖는 현재성의 의미를 간파해 낼 수 있다. 개인사에 대한 정신사적 접근인가, 혹은 한 시대를 사는 지식인의 내면을 동시대 지식인의 위상으로 확대, 연관시켜 총체적으로 고찰해내는가에 따라 그 방법론의 성패는 결정되는 것이다.

본고의 접근방식은 이 두 가지 선행연구의 방법론이 보여준 성과와 약점을 그 출발점으로 삼는다. 이미 서론에서 밝힌 것처럼, 본고의 방법론은 정신사적인 측면과 비평사적인 측면의 고찰을 동시에 고려하는 형태를 취했다. 그것은 한국근대문학사 연구의 가장 큰 난점을 작품의 내재적 가치와 문학사적 가치의 상호 연결이 순조롭게 이루어지지 않는다고 파악하기 때문이다.

하나의 개별비평 혹은 작품에 대한 평가의 기준이 확립되지 못하는 주원인은 문학사 전체의 의미망이 확립되지 못했기 때문이다. 그것은 한국문학사 전체의 서술이 의미 있는 가치기준을 확보하고 있지 못하다는 것이고 그 대표적인 증표가 바로 이식문학론, 문학사의 공간개념 등 단절론적 시각들이다. 문학사 전체에서 과거→현재→미래의 시간개념을 바탕으로 한 역사성이 녹아버리고 시대라는 외적 현실만 남을 때, 문학사의 가치기준은 현실 추수에 급급해지거나 비역사적인 자의성으로 떨어지고 만다. 역사성은 단순한 시간 흐름을 의미하는 일차원적 형상을 의미하지는 않는다. 그것은 각 시대상황이라는 3차원의 공간에 시간을 더함으로써 4차원의 의미공간을 투시하는 힘이다. 과거 속에 현재를 투사하여 미래를 예측하는 역사적 안목에서부터 문학사의 가치기준은 설정된다. 시대성이라는 상황논리를 극복하고 반시대적 고찰을 수행하는 원동력으로서 그 의미는 더욱 확대되는 것이다.

최재서 비평에 대한 본고의 가치평가는 일단 그의 비평이 시대성과 역사성이라는 두 개의 커다란 흐름을 나름대로 통합하려고 했던 의미 있는 시도였다는 점으로 요약된다. 전환기 비평계의 현실을 근본적으로 파행과 굴절의 특수현상으로 받아들일 때, 당대 지식인의 위기의식은 남다른 충격의 결과임에 틀림이 없다. 임화의 이식문학론과 김기림의 근대에 대한 파산선고가 같은 시기에 발표되었고 비평계 전체에는 자치부재와 전망상실이 주된 논점으로 떠올랐다. 또한 '근대의 파산'과 '전통의 부재'라는 두 개의 모순은 신문학사의 전 기간을 통하여 축적된 근대문학의 역량을 엉뚱한 방향으로 전환시킬 수도 있는 변수로 작용하기 시작한다. 신문학의 방향상실 징후에 대한 비평계의 역할은 거의 절대적일 수 있음에도 불구하고 그 현실은 여전히 실제비평과 동떨어진 주보탐색에 머물고 있었다. 이러한 비평계의 무능 속에서 성실한 방향제시의 실질적인 노력은 주로 최재서의 비평을 통해서 확인된다. 그는 당시 비평계와 문학계의 현실에 대한 명확한 진단을 바탕으로 비평계의 현실적 문제를 몇 가지로 요약 접근하고 있다.

우선 그가 초점을 맞추는 주된 대상이 작가와 독자에 집중된다는 점이다. 그는 당시의 지식인과 민중의 관계를 작가와 독자의 관계와 동일선상에 놓고 고찰한다. 그것은 당시의 문학적 현실을 지식인 문학이라는 특성으로 간주한다는 암시를 담고 있는 것이다.

특히, 「소설과 민중」, 「현대적 지성에 관하여」 등의 글에는 당시 지식인의 소시민화에 대한 진단이 자세하게 거론되고 있다. 이 점은 그가 이상의 소설을 높이 평가하면서 당시 지식인의 행동양태에 대한 한 유형을 창출하고 있다고 말한 데에서도 나타나는 바, 소시민 문학의 가능성에 대한 모색이라고 할 수 있다. 시민문학의 과거지향적 복고성을 넘는 한 대안을 현실의 리얼리티 안에서 찾으려는 그의 움직임은 과거의 이상적 지식인이 아닌 현실의 소지식인(Petit-bourgeois intelligentzia)의 모습에 주목한다. 시민문학의 진보성은 식민지 조선의 현실 속에서는 채 뿌리를 내려본 적이 없는 이상일 뿐이다. 따라서 그가 낭만주의의 이상공간을 버리고 현실의 리얼리티를 논하는 과정은 나름의 필연적 동기를 내포하는 행동이다.

지성론과 모랄론의 가치는 그것이 비록 태도론에 머무는 한계를 지니고 있기는 하지만 그 현실적인 성실함 자체는 높은 평가를 받을 만하다는 점에 있다. 그것은 자신의 지식인적 허구를 간파하는 통찰력을 구하는 것이며 민중과의 거리를 직시하려는 노력이다. 식민지 지식인의 허구는 그의 당대에 있어 크게 두 가지 현상으로 나타난다. 첫째는 낭만주의적 시민의 지식인상을 꿈꾸는 이상주의적 태도이고, 둘째는 당대의 지식인과 민중의 거리를 간과하는 계급문학의 관점이다. 지식인으로서 현실을 직시하는 눈을 갖지 못한 이 두 가지 부류의 군상은 아직 센티멘탈의 영역을 벗어나지 못한 것으로 그에게는 신랄한 비판의 대상이 된다. 시민의 개념으로서의 지식인이 현실적으로 부재하는 공간에서 최재서의 지성론은 현실적 자아의 소시민성에 대한 인식을 바탕으로 하는 점진적 개혁의 방안을 모색하는 것으로 여겨진다. 현실적 위기와 문학적 위기를 동일하지 않은 것으로 생각한 점에도 그의 이런 생각은 잘 나타난다.

작가와 독자의 거리를 지식인과 민중의 거리로 확대시켜 인식할 수밖에 없었던 그의 인식적 한계도 여기서 연유하는 것이다. 작가와 독자의 거리를 지식인과 민중의 관계와 동일시함으로써 생기는 문제는 현실적 위기가 문학적 위기의 절대적 원인으로 규정될 수밖에 없다는 점에 있다. 그것은 당대의 현실 앞에서 '태도의 문제'에 그치는 그의 지성론의 한계를 더욱 부각시킬 뿐이며 지식인과 민중의 '교양적(인식적) 거리'를 결코 넘을 수 없는 것으로 규정짓는 원인이 된다.

그가 장기적으로 강단비평의 기초를 닦으면서도 비평의 방법과 태도에서는 지속적으로 저널리즘 쪽으로 다가서며 식민지적 상황에 적응하려 한 것은 "지식인과 민중의 거리 극복을 위한 노력의 일환이었다"라고 할 수 있다. 그가 관학적 강단비평의 원론적 가치지향을 높이 평가하면서도 저널리즘의 탄력성을 미래비평의 제 일위성으로 선택한 것은 두 계층 사이의 거리 극복의 문제가 더 시급한 과제라는 판단에 바탕을 두기 때문이다. 자본주의의 콤머—샤리즘화66)된 저널리즘이 민중과 비평을 죽음으로 몰고 가느냐, 아니면 비평의 죽음을 넘어서 소생의 문학으로 가느냐의 판단이 그의 비평적 선택점에서 최대의 과제로 떠오른 것이다.

최재서의 비평이 현재적 가치로 환산될 때 갖는 의미의 대부분은 여기서 발견된다. '비평이란 무엇인가'에 대한 그의 지속적인 질문을 통해서 제시된 문제의식은 현단계 한국비평계의 문제로 연결되며 앞선 고민의 흔적으로 여전히 현재성을 갖고 있다. 비평은 본질적으로 지식인의 장르이다. 지식인과 민중, 작가와 독자의 거리 극복의 문제는 단순한 시대성을 초월하며 현재에도 지식인 문학의 위상과 결부되어 계속 논의되고 있다. 따라서 최재서 비평의 의의와 한계에 대한 인식은 현재의 비평을 의한 역사적 투사의 일환이 되는 것이다.

---

66) 최재서, 「비평과 월평」, ≪조선일보≫, 1938. 4. 12, 13, 15.

과도기적 유형으로서의 김환태 비평 연구

1. 서론

　김환태 비평의 의의는 개별 비평의 연구에서보다 오히려 비평사적 측면에서의 연구를 통해서 좀더 정확한 가치평가를 얻을 수 있다. 이것은 그의 비평이 상당히 소박한 논리에서 출발하고 있으며 비평문 자체의 가치 또한 그다지 높지 않다는 사실을 그 논리의 시발점으로 한 것이다.

　그러나 실상 김환태의 비평은 그 한계가 분명함에도 불구하고 그 동안의 비평사에선 상당히 높은 평가의 대상이 되어 왔고, 그의 비평 자체에 대한 연구만도 여러 차례에 걸쳐 이루어져 왔다.[1] 그렇다면 이렇게 그의 비평이 그 자체의 가치에 비하여 높은 평가를 받아온 까닭은 어디에 있는 것일까? 다른 여타의 이유를 별개의 문제로 한다면, 그것은 우선 개별 비평의 가치와 비평사적 맥락에서 주어지는 연구가치가 지금까지 대체로 분리되어 평가·적용되지 않았다는 사실에서 첫 번째 원인을 찾을 수 있을 것이다.

---

1) 최순열, 「1930년대 순수문학연구—김환태의 비평을 중심으로」, 동국대학교 석사학위논문, 1977.
　정성태, 「김환태론」, 영남대학교 석사학위논문, 1980.
　김윤식, 「눌인(訥人) 김환태 연구」, 『근대한국문학연구』, 일지사, 1973.

　물론 우리의 비평사 연구에서 대부분의 개별비평은 내적인 고유의 가치
보다는 단지 비평사적인 의미의 연결고리들 속에서 획득된 연구대상으로서
의 가치가 더 높은 경우가 대부분이다. 한국문학사 안에서 '비평'이라는 고
유한 장르의 토착화가 이루어진 것이 다른 장르에 비해 상대적으로 뒤늦은
편이고 근대비평사 서술의 대상인 개별비평이 현대비평의 관점으로 보기에
는 여러 가지로 수준미달이라는 점에서 어쩌면 이것은 당연한 사실이라고
할 수 있다. 하지만 이런 비평사적 특수성과는 별개로 김환태의 경우는 그의
활동시기가 근대문학의 전환기[2]에 해당된다는 점, 그의 비평이 비교적 현대
적 색채를 띠고 있다는 점에서 비평사적 맥락뿐만 아니라 비평 자체의 가치
에 대한 평가도 모두 가능한 것이 사실이다. 따라서 종래의 그의 비평에
대한 연구는 비평사적 측면과 개별비평 자체의 이론적 가치라는 양면에 대
한 고찰이 모두 이루어져 왔다.

　그러나, 문제는 이러한 두 측면에서의 평가가 서로에게 영향을 주고 동시
에 받으면서 그의 비평에 대한 정당한 평가와 자리매김에 혼란을 초래할
때 발생한다. 실제로 그의 비평이 여러 가지 한계점을 안고 있으면서도 일반
적으로 높은 평가를 받고 있는 것은 비평사적 맥락에서의 중요성이 그의
비평문 자체의 가치로 환치되어서 종종 받아들여지기 때문이다.

　이런 이유에서 김환태의 비평은 비평사적 의미망 안에서 고찰되어야 할
대상이며 아울러 그의 비평이 상대적으로 높이 평가되는 까닭도 비평사적
맥락 안에서 찾아질 수 있을 것이다. 이러한 생각은 그의 비평이 상대적으로

---

2) 김윤식의 『한국근대문예비평사 연구』(일지사, 1990), 김시태 편, 『식민지 시대의
　비평문학』(이우출판사, 1989), 김용직의 『전형기의 한국문예비평』(열화당, 1986)
　등의 저서를 비롯해서 기존의 선행연구 일반은 이 시기 비평의 성격을 전형기라
　는 명칭으로 표현한다. 그러나 이 명칭에는 일본 근대비평사 서술의 영향을 받
　은 측면이 두드러지며 그 의미상 '형태를 바꾼다'는 좁은 의미로 비평적 전망의
　변화를 한정하는 등 부적절함을 지니고 있다. 따라서 본고에서는 선행연구와는
　다소 견해를 달리하여 '전환기'라는 좀더 포괄적인 개념으로 이 시기를 지칭하
　기로 한다.

높이 평가되고 있다는 전제를 바탕으로 하는 것인 만큼 논의의 출발점도
자연히 김환태 비평의 한계라는 측면에 놓여진다.

글의 전개과정 속에서 저절로 밝혀질 것이지만 본고의 한국비평사에 대
한 관점은 사회사적인 연관성을 떠나서는 개별 텍스트의 의미망이 제대로
고찰될 수 없다는 생각을 그 기반으로 한다.

모든 개별 비평이 당대의 사회사적 상황과 밀접한 관련을 맺으면서 전개
되어 온 것이 한국근대비평사의 특징임은 분명한 사실이다. 이는 식민지라
는 특수상황 속에서 배태되고 성장해 온 우리 비평계의 한 굴레이며 더불어
현재의 우리 비평계가 안고 있는 숙제라고 할 수도 있다. 물론 비평사는
고정되어 있는 대상이 아니다. 필자의 동시대적 요청에 의해 그것은 끊임없
이 개진되며 다시 쓰여질 것이다.

따라서 본고의 비평사적 관점과 김환태 비평에 대한 궁극적인 평가는
이제까지의 비평사가 내린 평가와는 사뭇 다르기를 바란다. 그것은 이제까
지의 비평사가 잘못 쓰여졌다는 것을 의미하지는 않는다. 단지 오늘날의
시대적 요청이 과거에는 받아들일 수 없었던 혹은 간과되었던 사실에 대한
새로운 관점을 부여해 줄 수 있다는 기대에 다름이 아니다.

2. 김환태 비평의 한계

김환태 비평의 한계 역시 두 가지 측면에서의 고찰을 가능하게 한다. 그
하나는 그의 비평문 자체가 지니고 있는 한계이고 다른 하나는 비평사적인
연관관계 속에서 드러나는 그의 비평관의 시대적인 한계이다. 전자는 한계
라기보다는 오히려 오류 또는 문제점에 가깝다면 후자는 말 그대로 비평사
적인 상황과 직결되어 있는 한계 그 자체라고 할 수 있다.

우선 그의 비평문이 지닌 문제점에서부터 야기되는 한계이다. 이것은 대
략 네 가지 정도의 항목으로 나누어질 수 있다.

　첫째로 비평태도와 비평방법론에 대한 인식의 혼란에서 야기되는 문제점
이다.[3] 김환태는 「문예비평가의 태도에 대하여」에서 페이터의 인상비평 혹
은 심리비평의 방법을 매튜 아놀드의 몰이해적 관심, 비공리성이라는 비평
의 태도와 연결시켜서 표현하고 있다. 페이터가 아놀드의 비평정신을 계승
하여 인상비평과 심미비평의 방법을 개발했지만 이 양자의 사이에는 방법론
상 현격한 차이가 있다.

　이 점에서 김환태의 비평은 이 두 비평가에 대한 깊이 있는 통찰이 없이
논리가 혼합된 양상을 나타낸다. 즉, 그의 비평에 임하는 자세는 매튜 아놀드
의 몰이해적 관심과 창작에 대한 겸손이다. 그리고 비평의 직능은 창작력의
자유로운 활동을 위하여 분위기를 준비하고 관념의 계열을 준비하는 것이라
고 생각한다. 그러나 이것은 그 자신이 인상주의라고 주장하는 것과는 여러
가지 면에서 논리적 모순을 일으킨다. 비평을 창작의 한 과정으로 보는 인상
주의 비평의 심미적 태도와 그의 관조적 태도는 상당히 다른 것이다. 그는
아놀드의 비평태도에서 출발하여 작품에 의해 부여된 정서와 인상을 재구성
해내는 소극적인 의미에서의 인상주의자일 뿐이다.

　물론 이것을 아놀드의 비평적 태도에 페이터의 인상비평을 창조적으로
결합시킨 결과라고 할 수 있을 것이다. 그러나 결정적인 문제점은 그것이
단지 아놀드적인 태도의 수준에서 한 걸음도 더 나가지 못하고 있다는 점이
다. 김환태에게는 본질적으로 방법론이 결여되어 있다. 단지 관조적 태도로
작품의 인상을 재현해내는 말 그대로의 주관적, 낭만적 인상주의에 머물
뿐이며 태도가 방법을 대신하고 있다.

　두 번째는 비평문 자체의 양식이 단평, 월평 등을 통해서 작품의 인상을
해설하는 정도의 수준에 머물러 있다는 점이다. 이는 문학을 일체의 사회현
상이나 시대의 정신과 분리하여 생각하려는 데서 근본적인 원인을 찾을 수
있다. 비평의 역할은 실제로 창작방법론, 비평방법론 등의 개발, 문학사 서술

---

3) 정성천, 앞의 글, 참조.

및 개별 작품에 대한 비평 등 다양한 형태로 발현된다. 그러나 김환태는 이러한 비평의 영역을 작품평과 작가평이라는 인상적 에세이의 좁은 영역에 한정시킴으로써 저널리즘 비평이나 리뷰의 수준에 머무르고 있다.

세 번째는 앞의 첫 번째의 문제점에서 잠시 언급한 바처럼 그의 인상주의가 비평방법론이라기보다는 비평적 태도에 가까우며, 19세기 낭만주의의 인상비평에 비추어 볼 때 다소 혼란스럽고 복잡하며 일관성과 기준을 결여하고 있다는 점이다.

인상주의가 미의 개념이나 미적 대상, 취미판단의 기준 등에 대한 논리적·분석적 접근을 추구하는 심미비평을 전개하고 있는 반면에 그의 비평은 감상적이고 주관적인 인상에 머문다. 미적 대상에 대한 개념적 정의와 분석을 위주로 하는 역동적이면서 창의적인 비평을 핵심으로 하는 인상주의와 비교해 볼 때 그의 비평은 지나치게 관조적이며 즉흥적인 감상을 중요시한다. 또한 문체 자체가 평이하며 서술적이라는 점에서 인상주의의 수사적인 장식이 돋보이는 현란한 문체와는 오히려 대조적이다. 이러한 점은 그 자신이 예술지상주의 혹은 인상주의라고 자칭한 것과는 다소 어긋나는 사실이며 그의 비평적 무주견성을 드러내는 대표적인 예이다.

인상주의는 비평적 수사와 문체를 통해서 비평을 또 하나의 독자적인 창작의 수준에 자리매김하려고 한다는 점에서 수사와 문체가 그 인상, 내용과 하나가 된 완성된 에세이의 형식을 취한다. 이 점은 인상주의의 비평 방법이 단순한 인상의 서술이 아니라 주관성과 감각을 언어로 정의하고 표현하려는 비평가의 창의적인 글쓰기를 지향한다는 사실을 의미한다.

네 번째는 비평이론 자체에 모순을 내포하고 있으면서도 그것을 극복할 수 있는 객관적 설명이 부재한다는 점이다. 김환태는 「표현과 기술」에서 "개성에 의해서만 특수적인 미가 창조된다. 특수적이란 그와 동일한 것이 없음을 의미한다. …(중략)… 이 특수적인 것이 보편적 가치를 공유할 때, 이를 우리는 독창성이라 이름한다"[4]라고 하여 예술가의 개성이 보편성을

획득함으로써 독창성을 나타낸다고 말한다. 곧, 개성이란 '철저화된 주관'이
며 이는 "예술의 객관성은 세련된 주관성으로 나타난다"5)는 헬만 코헨의
명제를 근거로 삼는다.

그러나, 이 논리는 내적으로 심각한 모순을 지니고 있으며 단지 김환태의
신념에 의해서만 평가될 뿐이다. 예술작품이 김환태 자신의 인상비평 속에
서 다루어질 때 독창성 혹은 철저한 주관을 어떻게 측정할 것인가 하는
질문에는 아무런 대답도 할 수가 없는 것이다.

김환태는 이에 대해서도 헬만 코헨의 명제를 끌어들여,

> 나는 鑑賞과 批評은 전혀 딴 종류의 것이 아니라, 批評이란 鑑賞이 좀더
> 세련된 것, 다시 말하면 批評이란 鑑賞에 反省이 더하여 그보다 좀더 客觀性
> 과 普遍性을 且付하고 있는 것이라 생각한다. 그러면, 鑑賞이 어떻게 객관성
> 과 보편성을 획득하여 비평이 될 수 있느냐? 그는 主觀에 철저함으로써이다.
> 鑑賞하는 主觀이 그 자신에 철저할진데, 그 鑑賞은 客觀性을 획득하여 批評
> 이 될 것이다. 그는, 순수한 主觀은 순수한 객관인 까닭이다.6)

라고 대답한다. 그러나 헬만 코헨의 명제는 감상으로서의 미학이 아니라
창작과 표현을 두고 한 말이다.7) 따라서 감상의 과정에서 주관에 철저한
인상이 비평이 된다는 것을 심정적으로는 이해할 수 있을지는 몰라도 논리
적으로는 설득력이 희박한 주장이다. 그의 비평에는 '왜?'라는 끊임없는 질
문으로 이루어지는 논리의 치밀함이 결여되어 있다. 그런 점에서 그의 비평
문은 때로 감상문처럼 쉽게 독자에게 접근할 수 있는 역설적인 강점을 지니
고 있기도 하다.

---

4) 김환태, 「표현과 기술」, ≪시원≫, 1935. 8.
5) 김환태, 「문예비평가의 태도에 대하여」, ≪조선일보≫ 1934. 4, 21~22.(김시태
   편, 『식민지시대의 비평문학』, 이우출판사, 1989. p. 290.)
6) 김환태, 「나의 비평적 태도」, ≪조선일보≫ 1934. 11. 23~30.(앞의 책, p. 295)
7) 정성천, 앞의 글, 참조.

이상에서 살펴본 것처럼 김환태의 비평은 상당히 혼란된 견해들이 뒤엉켜 있으며 일면으로는 무정견한 모습마저 드러낸다. 그의 인상주의는 예술가의 개성, 천재성에 의해서 예술이 사회와 외적 조건을 초월하여 자율성을 지닌다는 형식주의적인 견해를 바탕에 깔고 있으며, 예술의 미를 독창성 혹은 개성과 결부시키는 개인 중심의 낭만주의적인 태도를 견지하고 있다. 이는 식민지라는 당시의 사회적 상황과 관련시켜 조망해볼 때도 결코 긍정적인 평가를 받기는 어려운 것이다.

다음은 비평사적인 맥락 속에서 보여지는 그의 비평관의 시대적인 한계이다. 비평사 속에서 발견되는 그의 비평의 한계는 앞에서 거론된 비평문 자체의 문제점과 다소 중복되는 감을 피할 수 없을 것이다. 비평사적인 연결고리 속에서 파악되는 한계점이란 실은 비평문 자체의 성격으로부터 야기되는 것이 대부분일 것이기 때문이다. 김환태 비평의 비평사적 한계는 여섯 가지로 요약될 수 있다.

첫째로, 전환기를 맞이한 비평의 형태는 새로운 가치기준의 확립, 비평방법론의 모색에 치중해야 함에도 불구하고 주관적 인상주의 비평을 내세움으로써 비평을 리뷰화하는 결과를 초래하였다는 점이다.

비평은 어원상 '위기', '결정적 순간', '전환점' 등의 뜻을 지닌다. 여기서 위기나 전환점이라는 의미는 한 작가, 한 작품 또는 한 시대에 있어서 가치가 확립되어 있지 못한 상태를 의미한다. 그러므로 비평이란, 가치의 전환점인 한 시대에 혼란된 가치를 확립시키는, 즉 가치의 애너키즘을 극복하려는 의미를 내포한 행위이다. 그러나, 초기 문단의 특수성 속에서 비평은 전통문학과 신문학의 단절, 확정된 원론의 부재 등으로 심각한 가치 혼란을 겪으며 그 의미공간을 미처 확립하지 못하고 있었다. 특히, 식민지 상황이라는 시대적인 굴레가 덧씌워진 속에서 비평은 그 가치 기준의 설정에 더욱 애를 먹을 수밖에 없는 실정이었다. 전환기 비평계의 상황에서 이 점은 역시 마찬가지였다. 기존에 주류를 점하고 있던 카프 중심의 지도 비평의 뒤를 이을 비평이 시급히 요청되었고, 동시에 그 동안 소홀하게 다루어져 온 실제비평의 활성화를 위한 전단계로서 비평방법론의 확립이 새로운 과제로 떠오른 것이다.

비평의 숙명적 행위는 가치평가에 있다. 그러나 특정한 가치의 기준이 확립되어 있지 못한 상태에서 비평은 흔히 두 가지 형태를 띠고 나타난다. 그 하나는 비평가의 주관적 판단에 의존하는 인상주의 비평이고, 다른 하나는 작품의 해명 또는 해석의 차원에 머무르면서 가치판단을 유보하거나 보류하는 분석적 비평이다. 우리 비평사에서 전자는 주로 저널리즘 비평의 방향으로 전개되어 왔고, 후자는 강단을 중심으로 한 학구적 비평의 형태로 자리를 잡고 있다. 특히, 인상비평은 빠른 순발력과 탄력성을 바탕으로 실제비평의 영역에서 단연 두각을 나타낸다. 그러나 인상비평은 그 자체적으로 방법론에 대한 인식과 모색이 부족하여 1930년대 이후 월평을 중심으로 한 저널리즘과 결합하면서 빠른 속도로 '개괄적 리뷰화'로 흐르게 된다.

김환태의 인상주의 비평이 갖는 한계는 이런 의미선상에서 찾아진다. 곧, 그의 인상비평이 한 동안 실제비평의 역할을 성실히 수행해 냈지만, 장기적으로 볼 때는 오히려 비평계의 발전을 저해하는 걸림돌이 될 수도 있었던 것이다. 그의 비평활동이 1937년 이후 다소 침체에 접어들게 되는 연유에 여기에 있다. 요컨대, 그의 인상비평이 지닌 가장 큰 단점은 방법론이 결여되어 있다는 점이다.

두 번째는, 앞의 사실과 계속 연결되는 것으로 분석적 연구태도의 결여이다. 최재서의 비평태도와 비교해 볼 때 이 점은 아주 명확하게 드러난다. 최재서의 비평은 처음엔 학구적인 해설에 가까운 쪽이었다.[8] 그러나 그는 비평의 방법과 비평가의 태도에 대한 고민을 안고 저널리즘과의 거리를 좁힘으로써 강단과 문단의 벽을 허물고 식민지적인 상황에 좀더 가깝게 다가가려고 했고, 특히 창작방법론과 비평방법론에서 상당한 진전을 보여주었다.

---

8) 김윤식, 앞의 책, p. 254. 참조

그의 비평은 문학에 대한 원론적인 입장에서부터 출발한 것으로서 그의 장점은 어떠한 사상이나 이론이든지 쉽고 명료하게 소개 전달해 주는 데 있었다. 즉, 그의 분석적 연구방법은 전환기 비평에 있어 비평의 리뷰화를 견제하면서도 탄력성 있는 비평을 가능케 하는 적합한 형식이었던 것이다. 이 점은 이원조의 다음과 같은 발언을 통해서 재차 확인된다.

> 批評이란 讀者에게 知識을 供給하는 것이냐? 讀者의 行動을 리드하는 것이냐 하는 것은 실로 重大한 問題다. 이러한 評論이 竝立할 수 있다면 그 評論의 形態와 技能이 서로 다른 것은 두 말할 것도 없을 것이다. …(중략)… 모든 政治的 活動이 한 개의 모토나 슬로건만을 必要로 반드시 행동을 리드하는 評論은 메—도드나, 結論이 必要하지마는 知識을 공급하는 評論은 結論이나 메—도드보다는 먼저 프린시플과 그것의 解釋이 緊要한 것이다.9)

위에서 보듯이, 이원조는 전환기의 새로운 비평형태로서 최재서의 비평을 높이 평가하고 있다. 이는 결론적으로 "비평가의 자격을 볼려면 그 결론이 아니라 그 결론에 이르기까지의 프로세스를 봐야 한다"10)는 분석적인 비평의 가치를 높게 평가한 것이다.

세 번째는 비평가의 자세에 대해 소극적인 규정을 내림으로써 비평의 본령을 소홀히 한다는 점이다. 이것은 네 번째 한계인 당시 우리 문단의 상황에서 <비평가의 어려움은 실제비평과 문학연구를 겸해야 한다는 데 있다>와 <비평가는 자신의 비평 안에 시대상황에 대한 판단을 포함할 수밖에 없다>는 두 가지 사실을 김환태의 비평이 간과하고 있다는 점과 연결해서 고찰할 수 있을 것이다. 김환태는 비평가를 독자와 작가를 연결시켜주는 산파의 역할에 한정하며 문학을 다른 관심영역과 혼동해서는 안 된다고 주

---

9) 이원조, 「序」, 최재서, 『문학과 지성』, 인문사, 1938. pp. 3∼4.
10) 최재서, 「사실의 훈련」, ≪사실의 훈련≫, 1937. 8. 23.

장한다. 그러나 이것은 비평가의 영역을 좁은 의미의 해설가적 '평론가'의 수준으로 낮추는 것이며 비평가의 숙명적 직능인 가치판단을 전혀 도외시하는 결과를 낳는다.

한국근대문학사에서 비평은 항상 이중의 어려움을 겪어 왔다. 원론적인 가치평가 기준의 부재, 신문학 자체에 대한 이해 및 방법론의 부족—즉 기초연구의 부족—이 그것이다. 초기 비평사에서 논쟁의 형태가 두드러진 까닭은 이런 복합적인 어려움 위에서 비평의 본령을 찾으려는 노력이 일종의 몸부림처럼 표출되었기 때문이다. 더구나 식민지라는 한계상황은 이 위에 또 하나의 멍에를 덧씌운다. 민족모순과 계급모순이 중첩된 질곡 속에서 문학의 위치, 작품평가의 기준을 설정해야 한다는 어려움이 그것이다. 따라서 가치 기준의 제 일위는 자연히 식민지적인 특수상황과 맞물려 있는 문학외적 접근방법으로 흐르기 쉬운 것이다.

1930년대 비평에서도 외부의 상황과 연결된 비평적 가치설정의 움직임은 1920년대와 그 형태만을 달리할 뿐 여전히 활발한 움직임을 보여준다. 30년대 주조탐색[11] 비평이 소모적인 논쟁을 거듭하면서도 끈질기게 창작방법론에 매달린 까닭도 바로 여기에 있다. 어떤 식으로든 우리의 토양에 가장 적합한 가치기준의 설정이 없이는 비평이 올곧게 자랄 근거가 생기지 않기 때문이다.

김환태의 비평이 30년대 실제비평의 황무지에서 나름의 의의를 확보하고 있음은 분명한 사실이다. 그러나 시대적 상황과 전망에 대한 인식으로부터 결코 자유로울 수 없는 30년대 비평적 상황과 여타의 다른 비평가, 비평론에 견주어 볼 때, 비평방법론과 가치기준의 확립에 소극적이었던 그의 비평론은 일정한 한계를 내포할 수밖에 없는 것이다.

다섯 번째는 비평문이 상식성에 근거를 둔다는 한계점을 지니고 있어 프로비평이 앞세운 '과학성'을 발전적으로 극복할 수 없었다는 점이다. 카프

---

11) 김윤식, 앞의 책, p. 203.

의 과도한 정론성(定論性)과 지도성(指導性)에 대한 비판은 정당한 것이었지만, 그에 대신할 만한 대안을 제시하지 못한 채 결국은 실제비평을 앞세워 시류에 편승하고 있는 것이다.

여섯째는 결과적으로는 작가의 요구에 적합한 비평활동을 함으로써 창작 자체를 활성화하는 데는 일조를 했으나 비평계 자체의 활동과 위상은 오히려 위축시키는 결과를 초래했다는 점이다. 이는 앞에서도 거론한 바와 같이 주조탐색의 비평인 지성론, 휴머니즘론, 모랄론 등을 단순히 탁상공론으로 취급했다는 것이다. 분명 비평이 창작에 토대를 두지 않고 지나치게 앞서간 데서 생긴 폐단임에는 분명하나 그 방법론 탐구의 시도 자체가 그릇되었다고 생각하는 것은 분명한 오류이다.

이상과 같이 김환태 비평이 지닌 한계는 비평문 내에 담긴 논리의 상호모순, 인상비평에 기반한 문학론의 편협성, 시대상황에 대한 무정견과 비평적 맥락에 대한 안일한 접근으로 인한 비평사적인 안목의 결여 등으로 크게 정리할 수 있다. 그러나 엄밀한 의미에서 비평론의 논리적 모순과 비평사적인 한계라는 두 가지 결함은 상호 대별되는 별개의 현상이 아니라 구분 자체가 무의미 할 만큼 밀접한 것이라 할 수 있다. 김환태의 비평문은 어떤 식으로든 그 형성과정 안에 이미 문학사와 비평사에 대한 구체적인 이해의 시각을 담고 있다. 이 점에서 비평문 자체에 대한 세밀한 검토는 비평사 내에서 그의 위치를 자리매김하는 연구의 제 일보에 해당된다.

3. 김환태 비평의 사적 재고찰

김환태의 비평은 한국문학과 비평이 전환기에 접어들었음을 구체적인 현상을 통해 보여준 1934년에서 1940년 사이에 뚜렷한 행적을 나타낸다. 그의 활동 시기가 흔히 '전형기'라고 불리는 한국문학의 활발한 활동기와 정확하게 맞아떨어진다는 점은, 종래의 비평사 서술자가 그를 이 시기의 가장 대표적인 비평가의 한 명으로 꼽는 커다란 이유로 작용한다.

이렇듯 활동 시기가 불과 6년 정도에 지나지 않음에도 불구하고 그의 비평이 비평사 서술에서 중요한 항목으로 다루어지는 구체적인 까닭은 무엇일까? 외면적으로 드러난 사실만으로 볼 때, 김환태의 비평은 문단의 활발한 창작풍토와 맞물리는 가장 이상적인 실제비평으로 평가될 수 있다. 우선 그의 비평이 작가의 편에 서서 작품 고유의 가치를 옹호하는 변호사의 입장에 선다는 점에서 그렇다. 종래의 비평이 창작과는 무관한 논쟁 중심의 형태로 이루어졌고 방법론이나 원론 중심의 비평이었다는 점에서 그의 비평은 당시 문단에서는 독보적인 위치에 자리하고 있었던 것이다.

30년대 한국문학사의 특징은 창작문단이 폭넓은 작가층을 배경으로 비평을 압도해 가는 형국으로 표현된다. 작가들은 20년대 후반을 주도한 카프의 판관적 비평태도와 원론적 입장에 대한 맹렬한 비판과 함께 '비평무용론'을 들고 나왔고, 신문 학예면을 중심으로 한 저널리즘은 이를 확대보도하고 부추김으로써 당대의 평론계에 위기감을 팽창시킨다. 이런 상황에서 나타난 김환태의 인상비평은 작가층의 요구를 가장 많이 수용하고 있다는 점, 비평 자체를 창작의 한 과정으로 본다는 점, 그리고 창작의 지도성을 부정하며 '겸손'으로서의 비평태도를 주장한다는 점에서 전환기 비평의 성격을 구체적으로 드러낸다는 평가를 받는다.

그러나 외면적인 현상을 중심으로 짜여진 김환태 비평의 도식적 평가는 몇 가지 숨은 문제점을 지니고 있다. 그것은 김윤식의 『한국근대문예비평사연구』의 관점이 지닌 문제점이기도 하다. 김윤식은 이 책을 통해 "전형(환)기 비평＝주조탐색의 비평"이라는 전제를 세운다. 그리고 전형기 비평의 특성은 "시대의 중심 사상의 모색, 고쳐 말하면 비평의 지도성 획득의 노력과 그것의 끊임없는 좌절"로 표현되며, 세부적인 내용 항목에는 휴머니즘론, 지성론, 비평예술론, 세대론, 신체제론 등이 포함된다.

김윤식의 연구방법은 이 책의 서문에서 밝힌 것처럼 "사실 자체를 가능한 한도에서 정리하고 분류하여 기술하는 것에 그치고, 비판이나 해석은 될 수 있는 한 보류하는" 현상 중심의 연구에 초점이 맞추어져 있다. 이 책이 전형기라는 분명한 시기구분을 전제로 하여 비평사를 서술하면서도 그 자체의 개념이나 시기 구분의 기준을 상세히 밝히지 않는 것은 구체적인 현상 자체를 우선시 하는 실증적인 태도에서 비롯되는 것이라고 여겨진다. 또한, "전형기 비평＝주조탐색 비평"이라는 등식을 세우면서도 그 근거를 단순히 이 시기의 주된 경향이 그러하기 때문이라는 '사실의 차원'에 둔다든지, 아니면 이러한 등식이 전형기라는 의미 속에 내포되어 있는 어떤 특질에 기초하는 것인지를 명확하게 밝히고 있지 않은 점 등은 비평사의 맥락을 구성하는 시대성의 설정에 대하여 이 연구가 다소 취약하다는 점을 나타낸다.

이 점은 그가 전형기 비평의 특성을 '시대 중심 사상의 모색'[12]이라고 표현하면서도 별도의 가치 평가를 가하지 않고 이 시기의 비평 전체를 동일한 비중 아래 다루고 있다는 점에서도 찾아진다. 따라서『한국근대문예비평사연구』에서 김환태의 비평을 다루는 방법은 외면적인 현상에 중점을 두고 있으며 해석과 평가를 피하려고 한 김윤식의 의도와는 달리 앞에서 얘기한 것과 같은 '전형기 비평으로서의 김환태의 인상주의 비평'이라는 도식적인 결론으로 정리된다. 이 점은 김윤식이『한국문학사』에서 밝히고 있는 문학사를 하나의 '의미망'으로 파악한다는 의미와는 서로 상치되는 것으로 이 글의 서두에서 밝힌 바처럼 대상 자체의 본질을 구체적인 연관관계 속에서 파악해내지 못하는 한계를 지니고 있다.

이 장에서 김환태 비평에 대한 본고의 비평사적 고찰은 앞에서 지적한 현상과 사실 중심의 실증적 연구의 문제점에 주된 초점이 맞추어져 있다. 『한국근대문예비평사연구』에서 간과된 부분을 그 출발점으로 하여 논의할 기본적인 질문은 "과연 김환태의 비평이 전환기 비평이라 불릴 수 있겠는가?"하는 것과 "만약 그렇다면 그의 비평에 대한 적당한 평가를 담은 명칭은

---

12) 위의 책, p. 203.

무엇이 될 수 있을까?"이다. 첫 번째 의문에 대한 필자의 생각은 이미 서론에서 밝힌 것처럼 "아니다"이다. 따라서 본고의 전개는 전환(형)기 비평이라는 모호한 개념을 규정하고 김환태의 비평을 비평사 안에서 정당한 위치에 자리매김하는 방향으로 이끌어 질 것이다. 그러한 논리 전개를 위해서 대략 다음과 같은 두 개의 방향을 설정할 수 있다.

우선 전형기 비평이라는 평가에서 전형기라는 의미에 대한 재검토의 필요성이다. 이것은 당시 한국의 문단 상황이 대내외적으로 전환기에 들어섰다는 평가에 있어서, 창작문단과 비평문단의 차이를 인정해야하는가, 혹은 그렇지 않은가의 문제를 그 속에 포함하는 것이다. 다음은 전환기라는 시기 설정의 근거가 되는 제반현상에 대한 재고찰의 필요성이다. 여기에는 비평사의 구체적 현상들을 인과관계라는 하나의 의미망으로 풀어나감으로써, '전환기라는 시기 설정은 과연 정당한 것인가?'라는 기초적인 전제를 재고하려는 의도가 들어 있다.

전형이라는 말에는 사전적인 의미로 형식이나 형태를 바꾼다는 뜻이 들어 있다. 그리고 전환은 '이제까지의 방침이나 방향이 다른 상태로 바뀜'이라는 뜻이다. 전환기 또는 전형기 라는 것은 따라서 "문단의 경향이 전체적으로 질적인 변화를 겪는 시기"라고 정의될 수 있다. 질적인 변화라는 정의는 가치평가라는 개념을 그 안에 포함시킬 때 두 가지 측면에서의 고찰을 가능하게 한다. 곧, 그 질이 향상되었는가, 저하되었는가 하는 것이다. 이 두 가지 중에서 우리가 취택할 수 있는 것은 일단 그것이 향상되었다는 전제하에서의 질적 변화이다. 그 까닭은 우리가 문학 혹은 비평이라는 특정의 대상을 논하는 데에 있어 그 질이 저하되었을 경우를 굳이 전환기라는 용어나 표현으로 나타내려고 하지는 않을 것이기 때문이다. 그런 경우에는 오히려 침체기 또는 퇴조기라는 표현이 더 잘 어울릴 것이다. 전환기라는 말은 그런 의미에서 다시 "문단의 경향이 질적인 향상을 위해 변화를 겪는 시기"라고 정의 내릴 수 있다. 그러나 이것은 본질적으로 가치라는 전제가 포함될 경우에 한해서만 성립된다.

프라이는 『비평의 해부』의 「잠정적 결론」을 통해서 다음과 같이 말하고 있다.

> 예술은 발전하지도 진보하지도 않는다는 것이 문예비평의 정석적인 견해
> 이다. 즉 예술은 고전 또는 모범을 낳는 것이다. 석기시대에서부터 피카소에
> 이르는 회화의 〈발전〉을 말해주는 책들을 언제나 살 수는 있지만, 회화에는
> 발전이라는 것을 볼 수 없고, 단지 기법상의 변이와 연속만이 있을 뿐이다.[13]

이것은 곧 질적인 변화는 있지만 질적인 발전은 존재하지 않는다는 뜻으로서 여기에는 결론적으로 또 하나의 질적 변화에 대한 표현이 담겨 있다. 그것은 향상도 퇴보도 아닌 단지 그 자체일 뿐인 변화이다.

문학사나 그 하위 구분인 비평사를 서술할 때 우리는 흔히 유기체적인 설명모델이나 변증법적인 설명모델을 사용한다. 이 둘은 그 자체에 이미 발전이라는 개념이 내포되어 있는 만큼 이 경우 사용되는 전환기라는 용어는 당연히 발전을 전제로 할 수밖에 없다. 하지만, 현상을 중점적으로 파악하여 서술하는 『한국근대문예비평사연구』와 같은 서술방식에서 전형기라는 의미는 변화의 강약에만 차이가 있을 뿐 본질적으로 변화의 지향점을 갖지는 않는다.

전자의 경우, 가장 큰 약점이 되는 것은 발전의 방향을 가리키는 가치의 기준을 어디에 두느냐 하는 점이다. 단지 변화해 가는 방향 자체를 발전이라고 규정한다고 하더라도 문제는 여전히 남는다. 변화는 언제나 동시다발적으로 일어난다. 그것을 하나의 방향으로 파악한다는 것은 또 다른 가치 기준의 설정을 필요로 하는 순환론적인 결과를 낳을 뿐이기 때문이다.

후자의 경우는 그 방법이 가장 객관적인 형태를 띠는 것처럼 보이지만 그것은 이미 문학사나 비평사일 수 없다. 역사를 서술한다는 것 자체가 이미

---

13) Frye, N., 『비평의 해부』, 임철규역, 한길사, 1982. p. 483.

비평적인 가치평가의 행위를 포함하는 것이다. 따라서 사실의 나열에 불과한 사적 기술(記述)이라고 하더라도 거기에는 이미 가장 초보적인 비평행위가 동원되고 있는 것이다. 이것은 문학사 기술 단계에서 가장 초보적인 단계일 뿐 절대 그 자체로는 객관적일 수 없는 기술 방법이다.

그렇다면, 도대체 우리는 비평사 기술의 가치 기준을 어디에서 찾아야 하는 것일까? 이에 대한 프라이의 다음과 같은 견해는 특히 시사하는 바가 크다. 그는 "예술에 있어서 진보하고 있는 것은 예술에 대한 이해이며, 또 이 이해에서 결과적으로 생기는 사회적인 세련이다"14)라고 말한다. 여기에는 모든 가치평가의 기준은 그것을 평가하는 사람의 동시대에 귀착된다는 의미가 은연중에 암시되고 있다. 예술에 대한 이해는 끊임없이 진보하며 그 진보의 끝에는 평자 자신이 놓여 있는 것이다. 이 말은 이 글의 도입부에서 말한 것처럼 당대의 요구에 의해 "끊임없이 새롭게 쓰여지는 비평사"라는 개념으로 쉽게 환치된다. 그러므로 전환기라는 개념은 단순한 '질적 변화'를 의미하지는 않는다. 거기에는 비평사를 바라보는 사람의 동시대적 요청이 들어 있으며 그 변화에는 언제나 특정의 방향을 상정해 낼 수 있는 근거가 들어 있는 것이다.

이상에서 살펴본 것처럼 비평사에 전환기라는 용어를 적용시킬 때 우선적으로 고려되어야 할 조건은 대략 세 가지 정도로 요약이 가능하다. 변화성, 발전성, 논자의 당대적 요청이라는 기준이 그것이다. 앞에서 제기한 질문 중 하나인 창작문단과 비평문단의 전환기 설정에 차이가 있는가, 없는가? 하는 문제는 이 세 가지를 순차적으로 적용해 봄으로써 가능할 것이다.

기존의 문학사에 비춰보건대, 30년대는 분명 한국문학이 융성기에 이른 시기임에 틀림이 없다. 특히, 창작문단은 이 시기에 질적 심화를 이룸과 동시에 활발한 활동을 보여 주었고 현재의 시각으로 보아도 이를 전환기라고 부르는데 하등의 무리가 생기지 않는다. 그러나 상대적으로 비평사 속에서

---

14) 위의 책, p. 483.

이 때를 전환기라고 설정하는 데에는 몇 가지 껄끄러운 문제점이 발견된다.

우선 앞에서 거론한 것처럼 전환기의 출발이 주조탐색 비평과 '평론계의 —SOS'라는 비평의 위기담론으로부터 역설적으로 시작된다는 점이다. 변화의 원인이 외적인 모습으로만 볼 때, 발전이라기보다 오히려 긴박한 위기의식 아래서 나타나는 것이다. 이러한 현상의 원인은 당시 비평계에 산적해 있는 문제가 비평가에게 이중의 고통을 주었고, 그 구체적 모습이 원론적 가치기준의 확립문제와 실제비평의 활성화라는 문제로 나타난 데에 있다.

그러나 현실적으로는 창작문단의 기세에 눌려 있으면서도 비평계의 활동은 내적으로 상당히 활발한 양상을 보여준다. 창작방법론의 모색, 분석적 비평 태도의 등장, 실제비평의 활성화 등은 전환기 비평의 한 형태임에 분명하다. 전후의 비평사적 맥락에서도 카프의 지도성 비평의 뒤를 이을 전환기 비평의 등장은 필연적인 결과라고 할 수 있다. 단지 문제는 이 시기의 어떤 비평을 전형기의 비평으로 보며, 어떤 비평을 과도기적 현상에 속하는 비평으로 보느냐 하는 점에 있을 뿐이다.

전환기 비평은 개념 자체가 현재와의 영속성의 의미를 내포한다. 전환기 비평의 의미 공간은 필자의 동시대에까지 뻗어온다는 것이다. 반면 과도기적인 비평은 전환기에 등장했다고 하더라고 그 자체의 한계로 인해 의미공간의 확장이 일어나지 않으며 스스로의 의미영역을 확보하지 못한다. 이처럼 의미공간의 기간이 일시적이고 일회적인 '과도기적 비평'의 의미는 대부분 현상적인 시류의 흐름 속에서 확보되어지는데 김환태의 비평이 그 대표적인 예이다.

1930년대 상황에서 김환태의 비평은 창작문단의 강세로 인해 오히려 그 의미공간을 확보할 수 있었고 그것은 작가층의 새로운 경향, 곧 순수예술론과 궤적을 같이 하기 때문이다. 김환태의 비평은 당시 다른 비평가들의 대부분이 사상적인 편력을 갖고 있었다는 점에서 우선 그 성격을 달리 한다. 식민지 상황이라는 특수한 조건과 결부시켜 문학을 생각하고 소모적인 논쟁을 거듭하면서도 비평의 본령인 가치판단의 영역을 지키려고 한 다른 비평가들과 달리 그는 감상으로서의 문학을 주장한다. 그의 이러한 태도는 비평무용론을 들고 나온 작가들에게 우선 환영받을 수 있었고, 더불어 신문 학예면을 중심으로 한 저널리즘으로부터도 상당한 호응을 얻는다.

그의 비평이 실제비평의 공백을 메워줌으로써 비평사의 전개에 일익을 담당했다고 볼 수도 있으나 이것은 어디까지나 미봉책에 불과할 뿐이다. 외부적인 상황에 의해서 그가 전담하다시피 하게 된 실제비평은 이론적인 뒷받침이 부족한 점 등 자체적인 한계에 의해 리뷰 이상의 수준으로 향상되지 못한다. 최재서의 비평이 분석적이고 지적인 측면을 고수하면서 저널리즘의 개방성과 탄력성을 자기 쪽으로 이끌고 왔다면 김환태의 비평은 저널리즘에 일방적으로 끌려가는 쪽이었고 장기적으로 볼 때는 저널리즘의 속성에 함몰되어 비평의 발전을 저해하게 된다.

창작문단의 순수예술론은 당시에 이미 그 스스로의 가치를 확보하고 있었다. 반면 김환태의 비평은 이와는 대조적으로 비평계의 산적한 문제를 간과하고 있었고 결과적으로는 2장에서 이미 지적한 바와 같은 한계를 드러내고 만다. 그의 비평이 실제비평에 취약한 1930년대 식민지 조선의 비평적 단점을 극복하면서 비평의 한 역할을 성실히 수행한 사실은 분명히 비평사적으로 중요한 의의를 지닌 것이다. 그러나 그의 비평이 실제비평의 공백기를 메웠다고 해서 그의 비평이 전환기 비평의 대표적인 성격으로 간주될 수는 없다. 전환기 비평이란 김윤식이 정의한 "시대의 중심사상을 모색하는 비평"이며, "비평의 지도성을 획득하려고 노력하지만 끊임없이 좌절하는 비평"에 해당된다.

김환태의 비평은 비평의 영역 내에서 그 자체의 문제로 끊임없이 고투하는 전환기 비평이 그 토양을 성숙시키는 동안, 실제비평을 이끌어 온 과도기적 비평이라고 할 수 있다. 이런 점은 비평의 전문화가 이루어지기 시작한 1937년 이후 그의 비평이 침체기에 접어든다는 사실에서도 잘 나타난다.

즉, 김환태 비평의 궁극적인 의의는 비평사 내에서의 의의이며 그것은 과도기적 비평이라는 유형으로 통칭될 수 있을 것이다.

그렇다면, 김환태의 비평이 이렇듯 과도기적 성격을 띠고 있음에도 불구하고 그 동안의 비평사에서 비교적 높이 평가되어 온 까닭은 도대체 어디에 있는 것일까? 단지 현상적 측면에 치우친 기존의 비평사 서술방식에서 오는 결과일까? 대답은 역시 "그렇지 않다"이다. 김환태 비평론이 높이 평가되는 이유는 주로 "순수시비(純粹是非)"에 관련되어 있다. 창작문단에서의 순수 예술론에 해당될 수 있는 비평계의 순수론은 '김환태—김동리'로 이어진다고 보기 때문이다.

해방 이후의 문학사 기술태도는 점차 순수 쪽에 기울어졌고, 세대논쟁의 당사자였던 신진작가 중심으로 개편된 분단 이후의 문단 구조 내에서 순수는 모든 가치의 표준으로 군림하게 된다. 특히 보수적 성향과 어떤 주의에 얽매이지 않을 뿐만 아니라 일면으로 무정견하기까지 한 그의 인상주의, 예술주의 비평은 순수의 측면에서 보면 오히려 장점일 뿐이지 단점이 될 수는 없다. 더구나 작가 중심으로 구성된 순수론자들 중에는 애초에 비평가가 적었던 만큼 김환태는 그 희소성만으로도 높은 평가의 대상이 되기에 충분한 것이다.

4. 결론

김환태의 비평은 비평사적인 맥락에서의 가치평가와 비평문 자체의 내재적인 가치평가라는 두 가지 측면에서의 접근이 모두 가능하다. 그러나 비평문 자체의 가치보다는 오히려 비평사적인 의미 연관 속에서 파악되는 가치에 초점을 맞출 때 그의 비평이 갖는 의의는 좀더 명확하게 밝혀진다. 본고의 김환태 비평에 대한 접근방법은 시종 그의 비평이 여러 가지 한계를 지니면서도 비평사 속에서 상대적으로 높은 평가를 받고 있다는 데 대한 의문으로 연결된다. 2장에서 주로 그의 비평문의 문제점과 비평사적 한계를 중점적으로 지적한 것은 이러한 논리의 전개를 위한 일종의 근거를 확보하기 위해서이다.

비평사에 대한 본고의 서술관점은 그것이 하나의 의미망으로 연결된 개별비평들의 구성체라는 시각에서 출발한다. 따라서 김환태의 비평사적 위치 또한 그 안에서 차지하는 의미공간의 영역에 의해 결정되며, 그 결과 얻어진 그의 비평에 대한 최종적인 평가는 "김환태 비평은 과도기적 비평이다"라는 명제이다.

김환태 비평의 한계는 비평문 내에 담긴 논리의 상호모순, 인상비평이라는 편협한 문학론, 그리고 시대상황에 대한 무자각과 비평 자체에 대한 안일한 접근이 야기시킨 비평사적 안목의 결여라는 형태로 파악된다. 그러나 이러한 한계에도 불구하고 그의 비평은 그 동안의 비평사에서 높은 평가의 대상이 되어 왔고, 카프의 지도성 비평의 퇴조로 빚어진 비평계의 공백을 탄력성 있는 실제비평으로 대신한 대표적인 전환기의 비평으로 평가받아 왔다.

이에 대한 원인은 크게 두 가지로 대별된다. 첫째, 김윤식의『한국근대비평사연구』와 같이 개별현상을 중시하는 서술태도에 의한 평가. 둘째, 그의 "순수시비"에 대한 순수론자들의 고평(高評)이 그것이다. 본고의 입장은 주로 이 두 가지 원인을 핵심으로 종래의 현상 중심 연구의 문제점을 지적하고, 비평사 연구에서의 정당한 위치에 그를 다시 자리매김하는 데에 초점을 맞추고 있다. 따라서 본고는 그의 비평에 대해 전환기 비평이라는 명칭 대신 과도기적 유형의 비평이라는 명칭을 사용한다.

전환기라는 개념은 "문단의 경향이 질적인 향상을 위해 변화를 겪는 시기"라고 정의 내려진다. 이것은 그 안에 변화성, 발전성, 논자의 당대적 요청 등의 조건을 포함하고 있다. 전환기 비평은 결과적으로 이 세 가지 조건을 그 자신의 특성으로 하는 비평이라고 할 수 있다. 따라서 전환기 비평은

발전적으로 그 비평적 의미공간을 필자의 동시대에까지 뻗어오고 있는 것이
다.

　김환태 비평은 그 자체의 한계로 인해 의미공간의 기간이 단편적인데,
그 원인은 주로 당시의 비평계에 산적해 있던 문제에 대한 '자의식'이 취약
했기 때문이다. 그의 비평은 실제비평의 공백을 메워줌으로써 비평사 전개
의 일익을 담당한 것은 사실이나 일시적인 미봉책에 그치고 말았을 뿐이다.
결과적으로 인상비평이라는 한계점은 그의 비평이 진정한 의미의 전환기
비평으로 나아가지 못하고 과도기적 유형으로 머물게 하는 주요원인이다.

한국문예비평사의 사회·문화사적인 서술을 위한 시론
—임화, 「조선문학연구의 일과제—신문학사의 방법론」을 중심으로—

1. 서론

한국문학사에서 사회나 문화를 비롯한 각 시대의 환경적인 요소가 어떤 영향을 미치고 있는가에 대한 서술은 그 중요성의 정도에 비해서는 지극히 미약한 수준에 머물러 있다고 할 수 있다.

지금까지 쓰여진 한국문학사의 대부분은 연속적인 사건 중심의 역사서술 태도를 벗어나지 못하고 있고 그 사건(문학작품)의 평가적 기준을 마련하는 데 있어서도 다소 자의적인 면모를 보여준다. 작품의 가치를 평가하는 기준을 설정하는 과정에서 문학사적인 기준과 작품의 내적인 완성도 내지 자율적 가치에 대한 평가가 일치하지 않기 때문에 마침내는 비평과 문학사 서술의 분리를 가져오고 있는 것이다.[1]

---

[1] "문학사가 문학과 역사를 동시에 포용해야 한다는 진술은 창조적이며 예외적인 작가의 상상적 창조력과 과거의 집적물로서의 작품을 다같이 진술대상으로 삼아야 한다는 뜻이다. 그런 의미에서 문학사는 문학 비평도 아니며 역사도 아니다. 문학 비평이 요구하는, 위대한 작가의 예외성을 문학사는 분명히 드러내기 힘들며, 또한 연대기적인 진술만을 행하기도 힘들다."(김현, 김윤식, 『한국문학사』, 민음사, 1973, p.8.)

이 책에서 저자는 문학사 서술의 태도에 있어 비평적 평가와 문학사적 평가 사

그러나 한 작품의 가치를 평가하는 비평의 태도는 궁극적으로 종합적인 가치 기준을 향해 나가고자 하며 더 나아가서는 문학사적인 평가의 측면까지도 포괄한다. 한 작품에 대한 비평 행위는 동시대의 평가만을 담고 있는 것이 아니라 예술의 영원성과 과거, 현재, 미래의 시간 흐름 속에 집적되어 온, 그리고 계속해서 그 층위를 더해갈 문학사의 흐름까지도 염두에 두어야 하기 때문이다.

그런 점에서 "모든 역사는 현재의 역사이다."라는 크로체의 진술은 이러한 사고를 뒷받침하는 중요한 근거가 된다. 이 말은 모든 역사—문학사를 비롯한—는 끊임없이 새롭게 쓰여져야만 한다는 추론을 가능하게 한다. 그리고 이 추론은 결과적으로 문학사는 당대의 총체적인 비평적 평가의 응집물 그 자체라는 의미를 전달하고 있는 것이다.

일반적인 비평 행위의 의미는 극히 축소된 상태로만 사용되고 있지만, 실제에 있어 그 의미의 비중은 역사를 서술하는 사관(史觀)의 위치에 해당되는 무게를 품고 있다. 역사의식과 작가의식(창조의식), 그리고 그 시대의 모순에 대한 비판의식을 포괄하는 종합적인 비평행위는 궁극적으로는 문학사 서술의 기준점이 되며 더 나아가서는 당대의 문화나 사회의식을 비판적으로 반영하여 투영하는 정신사 서술의 척도가 된다.

비평이 단순한 문학사 서술의 층위를 넘어서 정신사로 연장될 수 있는 까닭은 그 행위의 본질적인 측면이 당대의 모든 정신적 사고의 응축에 놓여 있기 때문이다. 문학작품이 한 시대의 상황을 어떤 정신적 여과 작용—작가의 창조의식, 역사의식, 비판의식에 의한—에 의해 창조적으로 표현한 것이라고 한다면 비평 행위는 바로 이러한 표현을 평가하는 종합적인 정신작용이다.

한국문학사에서 대체적으로 사회, 문화사적인 시각이 결여되어 있다는

이의 거리를 좁히려는 시도를 보여주고 있기는 하지만 궁극적으로는 이 양자의 관계를 서로 모순된 가치율을 지닌 대상으로 취급하고 있다.

말은 표면적인 현상만을 바라볼 때는 전혀 근거 없는 소리임에 틀림없다. 오히려 지나친 정치성 과열이 빚어낸 부작용만이 자주 눈에 띨 뿐이다.

그러나 실제로 한국문학사 혹은 비평사 서술의 관점은 본질적으로 사회·문화사적인 시각을 결여하고 있다. 작품 개개의 평가에 있어서는 사회·문화적 관습의 반영이라는 측면을 언제나 고려하고 있지만 그 고려의 객관적 기준을 밝혀내지 못하고 있는 것이다.

그 원인은 일차적으로 한국문학사와 사회사의 관계를 규정지을 수 있는 기본 텍스트에 해당하는 서지(書誌)의 정리와 연구가 이루어져 있지 않다는 데서 찾을 수 있다.[2] 비평사나 문학사에서 기술된 작품의 대부분이 그 사회적인 의미 작용을 탐지하는 일차적인 자료의 대열에 끼어 있지 못하기 때문에 작품 간의 상호 관련을 바탕으로 한 사회사적 고찰은 아예 불가능하다. 따라서 한국문학사 서술에서 작품의 의미의 폭을 역사적으로 확대하여 통시적인 의미를 부여하는 작업은 어떤 식으로든 한계를 노정할 수밖에 없는 것이다. 이 한계는 각 시대의 사회적 역학관계 속에서 문학이 차지하는 역할과 비중이 어떻게 변해왔는가? 하는 질문에 대한 대답이 마련되지 않는 한 지속되는 것이고, 결과적으로는 문학사의 한 부분이자 주변 영역인 양식사와 정신사 서술에도 중요한 걸림돌이 된다.

총체적인 종합의 관점을 얻지 못한 한국문학사의 한계는 앞에서 서술한 바와 같이 비평과 문학사의 거리를 좁히지 못하는 어정쩡한 상태 그 자체이다. 통합적인 비평의 관점을 보장할 만한 포괄적인 시야를 지니지 못한 문학사나 비평사의 서술은 사건 중심의 서술 태도에 중점을 둘 수밖에 없고 그 결과는 문학사적인 의의가 작품의 내적 가치를 억누르는 형태로 나타난다. 특정한 작가 혹은 작품에 대하여 "그 개성적 측면을 강조하는 예외적

---

2) 김현, 『문학사회학』, 민음사, 1983, p.32. 참조. 이 책에서 김현은 미국의 문학사회학이 부진한 첫 번째 원인으로 문학과 예술의 사회에 대한 서지가 꾸며져 있지 않다는 점을 들었다.

시각을 적용할 것인가” 아니면 “보편적 측면을 강조하여 사회인 혹은 집단의 일부로만 볼 것인가“하는 두 가지의 선택적 사항을 처리하지 않는 한 이 문제는 해결되지 않으며 또한 그 열쇠는 “작가와 작품의 사회적 위치를 어떻게 설정할 것인가“에 쥐어져 있다.

따라서 한국문학사 또는 비평사의 서술에 앞서 문학과 사회의 제반 관련 양상에 대한 일차적인 자료가 될 수 있는 작품 및 비평에 대한 서지 작업은 상당히 중요한 의의를 지니고 있는 것이고 특히 그 작업 자체가 문학사와 비평사 서술의 작업으로 바로 연결되는 것이다.

본고의 취지는 비평사 서술의 관점을 보장하는 “비평의 사회·문화사적인 관련 양상과 위치”를 한국비평사의 정리를 통해서 파악하기 위한 시론(試論)적인 작업임을 밝혀둔다. 본고의 성격을 시론적인 것으로 한정하는 만큼 이 연구는 한국근대문예비평사에 대한 본격적인 정리의 차원으로는 나아가지 못하고 있다. 단지 한국의 근대적 문예비평의 출발과 기점문제, 그리고 그 출발 당시 한국 고유의 전통적 비평과 문학이론의 맥락이 서구문화와 접촉하고 충돌하는 과정에서 어떻게 변질되었는가 하는 문제에 대한 일차적인 검토가 ‘사회·문화사적인 영역’과의 관련 속에서 이루어져야 만이 객관적이고 정확한 시야를 확보할 수 있다는 생각을 정리하는 기회로 삼고자 한다. 따라서 본고에서 다루고 있는 문제는 미흡하지만 문예비평사에 대한 사회·문화사적인 접근의 필요성과 의의, 그리고 그러한 의식이 한국근대문예비평사에서는 어떻게 받아들여졌고 연구되었는지를 살펴보는 한 방편으로서 임화의 신문학사론을 검토하는 데 한정시켰다.

임화의 이식문학론은 한국근대문학의 기점과 단절론의 문제를 거론할 때 늘 문제의 핵심이 되어 왔으며 그 원인은 일차적으로는 그가 한국문학사의 근본적인 문제점을 자각하고 있었기 때문이다. 그것은 제국주의 열강의 침략으로 근대를 맞은 모든 제3세계 문학사의 공통적인 문제점이기도 하다. 임화의 역사의식은 식민지 근대문학사의 문제점을 올바르게 직시할 만큼 뛰어난 것이었지만 결국은 식민지 지식인으로서의 인식적 한계를 뛰어넘지 못한 것이 그에게 '이식문학론자'라는 오명을 남기게 한 근본적인 원인이었다.

본고가 임화의 신문학사론을 검토하는 것에서부터 한국근대문예비평사와 사회·문화사적인 관련 양상의 단서를 찾는 것은 임화의 문제의식과 한계가 근본적으로 당대의 사회·문화적인 현상에서 출발했고 또 그 안에 원인이 있다고 보기 때문이다. 임화의 역사인식은 문제의식과 한계라는 두 측면에서 모두 중요한 검토의 대상이 된다고 할 수 있다.

2. 문학사회학과 사회·문화적 비평의 만남

문학창작에 있어서 일차적으로 그 정신작용의 대상이 되는 것은 바로 그 작가를 둘러싼 환경이다. 그런데 그 환경의 실체는 늘 일정한 모습을 유지하고 있는 것이 아니라 수시로 변화하는 존재이다. 예를 들면 근대 이전의 시대에 있어 작가의 문학적 창조 행위는 신이나 자연 따위였지만 근대에 접어들면서 인간에게 있어 가장 심각한 갈등의 대상이자 밀접한 환경이 된 것은 바로 인간과 도시 그리고 그 양자가 만들어 낸 사회적 관습이었다. 인간의 창조 행위가 자연이 아닌 인간과 사회적 제 현상을 대상으로 하면서부터 그 양식의 진화는 급속도로 빨라졌고 사회의 분화와 발달, 변모의 속도만큼 그 정신적 분화의 조짐은 더욱 극심해졌다. 이러한 급속한 변화 속에서 나타난 사회의 제 양상은 작가의 시선 속에서 거의 무의식적으로 포착되기도 하며 이런 현상에 대한 비평의 가치평가와 해석의 역할은 자연히 중요한 의미를 지닐 수밖에 없는 것이다.

그러나 현실적으로 사회에 대한 포괄적이고 종합적인 이해의 시각이 마련되지 않은 상태에서 비평은 그러한 중요한 역할을 효과적으로 수행해 낼 수는 없다. 사회에 대한 지속적인 관심과 관찰만이 현대의 문학작품에 대한 올바른 평가를 보장하기 때문이다.

이런 생각의 결과로서 나타난 것이 문학사회학과 사회·문화적 비평이다. 그러나 비평의 본질에 비추어 볼 때 이 양자의 접근법은 유사하기는 하지만 그 출발점에 있어서는 현저한 차이를 지니고 있다. 사회학의 시각은 문학적 현상을 사회적 현상의 일부로서만 취급하기 때문에 그 본질에 있어서 문학작품의 내적인 자율성을 인정하지 않는다.

따라서, 사회적 현상의 일부인 문학작품은 그 가치 평가의 기준이 작품의 내적 가치에 주어지지 않고 그 내용과 사회적 현상의 관계 정도에 의해서만 좌우된다. 초기의 사회학이 문학을 바라보는 이러한 경직된 시각 때문에 문학의 사회적 관계를 어느 정도 인정하는 작가나 비평가에게 있어서도 사회학적인 문학론은 경계의 대상일 수밖에 없었다.

싸르트르의 "문학 작품은 읽힘으로써만 존재한다"[3] 라는 주장을 받아들이기 전까지 문학사회학은 작가와 작품에 대하여 현상학적인 접근의 태도를 버리지 못했고 문학 작품의 "존재론적인 가치"에 대해서 대립적인 견해를 지니고 있었다.

그러나 싸르트르의 정의는 이 대립적인 양자의 견해를 허무는 데 결정적인 역할을 했다. 현상의 원인을 사회적 인과율에 의지하지 않고 문학적인 현상—자율적이고 내적인 동기—에서 찾아야 하는 근거를 제시했기 때문이다. 문학적 현상이 결코 사회적 현상의 하위에 놓여 있는 부수적인 것이 아님을 밝힘으로 해서 문학은 사회와 대등한 위치에서 상호 영향관계를 주고받는 존재가 된 것이다.

또한 골드만의 '발생구조론'은 여기서 한 걸음 더 나아가 문학과 사회의 비교 대상은 그 내용적인 동질성이 아니라 구조적인 동질성에 있음을 밝혀

---

3) 장 폴 싸르트르, 김봉구 역, 『문학이란 무엇인가』, 문예출판사, 1972. 참조. 싸르트르는 이 책에서 서적의 자본주의적인 유통구조가 작가와 작품의 위치에 미치는 영향에 대해서 서술했다. 즉 '읽힘으로써 존재한다'는 표현은 서적의 단순한 출판과 유통, 보급이 아니라 책을 읽는 그리고 읽게끔 유도하는 힘까지 고려한 사회학적인 모습이 문학사회학의 대상이 되었음을 의미한다.

낸다. 이것은 전통적인 맑시즘의 문학사회학적인 관점에서 일탈된 것으로 사회의 내용과 동질의 작품이 아니라 그 안에 숨겨진 구조에서 동질성을 발견할 수 있으므로 작품에 대한 좀더 내적인 연구에 충실해야만 할 필요성을 마련해 주었다.

싸르트르와 골드만의 이론에 의해서 실제로 문학과 사회의 관계 설정은 단순한 현상적 관계가 아니라 복잡한 영향을 주고받는 굴절의 관계에 있음이 밝혀졌고 결과적으로는 문학사회학과 사회·문화적 비평의 경계를 허물어버렸다.

이 둘 사이의 경계가 허물어졌다는 사실은 다른 의미에서는 문학과 사회의 경계가 무너졌음을 의미하는 것이기도 하다. 바흐찐의 문학사회학이 구조주의의 의사소통 모델과 유사한 대화론을 바탕으로 하고 있는 것처럼 어느덧 모든 비평의 최종점은 그 시대의 문화와 사회가 될 수밖에 없게 되었다. 문학적 서술의 존재론적 독자성—자율적 가치—은 인정받았지만 그 체계의 폐쇄성은 이미 사회 속으로 열려버린 것이다.

작품의 체계가 사회적으로 열린 것과 마찬가지로 작가는 예외적 개인의 성격을 부여받는다. 작가는 그 사회의 집단을 대표하는 예외적 개인으로서 간주됨으로써 사회의 전반적 현상과 구조의 변화를 나타내는 징후가 되는 것이다. 골드만의 소설사회학에서 "타락한 사회에서 타락한 양식으로 진정한 가치를 추구하는 이야기"[4] 라는 소설의 정의는 '타락한 사회의 타락한 개인'[5]이 지닌 예외성을 인정하는 것이다.

한국문학사에서 작가와 작품, 독자의 관계에 대한 폭넓은 사고가 비평의 전면에 부각된 적은 거의 없었다. 이 점은 앞에서 거론한 문학과 사회의 제반 현상이 아직 밀접한 위치에서 정당한 평가를 받고 있지 못하다는 것을

---

4) Goldmann, L.,『소설사회학을 위하여』, 조경숙 역, 청하, 1982. 참조.
5) 여기서의 '타락한 개인'은 윤리적인 타락인을 가리키는 것이 아니라 '타락한 양식'인 소설로서 진정한 가치를 추구하는 '작가'라는 존재의 역설적인 의미를 뜻한다.

의미한다. 매년 문단의 비평계는 그 해의 사회적 상황과 문학적 현실을 거론하고 문학적 전망을 예측하는 좌담과 특집을 마련한다.

그러나 이러한 논의의 맹점은 이미 말한 바처럼 사회적 현실에 대한 객관적 인식의 기준이 없다는 사실에 있다. 현실을 바라보는 과학적인 시각을 결여하고 있기 때문에 참여나 사회성을 중시하는 현실주의 문학 쪽에서도 당위적 현실에 대한 의지만 앞서 있을 뿐 그 사회의 현 상황에 대한 객관적인 진단의 방법론을 지니고 있지 못하다. 좀더 자세히 검토해야 할 문제이지만 문학과 사회의 관련 양상에 대한 서지적인 작업이 갖추어지고 나면 기존의 문학사에서 다루어진 작품이나 비평의 평가는 그 의미의 양상이 다소 달라질 수도 있다고 여겨진다.

3. 임화의 「조선문학 연구의 일과제—신문학사의 방법론」에 대하여

김현의 『문학사회학』[6]에서 다루고 있는 20~30년대 문학사회학적인 관점을 보여준 연구자(김기진, 박영희, 임화, 이헌구)중에서 가장 중요한 의의를 지니고 있는 사람은 바로 임화이다.

김기진은 김현에 의해서 가장 먼저 문학에 대한 사회학적 접근의 지평을 열었다고 평가받았지만 실제로는 현실의 객관성과 총체성의 관계를 파악하는 정도의 피상적이고 상식적인 수준에 머무르고 있을 뿐이다.

그러면 문제는 현실 인식의 문제로 뛰어들어갑니다. 현실을 여하히 인식하느냐? …(중략)… 관찰한다는 것은 인식으로 통하는 한 과정인 동시에 인식의 최양의 수단인 만큼 중요한 문제인데 지금 말씀한 거와 같이 부분과 부분만을 잘 관찰하였다고 즉시 전체를 잘 관찰했달 수 없고 또 전 면모를 피상적으로 보기만 해도 불충분합니다. …(중략)… 현실에 있어서도 이와 마찬가지로 발랄한 것, 우울한 것, 어두운 것, 맑은 것, 슬픈 것, 기쁜 것, 넘어지는 것,

---

6) 김현, 앞의 책.

일어나는 것 등의 각 개의 부면을 보는 동시에 이 사회 현실의 전면적, 역사적 발전의 방향과 현실으로 운동하게 하고 있는 근간적인 운동력이 무엇이냐? 하는 것과 침체, 몰락, 생장, 발흥의 모든 양자(樣姿)를 구체적으로 파악하지 못하고서는 현실의 전국면을 인식했다고 할 수 없읍니다.[7]

위의 인용문에서처럼 김기진이 현실을 부분과 부분이 이루는 총체성의 관계로 본점은 문학사회학과 굳이 결부시키지 않아도 될 정도의 사회를 바라보는 기본적인 시각일 뿐이다. 리얼리즘의 논의를 진척시키는 데 나름대로의 중요한 발판이 될 만한 발언이기는 해도 이러한 정도의 생각이 당시 (1935)의 평단에서 대단한 것이었다고는 여겨지지는 않는다. 이미 1931년 한설야의 「사실주의 비판」[8]에서 다음과 같은 표현이 발견된 점이 이를 잘 뒷받침하고 있다.

> 우리는 대상의 전역을 투시하면서 그 각 순간 순간에 현실적으로 과정하는 과정—즉 당면과정의 '구체적 특수성'을 정확히 객관적으로 분석, 비평, 이해 하여야 한다. 어떠한 사건이던지 그것은 시간적, 공간적으로 각 환을 가지고 있고 또 그 각 환은 물론 차이와 특수성을 지니고 있는 것이다. …(중략)… 전체성을 포착해야 하는 것도 물론이지만 동시에 그 각 환을 또한 인식의 핀셋트가 집어내어야 하는 것이다.

이처럼 1931년 한설야의 글에서는 전체성과 부분의 개념이 이미 등장하고 있고 이것은 "변증법적 사실주의" 혹은 "프롤레타리아 사실주의"라고 불리던 카프 창작방법론의 기본적인 전제였다. 김기진이 작품의 구조를 소홀히 취급하지 않았던 점이나 초기 경향 비평론을 이끌어 나간 선두주자였다는 점에서 나름대로의 문학사적 의의를 부여할 수는 있지만 그 이론적인

---

7) 김기진, 「조선문학의 현단계」, 『카프 해산기의 동향과 쟁점』, 태학사, 1990, pp. 342-343 인용.
8) 한설야, 「사실주의 비판」, ≪동아일보≫, 1931.7.18.

깊이의 정도는 그다지 깊지 않다고 볼 수 있다.

박영희와 이헌구의 경우에 있어서도 이론적 소개의 차원에 그치고 있거나 혹은 중요한 업적의 대부분이 해방 이후에 이루어졌다는 점에서 그 중요성이 다소 떨어진다. 그러나 임화의 문학사 서술 작업은 그 작업의 성격만으로 볼 때도 다른 세 사람의 연구와는 비교가 되지 않을 만큼 본격 연구의 수준에 올라 있는 것이다.

이미 앞서의 다른 선행연구에 의해서도 '이식문화론'이라는 문제로 많은 주목을 받아온 만큼 이 논문의 중요성은 상당히 크다고 하겠다. 일차적으로 임화의 연구 대상이 신문학사 전체를 대상으로 하고 있고 그 신문학의 발생과 전개에 대하여 그 나름대로의 독창적인 의견을 제시하고 있다는 점에서도 그러하다. 더욱이 그 서술의 체계를 잡기 위해서 문학사 서술의 방법론을 세우려 했다는 점은 동시대의 다른 많은 문학자, 연구가들 중에서 그를 단연 두드러지게끔 만드는 핵심적인 이유이다.

임화는 넓은 의미에서의 사회사를 문학사와 접목시켜 나름의 문학사 서술 방법론을 정립했고 그의 연구방법은 서구 문학사의 창시자로 흔히 꼽히는 스탈 부인과 테느의 방법론을 그 나름의 형태로 재구성한 것이다. 그가 방법론의 문제에 천착한 주된 이유는 맑스주의의 사회과학적 엄밀성을 문학에 끌어들여 문학사 서술과 비평의 기준을 마련하고자 하는 데 있었다.

1935년 카프의 해산 이후 비평계가 일대 전환기에 들어갔고 그의 문학사 서술 작업은 이 시기 비평의 전환기적 성격과 결부된 행위라고 볼 수 있다. 비평의 지도성이 상실되고 종래 카프의 재단적 비평에 대한 거센 비판과 함께 과도기적 유형으로서의 인상비평이 싹트던 시기에 있어서 임화의 문학사 서술 작업은 장기적인 안목에서 문학연구에 몰두하는 아카데미즘과 고전 연구에 맥을 같이 하는 것이었다. 현실의 정세가 식민지 지배 이데올로기와 실질적인 무력에 의해서 악화되어 가는 상황에서 시도된 임화의 문학사 서술작업에는 식민지 지식인의 역사적 한계를 벗어나려는 의도가 강하게 담겨 있었다. 그가 문학사 서술의 방법론 안에 사회사적인 시각을 깊숙이 받아들인 것도 이런 맥락에서 이해되어야 할 부분이라고 할 수 있다.

그러나 임화의 '이식문학론'을 "현재까지도 뛰어넘고 있지 못한 한국문학의 근대성 문제나 전통단절론으로 확대, 해석하려는 시각"은 어떤 면에서 임화에게 식민지 상황이 안겨주었던 한계의식을 현재까지도 떨쳐버리지 못한 결과 생긴 것이 아닌가 하는 의구심마저 들게 한다.

임화의 이식문학론이 식민지적인 한계에서 나온 것이라면 한국문학사에서 이식문학론과 전통단절론의 문제는 '식민지적인 문학관의 극복'이라는 과제와 동일하게 다루어야 할 대상이 되기 때문이다.

「조선문학 연구의 일과제―신문학사의 방법론」이라는 글에서 신문학의 <환경>적 요소로 임화가 상정한 다이쇼(大正期) 일본문학의 실체는 '한국문학사 서술의 외적 영향'이라는 의미에 한정된 것이지 실제로는 전적인 '이식'이라는 의미를 띠고 있는 것은 아니었다. 임화의 글 안에서 신문학에 대한 그의 언어적 표현이 '이식'이라는 말로 나타나기는 했지만, 그의 본질적인 의도는 한 나라의 문학이 형성되고 변천하는 과정에서 나타날 수 있는 문화적 교섭의 조건을 <환경>이라고 표현하여 그 환경에 해당하는 일본 다이쇼 문학의 강한 영향력을 '이식'이라는 말로 나타냈을 뿐이다. 따라서 그의 이식문학론은 식민지 지식인의 인식적 한계를 드러내고 있기는 하지만 그 자체가 하나의 문제의식을 담고 있는 표현임은 분명하다.

하나의 문제의식은 늘 그 문제에 대한 극복의 의지를 전제로 하고 있게 마련이다. 임화가 제시한 문제의식은 신문학의 양식사가 과거의 문학적 양식과 연결되어 있지 못하다는 점에 있었고 그는 문제의 발생원인을 <환경>적 요인에서 찾으려고 했다. 이 점은 그가 문학사 서술의 방법으로 '사회사'를 끌어들인 사실에 대해서 그 현실적인 타당성을 납득하게 만드는 중요한 동기가 된다.

<환경>적 요인에 의해서 표면적으로 거의 단절된 양식사를 극복 지양하

고 문학사를 서술할 수 있는 한 방법으로서 임화는 사회사와 정신사의 가능성을 꼽고 있다. 그가 선정한 문학사 기술의 기준이 대상, 토대, 환경, 전통, 양식, 정신의 여섯 가지인 점은 상당한 타당성이 인정되며 신문학의 특수성인 문화적 충격을 <환경>으로 설정한 점이라든가, <토대>로서 사회·경제적 영향관계를 설정한 시각, 그리고 <전통>과 <양식>을 동일한 비중으로 다룬 점, <정신>의 항목을 통해서 정신사 서술의 가능성을 열어 놓은 점 등은 뛰어난 시각이라고 할 수 있다.

특히 양식의 변화과정에 사회사적인 영향이 깊이 관여할 수 있음을 통찰한 점이나 양식의 단절을 정신사적으로 극복하려고 한 점도 식민지 조선문학의 특수성을 충분히 고려하여 그 한계를 뛰어넘으려는 노력의 소산이라는 평가를 가능하게 하는 것이다.

그러나 임화의 '신문학사'는 그 서술의 실제 양상에서 자신의 방법론 이상의 성과를 보여주고 있지는 못하다. 그가 식민지 현실을 바라보며 고민한 신문학사 기술의 과제는 그의 문학사 방법론에서 적절한 문제 제기로 나타났지만 신문학사를 기술하는 실제의 정리 작업에서는 그의 문제의식을 제대로 소화해 내지 못했다.

임화의 문학사는 자신의 논리를 현실화할 만큼 정리되지 못했고 이 한계는 당대의 현실적 여건이 주는 한계상황과 거의 일치한다. 그의 방법론은 신문학사를 기술하는 실제 작업에서 보완되고 완성될 여지가 많았지만 그러한 작업을 수행하는 데 따르는 현실적 어려움이 그를 '이식문학론자'라는 평가에 머물게 만든 것이다.

임화의 문학사 기술 방법론은 그 내부적인 모순과 한계를 지니고 있으면서도 그 모순을 극복할 수 있는 가능성 또한 많이 지니고 있었다. 그가 서술하고 있는 <정신>의 항목과 <전통>, <양식>, <토대>의 항목을 차례로 검토해 볼 때 그 모순과 가능성이라는 양면의 실체는 좀더 뚜렷하게 드러난다.

…시대의 양식이란 것은 단순히 그것이 하나의 특이한 양식에 그치는 것이
아니라, 그 시대인의 고유한 체험과 생활에서 형성된 시대정신이 자기를 표현
하는 형식에 지나지 않는 것이다. 그것은 한 작품이나 작가의 경우와 변함이
없다. 이리하여 한 양식의 발견은 곧 여러 가지 양식의 발견으로 진전하는
것으로, 여러 가지 양식의 발견은 또한 양식의 역사란 것을 형성한다.

문학사는 외면적으로는 언제나 이 양식의 역사다. 모든 통속적 문학사가
이 양식의 역사를 기술하고 있다. 그러나 양식의 역사는 기실 정신의 역사의
형식에 지나지 않는다. 양식의 역사를 뚫고 들어가 정신의 역사를 발견하고
못하는 것이 언제나 과학적 문학사와 속류 문학사와의 분기점이다. 문학사는
예술사의 대상일 뿐만 아니라 실로 사상사, 정신사의 대상이기도 하다. 우리
문학사에선 양식의 창안 대신에 양식의 수입으로 여러 시대가 시작한 것은
주지의 사실이나 새 양식의 수입은 새 정신의 이식임을 의미한다. 여러 가지
양식의 수입사는 그러므로 곧 여러 가지 정신의 이식사다.

—<양식>의 항목 중에서 (≪동아일보≫ 1940. 1. 19.)

외래문화의 탐닉은 곧 고유문화, 재래유산의 해체를 촉진하고 그것의 완료
가 곧 새 문화의 제조가 된다. 이것은 낡은 문화의 패배다. 그러나 문화교류에
있어 이러한 일방적 교섭은 정치적 침략의 정신적 표현에 불과하다. 또한 그러
한 침략이 완전히 수행되기는 야만인과의 사이에서만 가능한 것이다. 동양
제국(諸國)과 서양의 문화교섭은 일견 그것이 순연한 이식문화사를 형성함으
로 종결하는 것 같으나, 내재적으로는 또한 이식문화사를 해체하려는 과정이
진행되는 것이다. 즉 문화이식이 고도화되면 될수록 반대로 문화 창조가 내부
로부터 성숙한다.

이것은 이식된 문화가 고유의 문화와 심각히 교섭하는 과정이요, 또한 고유
의 문화가 이식된 문화를 섭취하는 과정이다. 동시에 이식문화를 섭취하면서
고유문화는 또한 자기의 구래의 자태를 변화해 나간다. 이 경우에 있어 고유문
화라는 것은 외래문화에서 부정되고 있는 과거의 문화 그 유산이다. …(중략)…
서구의 르네상스와 같이 우리 문학사는 자기의 상대(上代)에 부흥될 전범을
갖지 못했으나, 그러나 신문학은 그러면서 고유한 가치를 새로운 창조 가운데

부활시키는 문화사의 한 영역이다.

―<전통>의 항목 중에서 (≪동아일보≫ 1940.1.18.)

위에서 알 수 있듯이, 임화의 문학사 기술의 목적은 궁극적으로는 양식사를 움직이는 정신사와 사상사의 흐름을 밝히는 데 있었다. 그의 문학사에 대한 이해는 그런 점에서 표면적인 양식사의 수준에 머물러 있지 않았고 그 이면의 정신사에 주목하고 있다.

그러나 그의 한계는 인용문의 후반에 기술된 것처럼 양식의 이식이 곧 정신의 이식이라고 도식적으로 바라본 점에 있다. 물론 그의 이러한 견해는 서구의 문화적 침략의 실체가 문학적 양식, 곧 제도적 이데올로기로부터 시작되고 있음을 꿰뚫어 보고 있는 탁월한 견해임은 분명하다.

제국주의 문화의 침략 현상을 규정하고 있는 서술로 본다면 "양식의 이식이 곧 정신의 이식일 수 있음"을 통찰하고 있는 그의 견해는 일제에 의해 강요되고 있는 식민지 문학관의 실체를 똑바로 규정하고 있는 것이다. 이 점에서 식민지 문학관의 정체가 다름 아닌 '이식문학론'임을 누구보다 잘 알고 있는 그가 한국문학사에서 '이식문학론자'로 인식되고 있는 점은 아이러니한 경우가 아닐 수 없다.

그렇다면 이식문학론의 문제성을 누구보다도 잘 알고 있는 그가 어떻게 해서 '이식문학론'을 대표하는 인물이 된 것일까?

<양식>의 항목에서 임화가 고민하고 있는 문제의 근본적인 원인은 신문학사의 현실적 전개 과정과 당위적인 모습이 그의 시각에서는 서로 일치하지 않는 데 있다. 현실적인 신문학사가 이식문학사임을 인정할 수밖에 없지만 그 결과가 제국주의의 문화 침략을 인정하는 것임을 알고 있는 그에게는 신문학사 자체가 하나의 커다란 '모순 덩어리'였던 것이다.

이런 이유에서 임화의 문학사는 '모순에 대한 인식'으로부터 출발하여 그 모순의 극복을 위한 '모색'의 방편인 정신사와 전통의 문제에 관심을 기울이고 있는 것이다.

<정신>의 항목에서 "문화이식이 고도화되면 될수록 반대로 문화창조가 내부로부터 성숙한다."는 구절은 이식문학사에 대한 극복을 위한 한 표현이라고 할 수 있다. 모순의 심화가 결과적으로는 그 모순에 대한 궁극적인 해결의 원동력이 된다는 변증법적인 사고를 문학사 기술에 접목시키고 있는 것이다. 임화는 모순의 극복에서 주체적인 역할을 하는 것을 '전통'으로 보았고 그 전통이 외부의 문화를 흡수하는 과정 자체를 '이식'이라는 말로써 표현했다.

문화적 층위에서 서양의 문화를 높은 단계에 있는 대상으로 본 점은 그의 인식적인 한계이지만 '전통'의 양태가 외래문화에 대한 도전의 양상으로 변모될 수 있음을 주목한 점은 자생적인 근대화의 의지가 '개화' 혹은 '외래문화 수입'의 주체적인 원인이 될 수도 있음을 어느 정도 염두에 둔 표현이라고 할 수 있다. 그러나 문제는 그러한 자생적 역량이 조선의 '전통' 속에 내재되어 있는가? 하는 점이었다.

임화는 이 점에 대한 고찰에서 '전통'의 실재에 대한 인식의 부족을 그대로 드러내고 있다. 그의 '신문학사론'이 갖고 있는 한계는 <전통> 항목의 후반부에서 "서구의 르네상스와 같이 우리 문학사는 자기의 상대에 부흥될 전범을 갖지 못했으나, 그러나 신문학은 그러면서 고유한 가치를 새로운 창조 가운데 부활시키는 문화사의 한 영역이다."라고 한 표현에서 잘 나타난다.

임화는 '전통'적 문학 양식에 대한 이해가 부족했고 그에 대한 인식에 있어서 식민지적 문학관을 벗어나 있지 못했다. 그에게 있어 "한국 고전문학의 '전통'이 자생적이고 주체적인 문화 생산의 원동력으로 작용할 수 있는가?" 하는 것은 다소 회의적인 태도를 지닐 수밖에 없는 문제였다.

본질적으로 그는 신문학의 현실과 그 당위성이 어긋나 있음을 인식하고 있었기 때문에 그가 기술하려고 했던 '신문학사'와 그 '방법론'은 서로 상충될 가능성을 지니고 있었다. 원론적으로는 "문화이식이 고도화되면 될수록 반대로 문화창조가 내부로부터 성숙한다."는 견해를 피력하고 있지만 그것의 전제가 되는 <전통>과 <정신>, <토대>, <환경>에 있어 식민지 조선의 문학이 얼마나 열악한 처지에 있는가? 하는 점이 그의 현실적인 시야를 흐리게 하고 있는 것이다.

임화와 같은 식민지 지식인의 본질적인 한계는 바로 당대의 <정신>, <토대>, <전통>, <환경>에 대한 명징한 판단력을 지닐 수 없다는 데 있다. 임화조차도 이미 식민지 교육의 일환인 '제도교육' 속에서 성장한 지식인이었기 때문에 그 역사의식의 한계는 거의 숙명적인 굴레였다고도 할 수 있을 것이다.

임화의 '신문학사' 기술 작업은 문학사의 양식 문제가 궁극적으로 <정신>, <토대>, <전통>, <환경>의 문제와 무관하지 않다고 주장한 점에서 선구적인 것이었다. 이 점은 한국문학사의 특수성의 원인이 '시대적 맥락'과 '외래 문화의 영향'에 의해 나타난 심각한 굴절 현상에 있음에 비추어 볼 때, 임화의 연구가 한국 문학의 현실에 적합한 '문학연구방법론'을 찾는 노력의 일환이었음을 인정하는 것이다.

한국의 근대문학사에서는 문학 외적인 조건 때문에 '작품의 미적 가치'와 '문학사적인 가치'가 일치하지 않는 경우가 종종 발견된다. 그 원인은 임화가 처한 '한국문학의 모순'에서 우선적으로 찾아진다. 한국문학사는 그 자체의 자족적인 발전의 역사였다기보다는 오래 전부터 외부를 향해 열려 있는 '문학'의 성격이 강했다.

특히 대부분이 일제 강점기에 쓰여진 작품인 근대문학(신문학)은 여러 가지 면에서 시대적 맥락과 상황으로부터 자유로울 수 없다. 따라서 '한국문학사'는 본질적으로 사회사와의 관련을 떠나서는 논의되기 어려운 점을 지니고 있는 것이다.

임화의 '신문학사'론은 이 점에서 한국문학사의 현실적인 특수성을 가장 먼저 인식하고 문학사 기술과 그 방법론을 검토한 최초의 작업이었다고 할 수 있다. 그 자체가 식민지 문학관의 테두리로부터 완전히 벗어나 있지는 못했지만 임화의 문학사는 그 문제의식 안에 '제국주의 문화'의 침략을 포함하고 있는 점만으로도 가치를 지니고 있다고 할 것이다. 더불어 임화를 '이식문화론자'로 규정하는 것은 임화의 신문학사를 이해하는 데 있어서 많은 오해와 잘못된 시각을 불러올 여지가 있으므로 수정되어야 할 편견이라고 하겠다.

4. 잠정적 결론

한국문예비평사 전체를 사회·문화사적인 시각에서 접근하여 기술한다는 것은 애초에 너무나 광범위한 작업임에 틀림이 없다. 따라서 본고가 그 일부만을 시론(試論)적인 성격에서 접근할 수밖에 없었던 것도 이미 예상된 결과이다. 그러나 '한국문예비평사' 더 나아가서 '한국문학사'의 기술이 궁극적으로 사회·문화와의 관련을 염두에 두지 않고는 그 올바른 성격 규명이 이루어질 수 없음은 이미 서론에서 밝힌 바와 같다.

작품의 내적 가치와 문학사적인 평가의 가치가 일치하지 않는 현상은 비평과 문학사의 상호 분리를 가져오는 원인이 된다. '한국문학사 서술의 문제'는 이렇게 비평적 평가와 문학사적 평가를 이어줄 가치체계의 빈곤에서 연유하며 그 가치기준은 바로 역사와 문학을 연결시켜주는 것이어야 한다.

문학사의 평가에서 작가의 역사의식과 창조의식이 동일한 비중으로 반영될 수 있게 하기 위해서는 문학 작품을 예술이라는 닫힌 가치의 체계 속에 가두어서는 곤란하며 사회를 향해 열린 체계의 일부로 보아야만 한다. 즉 문학과 사회학의 영역을 허문 문학사회학의 성과는 한국문학사의 서술에 있어서 중요한 가치 기준을 한 가지 제공하고 있는 것이다.

임화의 '조선신문학사'와 '신문학사의 방법론'은 그런 점에서 한국문학사의 '사회·문화사적인 접근'의 중요성을 가장 먼저 인식한 연구라고 할 수 있다. 1920~30년대 한국문학의 당면한 문제를 '문학 외적인 문제'와 관련시켜서 고찰한 연구성과는 '한국문예비평사'의 사회문화사적인 접근을 시도하고 있는 이 글의 출발점이 되기에 충분하다고 여겨진다.

특히 한국문학사의 연속성을 밝히려는 경우, 양식사가 지닌 단절적 요소의 한계를 정신사와 사상사를 통해 극복하려고 했다는 점은 그의 독특한 연구 업적이라고 할 수 있다. 한국문학사에서 정신사와 사상사 연구의 필요성을 주장하는 임화의 논리 안에는 당대의 사회·문화가 지닌 한계적 조건과 열악한 현실을 바라보는 역사적 안목이 담겨 있다. 임화의 논리는 이 점에서 철저하게 사회·문화적인 관점을 고수하고 있고 자신의 관점을 지탱해 줄 논리적 근거를 정신사와 사상사의 <전통>에서 발견하려고 한다.

그가 제시하고 있는 <환경>, <토대>, <전통>, <양식>, <정신>은 한국근대문학사를 구성하는 다섯 가지 조건이자 동시에 그 특수성을 규정하는 힘이다. 식민지 조선의 사회·경제적 조건(토대)을 기본으로 하면서 강한 <환경>에 의해서 '이식'된 <양식>을 극복하기 위해 <전통>과 <정신>을 탐구해 온 것이 바로 '식민지 조선문학사'라는 것이 그의 주장이다. 이 점은 당대의 현실적 조건 하에서 제국주의적인 외래문학(환경)의 영향을 극복하는 '문화 창조'가 민족 고유의 <전통>과 <정신>을 통해 이루어진다는 문학사 서술의 원칙을 포함한다. 요약컨데 영향에 대한 대타적 인식을 통해 '문화 창조'의 주체성을 자각하게 된다는 것이다. 그리고 조선문학사에서 그 양상은 <양식>과 <정신>, <환경>과 <전통>의 변증법적인 대립으로 나타나며 그 최종적인 해결은 당대의 현실적 조건(토대)에 의해서 규정된다는 것이 그의 문학사관이라고 할 수 있다.

한국문학사를 '사회·문화사적인 관점'을 핵심으로 하여 부차적 요인들의 변증법적 대립의 장으로 바라본 것이다. 임화의 이 시각은 한국의 근대문학을 외부적 조건인 보편성으로서의 <환경>, <양식>이 민족적 특수성인 <전통>, <정신>과 맺는 관계를 전제로 하는 문학이라는 인식을 드러낸다. 이 점은 식민지 조선의 근대문학이 처한 사회·경제적 조건이 '국가간 체제'

의 영향력 아래 있으며 제국주의 침략과 식민주의 원칙에 영향을 받고 있다
는 심각한 문제의식의 산물이다.

제3부

전통과 현대성

최인훈 「九雲夢」의 패러디와 아이러니
―고전적 세계관의 해체를 중심으로

1. 서 론

최인훈의 소설은, 일반적으로 관념적 사색에 치우쳐 있다는 평가와 냉전 상황에 대한 지적 대응이라는 평가가 서로 엇갈린 채 오랫동안 논란의 대상이 되어 왔다. 그의 작품 경향은 심각한 주제와 문제의식, 비사실주의적인 난해한 기법 등이 두드러지며, 과감한 형식 실험의 태도는 그를 '전후 최대의 작가'[1], 관념의 유희, 지적 소피스티케이션의 작가[2]라는 긍정과 부정의 평가를 동시에 받는 문제작가로 부각시켰다.

특히 「광장」에서는 분단에 대한 작가 나름의 사고과정을 통해서 개인과 밀실이라는 대립구도를 설정, 그의 소설들의 공통된 특징인 지적 관찰의 태도를 본격적으로 나타냈고, 「춘향뎐」, 「금오신화」, 「열하일기」, 「놀보뎐」, 「구운몽」 등의 소설과 「달아 달아 밝은 달아」, 「옛날옛적에 훠어이 훠이」 등의 희곡에서는 고전에 대한 새로운 해석의 움직임을 지속적으로 보여주었다.

---

1) 천이두 ,「밀실과 광장」,《문학과지성》, 1976. 겨울.
2) 김성열, 「최인훈의 구운몽연구」, 고려대학교 석사학위논문, 1984. p. 1.

그의 고소설에 대한 동명의 작품들은 대체적으로 패러디적 성향을 보이고 있다. 이는 그의 소설에서의 주된 주제가 단절된 전통과 현대의 연결을 통한 현대 한국인의 자기동일성 회복에 있다는 주장과 실제로 단절과 분열상에 부심하는 한국인에게 자기동일성을 회복하는 방안을 제시하고 있다는 좀더 긍정적인 평가까지도 가능하게 한다.

그러나, 대부분의 패러디 작품들이 그렇듯이 그의 소설은 원전에 대한 풍자적 모방이라는 범주에서 크게 벗어나 있지 않다. 그것은 세르반테스가 「돈키호테」에서 이전의 로만스 소설의 기사담을 풍자적으로 모방, 과거의 낡은 귀족적 세계관과 새로운 시민계층에 대한 자아비판을 동시에 수행하였듯이 긍정적이기보다는 비판적 시각이 앞서는 형태라고 보여진다. 그런 점에서 최인훈의 소설들이 갖고 있는 관념적 정치 성향은 과연 작품 내에서 올바른 비판력을 행사하고 있는가. 문제해결의 진지한 자세는 어떤 모습으로 형상화되고 있는가하는 점은 중요한 논의에 대상이며 그의 작품 전반의 평가에 앞서는 선결의 문제라고 할 수 있다.

따라서 필자는 일반적으로 최인훈 소설의 단점으로 지적되는 관념적 정치성향과 '긍정과 부정의 중간에서 질문은 있되 해답이 없는' 회색 지식인적 성향이 고전에 대한 해석과 평가, 재창조의 과정에서는 실제로 어떻게 나타나는가? 하는 점을 중심으로 하여, 기존의 최인훈 소설에 대한 평가를 재검토함과 동시에 그의 소설 속에 나타난 세계관이 고전적 세계관과 맺고 있는 관계를 주로 살펴 보고자 한다.

일련의 패러디 계열 소설들 중에서 가장 먼저 발표되어 논의의 중심이 되었던 「구운몽」은 이 문제에 대한 적절한 텍스트로 여겨지며 이 점에서 「구운몽」의 연구 가치는 좀더 높아진다고 하겠다.

「구운몽」은 작품 자체가 하나의 커다란 아이러니로 구성되어 있다. 이것은 작가 최인훈의 반어적 사고방식이 시종일관 고전적 통일의 세계관과 대립하면서 원전 「구운몽」[3]에 대한 패러디를 이끌어 가고 있기 때문이다. 「구운몽」에 나타난 패러디와 아이러니의 구조 분석은 궁극적으로는 작가의 세계관과 고전적 세계관의 관계 양상을 살피는 작업이며, 작가의 현실에 대한 비판의식이 어떤 결과로 나타나는가 하는 주제의식의 연구로 이어지는 것이다. 요컨대 이 작업은 그의 반소설적 형식실험의 경향 및 나약한 회색 지식인 군상을 비롯한 인물평가에 있어서 적절한 기준을 설정해 주는 과정의 하나이다.

2. 종교적 세계관과 시간구조

최인훈의 「구운몽」은 그 구성에서 꿈과 현실 등의 시간 경계가 불확실하며, 암시성과 상징성으로 가득찬 상당히 난해한 작품이다. 이는 전통적인 리얼리즘 소설에 정면으로 위배되는 것으로 소설을 리얼리티가 아닌 상징과 의미화의 영역으로 밀어 넣고 있는 독특한 구성이라고 할 수 있다.

우선 이 소설에는 작품의 내부에 독자를 혼란에 빠트리는 교묘한 함정과 방해의 장치가 가득하다. 꿈과 현실이라는 경계의 모호성, 시간 배치에서의 인위적인 조작, 꿈속의 꿈의 구조, 상징과 암시가 강한 삽화의 도입, 마치 알레고리적인 연극 대사처럼 꾸며진 영화해설, 낭만적 아이러니의 기법을 통한 허구성의 폭로 등 각각의 장치는 서로 떨어져 있는 듯 하면서도 상호간에 유기적인 연관성을 주고 받는 치밀한 구조로 이루어져 있다.

소설 「구운몽」은 대략 4단계의 구성으로 나누어 질 수 있다. 그 첫 번째는 독고민이 주인공이 되어 활동하는 세계이며 두 번째는 정신과 의사인 김용길 박사가 주인공인 부분, 세 번째는 영화해설 부분, 그리고 네 번째는 두 사람의 젊은 연인들이 나누는 대화로 처리된 부분이다. 이 중에서 첫 번째 단계는 전체의 대부분을 차지하며 원전 「구운몽」의 구조와 시간 배치

---

3) 이하 김만중의 '구운몽'은 원전 '구운몽'으로 최인훈의 '구운몽'은 소설 '구운몽' 또는 그냥 '구운몽'이라고 부른다.

면에서 상당한 유사성을 지닌다.

이 첫 번째 단계에서 대부분의 패러디가 나타나는데, 작품 후반부로 갈수록 작자 혹은 화자의 개입은 좀더 두드러져 주제의식은 더욱 선명하게 부각된다. 소설은 처음에 주인공 독고민이 관 속에서 나와 아파트 계단을 올라가는 장면에서부터 시작된다. 이런 발단 부분의 묘사는 전반적인 독고민의 상황과 앞으로의 이야기가 전개되어 나갈 방향을 상징적으로 암시하는 복선의 역할을 한다.

실제로 소설의 발단부는 뒤에서 다시 언급하겠지만 관(무덤)에서 나와 희미한 동굴 입구로 걸어간다는 일종의 기독교적 재생 모티프의 성격을 지니고 있다. 즉, 첫 번째 단락의 구조는 "재생―현실―죽음"의 형태로 이루어지며, 기독교적인 '시작(창조)―끝(파멸)'이라는 직선적인 세계관을 반영한다. 결국 김용길 박사는 독고민과 윤회전성의 관계로 볼 수 없으며 기독교가 중심이 된 서구적인 개체관념에서 유래한 인물설정으로 보아야 한다. 이에 대한 설명은 소설 속에서의 김용길 박사의 생각에서 잘 나타난다.

> A 는 A이면서 A가 아니다? 그것은 인간을 '현재'와 '여기'라는 시간과 공간의 두 축으로 완고하게 자리 주어진 좌표로부터 허(虛)의 진공 속으로 내놓음을 말한다. 그리고 개인은 시공에 매임없이, 인류가 겪은 얼마인지도 모를 기억의 두께 속에 가라앉아, 급기야 그 개인성을 잃고 만다. 바다에 떨어진 한 방울의 물처럼, 그것은 미궁 속에 빠진 몽유병자 같은 상태일 거다(「최인훈 전집1 ― 광장 / 구운몽」, 문학과 지성사, 1989, p.265 ; 이하 페이지 수만 밝힘).

김용길 박사의 사고과정은 독고민과는 또 다른 대응의 한 양상이라고 할 수 있다. 김용길 박사는 독고민과는 전적으로 다른 별개의 존재이다. 그러나 그와 독고민은 인류가 겪은 무한한 기억의 두께 속에서 개인성을 상실한 두 개체 간에 나타나는 유사성을 함께 공유하는 인물이다.

첫째 단락에서 가장 모호한 곳은 꿈과 현실, 그리고 시간 배치에 있어서의 인위적인 조작이 함께 어울려 나타나는 부분이다. 우선 꿈과 현실의 경계는 시간적인 조작과 문체와 묘사의 변동에서 구분되어질 수 있다.

> 1) 그는 또 편지를 처든다. 오늘 밤 그는 몇 번째 되읽는지 모른다. 마치 놓아두면 그 편지 내용이 종이를 떠나 훌훌 날아갈 것을 걱정하듯. 마치 자기 눈길로 글자 하나 하나를 꼭 얽어 매놓으려는 듯. …독고민은 자꾸 읽는다.
> 2) 사흘 뒤 일요일. 민은 극장을 건너다보면서 서 있다.
> 3) 이튿날 아침.
> 김용길 박사는 이층에 있는 원장실 창문에 붙어 서서, 병원 뜰을 내다 보고 있다.

위의 세 부분은 각각 소설 속에 나타나는 시간 설정에 관계된 부분이다. 1)은 독고민이 익명의 편지를 받고 그것을 숙의 편지라고 단정한 채 되풀이해서 읽는 부분이고 2)는 1)의 바로 다음 단락으로서 숙을 만나기로 한 날이다. 3)은 첫째 단계에서 둘째 단계로 넘어가는 부분으로서 '이튿날 아침'이라는 시간적 선후 관계에 의해서 둘째 단계로 연결되는데 구체적인 기준이 되는 시간점이 뚜렷하지 않다.

전체적인 줄거리의 흐름상 2)의 기준 시각은 1)이 되고 3)의 기준시각은 순차적인 흐름으로 볼 때는 첫째 단계 종결부의 시각이 되지만 2)이후의 몽유적인 사건이 꿈이라고 가정한다면 기준이 되는 시각은 1)에게로 옮겨지며 첫째 단계의 이야기는 하룻밤 동안의 꿈으로 처리된다. 1)에서의 종결부가 '자꾸 읽는다'라는 형태로 이루어진 점, 그리고 둘째 단계에서 첫째 단계의 연장선상에 있는 인물인 빨간 넥타이의 조수가 "어젯밤에도, 해전이라는 자작시를 들고 와서 비평을 졸라대는 통에 혼이 났다"고 하는, 첫째 단계에서의 사건과 관련이 있는 서술을 통해서 2)의 부분이 꿈이며 3)의 기준 시각은 1)이라고 유추할 수도 있다.

이러한 기준에 따르자면 전체적인 문체와 묘사법 자체도 꿈과 현실의 경계를 사이에 두고 변화하는 것이 된다. 따라서 독고민이 편지를 '자꾸 읽는다'는 것은 현실에서 꿈으로 옮겨가는 하나의 장치이며, 소설 전체의 줄거리는 불과 이틀 동안에 벌어진 사건이다.

한 시대의 문학작품을 형성하는 시대사상의 저변에는 대부분 어떤 특정의 종교의 역할이 깊숙이 관여되어 있곤 하는 것이 상례이다. 우리의 고소설에 있어서도 대부분의 작품이 불교와 유교적 사상을 근본으로 깔고 있고 그 외에 도교적 신선사상과 도술담 등이 소설을 이끌어 가는 주요한 흥미의 한 요소로 작용하고 있다. 이런 연유로 대개의 고소설은 권선징악, 충효, 열녀정신 등 유교적 도덕률이나 인과응보, 적강형 모티프, 불교적 인연 등이 주조를 이룬다. 이것은 단지 우리의 고소설에서만 볼 수 있는 제한된 현상이 아니고 서구의 르네상스 이후의 문학 전반에 걸친 기독교적 세계관의 영향에서도 쉽게 그 예를 찾을 수 있다. 실제로 서구의 문학은 두 개의 커다란 종교적 뿌리인 헬레니즘과 헤브라이즘의 산물이라고 해도 과언은 아니다.

특히, 르네상스 이후의 문학은 인본주의라는 성격적 특질을 지니고 있었지만 그 사상의 밑바닥에는 개신교적 사상과 그리이스·로마의 종교라고도 할 수 있는 신화가 주로 흐르고 있다. 그런 점에서 성경의 알레고리나 '성서 예형론' 등이 그 내면의 문학적 뿌리를 이루고 있다는 주장도 결코 괜한 억지만은 아닐 것이다.

원전 「구운몽」도 그런 점에서는 예외일 수 없으며 동양의 3대 종교 사상인 유교, 불교, 도교의 정신이 깊이 스며 있는 작품이다. 성진이 꿈의 구조를 빌어서 양소유로 환생하는 이야기라든가, 양소유가 현세적 윤리에 충실하여 여덟 부인을 거느리고 세상의 부귀영화를 모두 누린다는 이야기, 신선이 거문고를 가르치는 부분 등은 모두 이런 종교적 영향 밑에서 소설의 이야기 구조 속으로 들어온 모티프들이다.

그러나, 소설 「구운몽」은 원전 「구운몽」과는 전혀 다른 종교적 색채를 띠고 있다. 두 작품의 패러디 관계에서 이것은 더욱 두드러지는 특징으로 나타난다. 소설 「구운몽」은 원전의 구조를 풍자적으로 모방하면서 고전적 세계관—즉, 동양의 종교적 세계관—을 서구적 혹은 기독교적인 세계관으로 대체시킨다. 곧, 최인훈이 끊어진 전통을 현대에 어떻게 계승 발전시킬 것인가를 작품의 주제로 삼았으며 더불어 전통에 자신의 작품을 연계시킴으로써 "단절과 분열상에 회심하는 현대 한국인에게 자기 동일성을 회복하는 방안을 제시했다."[4]는 기존의 주장은 여기서 새로운 검토의 필요성을 갖게 된다.

소설 「구운몽」은 이미 언급한 바처럼 원전이 '전생—현세—전생'이라는 환생 모티프를 중심으로 순환론적인 구조를 이루고 있는데 반해서 기독교적인 세계관에서 유래한 평면적 구조가 작품의 전반부를 구성하고 있다.

독고민은 관(무덤)에서 나와 여자의 목소리를 따라서 동굴 어귀처럼 희미한 곳으로 나선다. 이 장면은 죽은 예수를 "바위 속에 판 새 무덤에 넣어두고 큰 돌을 굴려 무덤 문에 놓고 가니"(마태복음 27장 60절)와 "큰 지진이 나며 주의 천사가 하늘에서 내려와 돌을 굴려내고 그 위에 앉았다."(마태복음 28장 2절)라는 성경구절에서 볼 수 있는 예수의 부활(재생) 모티프의 변형이다.

일반적으로 환생을 재생과 같은 것으로 보는 견해도 있으나 환생과 재생은 분명히 구분될 수 있는 성질의 것이다. 재생은 죽은 사람이 죽은 사람의 몸에서 다시 살아나는 것을 말한다면 환생은 불교에서 일컫는 윤회전성을 의미한다. 따라서 서양에서는 동양적인 윤회사상에 근거를 둔 환생 모티프란 생소한 것이며 자연히 성서에 근거를 둔 부0활과 재생의 모티프가 문학적인 소재로 수용되어 왔다.

위와 같이 볼 때 원전 「구운몽」의 구조가 '성진—양소유—성진'의 구조라면 최인훈의 소설 「구운몽」은 '독고민—독고민—죽음/김용길 박사'의 구조이다. 성진과 양소유가 한 존재의 본질에서 드러난 양면적 표현인데 반해서

---

4) 위의 글. p. 82.

독고민과 김용길 박사는 비슷하면서도 통합할 수 없는 개체화된 존재인 현대인을 상징한다. 동양적 세계관(또는 고전적 세계관)이 환생을 근거로 순환론적인 통일을 이룬다면 서구적인 세계관은 죽음으로 막을 내리는 직선적이고 평면적인 세계관을 나타냄으로써 독고민이라는 개체가 결코 김용길 박사가 될 수 없는 이원론적인 작품의 구조를 만든다.

최인훈 소설 「구운몽」에 나타난 기독교적인 모티프는 이밖에도 곳곳에서 찾아진다. 가장 두드러진 부분은 광장에서 독고민이 처형되는 부분과 늙은 댄서가 독고민을 구하는 다음과 같은 대목이다.

> 그녀는 분수 아래에 꿇어 앉아서 두 손을 모았다. 그리고 얼굴을 들어 대석에 걸쳐진 독고민을 바라본다. 그녀는 입 속으로 기도를 드린다. 오랫동안 대석 위의 주검을 바라보면서. 동굴처럼 퀭한 그녀의 두 눈에서 눈물이 흘러내린다. …그녀는 일어서서 축 처져내린 시체에 입을 맞췄다. …그녀는 팔을 들어 조심스럽게 시체를 끌어내렸다. …그녀는 가볍게 소리지르며 독고민을 흔들었다. 독고민은 눈을 떴다. 그리고 자기를 들여다보고 웃고 있는 여자를 보았다. 왼쪽 뺨에 까만 점이 눈을 끈다. 그녀는 그를 끌어안고 입을 맞췄다.(p.252)

독고민이 분수대 위에서 처형당하는 장면은 흡사 예수가 십자가에 못박히는 것이 연상될 만큼 전체적인 상황 전개와 묘사가 비장한 정조를 자아낸다. "사람들은 그 물건을 맞들어 돌기둥에 걸쳐 놓았다"(p.251)라는 묘사부분은 "요셉이 시체를 가져다가 정한 세마포로 싸서 바위 속에 판 새 무덤에 놓아두고"(마태복음, 27장)라는 성경 구절을 연상케 하며, 늙은 댄서의 위와 같은 행동은 피에타와 유사한 이미지를 보여준다. 서구의 동화인 '잠자는 공주'에서도 비슷한 장면을 떠올릴 수 있는데, 이 둘은 모두 "거기 막달라 마리아와 다른 마리아가 무덤을 향하여 앉았더라"(마태복음, 27장), "막달라 마리아와 마리아가 무덤을 보려고 왔더니"(마태복음, 28장)와 같은 예수의 부활(재생) 모티프의 변형이다.

이밖에도 최인훈의 「구운몽」에는 '도마의 형제', '신의 아들', '십자형틀' 등 성경의 모티프들이 곳곳에서 발견되는데, 이는 지금까지의 「구운몽」 연구에서 보여주었던 다음과 같은 시각에 새로운 고찰을 요구하는 단서가 된다.

1) 독고민과 김용길 박사를 윤회전성 관계로 보는 시각.[5]
2) 최인훈이 우리의 전통에 자신의 작품을 연계시킴으로써 우리의 기억 속에 내재한 과거를 오늘의 의식 속에 접맥시켜 한국인의 과거와 현재가 단절되어 있지 않다는 의식을 확보하려 했고 이를 통해 단절과 분열상에 고심하는 현대 한국인에게 자기 동일성을 회복하는 방안을 제시했다는 주장.[6]

이제까지의 논의에 비추어 볼 때, 우선 첫 번째의 주장은 최인훈의 기독교적 세계관 속에서는 결코 나타날 수 없는 윤회전성을 무리하게 원전 「구운몽」에 비추어 해석하려고 하는 오류를 범하고 있고, 두 번째 주장 역시 최인훈이라는 작가 자체가 서구에 대한 일면적 경사의 세계관에 물들어 있다는 점에서 지나친 속단이라고 말할 수 있다.

3. 최인훈 「九雲夢」에 나타난 패러디

패러디는 억압구조에서 발생한다. 당대의 패러디가 직접 억압구조에 대항하기도 하고 억압주체가 변형된 형태로 그 모습을 나타내는 상황 속에서 발생하기도 한다. 변형된 억압구조는 실제로 사회, 교육, 경제적으로 교묘한 지배적 담론을 유발하고 더 큰 억압으로 개개인에게 작용한다. 그러나 억압이 아주 클 때 사람들은 오히려 억압구조를 느끼지 못하고 그것을 일상의

---

5) 위의 글.
6) 위의 글.

삶으로 받아 들인다. 바로 이런 거대한 억압에 대한 패러디가 진행됨으로써 억압의 주체는 비로소 선명한 윤곽을 드러내게 되는 것이다. 이런 경우 패러디가 절묘하면 절묘할수록 억압의 실체는 더욱 선명해진다.

최인훈의 소설 속에서의 패러디 양상은 '억압구조와 지배적 담론에 대한 것', 그리고 '고전적 세계관에 대한 패러디'라는 두 가지 방향을 모두 지향한다. 소설 「구운몽」에서도 원전 「구운몽」의 유기적 세계관에 대한 패러디를 통해서 현대의 상황을 진단하고 관찰함과 동시에 이를 토대로 새로이 현대의 억압구조와 지배적 담론을 패러디 형식으로 돋보이게 하는 방법을 사용하고 있다.

특히, 현대의 억압구조와 지배적 담론에 대한 패러디에서는 작가 특유의 '비관적 역사인식'에 의한 부조리 인식이 운명의 아이러니라는 아이러니의 한 형태를 동반함으로써 더욱 복잡한 양상으로 전개된다. 따라서 필자는 이런 패러디의 형태를 밝혀내고 더불어 작가의 비관적 세계관에서 연유된 것으로 보이는 아이러니의 분석에 초점을 맞추고 논의를 전개시켜 나가고자 한다.

우선 논의의 출발점은 패러디의 분석과정에서 S. 채트먼의 『이야기와 담론』에서 이야기를 구성하는 요소로 열거한 인물의 성격, 배경, 행위, 플롯의 상호비교를 통한 접근에서 찾기로 하겠다.

<인물의 성격>

원전 「구운몽」의 양소유와 소설 「구운몽」의 독고민은 우선 표면적인 행복과 불행, 부와 명성에서 각기 대조적인 모습으로 소설 속에 등장한다. 소설 「구운몽」이, 독고민이 처음에 관 속에 누워 있는 장면에서 이야기가 시작되는 반면 원전 「구운몽」은 양소유가 전생에 남악 형산의 불제자 성진이었다는 데에서 이야기가 전개된다는 점에서 우선 뚜렷한 대조를 드러낸다. 독고민은 '어하면서 스물 일곱 해를 살아온 사람'이었고, '중학교에서 고등학교까지 죽 공부 못하는 학생', '월남 후에 바로 입대해서 다리에 부상 입고 제대, 돗대기 시장에서 넥타이 장수로 내딛은 그의 직업편력은 다채롭고 줄여 말하면 좀 고생한' 사람이다. 더우기 그의 머리는 원래 무슨 일을 토막토막 잘라서 갈라놓고 무게를 달아보고 그것을 또 한데 모아보고 하는 그런 생김새로 돼 있지 않았다. 반면 양소유는 '나이 십사오세에 이르매 청수한 풍채는 반악같고 문장은 이백 같고 필법은 왕희지 같고…속된 선비에 견줄 바 아닌' 영걸이다.

또한 소설 「구운몽」에서 팔선녀에 대한 패러디로서 등장하는 '숙'은 양부인이고 민의 현금을 갖고 자취를 감춘 여인이다. 이는 팔선녀들이 모두 재주와 미모를 겸비했다는 사실과도 뚜렷한 대조를 보이는 것이다. 팔선녀들은 모두 양소유와의 관계에 있어 능동적인 자세를 취하지만 숙은 민을 버렸고 약속장소에 나오지 않았으며, 그를 모른다고 해서 죽게 버려 둔다.

그리고 양소유가 마침내 속세의 모든 부귀영화가 일장춘몽에 지나지 않음을 깨닫고 불가에 귀의하는데 반해서 독고민의 또 다른 변형(또한 양소유에 대한 또 다른 패러디)인 김용길 박사는 '인간의 신비를 손으로 만지면서 연구하겠다는 생각으로 신경과를 택한', '성인군자라기보다 역설과 아이러니의 세례를 받은 요즈음 사람이고 게다가 과학자다.' 또한 그는 '현대는 성공의 시대가 아니라 좌절의 시대며, 건너는 시대가 아니라 가라앉는 때며 한 마디로 난파의 계절이므로 현대인의 인격적 상황은 극심한 자기 분열의 상태'에 있기 때문에 과학의 힘으로써 '개인의 해체를 막고 그의 허리를 꼭 조여줄 코르셋'을 생각해야 한다고 말하는 '도마의 형제'이다.

소유와 성진, 그리고 독고민과 김용길 박사의 관계는 좀더 특이한 양상의 패러디라고 할 수 있다. 원전 「구운몽」에서의 윤회는 한 존재의 본질에서 드러난 현상에 대한 양면적 표현이, 성진과 양소유라는 표층적 명명으로 구분된다는 입장에서 존재론적 탐색을 위한 전제이다.[7] 곧, 성진과 양소유

------

7) 설성경, 「구운몽의 주인공론」, 『한국 고소설의 조명』, 한국고소설연구회 편, 아세

는 본질적으로 하나의 존재이며, 성진이 겪는 종교적 삶과 소유가 겪는 사회적 삶이 하나로 어울려지는 관계에 작가가 의도한 문학성의 목적이 숨겨져 있다.[8]

그러나, 독고민과 김용길 박사의 관계는 앞에서도 언급한 것처럼 결코 하나로 합쳐질 수 없는 개별적 인물이다. 양소유와 성진의 통일적 존재는 "방대한 조직과 풍문보다 불확실한 뉴스문화의 홍수를 암시하는 바다를 헤엄쳐 건너다 온몸이 산산이 흩어져 낚시질 당하는" 민과 그러한 것들 속에서 "개인의 해체를 막고 그의 허리를 꼭 조여줄 코르셋을 찾는" 김용길 박사로 나누어져 각각 패러디화 된다. 양소유는 현세의 삶을 누리는 동안 통일된 인격으로 입신양명을 이룩하지만 독고민은 가난한 간판사로서 사회의 각기 상이한 이해집단의 요구에 따라 A가 A이면서 A가 아닌, 무기력한 현대인으로 살아가고 있다. 김용길 박사도 분열의 위기를 극복하려고 노력하지만 그 역시 "교양인은 스스로 마귀를 불러들이고 소박한 인간들은 밖으로부터 들리는 것은 아닐까? "하고 생각하여 현대인의 자기분열적 상황에 자신도 함께 놓여 있음을 암시한다.

이처럼 최인훈의 소설 「구운몽」의 모든 등장인물은 고소설 속의 등장인물과는 다른 대조적인 성격을 지니고 있는데, 배경을 현대로 옮겨온 작가의 의도 속에 이미 그 이유가 숨겨져 있다. 현대라는 특수한 상황 속의 인물유형은 그 자체가 고소설의 등장인물과는 다른 패러디화일 수밖에 없다. 그것은 자연스러운 인식과정에서 생긴 것이며, 고소설의 형식과 세계인식의 해체에까지 연결될 수 있는 중요한 전제가 된다.

\<배경적 자질\>

배경은 인물과 행동을 뒷받침해주는 성분으로서, 행동의 물리적 배후인

아문화사, p. 141.
8) 위의 책. p. 142.

공간과 시간을 지칭하는 용어이다. 따라서 이것은 공간적 자질과 시간적 자질이라는 양 측면에서 두 작품의 비교가 이루어져야만 한다는 것을 의미한다. 그러나 패러디의 형식에 대한 분석이라는 측면에서 볼 때, 「구운몽>에서 우선적으로 중요성을 갖고 검토되어야 할 것은 시간적 배경이며 공간적 배경은 부차적인 검토의 대상이라고 할 수 있다. 그 까닭은 우선 패러디의 기본 출발점이 동일한 작품임에도 불구하고 전혀 다른 물리적 배후(즉, 시간적 배경)을 가지고 이야기를 전개시킨다는 데 있다는 점이다. 고대와 현대라는 시간적 차이—작품의 배경이 되는 특정한 시대공간은 본질적으로는 공간적 배경이라고 할 수 있다—는 두 작품 사이에서 인물의 성격차이를 만들어 낼 수 있는 충분한 조건이 된다. 그런데도 시대공간이라는 배경을 달리하여 이야기를 전개시킨 것은 그것이 고의적인 작가의 패러디화에 의한 결과임을 말해주고 있는 것이다.

결국 배경적 자질로 살펴본 최인훈의 패러디화 경향은 크게는 현대와 고대라는 이질적 세계의 대조로 나타나고 이를 통해서 현대의 모순에 대한 근원적인 진단을 시도하려고 하는 작가의 숨은 의도를 묵시적으로 드러내고 있다.

<행 위>

등장인물의 행위는 이미 성격 부분에서 보여진 것처럼 독고민이라는 주인공이 믿을 수 없는 화자로 나타난다는 점에서 그 행위의 형태가 드러난다. 독고민은 관 속에서 나와 시종일관 사람들에게 쫓기고 결국은 혁명의 괴수로 몰려 처형당하는 처지에 놓인다. 이는 양소유의 영웅적 행위의 양태와는 근본적인 차이를 드러내는 것으로 양소유가 소설 속의 김용길 박사의 표현대로 고전 물리학적 통일의 행위를 한다면 독고민은 극심한 인격적 분열의 행위를 하여 그의 정상적인 행위는 어느덧 소설 속에서 사라지고 해체된 행위의 파편만이 남아서 소설을 이끌어 간다. 사실성이 결여된 행위를 보여줌으로써 작가는 고전적 세계관에 대한 패러디를 수행하고 이를 통해 현대의 부조리한 상황과 억압이 그 실체를 노출케 만드는 것이다.

따라서 작가의 숨은 의도는 고전적 세계관에 대한 패러디 자체에 있는 것이 아니라 오히려 이를 통해서 아이러니가 극대화되어 있는 현대의 분열적 상황을 보여주는 데 있다고 볼 수 있다. 이런 의도에서 작가가 구사하는 파편화된 인물의 행위는 고대와 현대에 대한 이중의 패러디를 수행하기에 가장 적합한 형태이며 최인훈의 반소설적인 실험이 어떤 뚜렷한 의도를 담은 것임을 시사하는 것이다.

<플 롯>

플롯의 측면에서 두드러진 것은 원전 「구운몽」과 소설 「구운몽」이 모두 몽환의 구조로 이루어졌다는 점이다. 앞에서 언급한 바와 같이 소설 「구운몽」의 구조는 '현실—꿈—현실'이라는 원전 「구운몽」의 구조를 모방하고 있다. 특히, 꿈 속의 꿈의 구조—즉, 성진의 현실 이야기와 사유의 형식을 빌린 선몽(仙夢)이라는 이원화된 구조 안에서 양소유(성진의 환생)가 다시 꿈을 꾸게 하는 플롯의 전개—를 모방한 것은 가장 두드러진 특징이 된다.

원전 「구운몽」에서 양소유는 꿈에 남악 형산에 올라 육관대사를 만나고 현실 생활의 부귀와 공명이 모두 허망한 것이라는 암시를 받는다. 한편, 이것과 유사한 플롯으로 「구운몽」의 독고민은 꿈에 '바다를 건너다 자신의 몸이 산산이 흩어지고 그 조각들을 제각기 자신의 몸에 끼워 맞추려는 불구의 괴물들'을 만난다. 이 두 플롯은 후자가 전자를 풍자, 모방한 것으로 소설 안에서 두 가지의 효과를 얻어낸다.

첫째로, '현실—꿈—현실'의 구조 안에 이 플롯을 삽입함으로써 꿈에서 현실로 돌아오는 일종의 동기를 부여한다. 다시 말해서 '현실—꿈—(꿈 속의 꿈)—현실'이라는 구조 안에서 보조적인 역할을 수행하는 것이다. 둘째로, 꿈 속에서 현실에 관한 꿈을 꾸게 하므로써 작품 속에 담긴 현실관을 드러나게 한다.

전자가 총체성을 잃지 않고 현실에 대한 유기적인 끈을 보존한 양소유의 현실관을 나타낸다면, 후자는 현대의 다양하고 강압적인 사회적 요구에 의해 해체된 존재의 파편화된 현실관이 그대로 반영된다. 이 두 현실관의 차이는 근본적으로 작가 최인훈이 지향하는 패러디라는 풍자적 모방의 태도에서 연유된 것으로, 고전적인 통일의 세계관을 현대의 파편화된 세계관으로 대치시켜 상호비판을 가하는 데 그 숨은 의도가 담겨져 있다.

요컨대, 「구운몽」의 패러디는 두 개의 방향점을 지향하고 있다. 그 하나는 원전「구운몽」의 총체성에 대한 허위를 공격하는 것이고, 둘째는 현대의 주체상실의 상황에 대한 고발이다. 결국 소설 「구운몽」의 후반부에서 새롭게 시작되는 이질적인 플롯은 김용길 박사의 사유과정을 빌려 소설 전체의 구조가 고전적 세계관과 현대인의 의식에 대한 일종의 패러디였음을 고백하는 단계에까지 이르게 된다.

최인훈의 소설 「구운몽」의 패러디는 고전적 세계관에 대한 작위적인 패러디이다. 작품의 후반부에서 행해지는 '조선원인고'라는 진술은 작품전체가 현대의 억압주체와 지배담론에 대한 또 하나의 패러디였음을 아이러니의 형식을 빌어 실토한다. 결론적으로 작가의 패러디는 단순히 고전에 대한 모방이 아니라 현대의 모순에 근본적인 초점이 맞추어져 있음을 시사한다. 이런 연장선상에서 최인훈의 비관적 역사인식이 아이러니를 동반하면서 운명의 아이러니에 이르는 과정에 대한 고찰은 현대를 역설과 아이러니의 시대, 구원 없는 세대, 개인/집단의 불화와 모순의 시대로 보는 작가의 세계관에 대한 좀더 세밀한 탐구를 가능하게 한다.

4. 소설 「구운몽」의 아이러니

아이러니의 여러 비평적 용법 속에는 대부분 위장의 어원적 의미, 즉 주장

과 사실 사이의 괴리라는 뜻이 들어 있다. 반어(反語, Verbal irony) 또는 언어
상의 아이러니는 말하는 사람이 뜻한 숨겨진 의미가 그가 겉으로 주장한
의미와 다른 진술로서, 이런 반어적 진술 속에는 하나의 태도나 평가의 명확
한 표현이 포함되어 있는 것이 상례이다. 소설 「구운몽」에서의 아이러니는
우선 믿을 수 없는 화자에 의한 '믿을 수 없는 서술'이라는 점에서 그 모습을
발견할 수 있다.

믿을 수 없는 서술에서 화자의 설명은 이야기의 진짜 의도에 대한 내포독
자의 추측과 일치하지 않는다. 이야기는 곧 담론을 방해하는 것이다. 이때
자연히 내포작가와 내포독자 사이에는 은밀한 의사전달이 이루어지고 이러
한 형태의 담론은 일반적으로 자기폭로의 아이러니나 순진의 아이러니, 자
기비하의 아이러니 중 한가지 형태를 띤다고 할 수 있다. 소설 「구운몽」
은 대체적으로 순진의 아이러니에 가깝다고 보여지는데 독고민이 각기 다른
상황의 사람들을 만나면서 보이는 무지는 바로 이 아이러니의 기본 형태로
서 독자는 독고민이 하는 서술의 배후에 숨어 있는 내포작가와의 은밀한
의사전달을 통해 현대인의 모순과 '집단/개인의 불화' 등을 보는 것이다.

또한 「구운몽」은 전체를 통해 광범위하게 지속되는 구조적 아이러니로서
소설 전체를 관통하고 있는 운명의 아이러니를 갖고 있다. 이것은 최인훈의
비관적 역사인식에서 연유된 것으로, 그의 소설 속에 등장하는 나약한 지식
인들은 대개 자신이 배워서 알고 있는 세계를 현실에서 발견하지 못하고
자신이 이상으로서 가지고 있는 세계가 현실로부터 배반당하는 것을 경험한
다.

여기에서 주인공의 의식세계와 주인공 밖의 현실세계가 충돌하게 되고
그때마다 의식세계는 패배를 당하며 자연 현실은 그의 소설에서 무대 뒤로
숨고 의식세계만이 표면으로 나서게 된다. 현실과의 충돌에서 패배한 그의
주인공들은 외부로부터의 어떤 도전에 대해서도 아무런 대답을 하지 못한
다. 구운몽에서 독고민의 계속되는 도망은 바로 이런 측면을 잘 드러내는

것으로 그는 결코 어떠한 논쟁에도 끼어들려고 하지 않는다. 그것은 그가 현실의 음모에 빠져들면 패배한다는 결론을 갖고 있기 때문에 자신을 보호하기 위한 수단으로서 취하는 행동인 것이다.

그러나 결국 그의 주인공은 이율배반적인 현실 속에서 괴로워하다가 세계와의 화해할 수 없는 모순으로 인해 그 자신을 해체시키고, 집단/개인의 불화를 넘을 수 없는 벽으로 인식하는 패배주의에 싸여 역사를 운명이라고 생각하는 운명론적 인식에까지 이르게 된다. 이러한 운명론적 인식은 곧 신이나 운명이나 우주의 변화가 사건을 조종하여 한갓 헛된 희망을 품게 하다가 나중에는 주인공을 좌절시키고 조롱하는 듯 묘사되는 운명의 아이러니의 형태를 띠게 되는데, 구운몽에서 독고민의 쫓기는 듯한 행위와 죽음이 바로 거기에 해당된다. '조선원인고'의 다음과 같은 부분은 이러한 운명의 아이러니를 보여주는 적절한 예이다.

> 우리가 하는 일은 신의 행위의 결과인 열상을 검증하는 일입니다…역사란, 신이, 시간과 공간에 접하여 일으킨 열상의 무한한 연속입니다. 상처가 아물어 결절한 자리를 시대 혹은 지층이라고 부릅니다. 이 속에 신의 사생아들이 묻혀 있읍니다. 신은 배게할 뿐, 아이들의 양육을 한번도 맡는 일없이 늘 내깔렸읍니다. 우리가 하는 일은, 이 지층 깊이 묻힌 신의 사생아들의 굳은 돌을 파내는 일입니다. 캐어낸 화석들은 기형아가 대부분입니다. 그것도 토막토막난.(pp.274~275)

최인훈에게 이러한 아이러니는 심지어는 불안정한 아이러니의 형태를 띠면서 은연중에 인간 상황 속에 어떤 확고한 입장이나 의미가 있다는 것을 부정하는 후퇴하는 아이러니의 경향을 띠기도 한다. 실제로 최인훈에게 사랑에 의한 구원이라는 희망을 배제한다면 그의 몽환적 반소설의 경향들은 극도의 패배주의로 인해서 후퇴의 아이러니[9]에 좀더 밀접해진다고 할 수

---

9) 인간 상황 속에 어떤 확고한 입장이나 의미가 있다는 것을 부정하는 아이러니.

있다.

세 번째로 사용된 아이러니는 낭만적 아이러니로서 이는 작가가 예술적 환상을 증가시키다가 나중에는 예술가인 그가 바로 등장인물들과 그들의 행동을 자기 마음대로 창조하고 조종한 사람이라는 것을 폭로함으로써 그 환상을 다시 깨뜨리는 극적 또는 설화적 창작기법을 지칭하는 것으로서 이것은 사람들에게 하나의 작품이 예술이면서 동시에 인생이기도 한 상반적인 것의 병존으로 생각하기를 요구한다.

구운몽의 후반부에서 사용된 '조선원인고'는 바로 이 낭만적 아이러니를 보여주는 부분으로서 최인훈 자신이 궁극적으로 패러디한 것이 무엇이었던가를 구체적으로 폭로함으로써 삶과 작품을 동일선상에 올려놓고 있다. 특히, 이 부분에서 소설은 "이 영화는…언제든지 다시 뗄 수 있게 하기 위하여, 질이 좋은 수용성 풀로 가볍게 붙여놓았으며…학문적 엄격성과 학문적 대중화라는 서로 달아나는 명제를 잠정적으로 붙들어 매느라 애썼읍니다."(pp.276~277)라고 하여 사회적인 권위가 있는 화법을 패러디함으로써 그 화법 자체를 사회적 권위에 대한 풍자의 무기로 사용하는 아이러니의 한 형태를 보여준다.

이상에서 살펴본 바와 같이 최인훈이 현대를 역설과 아이러니의 시대라고 한 만큼이나 그의 작품도 또한 역설과 아이러니로 가득차 있다. 최인훈에게 있어서 '현대는 성공의 시대가 아니라 좌절의 시대'이며 현대인의 인격적 상황은 '극심한 자기분열'의 상태인 것이다. 따라서 대립적인 것을 조정할 가능성을 보지 못하는 자로서 선택할 수 있는 유일한 길은 아이러니라는 당연한 귀결점밖에 없게 된다. 물론 아이러니의 감각은 그것을 지니고 있다고 해서 그 당사자를 곤경에 조금이라도 덜 빠지게 하지는 않는다. 단지, 어느 정도까지는 그것을 극복할 수 있게 하는 힘이 되어줄 뿐이다. 결국 최인훈의 아이러니는 현실적인 억압에 대한 우회적인 간접화법의 일종으로 내부에는 뿌리깊은 패배주의와 냉소주의의 모습을 감추고 있다고 할 수 있다.

5. 해체의 의미

최인훈에게 고전적 세계관은, 그의 소설 「구운몽」에서 세 마리 짐승의 설화에 대한 논평에 잘 나타난 바와 같이 현대에는 이미 해체되어버린 것이나 다름이 없다. 이 얘기를 고전 물리학적 통일상으로 보면서 자기 분열이 없는 소박한 고대인이라고 생각하는 그에게는, 극심한 자기분열이 두드러지는 현대에 "스스로에 만족한 무자각한 인간이란 원리적으로 현대와 가장 먼" 것이라는 결론은 당연한 귀결이 아닐 수 없다. 따라서 그에게 고전의 재해석이란 측면은 현재에 대한 패러디의 수단에 다름이 아니며 궁극적으로는 패러디와 아이러니를 통한 '현대에 대한 가치설정'의 방편인 것이다. 이런 맥락에서 본다면 최인훈의 몇몇 소설에서 보여지는 형식 해체적 경향은 앞서 언급한 분열적 현실에 대한 반응의 형태이며 기본적으로는 패러디와 아이러니의 형태에서 크게 벗어나 있지 않다.

소설이 중세 서술문화의 해체의 소산이듯이 최인훈에게 소설은 다원주의와 분업화 속에서 분열되는 개인의 대립을 조정하는 방법이며 그것의 주요 수단을 아이러니에서 발견하고 있다. 그러나 그의 관념론적인 세계인식은 현실세계에 대한 회피로서의 몽환적 세계에의 안주와 지적 놀음으로서의 형식실험이라는 취약점을 더욱 두드러지게 하고 있으며 결국은 짙은 패배의식 속에서 막연한 사랑을 최후의 구원으로 표현하는 안일함에 빠지고 만다. 이것은 헤겔이 자본주의적 모순에 대한 뚜렷한 인식을 가졌음에도 도덕과 양심이라는 관념적 비판의 한계에 부딪혔던 것과 같은 맥락 하에서 이해될 수 있는 것으로 곧 관념론이 지닌 본질적 한계인 것이다.

사실 최인훈에게 '개인/집단'의 모순에 대한 해결 노력은 '낡은 형식에 대한 역설과 아이러니', '새로운 형식과 세계관을 세워야할 자신이 속한 시민계층에 대한 자아비판'이라는 이중의 싸움이었고 이것은 궁극에는 외부에 대한 그의 내면세계의 패배라는 형태로 나타난다. 최인훈의 작품은 관념적 정치성향으로 끊임없이 현실에 대한 진단을 내리고 있지만 결국은 운명의 아이러니라는 형태에서 크게 벗어나지 않으며 오히려 날카로운 현실 비판을 통한 발전적 대안을 제시하지 못하고, '질문은 있되 대답이 없는' 회색 지식인의 성향에 머무르고 만다.

6. 맺음말

최인훈의 소설 「구운몽」은 그 구조분석에서 알 수 있었던 것처럼 원전 「구운몽」의 구조를 모방하여 현대와 과거에 대한 양면적인 풍자를 행하고 있다. 특히 최인훈의 소설에 있어서의 특징은 기독교적인 서구의 세계관을 작품의 내면에 숨기면서 원전 「구운몽」에 대한 패러디를 수행하고 있다는 점이다. 실제로 이러한 최인훈 소설의 서구지향적 성향은 기존의 소설 「구운몽」의 연구에서 주장하던 독고민과 김용길 두 주인공의 윤회전성설, 최인훈 소설 「구운몽」의 가치를 지나치게 긍정적으로 평가한 결과인 현대인의 동일성 획득의 방향제시라는 두 개의 평가를 재고해야만 하는 이유가 된다. 더우기 후반부에 보이는 운명의 아이러니는 서구 기독교에 바탕을 둔 실존주의의 부조리개념을 끌어들이고 있는 만큼 최인훈의 작품은 긍정적으로 동일성 회복의 방향을 제시했다는 평가보다 비관적인 역사인식이 근저에 깔려 있다는 쪽이 더 타당성이 있다고 할 수 있다.

소설 「구운몽」을 중심으로 한 최인훈 소설의 패러디와 아이러니 고찰은 고전적 세계관에 대한 해체로서의 형태와 현대의 분열된 상황에 대한 조정으로서의 측면이라는 두 가지 방향에서 동시에 이루어질 수 있다. 아이러니와 패러디의 형태에 대한 이러한 고찰은 실상 이것들이 그의 소설 속에서 갖는 역할을 살핌으로서 그의 소설에 정당한 평가를 내리고자 함에 다름이 아니다. 따라서 바로 앞장에서 지적했던 관념적 성향들이 갖는 취약점들은 최인훈의 소설에 대한 평가에서 간과되어서는 안되며 또한 극복되어야 할 측면임에 틀림이 없을 것이다.

김수영의 초기시—설움의 자의식과 자유의 동경
— 「달나라의 장난」(1953), 「헬리콥터」(1955)를 중심으로

1. 산문정신과 세계의 개진

한국문학사에서 개인으로서의 시인과 사회, 시대와의 상관성에 대해서 강한 자의식을 지니고 있었던 시인을 고른다면 단연 김수영을 가장 먼저 꼽을 수 있을 것이다. 이 점은 그를 단순히 "참여 순수의 대립적 차원에서 현실의식이 강한 시인이었다"라고 간단히 규정하는 의미에서 그렇다는 것이 아니다. 한국문학사에서 김수영 이후, 현실의식을 강하게 드러낸 대부분의 시인에게 결여되어 있는 어떤 부분이 김수영에게는 하나의 미덕으로 존재하기 때문이다. 개인과 시대를 동등한 높이에 놓은 뒤 그 둘을 자신의 시적 자의식 안으로 흡입해 들어가는 힘에서 만큼은 그의 후배 시인들이 따를 수 없는 어떤 경지를 그는 보여주고 있는 것이다.

물론 이런 생각은 1960년대 이후 한국시의 성과를 폄하하기 위한 의도를 담고 있지는 않다. 단지 70년대와 80년대를 거쳐 이제 90년대도 막바지에 이른 현실에서, 한국시사의 역사적 현실태를 재고해 보자는 뜻에서 하는 말일 뿐이다.

시가 하나의 역사적 축적물임을 명확하게 인식하고 있던 점은 김수영의

중요한 미덕이다. 그것은 어떤 시가 어떤 시보다 더 좋은 것이라는 미학주의의 함정을 손쉽게 비껴가는 힘이기도 하다. 60년대적 상황에서 김수영의 이러한 시적 자의식은 과연 혁명적이라고 부를 수 있을 것이다. 그것은 '온몸으로 밀고 나간다'는 표현이 단순한 내용과 형식의 통합이라는 차원에서 이해되어서는 곤란한 까닭이기도 하다. 백낙청의 표현처럼 '행동의 도구로서의 시'가 아니라 '행동의 시'를 지향했다는 점에서 그의 시는 행동과 실천의 함의에 대한 새로운 해석을 요구하고 있는 것이다.(「백낙청, 「김수영의 시세계」, 황동규 편, 『김수영의 문학』, 민음사, 1983. pp. 38~44. 참조) 즉, '온몸으로 밀고 간다'는 표현 속에는 시대와 개인, 그리고 역사에 대한 냉철한 의식이 포함되어 있다.

김수영의 시에서 시적 자의식의 문제에 초점을 맞추는 까닭은 그것이 바로 50년대와 60년대의 현실을 바라보고 인식한 김수영의 내면을 보여주는 통로가 되기 때문이다. 시인의 내면 풍경 속에 각인된 현실은 다른 의미에서는 바로 그 시인의 행동이자 실천이다. 결국 '행동의 도구로서의 시'가 아닌 '행동의 시'가 되기 위한 전제조건은 치열한 자의식의 유무에 달려 있으며 그 자의식은 개인과 역사가 만나는 지점에서부터 그 근원을 찾을 수 있는 것이다. 이 점에서 김수영의 내면 풍경은 현실과 자아의 충돌·화해를 담고 있는 한 장소이다. 그리고 그 장소는 궁극적으로는 김수영의 행동과 실천을 그대로 보여주는 곳이며 더 나아가서는 '온몸' 그 자체와 동격이 된다.

다음과 같은 그의 시론의 한 구절은 특히 이러한 점을 잘 나타내는 부분이다.

산문이란 세계의 개진이다. 이말은 사랑의 유보로서의 <노래>의 매력만큼 매력적인 말이다. 시에 있어서의 산문의 확대작업은 <노래>의 유보성에 대해서는 침공적이고 의식적이다. ……시의 본질은 이러한 개진과 은폐의, 세계와 대지의 양극의 긴장 위에 서 있는 것이다.……시인은 자기가 시인이라는 것을

모른다. 자기가 시의 기교에 정통하고 있다는 것을 모른다.……시인이 자기의
시인성을 깨닫지 못하는 것은, 거울이 아닌 자기의 육안으로 사람이 자기의
전신을 바라볼 수 없는 거나 마찬가지이다. 그가 보는 것은 남들이고, 소재이고,
현실이고, 신문이다. 그것이 그의 의식이다. ……이러한 의식이 없거나 혹은
지극히 우발적이거나 수면 중에 있는 시인이 우리들의 주변에는 허다하게 있지
만 이런 사람들을 나는 현대적인 시인이라고 부를 수는 없다.
　　현대에 있어서는 시뿐만이 아니라 소설까지도, 모험의 발견으로서 자기형
성의 차원에서 그의 <새로움>을 제시하는 것이 문학자의 의무로 되어 있다.
　　　　　　(「시여, 침을 뱉어라」,『김수영 전집 2』, 민음사, 1981. pp. 250~251)

　　라깡은 인간을 선천적으로 결핍된 존재로 파악한다. 실제로 위에 인용한
김수영의 시론에서도 세계와의 동일성인 사랑의 끊임없는 유보와 세계의
개진이라는 두 개의 표현을 <노래>와 산문에 대입한다. 그리고 이 둘의
긴장을 시의 본질로 규정한다. 결국 김수영은 하이데거의 표현을 빌려옴으
로써 인간 존재의 선천적 결핍에 대한 대응의 논리를 시의 본질로 규정하고
있는 것이다. 사랑의 유보와 세계의 개진 사이에서 결코 고정되지 않은 채
끊임없이 긴장하며 떨고 있는 것이 바로 시의 본질인 것이다. 시의 예술성과
현실성의 화해할 수 없는 간극을 암시하는 이런 표현은 이상적인 사랑의
'부재/현현'의 사이를 방황하는 인간 존재의 영원한 숙명을 나타낸다. 사랑
의 유보를 침공하는 의식(산문정신)의 개진성은 결국 결핍을 메꾸려는 근원
적 욕망의 한 표현이다.
　　위의 인용문에서 "시인은 자기가 시인이라는 것을 모른다"라는 표현은
이점에서 상당히 역설적이다. "거울이 아닌 육안으로 자신의 전신을 바라볼
수 없는" 상태는 시인의 숙명적인 장애조건이다. 세계와의 화해로운 일치는
이 상태에서 지속적으로 유보된다. 진리의 인식과 사랑은 이 점에서 동격이
다. 결국 김수영에게 시는 진리의 부재와 사랑의 유보를 넘어서기 위한 몸부
림이며 그 몸부림에는 필연적으로 자신과 세계를 비추어 볼 거울이 필요하
다. 그 거울이 바로 자의식이며 타자이고 현실이다. 김수영에게 '온몸'의

의미는 그래서 끊임없는 세계와의 관계맺기 그 자체를 의미하며 그것은 산문정신의 개진성으로 진리의 부재와 사랑의 유보를 넘어서기 위한 노력이다.

김수영의 자의식은 '형성의 차원' 혹은 '진화의 도정'이라는 표현을 그 안에 내포한다. 이것은 그가 산문정신을 통한 세계의 개진을 자신의 시적 자의식으로 변모시켰기 때문이다. 그에게 시적 윤리의식으로까지 확장된 이러한 측면은 그의 시를 지성적 측면이 강한 시로 만드는 중요한 요인이다. 산문정신의 힘에 의해서 그는 세계의 불확실성을 넘어서 궁극적인 진리와 사랑의 실체에 접근해 가는 것이다. 이러한 그의 태도는 자유와 사랑, 혁명이라는 가치 개념의 단어들을 진리와 동의어로 인식하게끔 만든다. 그의 시에서 자유, 사랑, 혁명, 양심 등은 시대와 역사적 현실의 매 순간에 각각 이름을 달리하여 나타난 세계와 나의 연결고리이다.

김수영에게 현대시가 '모험의 발견, 자기형성의 차원'으로 인식되는 까닭은 역사적 현실을 직시하는 산문정신의 개진성이 없이 변화나 새로움은 나타날 수 없기 때문이다. 김수영에게서 변화나 새로움은 산문정신의 힘에 의해서 나타나며, 그러한 산문정신의 힘은 시를 미적 영원성과 고정성에 안주시키지 않고 역사적 변화태, 다시 말해서 진화의 도정에 있는 대상으로 인식하게끔 유도한다. 김수영의 자의식 안에 침투되어 있는 산문정신의 중요성과 그 의미는 대략 이 정도로 설명될 수 있을 것이다.

김수영의 산문정신은 시와 시론에 나타나는 여러 가지 특징, 예를 들면 온몸으로 쓰는 시, 지성과 정신의 강조, 전위적인 측면, 윤리의식, 끊임없는 변화의 모색, 그의 시에 표현된 자유·사랑·양심 등의 의미, 난해성 등에 대해서 중요한 이해의 열쇠가 된다. 이 점은 그의 각 편의 시에 대한 분석에 중요한 지침이 되는 것으로 그의 내면 안에 감추어진 시대적 상처와 그 상처에 대한 시적 대응의 실체를 살펴볼 수 있는 기회를 제공한다. 김수영이라는 창조적 개인의 내면풍경 안에는 그가 헤쳐온 동시대의 명암이 얼룩져 있으며 그 명암은 설움, 자유, 혁명, 사랑, 양심이라는 굵은 나이테를 여러 개 지니고 있다. 그리고 그 나이테는 김수영이라는 개인의 '진화와 형성의 차원들'을 그대로 증언하는 기록이다.

이 글에서 다룰 두 편의 초기시 「달나라의 장난」과 「헬리콥터」는 그의 자의식과 산문정신이 확고해지기 이전의 비교적 초기의 형태를 지니고 있는 작품이다. 이 두 작품의 분석이 나름대로 의미가 있다고 여겨지는 것은 1950년 후반부터 보이는 자유와 1960년 무렵에 나타나는 혁명, 사랑 그리고 가장 후기에 나타나는 양심으로의 의식적 변화를 이 두 편의 시가 이미 어느 정도 예고하고 있다는 점 때문이다. 그리고 이러한 그의 시적 자의식의 출발점에 해당하는 두 편에 대한 비평적 접근은 김수영이라는 한 창조적 개인의 내면에 각인되어 있는 역사의 흔적을 살펴볼 뿐만 아니라 시대와 개인의 관계틀 안에서 시인의 자의식이 형성되고 투쟁하는 과정을 살펴본다는 점에서도 나름의 의미를 지닐 수 있다고 여겨진다.

2. 설움 — 반속(反俗)과 속(俗)의 경계에 놓인 자의식

「달나라의 장난」과 「헬리콥터」에 대한 기존의 작품론은 사실 전무한 상태이다. 단지 김수영론을 쓴 몇몇 평론가와 연구자에 의해서 간략한 해석과 평가가 있을 뿐인데 그 해석도 시의 전체에 대한 것이라기 보다는 일부분을 이야기하고 다른 시와 비교하는 형태로 이루어진 것이 대부분이다. 아마 시인론이라는 전체적 구도 속에서 하나의 시작품을 다룰 수밖에 없었던 한계조건 때문이기도 하겠지만 그 해석의 난해성이 또한 이 두 작품에 대한 비평적 접근을 막는 중요한 요인으로 작용하고 있는 것도 사실인 듯하다.

우선 「달나라의 장난」에 대해서 반속정신(反俗精神)을 말하거나 '나약한 생활인이라는 자의식이 촉발하는 설움'을 발견하는 유종호의 견해(「현실참여의 시, 수영, 봉건 동문의 시」, 「시의 자유와 관습의 굴레」), 팽이와 주인이

라는 양극의 사이에 놓인 화자를 주목하는 김주연의 견해(「김수영론」) 등은
확실히 시사하는 바가 많기는 하지만 그 자세함이 부족해서 거의 인상적
평가에 그치고 있다. 또한 「헬리콥터」의 경우 자유와 비애의 양극을 함유한
알레고리로 헬리콥터를 해석한 김현의 견해와 설움에 주목하고 있는 정현종
(「시와 행동, 추억과 역사」), 김주연의 견해(「교양주의의 붕괴와 언어의 범속
화」)는 문제의 본질을 명확히 짚고 있지만 시의 일부분만을 편의적으로 인
용 해석하고 있다는 혐의를 벗어나기는 어렵다고 여겨진다. 특히 김현이
헬리콥터를 자유와 비애라는 양극을 포함한 알레고리로 보는 풀이는 분명
타당한 해석임에도 불과하고 그 설명이 다분히 인상적인 패러프레이즈에
그치고 있다. 헬리콥터의 이륙과 착륙할 수밖에 없는 숙명을 자유와 비애의
조건으로 해석한 것은 시의 문맥을 떠난 주관적인 해석과 의미부여임에 분
명하다. 그리고 정과리(「현실과 전망의 긴장이 끝간 데」,1981)는 헬리콥터의
현실적 의미를 제국주의 열강의 한 대치물로, 그리고 그 생리를 유토피아적
전망의 이미지로 해석하고 있는데 이러한 해석은 헬리콥터의 현실적 의미를
지나치게 도식적으로 본 단점이 있고, 그 생리에 포함된 비애의 의미를 현실
적, 역사적 의미를 초월해야만 하는 동양의 근대화가 내포한 아이러니한
상황으로 풀이한 점은 탁월한 해석임에는 분명하지만 시적 문맥과 다소 어
긋나는 점이 있다고 여겨진다. 그 어긋남은 헬리콥터의 현실적 의미를 근대
화의 아이러니를 내포한 양면적 존재로서의 '자유'의 상징으로 보지 않고
제국주의 열강 자체와 동일화한 도식적 설명이 야기한 결과라고 할 수 있다.
  이렇듯 두 편의 시에 대한 기존의 해석적 견해가 세밀함이나 전체적 맥락
의 통일성이 부족하게 생각되는 것은 일차적으로는 김수영의 시가 부분적으
로 해석이 불가능할 만큼 모호하고 문맥을 벗어나는 돌발적인 발언이 많다
는 특징 때문이다. 그리고 이러한 점이 시인론이라는 비평작업에서는 상당
히 부담스럽고 거추장스러운 것이라는 점이 이차적인 원인으로 작용한 것이
라고 할 수 있다.

그럼 먼저 「달나라의 장난」(1953, 이하 작품의 발표연도는 괄호 안에 표시함)의 전문을 인용하고 시의 세부적인 맥락을 재검토하면서 시인 김수영의 50년대 초기시의 전모를 살펴보기로 하자.

팽이가 돈다/어린아이이고 어른이고 살아가는 것이 신기로워/물끄러미 보고 있기를 좋아하는 나의 너무 큰 눈 앞에서/아이가 팽이를 돌린다/살림을 사는 아이들도 아름다웁듯이/노는 아이도 아름다워 보인다고 생각하면서/손님으로 온 나는 이 집 주인과의 이야기도 잊어버리고/또 한번 팽이를 돌려주었으면 하고 원하는 것이다/도회 안에서 쫓겨 다니는 듯이 사는/나의 일이며/어느 소설보다도 신기로운 나의 생활이며/모두 다 내던지고/점잖이 않은 나의 나이와 나이가 준 무게를 생각하면서/정말 속임없는 눈으로/지금 팽이가 도는 것을 본다/그러면 팽이가 까맣게 변하여 서서 있는 것이다/누구 집을 가보아도 나 사는 곳보다는 餘裕가 있고/바쁘지도 않으니/마치 별세계같이 보인다/팽이가 돈다/팽이가 돈다/팽이 밑바닥에 끈을 돌려 매이니 이상하고/손가락 사이에 끈을 한끝 잡고 방바닥에 내어 던지니/소리없이 회색빛으로 도는 것이/오래 보지 못한 달나라의 장난 같다/팽이가 돈다/팽이가 돌면서 나를 울린다/제트기 벽화 밑의 나보다 더 뚱뚱한 주인 앞에서/나는 결코 울어야 할 사람은 아니며/영원히 나 자신을 고쳐 가야 할 운명과 사명에 놓여 있는 이 밤에/나는 한사코 방심조차 하여서는 아니될 터인데/팽이는 나를 비웃는 듯이 돌고 있다/비행기 프로펠러보다는 팽이가 記憶이 멀고/강한 것보다는 약한 것이 더 많은 나의 착한 마음이기에/팽이는 지금 數千年前의 聖人과 같이/내 앞에서 돈다/생각하면 서러운 것인데/너도 나도 스스로 도는 힘을 위하여/공통된 그 무엇을 위하여 울어서는 아니된다는 듯이/서서 돌고 있는 것인가/팽이가 돈다/팽이가 돈다

김수영의 시에는 일반적으로 '나', '너'라는 인칭대명사와 설움, 자유 등의 추상명사가 많이 등장한다. 이 점은 그의 시가 구체적 이미지를 획득하지 못하고 다분히 관념적인 상태에 있다는 비판을 받는 원인이기도 하다. 그러나 다른 한편 일상적인 소재와 범속한 언어사용, 관념어의 남발과 빠른 속도

성이 어우러진 특이한 시적 효과는 그의 시를 독특하게 만드는 중요한 특징인 것도 분명한 사실이다. 달리 말하면 이러한 거칠음과 시적 관습의 충동적인 무시는 그의 시를 시답게 만드는 개성이며 그 개성은 중요한 시적 전략을 앞세운 의도적 장치의 배열에 의해서 획득된 것이다. 따라서 김수영의 초기 시에 대한 접근은 일단 '나'와 '너'로 명확히 구분되는 시적 세계의 의미와 이 시기에 주로 나타나는 설움의 의미를 분석하는 것이 유용한 방법이라고 여겨진다.

김주연이 지적하고 있는 것처럼 달나라의 장난은 '팽이'로 표현되는 사물의 세계와 '뚱뚱한 주인'으로 표현되는 일상적 삶의 세계 사이에 놓인 화자의 위치에 주목할 필요가 있다. 이 점은 유종호의 경우에는 '반속정신'이라는 말로 표현됨과 동시에 나약한 소시민의 자의식에 의해 촉발되는 설움을 찾아내는 원인이다. '수천년전 성인과 같이'라든가 '스스로 도는 힘을 위하여'와 같은 구절은 소시민적 자의식을 나타내는 '제트기 벽화 밑의 나보다 더 뚱뚱한 주인 앞에서'라는 표현과 대조됨으로써 시적 화자가 '반속정신'을 드러내고 있음을 확인하게 한다. 따라서 팽이가 촉발하는 것이 '반속정신'에 근거한 '스스로 도는 힘'이라는 자의식이라면 '뚱뚱한 주인'은 일상적 삶속에 놓인 소시민적인 자아를 환기시키는 대상이라고 할 수 있다. 결국 시적 화자는 '반속의 세계'에도 속하지 못하며 또한 '일상적 삶'의 원리에도 충실할 수 없는 경계인적인 존재이다. 이것이 시적 화자로 하여금 이 두 세계와 일정한 거리를 유지하게끔 만드는 원인이다.

화자와 세계와의 거리에 의해 확보된 낯설은 풍경, 즉 '별세계'나 '달나라의 장난'으로 표현된 장면은 이 시에 나타난 화자의 자의식을 규정한다. 말하자면 '팽이가 돌면서 나를 울린다', '나는 결코 울어야 할 사람은 아니며', '생각하면 서러운 것인데', '울어서는 아니된다는 듯이'의 표현을 통해서 알 수 있듯이 화자의 자의식이 경계하는 것은 설움이지만 그 설움의 감정은 '경계인'인 화자의 자의식 안에 이미 깊이 침투되어 있음을 알 수 있다. 현실세계의 원리와 반속의 자세에 대한 지향이 모두 차단된 상태에서 화자의 자의식이 촉발하는 첫 번째 감정이 바로 설움이라고 할 수 있는 것이다. 따라서 김수영의 초기시에는 설움의 감정과 함께 '세계' 또는 '시적 대상'과의 거리가 상당히 뚜렷히 표현된다.

예를 들면 「가까이 할 수 없는 서적」(1947)이라든가 「아메리카 타임즈」 (1947) 등의 시에 나타난 응시 혹은 멀리 바라보는 자세, 그리고 「공자의 생활난」(1945)에서 보이는 '열매의 상부'와 '줄넘기 作亂', '쉬움과 어려움', '순응과 반란성'의 대조는 세계와의 불화를 표현하는 자의식적인 감정이 바로 설움이라는 것을 암시한다.

이런 특징은 60년대의 시에 이르면 「공자의 생활난」(1945)에 나타난 '바로본다'(진리의 추구)의 함의가 '자유와 혁명'으로 바뀌는 것을 통해 재확인 된다. 현실적 삶의 원리를 초월한 진리의 세계는 '절대적 자유'라는 것이 없이는 불가능하다는 인식으로 확장됨으로써 그의 시는 '현실참여'라는 대 원칙으로 향하게 되는 것이다.

김수영의 초기시에서 설움을 촉발하는 요건은 '경계인적인 위치'와 '장애'이다. 다른 말로 표현하면 '반속적 진리'는 넘을 수 없는 거리감에 의해서 표현되고 현실 혹은 일상적 삶은 '구속과 장애'의 연속이다. 결국 '진리의 추구'라는 삶의 자세 앞에 놓인 두 개의 장벽은 '구속'과 '까마득한 거리감' 이다. 김수영의 시에서 타자 혹은 대상의 세계는 자아가 놓인 위치에서 바라 본다면 까마득하게 멀거나 아니면 지나친 구속을 행할 만큼 너무 가까운 위치에 있다. 그의 시에서 유독 '나'와 '너'라는 말이 자주 사용되는 까닭은 자아가 놓인 세계 내적 위치에 대한 피할 수 없는 자의식 때문이라고 할 수 있다.

「달나라의 장난」에서 화자는 심정적으로는 팽이의 '스스로 도는 힘'에 가깝지만 현실적으로는 '제트기 벽화 밑의 나보다 더 뚱뚱한 주인'의 보이지 않는 권위와 억압에 구속당하고 있다. 현실적으로는 주인 앞에서 소시민적인 설움을 느끼고 있고 반대로 팽이에게서는 '수천년전 성인'을 바라보는 듯한 막막한 설움을 느끼는 것이다. 따라서 김수영의 초기시에 표현된 설움은 단순한 감정이 아니라 양면적 의미를 함유하고 있는 복합적 감정이라는 것을 알 수 있다. 그것은 현실적 삶의 소시민적 설움과 진리로부터 까마득히 멀리 떨어진 자의 막막한 설움이 복합되어 있는 감정이다.

'나와 너'의 대립에 대해서는 정과리(「현실과 전망의 긴장이 끝간 데」, 1981)가 ①긍정과 부정의 양면적 대타인식 ② 자아와 현실의 대립 ③ 현실에 대한 적극적 수정의지를 포함한 유토피아 주의 ④ 좌절된 이상주의자의 비극적 세계관 등으로 나누어서 설명하고 있는데 이러한 설명은 상당히 치밀하고 설득력을 갖추고 있는 것으로 여겨진다. 그러나 부분적으로는 '나와 너'의 대립에서 나타나는 주체와 타자의 관계를 '자아와 현실'의 관계로 무리하게 확장하는 오류도 엿보인다. 예를 들면 타자의 순진무구함에 대한 '부러움과 비난'이 김수영의 대타의식 안에 있다는 엘리트주의적인 계몽주의와 소외의식에 기반을 둔 해석(①의 경우)이나 자아와 현실의 단순 대립구도(②의 경우), 또 그 수정된 형태로서의 유토피아주의와 비극적 세계인식(③, ④의 해석)은 김수영의 시 에 등장하는 '너'라는 존재의 복합적 의미를 전혀 고려하지 않은 도식화된 논리이다. 특히 타자의 존재가 앞에서 살펴보았듯이 화자의 위치에 따라서 때로는 '팽이'처럼 '반속적 진리'를 암시하는 대상으로 또 때로는 '뚱뚱한 주인'처럼 현실적 '속물주의'의 대상으로 이동하고 있다는 점은 이러한 단순화된 논리에 모순이 있을 수 있음을 시사하는 대표적인 예이다. '너'의 존재는 오히려 부정적 대상이기보다는 김수영에게는 심정적인 동조의 대상이며 「달나라의 장난」에서 보듯이 '주인'보다는 '팽이'로 암시되는 가치지향적 대상인 경우가 대부분이다. 이 점은 다른 작품에서도 '그들', '그', '적' 등이 가리키는 대상과 '너'가 가리키는 대상이 근본적으로 다르다는 점에서 도식화된 해설을 재고할 필요가 있다. 하지만 이 글에서는 주로 초기시(그 중에서도 두 편에 한정된)에 나타난 '나와 너'의 관계만을 살펴보는 것이므로 더 자세한 논의는 차후로 미루고 여기서 다루고 있는 두 편의 작품에 관련된 사항만을 거론하겠다.

「달나라의 장난」에서 "너도 나도 스스로 도는 힘을 위하여/공통된 그 무엇을 위하여 울어서는 아니된다는 듯이/서서 돌고 있는가"라는 구절은 김수영 시의 '나'와 '너'를 좀더 분명하게 확인시켜주는 구절이다. 김수영의 시에서 '너'는 자의식의 다른 한편을 구성한다. 그것은 지금의 자아에게 결핍되어 있는 '무엇'을 호명하는 하나의 방법이다. 그 이름부르기는 심정적으로 자신에게 가장 가깝지만 현실 속에서는 늘 멀리 있는 대상에 대한 시인의 끊임없는 지향과 친화력을 의미한다. 그래서 그의 시에 표현된 '너'는 앞에서 인용한 구절에서도 보듯이 공통된 그 무엇을 위하여 설움을 견디고 '스스로 도는 힘'을 가지게 되었을 때 만나게 될 진정한 자아 혹은 자기 완성의 실체인 것이다. 이 점에서 김수영의 시에 나타난 '나와 너'의 표면적인 대립은 그 이면에 심정적인 동질화의 의식이 숨어 있음을 알 수 있다. 심정적으로는 '공통된 그 무엇'을 가지고 싶지만 현실적 조건 아래서는 늘 그것이 방해받고 제약당하는 어떤 존재의 영역이 바로 '너의 세계'인 것이다.

이 점에서 김수영의 자의식은 타자 속에 존재하는 자아의 긍정적 모습을 끊임없이 지향하고 있고 그 지향을 나타내는 구체적 낱말이 바로 '너'라고 할 수 있다. 예를 들면 「풍뎅이」(1953)라는 시의 "너의 이름과 너와 나와의 관계가 무엇인지 알아질 때까지/소금같은 이 세계가 존속할 것이며"와 같은 구절에서도 풍뎅이라는 자기 외부의 대상을 상실된 자아의 한 부분으로 바라보는 태도가 분명하게 엿보인다.

「달나라의 장난」은 김수영의 초기시가 지닌 중요한 특질을 잘 나타내는 작품이라고 할 수 있다. 첫째, 그의 초기시에 나타난 설움의 의미와 그 복합성을 보여주고 있고 두 번째는 그의 자의식이 자아와 타자 사이의 관계 속에서 분열되는 지점이 명확하게 나타난다. 세 번째는 '나와 너'라는 용어가 함축하고 있는 시적 함의를 풀어볼 수 있는 단서를 제공하며 외부에서

가해지는 현실적 억압과 지향하고자 하는 대상에 대한 인식이 맞물려서 진리, 설움, 자유에 대한 독특한 인식이 싹트고 있다는 것을 확인하게 해준다. 이러한 네 가지 정도의 특징은 실제로 그의 시가 초기시에서 후기시로 이행하는 과정에서 나타나는 지속적인 변모의 이유를 설명해 주는 근거가 된다. 지속적인 자기변신의 노력은 이미 초기시에 나타난 '너'에 대한 지향 속에 이미 내포되어 있으며, 뚱뚱한 주인과 팽이의 대립은 그의 시가 설움에서 자유, 사랑으로 관심을 확장하게 된 근본적인 까닭을 설명해 준다.

3. 자유 — 실천적 윤리의 내면화

「헬리콥터」(1955)는 앞에서 살펴보았던 「달나라의 장난」과 비교하자면 그의 설움의 감정이 비애를 동반하고 있는 자유로 확장되는 지점을 보여주는 대표적인 작품이라고 할 수 있다. 「헬리콥터」가 씌여진 시기에 이르면 김수영의 설움은 좀더 명확한 형상과 개념을 내포한 것으로 바뀐다. 「달나라의 장난」이 소시민적인 비애와 그에 대한 초월의 막막함이 뒤엉킨 감정이라면 「헬리콥터」에서 그것은 좀더 구체화된 결핍으로 표현된다. 추상적이고 그저 막연한 느낌에서 이제 설움은 그의 시가 나아가는 방향 위에 구체적으로 존재하는 개념이 되는 것이다. 그것은 자유라는 개념을 낳는 모태이며 인간 존재의 숙명적인 결핍과 상실을 나타낸다. 설움에 대한 이해가 없다면 그의 시에 나타나는 자유라는 개념 또한 설명이 어려운 것이다.

「헬리콥터」의 5행에서 7행 사이에 있는 "헬리콥터가 풍선보다도 가벼웁게 상승하는 것을 보고/놀랄 수 있는 사람은 설움을 아는 사람이지만/또한 이것을 보고 놀라지 않는 것도 설움을 아는 사람일 것이다"라는 표현은 모든 존재가 설움을 숙명으로 지닐 수밖에 없음을 나타낸다. 결국 사람들의 '놀라거나 놀라지 않거나'하는 태도에 관계없이 헬리콥터의 가벼운 상승은 이미 그들에게 설움을 암시한다. 그 설움의 암시는 다른 한편에서는 부재하는 자유에 대한 선언이기도 하다.

헬리콥터는 자유를 의미하지만 그 자유에 대한 응시는 모든 사람들에게 설움을 떠오르게 한다. 특히 그러한 설움의 인식은 그 원인이 "사람이란 사람이 모두 고민하고 있는/어두운 대지"라는 표현이 보여주는 것처럼 어두운 시대적 현실과 억압 때문이라는 점에서 단순한 인간 부조리의 한 측면을 암시하는 것으로 그치지 않는다. "우매한 나라의 어린 시인"이라든가 "그들은 너무나 오랫동안 자기의 말을 잊고/남의 말을 하여왔으며"와 같은 구절이 암시하듯이 설움의 감정 안에는 시대적 요인이 깊이 잠재되어 있다. 그 시대적 상황은 더 나아가 시인의 역사의식과 접목되는데 그 역사의식에 대한 자각이 우매한 나라, 자기 말을 잊고 남의 말을 해온 몰주체성과 자아 망각의 시간을 환기시키고 있는 것이다.

자아망각과 몰주체의 역사는 달리 말하면 한국의 식민지적 근대화의 파행성이 낳은 부조리한 상황 자체이다. 헬리콥터가 상징하는 자유는 다른 면에서는 그 안에 근대화의 아이러니를 이미 내포하고 있는 것으로서 '비애'를 포함한 '자유'일 수밖에 없는 것이다. 헬리콥터가 '설운 동물'인 까닭도 바로 이 땅의 근대화 과정의 파행성이라는 시대적 조건에서 파생된다. 이 땅의 역사 속에서 헬리콥터는 '비애를 머금은 자유'의 알레고리로 인식될 수밖에 없는 어떤 조건을 이미 선천적으로 그 안에 내포하고 있는 것이다.

이제 김수영의 시에서 설움은 단순히 진실에 대한 결핍과 소시민적 자아를 환기시키는 현실조건 사이의 경계인적인 감정에 그치지 않는다. 「헬리콥터」에 나타난 설움에는 「달나라의 장난」에서 나타났던 경계인 혹은 소시민적 의식이 많이 사라지고 오히려 역사의식과 시대의식이 꿈틀거리는 감정이 더 강하게 드러난다. 따라서 「헬리콥터」에서 말하는 설움, 비애는 시인이 놓인 역사적 상황과 시대의식을 자각한 대자적 인식을 포함하고 있으며 그 설움의 감정은 곧 자유에 대한 열망으로 확장될 수 있는 전단계의 의미를 지니고 있는 것이다. 그럼 이제부터 「헬리콥터」의 전문을 좀더 세밀히 검토하고 설움과 자유의 상관성에 대해서 살펴보기로 하자.

　　사람이란 사람이 모두 苦悶하고 있는/어두운 大地를 차고 離陸하는 것이/이다지도 힘이 들지 않는다는 것을 처음 깨달은 것은/愚昧한 나라의 어린 詩人들이었다/헬리콥터가 風船보다도 가벼웁게 上昇하는 것을 보고/놀랄 수 있는 사람은 설움을 아는 사람이지만/또한 이것을 보고 놀라지 않는 것도 설움을 아는 사람일 것이다/그들은 너무나 오랫동안 自己의 말을 잊고/남의 말을 하여왔으며/그것도 간신히 떠듬는 목소리로밖에는 못해 왔기 때문이다/설움이 설움을 먹었던 時節이 있었다/이러한 젊은 時節보다도 더 젊은 것이/헬리콥터의 永遠한 生理이다//一九五〇年七月 以後에 헬리콥터는/이 나라의 비좁은 山脈 위에 姿態를 보이었고/이것이 처음 誕生한 것은 勿論 그 以前이지만/그래도 제트機나 카아고보다는 늦게 나왔다/그렇지만 린드버그가 헬리콥터를 타고서/大西洋을 橫斷하지 않았기 때문에/우리는 지금 東洋의 諷刺를 그의 機體 안에 느끼고야 만다/悲哀의 垂直線을 그리면서 날아가는 그의 설운 모양을/우리는 좁은 뜰 안에서 뿐만 아니라/심지어는 항아리 속에서부터라도 내어다 볼 수 있고/이러한 우리의 純粹한 痴情을/헬리콥터에서도 내려다볼 수 있을 것을 짐작하기 때문에/「헬리콥터여 너는 설운 動物이다」//—自由/—悲哀//더 넓은 展望이 必要없는 이 無制限의 時間 우에서/山도 없고 바다도 없고 진흙도 없고 진창도 없고 未練도 없이/앙상한 肉體의 透明한 骨格과 細胞와 神經과 眼球까지/모조리 露出落下시켜가면서/안개처럼 기벼웁게 날아가는 果敢한 너의 意思 속에는/남을 보기 前에 네 자신을 먼저 보이는/矜持와 善意가 있다/너의 祖上들이 우리의 祖上과 함께/손을 잡고 超動物世界 속에서 營爲하던/自由의 精神의 아름다운 原形을/너는 또한 우리가 發見하고 規定하기 前에 가지고 있었으며/오늘에 네가 傳하는 自由의 마지막 破片에/스스로 謙遜의 沈默을 지켜가며 울고 있는 것이다

　「헬리콥터」는 전체적으로 보아 시의 분량이 상당히 길고 그 내용도 산문에 가까울 정도로 시사적이고 현실적인 부분에 관한 서술이 많다. 이런 특징은 김수영 시의 중심적인 특징이지만 특히 「헬리콥터」에서는 그러한 특징이 나름대로 어떤 효과를 노리고 의도적으로 배치된 것이라는 점을 비교적 쉽

게 확인할 수 있다. 예를 들면 다소 산만한 듯한 '횡설수설'과 역설적 표현, 모순어법 등이 그의 시의 산문적인 완만함과 평이함에 속도성과 암시성을 부여하며 더 나아가서는 그의 시를 난해하게끔 만드는 이유이다.

'~때문이다'라는 설명과 "헬리콥터의 영원한 생리이다", "헬리콥터여 너는 설운 동물이다"라는 단정적 진술은 김수영 시의 흐름을 지배하는 논리적 진술의 가장 대표적이고 빈번한 서술이다. 이 점은 그의 시가 표면적으로는 논리적 서술체계를 띠고 있으면서도 그 논리적 설명이 오히려 시적 감상과 내용의 이해를 방해하고 있음을 알게 한다. 단정적 서술 부분은 서술의 모호함이나 암시성이 강하고 알레고리적인 요소를 포함하고 있거나 모순어법 등으로 이루어져 있어서 문맥의 의미 파악이 어렵다. 또 '~때문이다'라는 원인설명 자체도 오히려 단정적 서술의 내용을 설명하는 역할을 하는 것이 아니라 오히려 단정적 서술의 내포성을 더 확장시키는 기능을 수행하고 있다. 이 두 가지 사실을 통해서 알 수 있는 것은 「헬리콥터」에서 단정서술과 원인설명이 은유적인 구조로 이루어져 있다는 점이다. 즉, 단정서술과 원인설명의 병치는 논리적인 인과 관계가 아니라 새로운 의미생성의 구조이다. "사람이란 사람이……설움을 아는 사람일 것이다"와 "그들은 너무나 오래동안……못해 왔기 때문이다"는 서술의 병치적인 구조는, 헬리콥터의 '알레고리적인 함의'를 설움을 생리로 지닐 수밖에 없는 역사적인 상황과 그 상황에 놓인 시인의 위치를 암시하는 수단으로 만든다.

우매한 나라의 시인은 헬리콥터의 상승에서 '비애의 수직선'과 '동양의 풍자'를 느낀다. 그리고 그 풍자는 타자에 대한 공격적 풍자가 아니라 '동양' 혹은 '우매한 나라'의 역사에 대한 자기 풍자다. 헬리콥터가 설운 동물인 까닭은 2연에서 서술하고 있듯이 "린드버그가 헬리콥터를 타고서/대서양을 횡단하지 않았기 때문"은 아니다. 그것은 헬리콥터가 심정적으로 동양 혹은 우매한 나라의 역사를 환기시키는 알레고리가 될 수 있는 심정적 요인 중에 하나에 불과하다. 오히려 시인이 헬리콥터의 기체 안에서 동양의 풍자 혹은 알레고리를 느낄 수 있는 주된 까닭은 그것이 자유와 비애의 이미지를 함께 드러내고 있기 때문이다. 시인은 헬리콥터의 수직 상승에서 자유를 느끼는 반면에 "겸손의 침묵을 지켜가며 울고 있는" 모습에서 비애를 느끼는 것이다. 이 점은 헬리콥터의 양면성이 바로 동양 혹은 우매한 나라의 양면성과 통하기 때문이라는 의미이기도 하다. 우매한 역사를 지녔으므로 그 나라의 시인은 '자유'라는 말에 스며있는 비애를 가장 잘 알 수 있는 것이다. 따라서 김수영에게 자유는 비애의 원천이라는 측면에서 헬리콥터의 양면성 또는 생리와 그대로 일치하는 개념이다.

「헬리콥터」는 이 점에서 「달나라의 장난」에서 나타난 '나를 울리는' 팽이에 비교될 수 있다. '공통된 그 무엇'이라는 것으로 암시된 심정적 동질성이 「달나라의 장난」에서 드러났다면 이제 「헬리콥터」에서는 그 '공통된 무엇'이 자유와 비애의 존재, 선의와 긍지라는 것으로 좀더 구체화되고 있음을 알 수 있다. 「헬리콥터」에서 '좁은 뜰'과 '항아리 속'에서 헬리콥터를 바라보는 '우리의 순수한 치정'은 이 점에서 「달나라의 장난」에서 팽이를 지켜보며 설움을 느끼는 화자와 공통점을 지니고 있다. 두 시의 화자는 자신에게 부재하는 '공통된 그 무엇' 혹은 "너의 조상들이 우리의 조상과 함께/손을 잡고 초동물세계 속에서 영위하던/자유의 정신의 아름다운 원형"을 그 두 개의 대상으로부터 느끼고 있는 것이다. 자유는 멀리 바라보이는 동경의 대상이어서 영원한 설움의 대상이며 동시에 "앙상한 육체의 투명한 골격과 세포와 신경과 안구까지/모조리 노출 낙하시켜가면서/안개처럼 가벼웁게 날아가는" '긍지와 선의'가 없이는 가질 수 없는 것이기 때문이다.

「헬리콥터」는 시적 화자의 자세면에서 「달나라의 장난」보다 좀더 진보된 일면을 발견할 수 있는데 그것은 김수영의 시가 언제나 '형성의 차원' 위에 있었다는 것을 증명하는 실례이기도 하다. 우선 「달나라의 장난」은 설움에 임하는 화자의 자세가 "영원히 나 자신을 고쳐 가야할 운명과 사명" 또는 "방심조차 하여서는 아니될 터인데", "생각하면 서러운 것인데/너도 나도 스스로 도는 힘을 위하여……울어서는 아니된다" 등 추상적인 견딤의 자세를 다짐하는 것이 주로 나타난다. 반면에 「헬리콥터」는 4연의 "더 넓은 전망이 필요없는 이 무제한의 시간 우에서/……/앙상한 육체의 투명한 골격과……/남을 보기 전에 네 자신을 먼저 보이는/긍지와 선의가 있다"라는 표현이나 "자유의 정신의 아름다운 원형", '겸손의 침묵'과 같이 좀더 구체적인 윤리적 태도와 실천적 자세를 함축하는 단어 또는 구절로 표현된다. 이 둘의 차이는 시인의 시적 실천을 향한 현실적 자세나 태도가 그만큼 구체화되고 있다는 사실을 의미한다. 마찬가지로 김수영의 「헬리콥터」 이후 시에는 실천적 자세를 나타내는 윤리적 덕목으로 '양심'과 '정의', '사랑' 등이 나타나기 시작하는데 이런 사실은 그의 시가 끊임없이 현실 속에서 시적 실천을 위한 윤리적 자세를 개념화하고 있다는 것을 나타낸다.

4. 자기형성의 차원과 <새로움> ― 생활과 시의 일치

이 글 앞 부분에서 그의 산문정신의 근거를 확인하면서 살펴본 사실과 관련시켜 생각한다면, 앞 장에서 지적한 그의 시에 나타나는 윤리적인 실천 자세의 개념화라는 특징이 김수영이라는 시인의 세계에 대한 끊임없는 개진의 자세가 구체화된 하나의 사례라는 것은 쉽게 알 수 있을 것이다. 산문정신에 근거한 세계에 대한 개진이 그의 시적 자세로 대표될 수 있는 가장 큰 이유는 그의 시에 드러난 특징이 윤리적 실천태도의 명제화라는 것으로 합치되는 지점에서 쉽게 확인된다. '온몸'으로 쓰는 시의 의미는 다른 말로 하면 시간의 흐름 위에 놓인 '역사적 인간'의 세계를 향한 끊임없는 자기 투신 혹은 자기 변신의 과정이고 그 결과물이다. 그것이 바로 세계에 대한 개진을 말하는 산문정신의 힘이고 '자기형성의 차원에서 <새로움>을 제시하는 문학자의 의무'에 충실하는 태도인 것이다. 결국 김수영이 시적인 실험과 전위, 그리고 현실적인 자기 실천, 역사의식을 하나의 명제로 축약할 수 있었던 것은 산문정신을 통한 세계에의 개진을 하나의 윤리적 덕목으로 삼은 까닭이라고 할 수 있다. 시인 김수영과 자연인 김수영의 사회적 불일치를 용납하지 않는 실천적, 윤리적 합일의 추구는 그의 시를 '형성의 차원'에 놓인 <새로운>것으로 만들어 주었고 그 새로움은 정신을 통한 형식의 변화, 개인의 적극적인 역사 개입, 개인과 사회의 갈등측면의 진정한 내면화를 이룩하는 성과를 낳았다.

「달나라의 장난」과 「헬리콥터」의 의의를 재검토하는 과정에서 이 글이 주로 주목한 것은 그의 산문정신의 실체가 그의 시적 실천과정에서 어떻게 반영되는가 하는 것이었다. 이 점은 그의 시가 애초에 '형성의 차원'에 있다는 전제를 어느 정도 받아들인 것이었고 실제로 이 두 편의 시가 씌여진 시간적 격차에 따른 변화 양상에도 상당한 관심을 기울였다. 그리고 그 결과는 이미 앞에서 밝혔듯이 그의 시가 윤리적 실천의 자세를 스스로 특정한 윤리적 항목으로 개념화하는 방식을 취하고 있다는 점의 발견으로 나타났다.

비교적 초기시에 해당하는 이 두 편의 시를 통해서 파악된 김수영 시의 특징은 사실은 단편적인 면에 그칠 수밖에 없다고 여겨진다. 그러나 그의 시적 기초를 이루는 몇몇의 내적 풍경은 이 글에서 어느 정도 밝혀 낼 수 있었다고 생각되며, 단지 시대와 개인의 상관관계에 주목해 온 김수영의 시적 도정에서 그의 내면에 각인된 개인의 역사적 위치에 대한 시적 의미화만은 그 변화의 양상에 주목해서 차후에 후기시와 비교해서 좀더 상세하게 다루어질 필요가 있을 것이다. 「달나라의 장난」에서 살펴본 김수영의 타자에 대한 인식, 그리고 소시민적 자아의 설움과 사물의 진리로부터 느끼는 막막함이 주는 설움의 사이에 놓인 자의식, 「헬리콥터」에서 발전적인 면모로 변화하는 설움, 자유 등 추상적 관념의 윤리적 구체화는 그의 시적 비밀을 밝혀주는 중요한 특질들이라고 할 수 있다.

특히 60년대로 접어들기 전에 개인과 역사의 만남을 자신의 시적 풍경 안에서 구체화해 나가는 과정의 성실한 자기형성의 논리가 바로 김수영의 시적 자의식을 구성하는 핵심요소로써 초기시에 이미 자리잡고 있었다는 것을 확인할 수 있었던 점은 나름대로 이 글의 중요한 성과라고 여겨진다. 그 까닭은 그의 초기시와 후기시의 상관관계에 대한 중요한 해답의 열쇠가 바로 여기서 찾아지기 때문이다. 이 점은 그의 초기시에 나타난 시적 자의식의 연속선상에서 60년대 이후 시의 현실참여, 실천적 면모 등을 설명할 수 있다는 의미이다. 또한 이것은 그의 시와 시론의 일치점을 확인할 수 있는 구체적 증거이기도 하다.

<부 록>

최재서 자료 연보

자료명	발표지면	발표연도	비고
예이츠 연구	청량(淸凉)	1927	일문
유령	경성제대 영문학회회보 1호	1929. 12.	일문
The Develpment of Shelly's Poetic Mind		1930. 4.	졸업논문
Shelley의 Reminiscences	경성제대 영문학회회보 3호	1930. 11.	일문
시의 한계	경성제대 영문학회회보 5호	1931. 6.	일문
미숙한 문학	신흥 5호	1931. 7	
윈담 루이스론	경성제대 영문학회회보 13호	1934. 3	일문
미국 현대소설의 동향	동아일보	1933. 2. 1~21	멀튼 월드맨의 글을 번역
구미 현대문단 총관	조선일보	1933. 4. 27~29	
영문학의 현상	조선일보	1933. 5. 1.	
현대성의 파산	조선일보	1933. 11. 1~7	폴 엘머 모어의 글을 번역
영국 현대소설의 동향	동아일보	1933. 12. 8~10	휴우 월 폴의 글을 번역
반공일	조선일보	1934. 2. 21~3. 9	J. 조이스의 소설을 번역, 연재
굶주린 존슨박사	문학 2호	1934. 2.	
현대 주지주의 문학이론의 건설—영국평단의 주류	조선일보	1934. 8. 6~12	
비평과 과학	조선일보	1934. 8. 31~9. 1.	
문학발견시대	조선일보	1934. 11. 21~28	
T. E. 흄의 비평적 사상	사상	1934. 12.	일문
John Dennis의 시론 연구	영문학연구 15권 1호	1935. 1.	
조선문학과 비평의 임무	조선일보	1935. 1. 1.	
고전부흥의 문제	조선일보	1935. 1. 30, 31.	
올더스 헉스레이론—현대풍자정신의 발로	조선일보	1935. 1. 24~30.	
사회적 비평의 대두	동아일보	1935. 1. 30, 31. 2. 1~3	
<D. H. 로렌스> 그의 생애와 예술	조선일보	1935. 4. 7, 9~12	
자유주의 문학비판—자유주의 몰락과 영문학	조선일보	1935. 5. 15~20	

자료명	발표지면	발표연도	비고
신문학 수립에 대한 제가의 고견	조선일보	1935. 7. 6.	
풍자 문학론	조선일보	1935. 7. 14, 18~21, 27, 28	
시대적 통제와 예지	조선일보	1935. 8. 25.	
해혹의 일언	조선일보	1935. 10. 3.	
비평의 형태와 기능	조선일보	1935. 10. 12~17, 20	
文藝隨感—단상	비판 6권 11호	1935. 11.	
영국의 전통과 자유작가회의	조선일보	1936. 1. 4.	
영국평단의 동향	개조	1936. 3.	
현대비평에 있어서의 개성의 문제	영문학연구 16권	1936. 4	
문단 우감	조선일보	1936. 4. 24~29	
현대시의 생리와 성격	조선일보	1936. 8. 21, 22, 26, 27.	E. M. 포스터의 연설
<무鬼> 박화성, <꽃나무는 심어 놓고> 이태준	개조	1936. 10.	일문 일문
리얼리즘의 확대와 심화	조선일보	1935. 10. 31, 11. 3, 5, 7.	
<단층>파의 심리주의적 경향	조광	1937. 1.	
리얼리즘, 문장문제	조선일보	1937. 1. 1~7	일문으로 번역
헉슬리의 풍자소설	개조	1937. 2.	
빈곤과 문학	조선일보	1937. 2. 27, 28, 3. 2, 3.	
적수공권시대	조선일보	1937. 3. 23.	
현대적 지성에 관하여	조선일보	1937. 5. 15, 16, 18, 20.	문학좌담회
故 이상의 예술	조선문학 3권 6호	1937. 6.	일문
문화공의—문화기여자로서	조선일보	1937. 6. 9.	
武藏野通信	조선일보	1937. 7. 8.	
위악자	조선일보	1937. 8. 19.	단평
사실의 훈련	조선일보	1937. 8. 24.	
멋의 연구	조선일보	1937. 8. 31	
이상적 인간에 대한 규정—지적 협력 국제 담화회를 보고	조선일보	1937. 8. 23~27	
시와 도덕과 생활—렌의 애가, 석류, 분수령 등	조선일보	1937. 9. 15~19	좌담
최근 문단의 동향	조광 제25호	1937. 11.	
작가와 모랄의 문제	삼천리문학 창간호	1938. 1.	
리얼리즘 로맨티시즘 휴머니즘	동아일보	1938. 1. 1~2	1. 시단 활기를

자료명	발표지면	발표연도	비고
논의—장래할 사조와 경향			띄우다 2.
취미론	조선일보	1938. 1. 9~11, 13	현대시와 노스탈자
인테리 작가 학스레이	동아일보	1938. 2. 4.	3. 전통과 창조 4.
시단 전망	조선일보	1938. 3. 10~15	시에 있어서의
시와 휴머니즘—임화 시집 『현해탄』 서평	동아일보	1938. 3. 25.	두뇌와 심장 5. 시와 묘사의 문제
현대작가와 고독—문학을 지망하는 동생에게	삼천리문학 2호	1938. 2.	
비평과 월평	동아일보	1938. 4. 12~15	
현대와 비평정신	사해공론 4권 6호	1938. 6.	
조선문학의 성격	동아일보	1938. 6. 7.	
고전연구의 역사성—전통의 전체적 질서를 위하여	조선일보	1938. 6. 10.	문단진언장
사실의 세기와 지식인	조선일보	1938. 7. 2.	
문학, 작가, 지성의 본질과 그 효용성	동아일보	1938. 7. 21~24	일문
문학, 작가, 지성—지성의 본질과 그 효용성	동아일보	1938. 8. 20, 21, 23.	
허버트 리드의 비평체계	삼전문학	1938. 9.	
현대비평의 성격—19세기적 비평의 결론적 고찰	조선일보	1938. 11. 2~5	
서정시에 있어서의 지성	조선일보	1938. 12. 24~28	
토마스 만의 가족사 소설	동아일보	1938. 12. 1.	
문학의 표정—문단유감	동아일보	1939. 2. 19, 21.	
지성, 모랄, 가치	비판 10권 3호	1939. 3.	
장편소설과 단편소설	동아일보	1939. 3. 9.	
산문문학의 재검토	동아일보	1939. 3. 10.	
문학적 성격	동아일보	1939. 5. 7.	
시 감상법 강좌—제목, 언어, 상상력, 교양	조선일보	1939. 5. 12~17	
현대소설과 주제	문장 6호	1939. 6	서평
신세대론	조선일보	1939. 7. 6~9	
성격에의 의욕	인문평론 창간호	1939. 10.	
근대일본문학의 전개	인문평론 창간호	1939. 10.	
소설과 민중	동아일보	1939. 11. 7.	
교양의 정신	인문평론 2호	1939. 11.	조이스의 소설론
정신분석학과 현대문학	인문평론 2호	1939. 11.	소개
평론계의 제문제	인문평론 3호	1939. 12.	소개적인 글
조이스 <젊은 예술가의 초상>	인문평론 4호	1940. 1.	

자료명	발표지면	발표연도	비고
아메리카 소설의 동향	인문평론 4호	1940. 1.	
토마스만 <붓덴부르그가>	인문평론 5호	1940. 2.	
작가의 다양성―토마스만 작품에 　나타난 연애	조선일보	1940. 2. 29~3. 2	
시단 월평―소감 이것 저것	인문평론 6호	1940. 3.	
성격의 생성과 분열	인문평론 6호	1940. 3.	
헉슬리 <포인트 카운트 포인트>	인문평론 7호	1940. 4.	
전쟁문학	인문평론 9호	1940. 6.	
소설의 서사시적 성격―말로 연구	인문평론 10호	1940. 7.	
서사시, 로만스, 소설	인문평론 11호	1940. 8.	
비평과 기교	매일신보	1940. 8. 6.	합본호
전형기의 평론계	인문평론 14호	1940. 11, 12.	
신세대론 그후	신세계 3권 1호	1941. 1.	
문화이론의 재편성	매일신보	1941. 1. 14.	
전환기의 문화이론	인문평론 15호	1941. 2.	
문학정신의 전환	인문평론 16호	1941. 4.	일문
신체제하의 문학비평	국민문학 창간호	1941. 10.	일문
국민문학의 작가들	<전환기의 조선문학>		일문
國民文學の要件	국민문학	1941. 11.	일문
私の夏	국민문학	1942. 3.	일문
私の夏―國家と文學	국민문학	1942. 4.	일문
新しき批評のために	국민문학	1942. 7.	일문
朝鮮文學の現段階	국민문학	1942. 8.	일문
文學者と世界觀の問題	국민문학	1942. 12.	일문(좌담)
반도문학에의 요망	국민문학	1943. 3.	일문
문예시평	국민문학	1942. 12.	
틀이 잡힌 　국민문학론―신춘문예선후감	매일신보	1943. 1. 9.	일문
勤勞と文學	국민문학	1943. 5.	일문
사상전의 첨병	국민문학	1943. 6.	일문(소설)
보도연습반	국민문학	1943. 7.	일문
대동아의식의 눈뜸―제2회 대동아 　작가대회에 다녀와서	국민문학	1943. 10.	일문(소설)
非詩の花	국민문학	1944. 5~8	일문
징병과 문학	국민문학	1944. 8.	일문(소설)
燧石	국민문학	1945. 1.	일문(소설)
民族の結婚	국민문학	1945. 2.	일문(좌담)
사상전의 현단계	국민문학	1945. 2.	

색인

(ㅇ)

한국문학의 전통과 반전통

인쇄일 초판 1쇄 2003년 05월 20일
　　　　 2쇄 2015년 08월 23일
발행일 초판 1쇄 2003년 05월 29일
　　　　 2쇄 2015년 08월 25일

지은이 김 춘 식
발행인 정 찬 용
발행처 **국학자료원**
등록일 1994.03.10, 제17-271호

서울시 강동구 성내동 447-11 현영빌딩 2층
Tel : 442-4623~4 Fax : 442-4625
www. kookhak.co.kr
E- mail : kookhak2001@hanmail.net
ISBN 978-89-541-0055-7 *93810
가 격 15,000원

*저자와의 협의 하에 인지는 생략합니다.